F.G.

Das Buch

Mit dem autobiographischen Roman *Nirgendwo in Afrika* eroberte die preisgekrönte Autorin die Herzen unzähliger Leser im Sturm. Mit diesem Roman schreibt sie die Geschichte von Walter und Jettel, Regina und Max fort, die 1947 auf dem im Krieg zerstörten Frankfurter Hauptbahnhof ankommen. Der Start in eine dritte Existenz ist hart in einer Stadt der Trümmer, des Hungers und der Not. Wenn man selbst um das tägliche Brot kämpfen muß, hat man kaum Verständnis für die, die freiwillig aus dem vermeintlichen Paradies zurückkehren. Und doch gibt es kleine Gesten der Freundlichkeit - die warme Suppe etwa, serviert von einer Frau, deren Wohnung soeben beschlagnahmt wurde.

Für Walter ist es nicht einfach, seinen Anwaltsberuf wieder aufzunehmen, doch nach mehreren Fehlschlägen schafft er es, eine Gemeinschaftspraxis zu gründen. Manchmal geht er in seinen Gedanken auf Safari nach Afrika. Dann singt er seinem in Nairobi geborenen Sohn Suhaeli-Lieder vor und ahnt, daß auch seine Tochter Afrika nie vergessen kann. Regina fehlt die Heimat ihrer glücklichen Kindheit an meisten, hat sie doch den schwarzen Kontinent mit seinen Farben, Gerüchen, Stimmungen und den Erinnerungen an die freundlichen Menschen tief im Herzen bewahrt. Nicht selten verlieren sich ihre Gedanken in ihre afrikanische Traumwelt. Aber in Frankfurt geht das Leben weiter ...

Mit einfühlsamen Beobachtungen und in der schon für den ersten Roman typischen bilderreichen Sprache blättert Stefanie Zweig ein Kapitel fast schon vergessener Nachkriegsgeschichte auf.

Die Autorin

Stefanie Zweig, in Leobschütz/Oberschlesien geboren, wanderte 1938 mit ihren Eltern nach Kenia aus und verlebte ihre Kindheit auf einer Farm. 1947 kehrte die Familie nach Deutschland zurück. Stefanie Zweig schrieb sieben Jugendbücher. 1993 erhielt sie die Verdienstmedaille des Verdienstordens der Bundesrepublik Deutschland. Ihr erster Roman, *Nirgendwo in Afrika* (01/10261), stand wochenlang auf den Bestsellerlisten.

STEFANIE ZWEIG

IRGENDWO
IN DEUTSCHLAND

Roman

WILHELM HEYNE VERLAG
MÜNCHEN

HEYNE ALLGEMEINE REIHE
Nr. 01/10590

Besuchen Sie uns im Internet:
http://www.heyne.de

Umwelthinweis:
Dieses Buch wurde auf
chlor- und säurefreiem Papier gedruckt.

Copyright © 1996 by Langen Müller in der F.A.Herbig
Verlagsbuchhandlung GmbH, München
Wilhelm Heyne Verlag GmbH & Co. KG, München
Printed in Germany 1998
Umschlagillustration: Artothek/Blauel/Gnamm
Umschlaggestaltung: Atelier Ingrid Schütz, München, unter Ver-
wendung des Gemäldes DIE SYNAGOGE von Max Beckmann,
1919, mit freundlicher Genehmigung der Städischen Galerie im
Städelschen Kunstinstitut, Frankfurt/Main
© VG Bild-Kunst, Bonn 1997
Gesamtherstellung: Elsnerdruck, Berlin

ISBN 3-453-13656-x

Meinem Bruder Max

1

Am 15. April 1947 war der Eilzug mit einer Fahrzeit von nur knapp neunzehn Stunden trotz seines zweistündigen Aufenthalts am Kontrollpunkt zwischen der britischen und der amerikanischen Besatzungszone ungewöhnlich schnell von Osnabrück nach Frankfurt am Main gelangt. Die Reisenden in den Abteilen und Gängen rechneten nicht mit der eher als abrupt denn erlösend empfundenen Ankunft. Noch betäubt von der Kälte der Nacht und der ungewöhnlichen Wärme der Morgenstunden beraubten die Pappverkleidungen an den glaslosen Fenstern des Zuges sie ihrer Orientierungsfähigkeit, und die Sinne verweigerten ihnen einige Minuten lang die so lange ersehnte Gewißheit des Ziels.

Sie zögerten, Rucksäcke, Taschen und Koffer auf den Boden zu stellen und sie so den Gefahren auszusetzen, die bedauerlich typisch für die neue Zeit waren, die auf so empörende Art ohne die intakten Moralbegriffe der trotz allen Leids immerhin überschaubaren Kriegsjahre auskam. Schon gar nicht wollten die Glücklichen, die ihre Bequemlichkeit robust, aber durchaus auf eine Art erkämpft hatten, die sie als gerecht und zeitgemäß demokratisch empfanden, durch einen zu frühen Aufbruch ihre Sitz- oder Stehplätze in den Gängen des Abteils aufgeben.

Nur die wegen ihrer körperlichen Konstitution beneideten Reisenden auf den Trittbrettern und Dächern des Zugs erkannten sofort, daß die verkohlten Balken in der offenen Halle, die lose herabhängenden Drähte, die in der Sonne funkelnden Scherbenhaufen zwischen den Gleisen und die aus den Trümmern aufgeschichteten Steine tatsächlich das Herz des Frankfurter Hauptbahnhofs bildeten. Zunächst wagten es also nur wenige, den Zug zu verlassen. Fast so rasch kletterten die Männer mit Rucksäcken von den Dächern; die Frauen mit Kopftüchern und entschlossenen, rußschwarzen Gesichtern sprangen von den Trittbrettern.

Sie alle hatten einen weitaus günstigeren Ausgangspunkt, um Frankfurt in Besitz zu nehmen, als die aus dem afrikanischen Exil heimkehrende Familie Redlich im letzten Waggon. Der war von außen verriegelt und mußte erst von einem auffallend wohlgenährten, zu langsamen Bewegungen in den Beinen und zu schnellen in den Kiefern neigenden amerikanischen Corporal geöffnet werden.

Walter in einem schweren grauen Mantel, den er drei Tage zuvor in London bei der Entlassung vom Militär als letzte Zuwendung der britischen Army erhalten hatte, stieg zögernd aus dem Zug. Er trug die beiden Koffer, die noch aus Breslau stammten und zehn Jahre zuvor den deutschen Boden verlassen hatten und ihn nun vor ihm berührten. Ihm folgte Jettel in einem Kleid, das sie sich eigens für die Rückreise in die fremde Heimat von einem indischen Schneider in Nairobi hatte nähen lassen. Sie hielt in einer Hand das in der langen Nacht durchnäßte Taschentuch und in der anderen die Hutschachtel, von der sie sich bei keiner Reise in den zehn Jahren ihrer Emigration in Kenia hatte trennen können.

Regina, deren vierzehnjähriger Körper Mühe hatte, ein für sie umgeändertes Kleid ihrer molligen Mutter auszufüllen, konzentrierte sich beim Aussteigen auf die Aufgabe, nicht wie ihre Mutter zu weinen, und sie schon gar nicht zu verärgern, indem sie den Anflug jenes hoffnungsvollen Lächelns in ihr Gesicht ließ, das ihr Vater von ihr erwartete. Sie trug ihren einjährigen Bruder Max, der den entscheidenden Moment der Ankunft in seiner neuen Heimat verpaßte. Er hatte sich von den Strapazen der Reise und den durch die ungewohnte Kost von Salatblättern zwischen Weißbrotschnitten hervorgerufenen Blähungen durch anhaltendes Schreien befreit, das die ganze Nacht nichts von seiner Vehemenz verloren hatte. Nun schlief er, auf Reginas Bauch schaukelnd, mit dem Kopf an ihrer Schulter. Als der erste Hauch Frankfurter Luft sein Gesicht streifte, ballte er nur leicht die Faust, wachte jedoch nicht auf.

Die British Army war der Verpflichtung, einen Soldaten in die Heimat zu entlassen, umsichtig und verantwortungsvoll nachgekommen. Bei der Ankunft in Hoek van Holland waren die Redlichs mit einem Jeep bis Osnabrück gebracht und dort eine Nacht in einem Flüchtlingslager untergebracht worden – mit der Ermahnung, Kontaktaufnahme zu den feindlichen Deutschen nach Möglichkeit zu vermeiden.

In Osnabrück waren Walter, Jettel, Regina und das Baby, versehen mit den Rationen, die einem Soldaten als Proviant für einen Tag ohne besondere körperliche Anstrengung zustanden, in den geschlossenen Wagen gesetzt worden. Mitreisende waren ein englischer Major und ein kanadischer Captain, die beide den Zug mit je zwei Whiskyflaschen bestiegen und sehr bald die eine davon ausgetrunken hatten. Abgesehen von dem in regelmäßigen Abständen wiederholten Befehl »Shut up« an das »bloody baby« und der gelegentlich geäußerten Feststellung »Fucking Germans«, wenn Jettel zu laut schluchzte oder Max zu selbstbewußt für ein Kind auf der Verliererseite brüllte, kam es zu keinen weiteren Kontakten. Der Major und der Captain hatten den Zug bereits verlassen, als Walter sich zum erstenmal in Frankfurt umsah.

»Wir sollten hier abgeholt werden«, sagte er, »das haben sie mir doch noch nach London geschrieben.« Es war, zehn Minuten nach Ankunft, sein erster Satz in der Stadt, die er als Heimat begehrte.

»Ich dachte, die Deutschen sind pünktlich«, erwiderte Jettel, »das war doch immer das Beste an ihnen.«

»In Afrika hat auch keiner den roten Teppich ausgerollt, als wir ankamen. Und hier können wir uns wenigstens verständigen. Laß uns Zeit, Jettel.«

»Die lassen sich Zeit«, schniefte Jettel. »Ich kann nicht mehr. Das arme Kind. Wie lange soll so ein unschuldiges kleines Kind solche Strapazen aushalten? Ich kann ihm gar nicht in die Augen gucken.«

»Mußt du ja nicht. Das arme Kind schläft nämlich«, sagte Walter.

Regina starrte auf ihre Schuhe. Sie versuchte, sich darauf zu konzentrieren, weder Hunger, Durst noch die Angst zu spüren, die ihren Körper steif gemacht hatten, seitdem sie bei der Überschreitung der deutschen Grenze die ersten zerstörten Häuser und auf dem Bahnhof in Osnabrück die einbeinigen Männer auf Krücken gesehen hatte. Sie rieb ihr Gesicht an der warmen Haut ihres Bruders und widerstand der Versuchung, ihm jene paar Worte in der Sprache der Jaluo ins Ohr zu flüstern, die ihr Kraft gegeben hätten, den Kampf gegen die Angst aufzunehmen. Es war nicht gut, das Kind einer Mutter zu wecken, die ihre eigenen Augen nicht trocken halten konnte. Erst als Regina merkte, daß ihre Eltern aufgehört hatten, sich zu streiten, und beide in eine Richtung blickten, gestattete sie ihren eigenen Augen die Erlösung und schaute sich um.

Ihr Vater stand nicht mehr neben ihr; ihre Mutter hatte die Hutschachtel abgestellt, den rechten Arm vorgestreckt und rief laut: »Mein Gott, der Koschella. Was macht der denn hier? Der war doch auf unserer Hochzeit.«

Regina sah, daß ihr Vater rannte, vor einem Mann in einem grauen Anzug stehenblieb, einen Moment seinen Kopf schüttelte, beide Arme ausstreckte und plötzlich wieder fallen ließ. Es war der Fremde, der Walters Hand ergriff. Er hatte eine tiefe Stimme, und Regina hörte noch aus der Ferne, daß diese Stimme zu reisen gewohnt war.

»Walter Redlich«, sagte der Mann, »ich hab's nicht geglaubt, als man mir gestern sagte, ich soll Sie abholen. Ich kann immer noch nicht glauben, daß einer verrückt genug ist, in dieses Land zurückzukehren. Wo in aller Welt kommen Sie her? Ach was, ich weiß es ja. Die ganze Justiz redet seit Tagen nur noch von dem Verrückten, der die Fleischtöpfe Afrikas im Stich läßt, um hier als Richter zu hungern. Du lieber Himmel, sagen Sie nur, das Baby gehört auch Ihnen.«

Regina beobachtete genau, wie der Mann ihrer Mutter die Hand reichte und diese mit einemmal das Lächeln der gestorbenen Tage im Gesicht hatte, als sie in Nairobi noch nichts von der Rückkehr nach Deutschland gewußt hatte. Danach versuchte Regina, dem Mann die Hand entgegenzustrecken, die Bewegung gelang ihr jedoch nicht, weil ihr Bruder, der immer schwerer wurde, von ihren Hüften zu rutschen begann. Sie bemühte sich sehr, gleichzeitig den Namen Koschella in ihrem Mund zu formen und den aufgeregten Reden ihrer Eltern und den hastig gesprochenen, immer ein wenig scharf klingenden Sätzen des Mannes zu folgen; und sie ließ sich zu lange Zeit mit der Grübelei, was das Wort Oberstaatsanwalt wohl bedeutete und ob es wichtig für sie alle wäre.

So beschränkte Regina schließlich die Freude, die ihre Eltern von ihr erwarteten, auf die regelmäßige Bewegung ihrer Beine und die Herausforderung, mit den Männern und ihrer Mutter Schritt zu halten. Ihr ging auf, daß ihr Vater so ganz anders lief als in Afrika. Sie hörte seine Schuhe und sah den Staub, den sie vor sich herstießen, aber er war dunkel und dicht, nicht mehr hell und durchsichtig wie in den guten Tagen der Wärme.

Die Gruppe verließ das Grau des Bahnhofs und trat in die Helligkeit des Frühlings, überquerte eine Straße, die von beiden Seiten von zerstörten Häusern gesäumt war und auf der alte Frauen hoch beladene Schubkarren schoben. Auf Pappkoffern und grauen Decken saßen kleine Kinder. Sie hatten die glanzlosen Augen, die Regina von den leprakranken Bettlern in den Markthallen von Nairobi kannte. Eine hellgelbe Straßenbahn klingelte in hohen Tönen. Ihre Türen standen offen; die Menschen, dicht aneinandergepreßt auf den Trittbrettern, wirkten wie die alten Bäume auf der Farm in Ol' Joro Orok, die der Wind hatte zusammenwachsen lassen. Auf den Schuttbergen der toten Häuser wuchsen kräftige Büsche gelber Pflanzen. Die Vögel zwitscherten. Walter sagte: »Selbst die Vögel singen hier anders als in Afrika.« Koschella lachte und schüttelte den Kopf.

»Immer noch der alte Witzbold«, sagte er.

Regina wurde von ihrem Vater in einen großen, sauberen Raum geschoben, der sehr dunkel war und nach der scharfen Seife roch, die sie an ihre Schule am Nakurusee erinnerte. Einen Moment lang vergaß sie, daß sie die Schule gehaßt hatte, und lächelte bei dem Gedanken, daß sie schon war wie ihre Mutter und die guten mit den bösen Erinnerungen verwechselte. Sie sah aber dennoch die Flamingos hochfliegen und mußte ihren Augen verbieten, in die rosa Wolke einzutauchen.

Hinter einem langen Tisch saß eine junge, sehr blonde Frau mit sehr roten Lippen. Ihr blaues Kleid hatte einen weißen Kragen. Ihr Kopf mit dem in gleichmäßigen Wellen gelegten Haar erreichte die höchste der gelben Rosen in einer blauen Vase.

Koschellas kräftige Stimme wurde noch eine Spur lauter, als er: »Oberstaatsanwalt Doktor Hans Koschella« sagte und nach einer kleinen Pause, die die Frau zu einem unwilligen Blick nutzte, hinzufügte: »Dies ist Amtsgerichtsrat Doktor Walter Redlich aus Nairobi. Ich habe gestern für ihn und seine Familie zwei Zimmer reserviert.«

Die Frau fuhr sich mit einem Finger durch die unterste Haarwelle. Obwohl sie kaum ihre roten Lippen bewegte, vernahm man sehr deutlich: »Bedauere. Das Hotel Monopol ist für Deutsche off limits.«

»Was soll das heißen? Das hätten Sie mir gestern sagen sollen, als ich die Zimmer bestellte.«

»Dazu«, sagte die Frau und lächelte so lange, bis die obere Reihe ihrer Zähne zu sehen war, »bin ich ja gar nicht gekommen, Herr Doktor Koschella. Sie haben die Zimmer bestellt und gleich aufgehängt.«

»Dann verweisen Sie mich an ein anderes Hotel. Glauben Sie, die Justiz kann es sich leisten, einen Richter aus Afrika kommen zu lassen und ihm kein Quartier zu verschaffen? Wie stellen Sie sich das denn vor?«

»Es gibt keine Hotels in Frankfurt für Deutsche. Das müßten Sie doch wissen, Herr Oberstaatsanwalt. Sie sind alle von der amerikanischen Militärregierung beschlagnahmt.«

»Dann verlange ich sofort, Ihren Direktor zu sprechen.«

»Das Monopol gehört zu den Hotels, die direkt von der Militärregierung verwaltet werden. Wir haben keinen Direktor. Ich muß Sie auch darauf hinweisen, daß ich mich strafbar mache, wenn ich Deutsche in der Hotelhalle sitzen lasse.«

Doktor Hans Koschella sah eine Zeitlang die Frau und noch länger seine Uhr an. Er machte eine winzige Bewegung in Richtung des Babys auf Reginas Bauch; sie hielt ihm das Kind hin, das mit ihren Haaren spielte, damit er es streicheln konnte, aber er nahm die Hand zurück, schaute Walter an und sagte, nicht mehr so bestimmt wie zuvor, aber noch immer mit einer Stimme, die gewöhnt ist, gehört zu werden: »Tut mir entsetzlich leid, Redlich. Das ist irgendwie dumm gelaufen. Leider hab ich einen dringenden Termin und kann mich nicht weiter um Sie kümmern. Na, das werden Sie ja bald selbst erleben, daß man die paar Juristen, die heute noch arbeiten dürfen, ganz schön herumhetzt.«

»Aber was sollen wir denn machen?« fragte Jettel leise.

»Auf alle Fälle machen Sie sich keine Sorgen, Frau Jettel. Ihr Mann fährt am besten gleich zum Wohnungsamt und läßt sich eine Wohnung zuweisen. Er hat ja wohl die entsprechende

Dringlichkeitsbescheinigung von der Justiz. Kommen Sie, Redlich, schauen Sie nicht so unglücklich drein. Ich begleite Sie zur Straßenbahn. Die Zeit nehm ich mir einfach. Und lassen Sie sich bloß von den Beamten dort nicht ins Bockshorn jagen. Die sind verpflichtet, Rückwanderer bevorzugt zu behandeln. Man darf heute nicht mehr zu zurückhaltend sein.«

Regina begleitete Walter zur Tür. Ihre Füße waren schwer und der Mund trocken. Sie wußte, daß ihre Mutter sie beobachtete, und so traute sie sich nicht, ihren Vater zu fragen, wo Jettel, sie und Max auf ihn warten sollten. Sie sah ihm und Koschella so lange nach, bis die Silhouetten sich in dem hellen Sonnenlicht auflösten, und kehrte so langsam, wie es ihre Füße zuließen, zu ihrer Mutter zurück. Sie kam gerade an dem Tisch mit den Rosen an, als die blonde Frau auf eine Lederbank in der dunkelsten Ecke des Zimmers wies und zu Jettel sagte: »Setzen Sie sich dahin, bis Ihr Mann zurückkommt. Aber halten Sie um Himmels willen das Kind ruhig. Wenn einer Sie hier entdeckt, bin ich dran und muß Sie auf die Straße schicken.«

Die Straßenbahn war so voll, daß Walter erst nach der zweiten Haltestelle vom Trittbrett in den Wagen gelangte. Obwohl er seit der Abfahrt von Osnabrück kaum etwas gegessen hatte, um die Militärrationen für Regina und Max zu sparen, und ihm schwindlig und übel war, empfand er die Anstrengung als durchaus willkommene Gelegenheit, ihn von seinem Zustand, einer verwirrenden Mischung aus Empörung, Beklommenheit und Schock, abzulenken.

Er hatte, als er gegen Jettels Widerstand und Reginas nie ausgesprochene Verzweiflung den Entschluß zur Rückkehr nach Deutschland durchgesetzt hatte, sich keine Illusionen gemacht und gewußt, daß die Heimkehr ihn vor Probleme stellen würde, die er sich in Afrika selbst in Stunden von größtem Pessimismus nicht ausmalen konnte. Nie aber war ihm in den Sinn gekommen, die Ironie des Schicksals könnte ihn sofort mit der gleichen Scham belasten wie im Januar 1938, als er mittellos und verzweifelt in Kenia angekommen war. Die Scham hatte sein Selbstbewußtsein in dem Moment zerlöchert, da er Jettel, Regina und Max nun allein im Hotel hatte zurücklassen müssen. Die Erfahrung der Vergangenheit gab ihm die Gewißheit, daß diese neue Demütigung ihn sehr lange begleiten würde.

Walter rechnete damit, daß er viel Zeit brauchen würde, um das von Koschella beschriebene Haus zu finden, und stieg bedrückt an der Haltestelle aus. Schon der erste Mann jedoch, den er nach dem Weg fragte, zeigte auf ein graues Gebäude mit notdürftig verkleideten Fenstern und einer hölzernen Eingangstür. Auf einem mit Reißnägeln befestigten Pappschild stand »Städtisches Wohnungsamt«.

Von einem alten Mann mit einer schwarzen Augenklappe wurde Walter in einen Raum mit dem Schild »Zuzug« geschickt; von vier jüngeren Männern, deren Bewegungen denen des ersten Manns ähnelten, verblüfft angestarrt, abgewiesen und mit sehr knappen Sätzen umdirigiert. Bei keinem gelang es ihm, mehr als seinen Namen zu nennen und zu erzählen, daß seine Frau und seine Kinder in einer Hotelhalle saßen, in der sie nicht sitzen durften.

An der fünften Tür stand »Flüchtlingsbetreuung«. Der Beamte saß an einem kleinen Holztisch, auf dem Akten, drei kurze Bleistifte und eine angerostete Schere lagen. Daneben stand ein Blechbecher mit einer dampfenden Flüssigkeit. Walter glaubte sich erinnern zu können, daß so Kamillentee roch. Schon an das Wort hatte er mehr als zehn Jahre nicht gedacht. Das beschäftigte ihn auf eine Weise, die er als unwürdig für diesen Moment äußerster Anspannung empfand.

Der Mann blätterte in einem Stapel aus grauem Papier, als Walter auf ihn zuging, und kaute an einer dünnen, auffallend gelben Brotscheibe. Er wirkte nicht anders als seine Kollegen, und Walter stellte sich auf die Müdigkeit der abweisenden Bewegung ein, doch der Mann sagte überraschenderweise erst: »Guten Morgen«, und dann: »Nehmen Sie erst einmal Platz.«

Seine Stimme hatte den singenden Klang, der Walter sofort an seinen Freund Oha in Gilgil erinnerte. Er sträubte sich abermals gegen die Willkür seines Gedächtnisses, bis ihm aufging, daß die Menschen in Frankfurt wohl alle wie Oha sprechen würden, der ja schließlich aus Frankfurt stammte. Sein Magen, der sich verkrampft hatte, als er den Beamten sein Brot kauen sah, beruhigte sich etwas. Walter lächelte und genierte sich seiner Verlegenheit.

Der Beamte hieß Fichtel, war heiser, trug ein graues Hemd, das ihm am Hals sehr viel zu weit war, und hatte trotz seines großen Adamsapfels und der eingefallenen Wangen die Andeutung einer Gutmütigkeit im Gesicht, die Walter Mut machte.

»Nun erzählen Se mal«, sagte Fichtel.

Als er hörte, daß Walter soeben aus Afrika angekommen war, pfiff er mit einem langen, geradezu absurd jugendlichen Ton, und sagte: »Kerle, Kerle«, was Walter nicht verstand. Ermuntert durch den wachen Ausdruck, der Fichtels Gesicht mit einem Mal belebt hatte, begann er, ausführlich von den letzten zehn Jahren seines Lebens zu berichten.

»Und ich soll Ihnen glauben, daß Sie freiwillig in dieses Drecksland gekommen sind? Mann, ich würde lieber heute als morgen auswandern. Das wollen alle hier. Was hat Sie zurückgetrieben?«

»Die wollten mich nicht in Afrika.«

»Und wollen die Sie hier?«

»Ich glaube schon.«

»Na, Sie müssen es ja wissen. Heutzutage ist alles möglich. Haben Sie wenigstens Kaffee von den Negern mitgebracht?«

»Nein«, sagte Walter.

»Oder Zigaretten?«

»Ein paar. Aber die hab ich schon aufgeraucht.«

»Kerle, Kerle«, sagte Fichtel. »Und ich dachte immer, die Juden sind schlau und kommen überall durch.«

»Besonders durch die Schornsteine von Auschwitz.«

»So hab ich das nicht gemeint, ganz bestimmt nicht. Das können Sie mir glauben«, versicherte Fichtel. Seine Hand zitterte ein wenig, als er die Stempel von einer Seite des Tisches zur anderen schob. Seine Stimme war unruhig, als er sagte: »Auch wenn ich Sie sofort auf die Dringlichkeitsstufe eins setze, bekommen Sie bei mir in Jahren noch keine Wohnung. Wir haben gar keine. Die meisten Wohnungen sind entweder zerbombt oder von den Amis beschlagnahmt. Für Sie ist die Judengemeinde im Baumweg viel besser. Es heißt, daß die Wunder tun kann und ganz andere Möglichkeiten hat als unsereins.«

Der Satz verwirrte Walter so, daß er sich keine Zeit für die Empfindungen nahm, die ihn bedrängten.

»Sie wollen doch nicht sagen, daß es hier in Frankfurt eine Jüdische Gemeinde gibt?« fragte er.

»Klar«, sagte Fichtel, »da sind doch aus den Lagern, von den' heut draußen alle Welt redet, genug zurückgekommen. Und wie man hört, geht es denen nicht schlecht. Bekommen ja die Schwerarbeiterzulage. Steht Ihnen ja auch zu. Kommen Sie, ich schreib Ihnen die Adresse auf, Herr Rat. Sie werden sehen, morgen können Sie schon in der eigenen Wohnung sitzen. Ich sag's ja immer. Die eigenen Leute lassen einen nicht im Stich.«

Es war nach vier, als Walter ins Monopol zurückkehrte. Er hatte bei der Jüdischen Gemeinde nur eine Frau angetroffen, die ihn für den nächsten Tag bestellt hatte, und er erwartete, Jettel, wenn überhaupt, in Tränen vorzufinden. Er sah sie von weitem und glaubte, die Halluzinationen, die ihn seit dem Abschied von Koschella bedroht hatten, hätten ihn endgültig erbeutet.

Jettel saß in einem Jeep neben einem Soldaten in amerikanischer Uniform, Regina mit Max auf dem Schoß hinten. Walter war ganz sicher, daß man dabei war, seine Familie wegen verbotenen Aufenthalts in dem Hotel zu verhaften, und hetzte in Panik, mit krampfendem Magen und Gesten, die ihm so absurd wie der Verlauf des ganzen Tages erschienen, auf den Wagen zu.

»Komm«, rief Jettel aufgeregt, »ich dachte schon, die bringen uns hier weg, ehe du wiederkommst. Wo um Himmels willen hast du gesteckt? Das Kind hat keine einzige trockene Windel mehr und Regina andauernd Nasenbluten.«

»Sir«, schrie Walter, »this is my wife. And my children.«

»Dann laß das nächste Mal deine schöne wife nicht in einem beschlagnahmten Hotel herumsitzen, du Trottel«, grinste der Sergeant.

Seine Sprache war unüberhörbar badischen Ursprungs; er hieß Steve Green, war ursprünglich ein Stefan Grünthal gewesen und seit der Besetzung Frankfurts bei der amerikanischen Militärregierung, seiner Sprachkenntnisse wegen, für alle Problemfälle zuständig, die Deutsche betrafen. Steve Green war von der Sekretärin des Hotels Monopol alarmiert worden, als der aufging, daß sie die jammernde Jettel, ihre schluchzende Tochter und das schreiende Baby nicht auf dem üblichen Weg der einschüchternden Arroganz würde loswerden können.

Steves Eltern besaßen bis 1935 ein kleines Hotel in der Nähe von Baden-Baden. Die Mutter kochte die beste Hühnersuppe der Welt und haßte die Deutschen. Der Vater hatte sich in New York vom Nachtportier in Brooklyn zum Verkäufer in einem Schmuckgeschäft in der 47th Street hochgearbeitet, ging jeden Schabbes in die Synagoge und haßte die Deutschen auch. Steve haßte vor allem Frankfurt, die bloody Army und die deutschen Angestellten im PX-Laden, die die Waren auf dem Schwarzen Markt verschoben, ehe die GIs sie kaufen konnten.

Das alles erzählte er in einer Mischung aus fließendem Deutsch und unverständlichem Amerikanisch, während er den Jeep in rasender Fahrt und mit Flüchen, die weit gröber waren als alles, was Walter je beim britischen Militär gehört hatte, durch die von ausgebrannten Häusern gesäumten Straßen der Frankfurter Innenstadt trieb. Zwang ihn eine Straßenbahn oder Männer mit Schubkarren zum Anhalten, warf er, je nach Gegebenheit, eine Zigarette aus dem Jeep und freute sich an den Leuten, die sich um sie balgten. Oder er vergaß, daß er die Deutschen haßte, und überraschte verdutzte junge Frauen, die er entweder »Fräulein« oder »Veronika« nannte, mit einem Riegel »Hershey's«-Schokolade.

Steve schenkte Regina ein Paket Kaugummi, verwechselte bei hoher Geschwindigkeit immer öfter Jettels Knie mit dem Schaltknüppel und beantwortete Walters Fragen nach dem Ziel der Reise augenzwinkernd mit dem Hinweis »off limits«. Eine Viertelstunde nach Beginn der Fahrt bog er von einer großen Allee mit blühenden Kastanienbäumen ab und in die schmale, auffallend guterhaltene Eppsteiner Straße ein, sprang aus dem Jeep, half Jettel galant aus dem Wagen, drängte in eiliger Grobheit Walter und Regina mit dem Baby auf dem Arm zum Aussteigen, nahm eine Pistole aus der Hosentasche, stürmte in den Hausflur, rannte in den zweiten Stock und drückte auf eine Klingel.

Eine grauhaarige Frau machte zögernd die Tür auf und rief erschrocken: »Ach!«

»Beschlagnahmt«, brüllte Steve in Richtung der erschrockenen Frau und »okay« hinunter ins Treppenhaus. Die Frau wurde blaß, wischte sich immer wieder die Hände in einer geblümten Schürze ab und jammerte mit geschlossenen Augen: »Ich hab ja nur noch zwei Zimmer.«

»Eins zuviel«, schrie Steve, »die Leute bleiben hier. Einquartierung für eine Woche.«

Die Frau machte ihren Mund auf, aber gleich wieder zu, als Steve »Shut up« sagte und sie fragte: »Hab ich den Krieg verloren oder du? Und was zu essen rückst du auch raus. Sonst komme ich wieder. In Begleitung.«

Danach streichelte er Jettel über das Haar, klopfte Walter auf die Schulter, schob Regina beiseite und steckte Max einen Kaugummi in den Mund, den Jettel ihm in Panik entriß und selbst zu kauen begann. Max fing an zu brüllen. Die Frau stöhnte und sagte, sie heiße Reichard, hätte selbst nichts zu essen und bis zur Besetzung von Frankfurt in einer Fünf-Zimmer-Wohnung gewohnt.

Ihr Haar war im Nacken zu einem Knoten geflochten, der ihr ein strenges, einschüchterndes Aussehen gab, und ihre Arme hielt sie vor dem Bauch verschränkt; einen Moment schien es so, als wolle sie eine Bewegung machen, um Jettel aus der Tür zu drängen, aber da sagte Walter: »Es tut mir sehr leid, wenn wir Ihnen Ungelegenheiten machen.«

»Ich zeig Ihnen Ihr Zimmer«, seufzte Frau Reichard, »aber, daß Sie es gleich wissen. Ich hab nur eine Gemüsesuppe aus Schalen. Zu mehr bin ich nicht verpflichtet.«

Von den Rätseln des Tages, die später nie mehr gelöst werden konnten, blieb sie das größte. Aus der Gemüsesuppe wurde ein Eintopf, aus einem Pappkarton ein Kinderbett; es gab für jeden eine Scheibe dünnes Brot und danach aus Meißener Porzellantassen ein heißes Getränk, das Frau Reichard als Kaffee bezeichnete. Sie nannte Max »Bobbelche«, schaukelte ihn auf ihrem Schoß und weinte. Vom Dachboden holte sie ein Feldbett für Regina. Nach dem Abendessen erzählte Frau Reichard von ihrem Mann, den »die Amis geschnappt« hatten, und ihrem einzigen Sohn. Er war in Rußland gefallen. Jettel sagte, das täte ihr leid, und Frau Reichard sah sie überrascht an.

Zu viert schliefen sie in Frau Reichards Zimmer. Über dem Ehebett hing ein Bild von zwei pausbäckigen Engeln, die Regina faszinierten. An der gegenüberliegenden Wand war ein großer, heller Fleck, der ihren Vater interessierte. Er behauptete, dort habe ein Hitler-Bild gehangen.

Jettel sagte: »Schade, daß du immer so schlau bist bei den Sachen, auf die es nicht ankommt«, doch ihre Stimme klang nicht bösartig, denn Walter lachte und sagte: »Das hat schon deine Mutter gesagt.«

Regina war froh, daß sie keine vergifteten Pfeile auffangen mußte, ehe sie Beute machen konnten. Sie dachte kurz an die Schokolade, die Steve den jungen Frauen zugeworfen hatte, und lange an den Duft des Guavenbaums in Nairobi, ihr Magen war jedoch nicht voll genug und ihr Kopf zu leer, um die Safari zu genießen.

Kurz vor dem Einschlafen hörte sie ihre Eltern doch noch streiten, aber es waren fast wie in den besten Stunden der verwehten Tage ein harmloser Kampf und ein schnell geschlossener Friede. Erst konnten sie sich nicht einigen, wer Koschella zur Hochzeit eingeladen hatte, und dann waren beide im gleichen Moment sicher, daß sie ihn wohl verwechselt hätten und er wahrscheinlich sein Lebtag nie in Breslau gewesen sei.

2

Sonntag, 20. April Hurra. Heute bin ich zum ersten Mal in Frankfurt glücklich (fast). Endlich sind wir von Frau Reichard weg. Zum Schluß hat sie uns sehr schikaniert. Bis wir eine Wohnung zugewiesen bekommen (wird sehr lange dauern), dürfen wir in der Gagernstraße 36 wohnen. Vor drei Tagen hat Papa endlich jemanden bei der Jüdischen Gemeinde erreicht – den nettesten Mann der Welt. Er heißt Doktor Alschoff und hat dafür gesorgt, daß wir im ehemaligen jüdischen Krankenhaus unterschlüpfen dürfen. Es ist sehr kaputt und kein Krankenhaus mehr, sondern ein Altersheim. Wir haben ein Zimmer mit drei Betten, einem Tisch, drei Stühlen und einer Kochplatte. Wir waschen uns in einer Schüssel, die auf einem dreibeinigen Ständer steht, der mir sehr gut gefällt. Das Klo ist auf dem Flur. Eine Mahlzeit bekommen wir vom Koch des Altersheims, aber nur für drei Personen, weil Max eine Lebensmittelkarte für Kleinkinder hat, und da sind zu viele Marken für Milch und zu wenig für Fett. Sagt der Koch. Unsere Kleider bleiben in den Koffern. Zum erstenmal in meinem Leben bin ich froh, daß ich so wenig zum Anziehen habe. Wir wurden auf einem Lastwagen in die Gagernstraße gebracht. Eigentlich hätten wir schon am Samstag kommen können, aber das durften wir nicht, weil Juden am Schabbes nicht fahren, und das Heim ist koscher.

Ich bin froh, daß ich Tagebuch führen kann. Das habe ich Doktor Alschoff zu verdanken. Er hat mir heute zum Empfang drei Hefte und zwei Bleistifte geschenkt, und nun habe ich endlich jemanden zum Reden. In diesem Tagebuch werde ich nämlich nur Englisch schreiben. Da komme ich mir vor wie zu Hause. Ich muß sehr klein schreiben und nicht jeden Tag, weil Papier in Deutschland sehr knapp ist. Wer weiß, ob ich je neues bekomme.

Von Doktor Alschoff muß ich aber doch noch was schreiben. Er war im Konzentrationslager. In Auschwitz. Als Mama das hörte, hat sie schrecklich geweint. Ihre Mutter und ihre Schwester sind ja dort gestorben. Aber er hat sie nicht gekannt.

Er hat sehr traurige Augen und wollte immer wieder Max streicheln. Er sagt, außer uns gibt es nur eine rein jüdische Familie mit Kindern in der Gemeinde. Papa hat mir später erklärt, daß Juden nicht ins KZ kamen, wenn sie einen christlichen Ehepartner hatten. Wie Koschella. Mama sagte, der liebe Gott hätte ihn nicht zu retten brauchen. Papa war wütend und sagte, sie habe sich versündigt. Da haben sich beide furchtbar gestritten. Max lacht immer, wenn die Eltern laut werden. Er redet nicht mehr, seitdem wir in Frankfurt sind. Dabei konnte er zu Hause schon kula, aja, lala, toto, jambo und fast schon Owuor sagen. Heute nacht schläft Max zum ersten Mal nicht im Karton, sondern bei mir im Bett. Ich freue mich sehr.

Donnerstag, 24. April Hier gibt es einen großen Rasen mit vielen Bänken. Heute habe ich zum ersten Mal auf einer Bank gesessen. Eine sehr alte Frau setzte sich zu mir. Sie heißt Frau Feibelmann und hat gleich mit mir geredet. Mir war das schrecklich peinlich, aber sie hat kein bißchen gelacht, weil ich einen englischen Akzent habe. Sagte, sie habe sich das Lachen in Theresienstadt abgewöhnt. Das war auch ein Konzentrationslager. Fast alle Leute, die hier wohnen, waren in Theresienstadt. Frau Feibelmann hat Max auf den Schoß genommen und ihm was vorgesungen. Dann ist sie weggehumpelt und kam mit zwei Keksen wieder, die sie ihm in den Mund steckte. Sie hatte drei Kinder, aber nur ein Sohn lebt noch. In Amerika (deswegen hat sie ja Kekse – er schickt ihr Pakete).

Ihre beiden Töchter und fünf Enkelkinder sind umgekommen. Ich weiß gar nicht, wie ein Mensch so etwas erzählen kann, ohne zu weinen. So viel Trauriges wie in den ersten zehn Tagen in Frankfurt habe ich mein ganzes Leben noch nicht gehört. Viele Menschen hier haben eine Nummer auf dem Arm. Das bedeutet, daß sie in Auschwitz waren.

Im Garten gibt es drei Schafe. Ich beneide sie sehr, sie haben genug zu essen. Der Koch mag uns nicht. Die Portionen, die ich bei ihm abhole (wir dürfen nicht im Speisesaal essen, weil Max die alten Leute stört) sind sehr viel kleiner als die für die alten Leute. Wir sind alle schon dünner geworden. Nur Max nicht. Wir geben ihm sehr viel von unserem Essen ab.

Freitag, 2. Mai Heute ist Papa zum ersten Mal aufs Gericht gegangen. Jetzt ist er Amtsgerichtsrat. Er war schrecklich aufgeregt und noch blasser als sonst. Mama hat ihm zum Frühstück ihre zweite Scheibe Brot geschenkt. Er hat sie umarmt und geküßt und gesagt: »Jettel, das ist der glücklichste Tag in unserem Leben, seitdem wir aus Leobschütz fortmußten.« Schade, daß Mama dann gesagt hat: »Wie glücklich wären wir erst mit vollem Magen.« Ich dachte, Papa würde sich ärgern, aber er hat ihr noch einen Kuß gegeben. Als er nach Hause kam, hatte er ganz rote Backen und sah viel größer aus als am Morgen. Er hat erzählt, daß alle so nett zu ihm waren und ihm helfen wollen, daß er sich wieder an seinen alten Beruf gewöhnt. Wenn die wüßten, daß er seinen alten Beruf nie vergessen hat. Sonst wären wir nämlich nicht in Frankfurt, sondern in Nairobi. Oder noch besser: auf der Farm in Ol' Joro Orok. Heute abend gehen wir alle zum Gottesdienst. Mama wollte, daß ich mit Max im Zimmer bleibe, aber Papa hat gelacht und gesagt: »Zu Hause in Sohrau haben die Frauen immer ihre Babys in den Tempel mitgenommen.« Komisch, daß wir alle was anderes meinen, wenn wir zu Hause sagen.

Samstag, 3. Mai Trotz Papierknappheit muß ich heute schreiben. Max redet wieder. Er hat Herta gesagt. So heißt der schwarze Schäferhund, der dem Koch gehört. Ich bin sehr glücklich und werde versuchen, mit Max nicht mehr Englisch oder Suaheli zu reden. Mama sagt, das mache ihn nur verrückt.

Montag, 12. Mai Seit gestern wird es erst abends um elf dunkel. Doppelte Sommerzeit. Das heißt: Wir gehen später ins Bett und müssen unseren Hunger länger aushalten. Papa nennt das die Rache der Sieger, aber ich habe gehört, das soll Strom sparen. Wer zuviel verbraucht, kommt ins Gefängnis.

Mittwoch, 21. Mai Papa singt seit einer Stunde »Gaudea-mus igitur«, hat seinen Hunger ganz vergessen und einen Bundesbruder gefunden. Das kam so: Im Garten unterhielt er sich mit einer jungen Frau (bildschön). Sie erzählte, daß ihr Vater früher in einer Studentenverbindung war, aber austreten mußte, weil er eine nichtjüdische Frau geheiratet und seine Kinder nicht jüdisch erzogen hat. Papa wußte sofort, daß der Mann ein KCer sein muß. Er heißt Doktor Goldschmidt und ist Arzt. Jeden Mittwoch kommt er in die Gagernstraße. Als er seine Tochter im Garten suchte, begrüßte ihn Papa mit dem KC-Pfiff. Er will uns einladen. Zu einer richtigen Tasse Kaffee (bekommt er von einem Patienten).

Montag, 2. Juni Es ist heißer als in Nairobi. Mama stöhnt sehr, hat mich aber trotzdem nach einer Stunde Schlangeste-hen im Milchgeschäft abgelöst. Es gab nur einen Viertel Liter. Trotzdem kein ganz schlechter Tag. Seit heute haben wir eine Zeitung. Die »Frankfurter Rundschau«. Sie beliefert rassisch Verfolgte (das sind wir), ohne daß sie auf die Warteliste müs-sen. Endlich hört die Sorge um Klosettpapier auf. Schade, daß wir nicht »Die Neue Zeitung« bekommen können. Die soll viel weicher sein.

Donnerstag, 5. Juni Wieder eine gute Nachricht. Aus London kam der Sportwagen, den wir dort für Max gekauft haben. Er wurde ans Gericht geschickt. Jetzt muß ich Max nicht mehr schleppen, wenn wir spazierengehen.

Samstag, 7. Juni Die Deutschen sind sehr neugierig. Alle wollen sie wissen, woher ich den schönen Wagen habe, und wenn ich dann London sage, muß ich immer weiterreden. Von Afrika und der Rückwanderung etc. Fast jeder sagt dann: »Wie kann man nur in dieses Land kommen?« und fragt mich weiter aus. Viele erzählen, daß sie früher jüdische Freunde hatten und immer gegen Hitler waren. Mir ist das unangenehm.

Sonntag, 8. Juni Papa hat nicht auf Max aufgepaßt und nicht gesehen, daß er aus dem Garten gelaufen ist. Zwei Stunden gesucht. Max saß, nur in seiner Unterhose und ohne Schuhe, in der Wittelsbacher Allee auf den Straßenbahnschienen. Zum Glück dürfen sonntags keine Straßenbahnen fahren, und es ist nichts passiert.

Montag, 9. Juni Mußten aufs Polizeirevier und unseren Fingerabdruck für die Kennkarten abgeben. Mama tobte: »Genau wie bei Hitler«, aber Papa sagte, die Amis sind schuld. Mama hat mir später erzählt, daß sie seit der Nazizeit Angst vor deutschen Beamten in Uniform hat. Ich fand die Männer ganz nett. Einer hat Max eine Schnitte aus echtem Weißbrot geschenkt. Komisch, wenn die Leute hier in Frankfurt Deutsch sprechen, reden sie so ganz anders als wir. Ich verstehe sie sehr schlecht.

Freitag, 13. Juni Riesenfreude. Haben eine Wohnung. Nuß-Zeil in Eschersheim. Drei Zimmer, Küche und Bad. Papa kam mit der Zuteilung vom Wohnungsamt an und konnte vor Freude noch nicht mal das bißchen essen, das der Koch uns gibt (wird immer weniger). Mama sagt, jetzt braucht sie ein Dienstmädchen.

Montag, 16. Juni Tag der Tränen. Als Papa und Mama heute früh zu der neuen Wohnung gingen, war sie besetzt. Von Herrn Hitzerot. Er ist schon Donnerstag eingezogen. Der Hauswirt hat Papa zugeflüstert, daß H. Papierhändler ist und die Leute vom Wohnungsamt bestochen hat. Papa glaubt das nicht und sagt, das Ganze muß ein Mißverständnis gewesen sein. Deutsche Beamte lassen sich nicht bestechen. Jedenfalls hat Herr H. genug Papier zum Verschenken. Ich habe fünf neue Hefte (falls ich mal in die Schule darf), aber sie machen mir keine Freude. Als wir uns alle etwas beruhigt hatten, kam der Koch und sagte, er kann uns nicht mehr lange hier behalten.

Freitag, 20. Juni Mamas 39. Geburtstag. Papa hat ihr ein Zigarrenkästchen (von Doktor Goldschmidt) bemalt und einen Gutschein für ein Dienstmädchen geschenkt (einzulösen, wenn wir eine Wohnung haben). Von mir bekam sie ein Schälchen Himbeeren, die ich im Ostpark gepflückt habe. Frau L. (stammt aus Breslau und ist von dort nach Frankfurt gelaufen) ist gestern extra mit mir hingegangen. Ich finde das sehr anständig, denn sie hat selbst ein Kind. Max hat zum ersten Mal seit dem Schiff wieder Mama gesagt. Hab ich ihm beigebracht.

Donnerstag, 3. Juli In der Schlange vor Spanheimers Laden sagte plötzlich eine Frau: »Wir müssen uns die Beine in den Leib stehen, und den Juden werfen sie alles in Rachen.« Mama schrie: »Glauben Sie, ich stehe freiwillig neben so einem verdammten Naziweib? Ich bin jüdisch. Und wenn Sie wissen wollen, wie es uns ergangen ist – unsere ganze Familie ist umgekommen.« Alle haben uns angeguckt, aber keiner hat ein Wort gesagt. Die Frau rannte weg, obwohl sie ganz vorn in der Schlange stand. Ich bewundere Mama sehr.

Mittwoch, 9. Juli Jetzt haben wir wirklich eine Wohnung. In der David-Stempel-Straße auf der anderen Seite des Mains in Sachsenhausen. Wieder drei Zimmer, Küche und Bad. Zur Zeit wohnt noch ein ehemaliger Nazi mit seiner Frau dort, aber bis zum 1. August muß er ausziehen.

Freitag, 11. Juli Heute hat Spanheimer alle, die nach mir kamen, vor mir bedient. Ich fing schon an, mich zu ärgern, aber dann hat er plötzlich meine Tasche genommen und Haferflocken, Zucker und ein Stück Käse reingelegt. Ich war so erschrocken, daß ich mich kaum bedanken konnte. Herr Spanheimer hat gesagt, daß er Mama verehrt und sie sehr mutig findet. Er hat nur noch ein Bein und haßt die Nazis. Er hat gesehen, wie man die Menschen aus dem jüdischen Krankenhaus abgeholt hat. Papa hat sich sehr über die Geschichte gefreut.

Sonntag, 13. Juli Habe endlich wieder ein Geheimnis mit Papa. Als ich heute ins Zimmer kam (Mama unterhielt sich im Garten), saß er auf dem Balkon mit Max auf dem Schoß und sang »Kwenda Safari«. Ich sagte »Jambo Bwana«, und dann haben wir erst lange ohne Worte miteinander geredet und danach über Kimani und Owuor und die Farm. Später hat Papa noch mal »Kwenda Safari« gesungen und gesagt: »Das braucht deine Mutter nicht zu wissen.« Ich kam mir vor wie als Kind. Nur damals wußte ich nicht, daß Liebe auch satt macht.

Mittwoch, 16. Juli Papa hat vom Gericht die Adresse einer Frau aus Oberschlesien mitgebracht, die in der Ostzone wohnt, in den Westen will und eine Stelle als Dienstmädchen sucht. Mama hat ihr sofort geschrieben.

dachte, das ist in Deutschland die Übersetzung von: »How do you do.« Stimmt offenbar nicht, denn die Mädchen haben wieder gelacht, Fräulein Doktor Jauer nicht. Sie gibt Englisch und hat etwas vorgelesen, und da hätte ich fast gekichert. So ein schlechtes Englisch haben zu Hause noch nicht einmal die Refugees gesprochen.

In den anderen Stunden habe ich kein Wort verstanden. Der Deutschlehrer heißt Doktor Dilscher und war besonders freundlich. Er fragte mich nach meinen Lieblingsdichtern. Mir schien, daß er noch nie von Dickens, Wordsworth und Robert Browning gehört hat.

Die Mädchen sind unglaublich neugierig. In der Pause standen sie um mich herum und haben eine Frage nach der anderen gestellt. Sie sind alle sehr freundlich. Und sehr elegant. Viele tragen Röcke aus zwei verschiedenen Stoffen und herrliche weiße Kniestrümpfe. Die meisten haben lange Zöpfe und sehen aus wie Heidi.

Dienstag, 19. August Else ist wie Aja. Sie braucht Max nur auf den Schoß zu nehmen, und schon hört er auf zu weinen. Sie hat einen großen Busen und bleibt abends allein mit ihm im Zimmer, wenn wir spazierengehen wollen. Gestern waren wir sogar im Kino. Für Karten muß man länger anstehen als beim Bäcker, aber es hat sich gelohnt. Der Film hieß »In jenen Tagen« und war sehr traurig. Mama und ich haben um die Wette geweint. Ich habe wieder mal gemerkt, wie gut wir es in Afrika hatten.

Donnerstag, 21. August In der Schule gefällt mir am besten ein Mädchen, das Hannelore heißt. Sie wird von allen Puck genannt, weil sie die Rolle mal im »Sommernachtstraum« spielte. Sie hat wunderschöne Kleider an, weil sie eine Großmutter, eine Mutter und zwei Tanten hat, die alle nähen können. Die machen Blusen und Röcke aus alten Gardinen und sogar Schuhe aus Uniformjacken. Puck erzählt mir immer, was die Lehrerinnen früher gesagt haben.

Gestern rief mich beispielsweise die Direktorin zu sich und sagte: »Du mußt mich wissen lassen, wenn ein Mädchen unfreundlich zu dir ist. Das dulde ich nicht. Die Juden haben genug gelitten.« Ich habe sie nur stumm angestarrt. In einer englischen Schule wäre keiner Lehrerin so etwas eingefallen. Ich war sehr beeindruckt und erzählte Puck sofort die ganze Geschichte. Sie bekam einen Lachkrampf und berichtete, daß die Direktorin früher jeden streng bestrafte, der »Guten Morgen« statt »Heil Hitler« gesagt hat. Ich glaube, ich werde mich nie richtig auskennen mit dem Leben hier. Es ist so schrecklich kompliziert. Hab zu Hause nichts erzählt. Papa will so etwas nicht hören, und Mama hätte ihn nur wieder einen Trottel genannt.

Freitag, 22. August Else kam weinend nach Hause. In der Schlange beim Metzger hat ein Mann zu ihr gesagt: »Auf euch Ostzigeuner haben wir grade gewartet. Zu Hause nichts zu beißen und uns hier das bißchen wegfressen, was uns geblieben ist.« Mama, die Else sehr gern hat, weil sie sie immer »Frau Doktor« nennt, war wütend und hat Else sehr lieb getröstet. Elses Vater war einer der reichsten Bauern in Hochkretscham. Deswegen weiß Else so gut über Pflanzen Bescheid. Sie läuft oft ganz zeitig in den Ostpark und pflückt Brennesseln, aus denen sie Salat macht. Schmeckt gar nicht so schlecht und macht sogar satt. Nur Papa sagt immer: »Gut, daß Owuor nicht sieht, daß aus seinem Bwana ein Ochse geworden ist, der Gras frißt.«

Samstag, den 23. August Schon wieder Ärger. Else hat die Windeln auf den Balkon zum Trocknen gehängt. Sie wußte nicht, daß man das hier am Schabbes nicht darf, und wir haben natürlich auch nicht daran gedacht. Die Frau vom Verwalter hat getobt. Papa hat zurückgetobt und geschrien: »Mein Sohn scheißt auch am Schabbes.« Das ganze Altersheim spricht darüber.

Montag, 1. September In der Pause bekommen wir von den Amis Schulspeisung. Meistens Nudeln in Schokoladensauce oder Tomatentunke. Ich esse nicht viel davon und bringe den Rest immer für Max mit. Papa sieht das nicht gern. Ich wiege nämlich immer weniger und Max immer mehr. Das kommt auch von dem langen Schulweg – eineinhalb Stunden hin und eineinhalb Stunden zurück. Es gibt nach Sachsenhausen nur eine Brücke, und über die muß man zu Fuß gehen. Meine Mitschülerinnen haben es gut, weil sie alle in Sachsenhausen wohnen. Das hätte ich ja auch, wenn der Nazi aus der Wohnung gegangen wäre.

Freitag, 5. September Papas 43. Geburtstag. Nur Else hat ihm was geschenkt (Brombeeren aus dem Ostpark). Ich war traurig, daß ich nichts hatte, aber er hat gesagt: »Du weißt gar nicht, wieviel du mir jeden Tag schenkst.« Ich glaube, er meint, daß ich nie über unser Leben hier jammere. Das macht mich glücklich. Wir haben immer noch unser Geheimnis und singen Max Lieder in Suaheli vor, wenn wir mit ihm allein sind. Hätte nie gedacht, daß Papa so viele kennt.

Freitag, 19. September Mein 15. Geburtstag. Von Mama ein Armband aus Elefantenhaar, das Glück bringt. Sie hat es in Nairobi extra für mich gekauft und die ganze Zeit versteckt. Von Papa »Der Antiquitätenladen«. In Englisch! Ich wußte gar nicht, daß er weiß, was mir Dickens bedeutet und erst recht dieses Buch. Er wollte nicht sagen, wie er an den Schatz gekommen ist, aber als er am Gericht war, hat es mir Mama doch verraten. Er hat das Buch von einem Richter erhalten und dafür seine Tabakration für den nächsten Monat hergegeben.

Ich werde diesen Geburtstag und die Liebe meiner Eltern nie vergessen. Schade, daß wir nicht alle zusammen (nur wir vier) ganz allein auf einer Insel wohnen können. Im Naivashasee!
In der Schule haben mir alle gratuliert. So richtig konnte ich mich aber nicht freuen. Leider hat Puck nämlich dafür gesorgt, daß ich nun genau weiß, welche Mädchen früher für die Nazis schwärmten. Das macht mich befangen. Letztes Jahr um diese Zeit wäre ich nie auf die Idee gekommen, daß ich mir eines Tages solche Gedanken machen würde. Da waren wir alle noch in Nairobi. Owuor hat die kleinen Brötchen gebacken, auf die er so stolz war, und ich habe nicht gewußt, was Hunger ist. Mir scheint das Jahre her.

Samstag, 20. September Die Leute im Altersheim holen Papa dauernd zum Beten. Sie brauchen zehn Männer, ehe sie mit dem Gottesdienst anfangen können, und es sind nie genug Männer da. Papa sieht das als eine Ehrenpflicht an und geht immer hin, obwohl er jammert.

Mittwoch, 24. September Diese Woche gibt es nur 900 Kalorien auf die Lebensmittelkarten, aber zum Glück eine Sonderzuteilung von der Jüdischen Gemeinde. Ein Viertel Fett, ein Pfund Nährmittel, 200 Gramm Trockenmilch oder eine Büchse Milch und 200 Gramm Eipulver. Plötzlich behaupten auch Leute, die nie jüdisch waren, daß sie von den Nazis verfolgt wurden. Man nennt sie die Milchbüchsenjuden.
Der KC in Amerika (Papas alte Studentenverbindung) hat geschrieben, daß er uns ein CARE-Paket schicken wird, obwohl das gegen die Bestimmungen ist, weil Papa freiwillig nach Deutschland zurückgekommen ist. Wegen mir und Max will man eine Ausnahme machen. Papa war lange nicht mehr so wütend. Er schrieb sofort, daß er keine Almosen annimmt, aber Mama hat den Brief zerrissen. Riesenkrach. Ich finde Mama hat recht. Stolz macht nicht satt.

Donnerstag, 2. Oktober   Obwohl es noch warm ist, reden alle vom Winter. Papa hat Angst, daß er nicht mehr lange auf dem Balkon schlafen kann.

Montag, 6. Oktober   In Zeilsheim gibt es ein jüdisches Lager. Puck hat mir davon erzählt. Da kann man Lebensmittel auf dem Schwarzen Markt kaufen. Ich glaube, sie geht mit ihrer Mutter dorthin. Als ich Papa fragte, weshalb wir das nicht auch mal versuchen, ist er richtig böse geworden. Ein deutscher Richter darf das nicht. Leider darf ein deutscher Richter überhaupt nichts außer stolz darauf zu sein, daß man ihn »Herr Rat« nennt. Vorige Woche wollte ein Mann Papa ein Pfund Speck schenken, aber ein deutscher Richter muß unbestechlich sein. Die Feuersteine, die wir aus London mitgebracht haben und die man gegen Lebensmittel eintauschen könnte, liegen noch im Koffer. Ein deutscher Richter macht keine Geschäfte. Ich bin die einzige in der Klasse, deren Vater ein deutscher Richter ist und die keine Verwandten hat, die auf dem Land wohnen. Das ist schlimmer, als ein jüdisches Mädchen auf einer englischen Schule zu sein.

Donnerstag, 16. Oktober   Seit drei Tagen wohnen jüdische Rückwanderer aus Shanghai hier. Die waren schon bei der Ankunft so dünn und blaß wie wir jetzt, sind aber viel mutiger als wir und beschweren sich dauernd über alles. Mama bewundert sie sehr und sagt: »Die haben wenigstens Ellenbogen und lassen sich nichts gefallen.« Von der Gemeinde haben sie gleich Kleidung bekommen und erzählen jedem, daß sie nicht lange im Altersheim wohnen werden. Uns hat der Koch wieder mal gedroht. Er will uns nicht länger behalten. Doktor Alschoff sagt aber, wir können so lange bleiben, bis wir eine Wohnung haben. Else hat vorgeschlagen, eines der Schafe vom Koch zu schlachten. Kann sie ja, weil sie vom Bauernhof kommt, aber Papa war natürlich dagegen (deutscher Richter).

Donnerstag, 23. Oktober Der Deutschlehrer schrieb unter meinen Aufsatz trotz 33 Schreibfehler »Du machst bemerkenswerte Fortschritte«. Ich habe mich sehr gefreut, denn Deutsch ist das einzige Fach, das mir Spaß macht. Doktor Dilscher versteht auch als einziger, daß englische Schulen so ganz anders sind als deutsche. Er wundert sich nicht, daß ich noch nie von Schiller und Goethe gehört hatte, ehe ich hierher kam. Die Französischlehrerin tut so, als habe sie Ohrenschmerzen, wenn ich was vorlese. In Nairobi haben wir Französisch eben ganz anders ausgesprochen als hier. Latein auch. Und Physik, Chemie und Biologie hatten wir gar nicht. Außer Deutsch macht mir nur Geschichte Spaß. Die Lehrerin war sogar sehr interessiert, als ich sagte, der Siebenjährige Krieg hätte in Indien und Kanada stattgefunden. Mein ganzes Leben habe ich mir immer Sorgen gemacht, weil ich die Beste in der Klasse war und bei den englischen Schülerinnen unangenehm als Streberin auffiel. Hier wird das nie vorkommen, aber ich bin nicht glücklich, sondern oft sogar sehr niedergeschlagen. Auch weil die Mädchen meinen blauen Pappkoffer, in dem ich meine Schulsachen und das Glas für die Schulspeisung transportiere, so komisch finden und nicht aufhören, darüber zu reden. Wir hatten in Kenia keine Aktentaschen. Das kann ich doch nicht jeden Tag aufs neue erklären.

Mittwoch, 29. Oktober Uns ist wieder eine Wohnung zugewiesen worden. Für den 15. November in der Höhenstraße. Drei Zimmer, Küche, Badenische und Möbel. Sie gehört dem Hauswirt. Der war Nazi und soll raus. Keiner von uns glaubt das. Jedenfalls wird es diesmal keine Enttäuschung geben. Mama hat gesagt: »Die Botschaft hör ich wohl, allein mir fehlt der Glaube.« Soll von Goethe sein.

Montag, 3. November Schönster Tag seit der Ankunft in Frankfurt. Als ich von der Schule kam, hatte Mama vom

Zollamt ein Paket aus Amerika abgeholt. Ihre Freundin aus Breslau, Ilse Schottländer, hat es geschickt. Ein Pfund Kaffee, zehn Beutel Puddingpulver, zwei Tafeln Schokolade, zwei Pfund Mehl, eine Büchse Kakao, vier Dosen Corned Beef, ein Pfund Zucker, ein Paket Haferflocken, drei Dosen Ölsardinen, eine Dose mit Käse, eine Dose Ananas, drei Hosen für Max und zwei Blusen für mich. Wir haben alles auf den Tisch gestellt, uns davorgesetzt und geweint (auch Papa).

Samstag, 8. November Besuch beim Ehepaar Wedel in der Höhenstraße. Waren ziemlich freundlich und sehen gar nicht aus wie Nazis. Sie sollen in zwei Mansarden einziehen und uns in die Wohnung lassen. Ihre Möbel passen dort nicht hin, und wir dürfen sie benutzen. Mama und ich sind sicher, daß das nur ein Trick ist, aber Papa sagt, Herr Wedel ist beim Gaswerk, und hätte wahrscheinlich auch nichts, um die Leute beim Wohnungsamt zu bestechen. Wer weiß ...

Freitag, 14. November Papa war wieder bei Frau Wedel, und wir haben alle Hoffnung und Bauchschmerzen. Morgen sollen wir einziehen. Als der Koch das erfuhr, wurde er plötzlich ganz freundlich und hat uns am Abend vier Portionen vom Schabbes-Essen geschickt, obwohl wir ja bisher immer nur Mittagessen bekommen haben. Wenn ich morgen um diese Zeit nicht mehr hier bin, glaub ich wieder an Wunder. Und fange wieder an zu beten.

3

Karl Wedel war mittlerer Beamter beim städtischen Gaswerk, fleißig, genügsam und ein Tüftler, der in seiner Freizeit, solange es die Lage zugelassen hatte, mit Streichhölzern und einer Pedanterie, die auch seine Vorgesetzten zu schätzen wußten, deutsche Schlösser und Burgen als Miniaturen nachbaute. Er hatte ein Leben lang der realitätsbewußten Intuition seiner beherzten Frau mehr vertraut als den Versprechungen und auch den Drohungen der Zeit. Bis zu den tödlichen Angriffen auf Frankfurt hatte er sich nie mehr als zwingend notwendig für Geschehnisse interessiert, von denen er fand, daß er sie ohnehin nicht beeinflussen konnte. Nach dem Krieg fiel es ihm um so leichter, sich wieder nur auf die eigenen Bedürfnisse zu konzentrieren, weil diese Haltung die einzig mögliche bei Menschen war, die nicht abermals Beschuldigte eines zu intensiven Involvierens in die Politik werden wollten.

Der Räumungsbescheid traf ihn zu einem Zeitpunkt, als er nicht mehr mit ihm gerechnet hatte. Die Nachkriegszeit hatte von den Wedels, abgesehen von den allgemeinen Einschränkungen durch Hunger, Strom- und Kohlenknappheit, weniger Opfer gefordert als von sehr vielen anderen Menschen in ähnlicher Lage und auch keine der üblichen lästigen Schuldbekenntnisse.

Das Spruchkammerverfahren war für Karl Wedel, dem es schwer fiel, eigene Interessen wahrzunehmen und, noch schwerer, über sich selbst zu sprechen, zwar unangenehm gewesen und im Vorfeld ein permanenter Zustand alarmierender Unsicherheit, im Ergebnis jedoch nicht ganz unbefriedigend verlaufen. Zwar war er wegen seines frühen Eintritts in die Partei, dem er wohl eher auf das Drängen seiner Frau als auf die durchaus hartnäckigen und unmißverständlich drohenden Empfehlungen seiner Vorgesetzten zugestimmt hatte, als schwerbelastet eingestuft worden. Trotzdem hatte seine Behörde schon Anfang 1947 wegen des Mangels an erfahrenen und arbeitswilligen Kräften, eine Ausnahmegenehmigung erwirken können und ihn auf der gleichen Basis weiterbeschäftigt wie die Beamten, die sich durch geschickte Korrekturen ihrer Lebensläufe den begehrten Status der Mitläufer erstritten.

Der Befehl, zu einem so späten Zeitpunkt noch seine Wohnung herzugeben, erschien Wedel als zu große Sühne für einen Mann, der sich, auch im Angesicht der neuen demokratischen Vorstellungen, nie exponiert hatte. Glückstreffer und Halt in einer Kette von Umständen, die er als ebenso unselig wie ungerecht empfand, war wieder einmal seine Frau.

Sie hatte sich nicht, wie er, durch die vermeintliche Ruhe blenden lassen, und war vorbereitet. Durch Verbindungen, die Karl Wedel nicht durchschaute und als Beamter kaum hätte billigen dürfen, hatte Frieda die zwei Mansardenzimmer so herrichten lassen, daß sie jederzeit bezugsfertig waren. Trotzdem, schon wegen seiner Mieter, von denen er wußte, daß sie nicht das gleiche Schicksal zu erwarten hatten, empfand er den geplanten Einzug der Rückwandererfamilie Redlich in seine Wohnung als eine persönliche Niederlage.

Die Einweisung von Untermietern in eines der drei Zimmer, wie sie damals üblich war, hätte ihn weniger belastet. Vor allem hätte er über diese alltägliche Einschränkung sprechen und ohne Furcht vor den zeittypischen Mißverständnissen klagen können und sich nicht, wie er wähnte, zum heimlichen Gespött von Menschen gemacht, die sich nie anders verhalten hatten als er, die aber nun, in den sogenannten demokratischen Zeiten, mehr Glück hatten.

Frieda Wedel hielt sich, als endgültig klarwurde, daß alle Proteste beim Wohnungsamt aussichtslos waren und eventuell die Zukunft in einem noch nicht überschaubaren Maße belasten könnten, an ihre Gewohnheit, Unabänderliches hinzunehmen und das Beste aus dem Schlechten zu machen. Ihre Erfahrungen als Älteste von fünf Kindern einer früh verwitweten Mutter, die Entbehrungen der Jugend im Ersten Weltkrieg, das Verhältnis zu ihrem stets zaudernden Mann, der Umgang mit zwei Stieftöchtern, die ihr trotz aller Bemühungen fremd geblieben waren, und vor allem der lange Erbstreit um das Haus in der Höhenstraße hatten auf jeder Lebensstation ihr angeborenes Talent geschmeidig erhalten, sich mit dem Schicksal zu arrangieren, ohne die Blessuren noch selbst zu vergrößern.

Als das Unausweichliche feststand, traf Frieda Wedel die letzten Vorbereitungen für die beiden Mansardenräume mit der gleichen Energie, die sie als junge Frau bei der Einrichtung ihrer ersten Wohnung aufgebracht hatte; sie mobilisierte, durchaus erfolgreich, die Hoffnung, daß sich die ungebetene Einquartierung vielleicht ebenso schnell erledigen würde, wie sie gekommen war. Es gab entsprechende, in dem konkreten Fall recht ermutigende Gerüchte, daß die Juden in Deutschland ohnehin auf gepackten Koffern saßen und nur warteten, in Länder weiterzuwandern, in denen sie nicht Ursache solcher Probleme waren.

Wenn Frieda Wedel es auch als eine noch nicht im vollem Umfang erkennbare Ironie des Schicksals empfand, daß ausgerechnet sie ihre Wohnung für eine jüdische Rückwandererfamilie freimachen sollte, so sah sie es doch als Gnade, daß sie sich in dieser Hinsicht persönlich nichts vorzuwerfen brauchte. Selbst in den Jahren, als es verständlich und opportun gewesen wäre, hatte sie sich nicht an Vorgängen beteiligt, die heute durchaus zu Recht als grausam bezeichnet wurden.

Abgesehen von dem plötzlich verschwundenen Ehepaar Isenberg, Besitzer eines Hauses in der Rothschildallee, das sie von ihrem Fenster aus sehen konnte, und der bedauernswerten Frau des Briefträgers Öttcher, der sie ein paarmal in der Dunkelheit Brot und Fleischwurst zugesteckt hatte und sogar dann noch, als die Frau den gelben Stern tragen mußte, kannte Frieda Wedel keine Juden. Trotzdem sah sie der Begegnung mit den Redlichs mit Bangen entgegen. Wer wie Frieda Wedel am Zeitgeschehen interessiert war, konnte bei der Aussicht auf jüdische Mieter nicht so unbefangen sein wie bei Menschen, deren Gepflogenheiten und Reaktionen berechenbar waren.

Um so angenehmer empfand Frieda Wedel die erste Zusammenkunft mit Walter Redlich. Er war ihr nicht, wie sie erwartet und auch befürchtet hatte, als ein Mann entgegengetreten, der sich seines Rechts bewußt war, sondern eher scheu und fast so, als habe er Schwierigkeiten mit dem Umstand, daß er sie aus der Wohnung vertreibe. Bereits zwei Wochen später konnte Frieda Wedel befriedigt feststellen, daß der günstige Eindruck dieser ersten Konfrontation der beiden so verschiedenen Anspruchswelten nicht getrogen hatte. Im Gegenteil.

Frieda Wedel gefielen die Redlichs, ob sie es wollte oder nicht, ob sie von ihren Bekannten verstanden wurde oder nicht, ob sie sich selbst ihre Empfindungen erklären konnte oder nicht. Es war nicht nur so, daß sie fand, ein Akademiker, der in normalen Zeiten keine Wohnung in der Höhenstraße gemietet hätte, wäre durchaus eine Bereicherung der bürgerlichen Hausgemeinschaft. Die Redlichs hatten augenscheinlich weniger als die meisten Normalverbraucher, obwohl es doch immer hieß, den Juden gehe es wieder gut. Sie rührten Frieda Wedel, ohne daß diese ihre Emotionen und eine Weichherzigkeit deuten konnte, die ihr mit dem Beginn des Herbstes und den drohenden Problemen von Kälte und Hunger lächerlich und absolut nicht den Gegebenheiten der Zeit entsprechend erschienen.

Der Mann war zurückhaltend, freundlich, sichtbar für jedes Gespräch im Treppenhaus dankbar, auch für Anregungen

empfänglich und für die Lage der Wedels überraschend aufge-
schlossen. Seine Bescheidenheit und das doch sehr unerwartete Glück, daß er auch nach seinem Einzug »Ihre Wohnung«
sagte, als sei er sich im klaren über den temporären Zustand
ihrer Beziehungen, machten dies auf eine fast beglückende Art
klar.

Jettel Redlich erschien Frau Wedel als Verkörperung der
Dame, die sie gern geworden wäre, und sie bewunderte diese
mit einer Rückhaltlosigkeit, die sie verblüffend fand. Jettels
Hilflosigkeit in praktischen Dingen, ihr durchaus sympathisch wirkendes Phlegma und eine geradezu frappierende
Naivität, wenn es darum ging, sich der Not durch Erfahrung
und Einfallsreichtum zu stellen, hatten für Frau Wedel das
Flair jener Kultur, die der Zeit so gründlich ausgetrieben
worden war und nach der sich die Menschen sehnten. Schon
die Merkwürdigkeit, daß Jettel in einer Dreizimmerwohnung
ein Dienstmädchen hatte und auch Frau Wedel im ersten
Gespräch erzählte, daß sie zeitlebens nicht ohne Hilfe im
Haushalt gewesen sei und es auch gar nicht sein könne, imponierten dieser. Ebenso gefiel ihr, daß Jettel weder verschlossen
noch gar arrogant, sondern jederzeit zu einem Gespräch bereit
war und dann mit der gleichen Selbstverständlichkeit von
ihrem Leben in Afrika erzählte wie Frau Wedel von ihrem
Schrebergarten im benachbarten Seckbach. Daß sie diesem
Paradiesvogel mit ihren Ratschlägen helfen konnte, tat ihrem
eigenen, durch die Zwangseinweisung sonst bestimmt sehr
eingeschränkten Selbstbewußtsein gut.

Es war nicht nur das. Frieda Wedel beneidete die Redlichs um
das Familienleben, das sie selbst in dieser Form nicht hatte
kennenlernen dürfen. Obwohl Walter und Jettel bei ihren
Streitigkeiten manchmal so laut wurden, daß Jettels Vorwürfe
und Walters nicht minder heftige Antworten bis zu den beiden
Mansardenräumen drangen, spürte Frau Wedel doch einen
Zusammenhalt, von dem sie früher schon oft als typisch für

jüdische Familien gehört hatte. Frau Wedel war geradezu fasziniert, daß Regina sofort von der Schule heimkam, sich nie mit Freundinnen traf, jeden Nachmittag den Kinderwagen in den Günthersburgpark schob und sich geradezu drängte, sich um ihren Bruder zu kümmern, der nicht nur seine Mutter, sondern oft auch Regina »Mama« nannte.

Walter, Jettel und Regina fanden es, trotz des Glücks, dem Altersheim und somit den Schikanen von Koch, Verwalter und zuletzt den Mitbewohnern aus Shanghai entkommen zu sein, schwerer als so lange erträumt, sich abermals in einer neuen Umgebung zurechtfinden zu müssen. Vordringlich waren, Ende November mit einer sehr plötzlich einsetzenden Kühle nach dem dampfenden Sommer, die Sorgen um Kohle, die Einschränkungen bei Strom und Gas und vor allem der Mangel an Winterkleidung.

Nur Jettel war versorgt – mit ihrem schwarzen Wollmantel aus Breslau, von dem sie sich nur deshalb in den Notzeiten der Emigration nicht hatte trennen können, weil bei Ausbruch des Krieges, als die reichen britischen Farmersfrauen nicht mehr nach England reisen konnten, Wintermäntel in Kenia unverkäuflich waren.

Walter hatte, nachdem ihm sein grauer Wintermantel vom britischen Militär am ersten kalten Tag am Gericht gestohlen wurde, nur noch einen Staubmantel, der ihm zu groß war und in dem er so fror, daß sich sein altes rheumatisches Leiden wieder bemerkbar machte. Er grübelte oft, ob die Schmerzen ihm mehr zu schaffen machten als der Hunger, und er tat alles, um seinen Zustand vor Jettel und Regina zu verbergen.

Regina bekam einen alten Skianzug ihrer Mutter, der fast neu war, weil er nur einmal auf der Hochzeitsreise ins Riesengebirge getragen worden war, der aber so altmodisch aussah, daß er selbst im notleidenden Nachkriegs-Frankfurt als Besonderheit auffiel. Schon am ersten kalten Tag kam sie mit erfrorenen Händen nach Hause, mußte sich für den Rest des Winters, vom

Ellbogen an, mit Wollappen schützen und fühlte sich wie die zerlumpten Männer auf Krücken, denen sie auf der Brücke begegnete. Bei Regen und Sturm fiel ihr stets ein, wie Jettel in ihrer Schwangerschaft in der Glut der ausgebliebenen Regenzeit von Nairobi unter einem Baum gesessen und gesagt hatte: »Vor Kälte kann man sich schützen, vor Hitze nicht.« Die Qual der Erinnerungen machte sie noch mutloser als die Erkenntnis, daß sie nicht die Kraft hatte, sich gegen ihre Verzweiflung zu wehren.

Else hatte noch einen vor dem Krieg in Leobschütz gekauften Wintermantel, aber keine Schuhe außer den Sandalen, die sie den ganzen Sommer in der Gagernstraße getragen hatte. Das wurde erst klar, als sie sich immer wieder sträubte, aus dem Haus zu gehen. Es kam zum ersten ernsten Zerwürfnis mit Jettel, die, wenn Regina in der Schule war, nicht vor den Geschäften Schlange stehen wollte.

Rettung wurden Walters alte Militärstiefel, die er bei der Demobilisierung nicht abgegeben hatte. Else behielt sie selbst in der Wohnung an, in der nur der Kohleofen in der Küche, der wegen Strommangels auch als Herd diente, geheizt wurde. Sie lernte von Walter »Ein Geschenk von King George« zu sagen und erheiterte in trübsten Stunden die ganze Familie mit den Mühen der Aussprache.

Ohne Frau Wedel wäre die Stimmung noch rascher gesunken als das Thermometer. Sie legte beim Kohlenhändler das für Menschen ohne Beziehungen gute Wort ein, so daß er wenigstens das auf den Karten zustehende Brennmaterial lieferte. Sie verriet Jettel die Adressen der leidlich mitleidigen Geschäftsleute, die bei raren Gelegenheiten Ware auf Kleiderkarten hergaben, und sprach mit der benachbarten Gemüsehändlerin. Ohne das Zureden einer Frau, die über ihre Vergangenheit doch sehr gut im Bild war, hätten die Geschäftsinhaberin für die Redlichs noch nicht einmal Rüben, geschweige denn je eine Kartoffel herausgerückt.

Regina lernte von Frau Wedel nicht nur Stricken, sondern auch alte Pullover aus deren Bestand aufzutrennen, die Wolle neu zu verwenden und ihren Bruder mit Pullover, Mützen und Fausthandschuhen zu versehen, und Else so brauchbare Rezepte für Rüben, daß sie nur noch gelegentlich fluchte: »Zu Hause haben das nur unsere Schweine gefressen.«

Die Axt, Kochgeschirr, Decken, Nadeln und Stopfgarn, Tinte und das Säckchen für die Seifenreste, Einweckgläser zum Einkaufen, die kleine Zinkbadewanne für Max, Wäscheklammern, Kohlenschaufel, Eimer, Besen und all die anderen Dinge des täglichen Bedarfs, für die es zwar für politisch und rassisch Verfolgte Sonderzuteilungen gab, die aber in keinem Geschäft zu kaufen waren, stammten aus Wedels intaktem Haushalt.

Am Anfang verwirrte Frau Wedel ihr Mitleid, danach nur noch ihr Unvermögen, sich ausgerechnet in einer Zeit, in der es einzig auf das eigene Überleben ankam, sich mit ihrem gestählten Sinn für das Praktische gegen die immer wieder aufkeimende Hilfsbereitschaft zu wehren.

Es war nicht so, wie die meisten Nachbarn und Bekannten vermuteten und es durchaus und auch sehr ironisch aussprachen, daß Frieda Wedel nur die Zeichen der Zeit erkannt hatte und persönlichen Vorteil witterte, wenn sie die in der Öffentlichkeit immer wieder beschworene, als überflüssig und lästig empfundene Verpflichtung wörtlich nahm, Unrecht wiedergutzumachen. Sie hatte nur nicht damit gerechnet, daß es Menschen, von denen es hieß, es gehe ihnen besser als allen anderen, noch mehr Not litten als die vielen Neider, die ihre eigenen Gerüchte glaubten.

Für den Besuch von Puttfarkens steuerte Frau Wedel, beeindruckt, daß ein Ministerialrat aus Wiesbaden auf ihrem Sofa sitzen sollte, nicht nur das Rezept für den Kuchen aus Haferflocken, Kakaoersatz und Kunsthonig bei, sondern auch die Backform und einen Apfel aus ihrem Schrebergarten. Jettel empfand das Ergebnis als einen persönlichen Triumph. Die Frage, ob ein Stück von dem grauen Kuchenhügel, der zum Glück das Aroma gerösteter Apfelschalen aufgenommen hatte, Puttfarkens schmecken würde oder ob ein Mann wie Puttfarken durch sein hohes Amt eine andere, nahrhaftere Lebensbasis hätte als ein Richter und sich eventuell nur höflich jeden Bissen hineinquälen könnte, beschäftigte sie noch mehr als das mit größter Spannung erwartete Wiedersehen selbst.

Seit dem Brief von Puttfarken nach Nairobi, der Walters Berufung zum Richter nach Frankfurt angekündigt hatte, war es nur noch zu einem einzigen Kontakt gekommen. Walter und Jettel hatten zur Begrüßung in Frankfurt eine Postkarte von dem Freund aus Leobschützer Tagen erhalten, die sie mehr verletzt als erfreut hatte. Die paar Sätze waren eher förmlich als freundlich, auch steif, genau so, wie die beiden Puttfarken aus seiner Zeit als Richter in Leobschütz in Erinnerung hatten, und so ganz anders als sein herzerwärmender, offener Brief nach Kenia, den Walter lange als den »Beginn meines dritten Lebens« bezeichnete.

»Jettel«, hatte Walter gesagt, als er die Karte vom Gericht mitbrachte, »wir werden uns damit abfinden müssen, daß ein einfacher Richter doch nur ein Nebbich für einen Ministerialrat ist.« Es war eine der seltenen Gelegenheiten seit der Ankunft in Frankfurt, in denen Jettel ihrem Mann zustimmte.

Nun stand Hans Puttfarken, groß, blond, auf den ersten Blick kaum verändert, nur dünn geworden und mit dem grauen Teint, der der Schäbigkeit der Zeit entsprach, und mit seinem zu großen Jackett und zu weitem Hemd im Wohnzimmer: Er war ebenso verlegen wie bei seinem Abschiedsbesuch in Leobschütz, als er Angst hatte, es könne sich herumsprechen, daß er noch jüdische Freunde besuchte.

Er machte eine Bewegung, als müsse er nur sein Haar glattstreichen, das ihm den ersten klaren Blick verwehrte, um sich selbst zu prüfen und finden. Doch dann lieferte er sich ohne Widerstand dem Staunen aus, daß Jettel immer noch die schöne Frau war, die er im Gedächtnis hatte, mit dem dichten nachtschwarzen Haar, der makellosen Haut und jener Andeutung von Unzufriedenheit in den sanften braunen Augen, die sie für ihn immer kapriziös und auf eine sehr beunruhigende Art begehrenswert gemacht hatte. Er suchte nach Worten, um ihr das zu sagen, was von seinen Empfindungen auszusprechen war, aber seine Kehle war trocken und die Zunge zu schwer.

Er wollte seine Frau, deren Verlegenheit er spürte, obwohl sie hinter ihm stand, in den Kreis der Erwartung hineinziehen, doch auch das gelang ihm nicht. Da sah er Regina, hohlwangig, dünn und doch nicht ohne die Harmonie, die er zu deuten verlernt hatte, und ein vergnügt krähendes Kind auf ihrem Bauch, das in die Hände klatschte und kleine Blasen von Spucke aus seinem Mund blies. Erleichtert, weil er zu scheu war, den Vater zu umarmen, drückte Hans Puttfarken das lachende Paket im grauen Frotteehandtuch an sich.

»Es ist zu viel geschehen«, murmelte er.

»Zu viel«, stimmte Walter zu, erleichtert, daß die Bewegtheit des Augenblicks stumm machte.

Sie setzten sich zu Tisch. Else brachte den Malzkaffee in der weitgereisten Kanne mit dem Blumenmuster, die einst Owuor geliebt und in der Sonne von Ol' Joro Orok gebadet hatte. Regina sah einen schwarzen Arm glänzen, hörte das Schlurfen nackter Füße auf dicken Holzbohlen und roch die Süße von Owuors Haut. Erschrocken und hastig schluckte sie das Salz der Erinnerung hinunter, ehe es ihr in die Augen dringen konnte.

Frau Puttfarken mit müdem Blick in vom Leiden gezeichneten Augen und einem Zittern in den Händen, das sie vergebens zu unterdrücken versuchte, lobte den Kuchen und streichelte Max zaghaft. Jettel lächelte, doch die Beklemmung, festgefroren in den erstarrten Gesichtern wie die Eisblumen am Fenster, blieb die ungebetene Begleiterin von Menschen, die die Jahre zurückholen wollten und nicht wußten wie.

Max griff mit einer Hand nach seinem Becher und mit der anderen nach einer kleinen Nadel, die Frau Puttfarkens düsterem braunen Kleid einen Schimmer von Helligkeit gab, und Regina sagte: »Halt das Tippel fest.«

»Mein Gott, Regina spricht ja Schlesisch«, rief Puttfarken. »Das muß man sich mal klarmachen. Wächst im Busch auf und spricht Schlesisch.«

Sein Lachen erinnerte Regina an das so lange begrabene Echo, das in den Bergen um Ol' Joro Orok von der Sonne gewärmt wurde. Sie machte sich abermals bereit, den Krieg mit ihren Tränen aufzunehmen. Als sie die Augen öffnete, sah sie, daß Puttfarken immer noch lachte. Ihr Vater auch.

Nachdem sich die Herzen erst einmal und so unerwartet geöffnet hatten, gaben die Worte keine Ruhe mehr. Sie stürzten mit fordernder Kraft aus dem Schweigen; selbst die in feuchtes Zeitungspapier eingewickelten Briketts im Ofen, für diesen Tag schon aufgegeben, schienen sich nach neuem Leben zu drängen. Der Wind rüttelte an den Fenstern, doch seine Stimme hatte an Bösartigkeit und Härte verloren.

Puttfarken erzählte von der Not und der Angst um seine jüdische Frau in den Jahren, da jeder Tag ein neues Geschenk und zugleich Verlängerung der Qual bedeutete, von seiner Verpflichtung zur Zwangsarbeit, vom Elend der Flucht aus Oberschlesien, den Schwierigkeiten und Hoffnungen des Neuanfangs. Auch seine Stimme war ruhig geworden, seine Augen nicht.

Jettel und Walter stritten über Afrika. Sie sprach von der Farm und Nairobi, von Freunden und Freuden, die sie hatte zurücklassen müssen, er von der Verzweiflung der Jahre im fremden Land.

Jettel sagte: »Walter war immer ein Träumer.«

»Und du hast dich immer nur gerade dort wohl gefühlt, wo wir nicht waren«, hielt ihr Walter vor.

Hans Puttfarken lächelte ein wenig und sagte: »Sie beide haben sich immer so erfrischend gestritten. Schön, daß das geblieben ist.«

Regina suchte nach der englischen Übersetzung für das Wort Demütigung, das ihr Vater ausspuckte wie sie einst die scharfen Beeren vom Pfefferbaum, aber erst gingen ihre Gedanken auf die Safari, die sie nicht antreten wollte, und danach reisten auch ihre Ohren in ein Land, in der sie die Worte, die sie nicht verstand, nicht mehr beunruhigen konnten.

Später saß sie, mit ihrem schlafenden Bruder auf dem Schoß, der ihre Glieder wärmte wie einst der Hund Rummler, mit Frau Puttfarken in der dunkelsten Ecke des nur mit einer Glühbirne beleuchteten Zimmers. Es wurde ein guter Tag, denn Frau Puttfarken wollte alles von Afrika wissen, versuchte Owuors Namen auszusprechen, und lachte dabei so, daß ihre Augen die Farbe wechselten. Sie interessierte sich selbst für die Fee im Guavenbaum, die Regina begleitet hatte, als sie noch Kind war und an Feen glauben durfte.

»Kannst du Suaheli?« fragte Frau Puttfarken, »mein Sohn hat mir extra aufgetragen, dich das zu fragen. Er ist auch fünfzehn. Genau wie du.«

»Alles kann ich auf Suaheli sagen«, versicherte Regina.

»Dann sag mal«, flüsterte Frau Puttfarken und lachte zum zweiten Mal, »ich hasse die Deutschen.«

»Ich kenne das Wort für Haß nicht«, erkannte Regina verblüfft.

»Ich glaube, wir haben zu Hause nicht gehaßt. Nur die Nazis durfte ich hassen«, erinnerte sie sich, »die Deutschen nie.«

»Glückliches Kind«, seufzte Frau Puttfarken, »ich habe hassen gelernt und kann nicht verzeihen.« Ihre Augen waren sehr klein in großen Höhlen. Ihre Hände zitterten wieder.

»Ich hasse die Deutschen auch«, sagte Jettel.

Else trug das Geschirr in die Küche und kam nicht wieder,

obwohl Puttfarkens beim Abschied nach ihr fragten und »Auf Wiedersehen in Hochkretscham« riefen.

Regina brachte Max allein ins Bett. Sie sang leise das Lied vom Schakal, der seinen Schuh verloren hat, wartete, bis Max schlief, schlich aus dem kleinen Raum hinaus und ging Else suchen. Sie saß, ohne Farbe im Gesicht, die langen blonden Haare verklebt und naß, die Augen klein und rotgeweint, am Küchentisch. Ihre Schultern bebten.

Regina versuchte, sie zu streicheln, aber Elses Körper war so schlaff wie die Krone einer im Sturm geknickten Dornakazie und reagierte ebensowenig auf die Zärtlichkeit der Berührungen wie die Ohren auf die ängstlich zugeflüsterten Fragen. Regina riß die Tür zum Wohnzimmer auf und rief ihre Eltern.

»Else, was ist bloß los«, schrie Jettel alarmiert, »was ist passiert?«

»Wer hat Ihnen was getan?« fragte Walter.

Else verkrampfte ihre Hände und fing wieder an zu weinen. Als sie endlich, zwischen zwei Tränenausbrüchen, sprechen konnte, schluchzte sie: »Mein Vater.« Später schrie sie: »Sie haben ihn totgeschlagen. Wie ein Stück Vieh.«

Walter war sehr blaß, als er fragte: »Wer?«

»Warum?« sagte Jettel. »Warum ausgerechnet Ihren Vater, Else?«

Es war fast Mitternacht, als Else, eingepackt in Frau Wedels Decke und den dampfenden Malzkaffee schlürfend, den Jettel immer wieder wärmte und ihr hinhielt, Körper und Stimme wieder beherrschte.

»Mein Vater ist von den Polen erschlagen worden«, sagte sie und starrte den Ofen an. »Sie sind auf unseren Hof gekommen, haben ihn rausgezerrt und totgeschlagen.«

»Warum?« fragte Regina.

»Weil er Deutscher war«, sagte Walter.

Sie gingen schweigend zu Bett. Regina versuchte, den alten Zauberspruch gegen böse Bilder zu neuem Leben zu erwekken, aber er hatte die lange Reise nicht überstanden und seine Kraft verloren. Die Worte und vor allem die Teufel, die sie mit dem tröstenden, immer wirksamen Balsam ihrer Kindheit hatte ermorden wollen, verhöhnten sie wie ein Krieger, der auf einen unbewaffneten Gegner trifft und sich nicht mit dem Pfeil aus straff gespanntem Bogen zufriedengibt.

Sie hörte aus dem Schlafzimmer ihrer Eltern die ersten, noch verhaltenen Laute, die dem Krieg vorauseilten, dann sehr deutlich ihren Vater sagen: »Wenn du alle Deutschen haßt, vergiß Else nicht.«

Jettels Stimme, voll von jenem Staunen, das Regina an ihrer Mutter liebte und nie begreifen würde, sagte: »Aber doch nicht unsere Else. Die hasse ich doch nicht.«

»Aber Frau Wedel darfst du hassen«, erwiderte Walter, »die war sogar Nazi.«

»Auf Frau Wedel lasse ich nichts kommen. Auf die nicht! Wo wären wir ohne sie?« fragte Jettel empört.

Walters Gelächter, kräftig genug, um gegen die Wand zu schlagen und dabei nichts von der Schärfe einzubüßen, erreichte Reginas Ohren den Bruchteil einer Sekunde vor der Gewißheit, daß sie sich getäuscht hatte. Der alte Zauber des Gottes Mungo, den sie hatte verlassen müssen, war nicht tot. Nur Mungo trocknete die Tränen, ehe sie zu Salz erstarrten, und machte aus ihnen Lachen.

4

Amtsgerichtsdirektor Karl Maas war eine Ausnahmeerscheinung, freundlich zu jedem und argwöhnisch, ohne daß dieses Mißtrauen kränkte, vor Menschen, die es für opportun hielten, seine Freundschaft zu rasch zu begehren. Er ließ sich weder auf die Weinerlichkeit der Zeit ein noch auf die Sucht, allzeit Unschuldsbeweise für die Vergangenheit zu erbringen. Er hatte jene bildhafte Sprache, die als typisch für die Gemütlichkeit und ungekünstelte Lebensart des alten Frankfurt galt. Noch im Februar 1948, als die Versorgungslage so schlecht wurde wie nie zuvor, erschien Maas so gut genährt wie in Friedenszeiten.

Da es einem Menschen gelingen konnte, gesund, satt und vor allem so auszusehen, als könne er sich auf andere Dinge im Leben als Butter und Fleischmarken konzentrieren und empfinde dabei auch noch Befriedigung, machte Hoffnung. Es ließ sich nicht übersehen, daß Maas sehr nahrhafte Beziehungen und vor allem die Beherztheit hatte, sie trotz seines Amtes zu nutzen; im Gegensatz zu den Gepflogenheiten, die den gewissen Freiraum in diesen Dingen nur für die eigene Person gelten ließen, wurde dem behäbigen Amtsgerichtsdirektor dieser sättigende Sinn für das Praktische nicht geneidet. Neben seinem Humor, der immer volksnah, nie jedoch grob war, und der Schlagfertigkeit, die Schärfe mit Witz zu kompensieren verstand, trug gerade die in Notzeiten atypische Beleibtheit zu seiner Beliebtheit bei.

Gerade sie aber ließ viele Menschen vergessen, wie stark Maas durch die Erlebnisse der Nazizeit geprägt war. Am Gericht herrschte allgemein die Auffassung, daß er wegen seiner Furchtlosigkeit und Kompromißlosigkeit gegenüber einem Regime, das er sehr früh durchschaut hatte, aus dem Justizdienst entlassen worden war. Tatsächlich aber hatte er eine jüdische Frau, die er erst beim Einmarsch der Amerikaner in Frankfurt gerettet wußte.

Die erlittenen Demütigungen und die Angst der langen Jahre ohne Hoffnung machten Karl Maas sensibel für das Schicksal von Menschen, die die gleiche Scham der Wehrlosigkeit hatten erdulden müssen; seit der ersten Begegnung fühlte er sich Walter verbunden. Zunächst hatte ihn nur die Bedrücktheit des Jüngeren gerührt, seine so spürbare Furcht, er würde nach den Jahren des Exils nicht mehr den Anschluß an seinen alten Beruf finden können, und der in seiner Heftigkeit schon beängstigende Drang des Ausgestoßenen, wieder Gleicher unter Gleichen zu sein.

Als Karl Maas jedoch merkte, daß Walter eine Zivilcourage hatte, die der seinen glich und mit der er temperamentvoll und sehr scharf auf bewußt verletzende oder auch nur unbewußt ausgesprochene Kränkungen von Kollegen reagierte, wurde aus der spontan empfundenen Sympathie ein Verhältnis, das jüngere Männer durchaus als Freundschaft gedeutet hätten.

Erst nutzten sie jede Begegnung auf den Fluren des Gerichts zum Gespräch, überließen aber bald ihr Zusammentreffen nicht mehr dem Zufall. Maas fühlte sich – jenseits der Verpflichtung seines Amtes und der Sorge um einen Mann, dem zehn Jahre beruflicher Erfahrung fehlten – für Walter verantwortlich; Walter sprach mit Karl Maas ohne seine sonstige Scheu vor der Preisgabe seiner Gefühle über seine Pläne und Hoffnungen, manchmal auch über die Verzweiflung, daß er sich in pessimistischer Stimmung in Frankfurt ebenso fremd fühlte wie in Afrika.

Außerhalb des Gerichts kamen die beiden Männer nur zweimal zusammen; einmal bei Maas in der Wohnung, einmal in der Höhenstraße bei Redlichs. Beide Einladungen waren ein eher belastender Austausch von Höflichkeiten. Es war Frau Maas anzumerken, daß sie Jettels Klagen und Hilflosigkeit irritierten und erst recht der Trotz einer Frau, die bei ehelichem Zwist Fremde in die Rolle von Schiedsrichtern drängte. Auch die Töchter, obwohl fast gleichaltrig, verstanden sich nicht. Die Tochter von Maas, robust, sportbegeistert und gesellig, konnte mit Reginas zurückhaltender Art, ihrem Ernst und der Fürsorglichkeit für den kleinen Bruder, die ihr als Einzelkind fremd war, nichts anfangen. Sie ließ keinen Zweifel aufkommen, daß sie der väterlichen Empfehlung nicht nachkommen würde, Regina in ihren Kreis aufzunehmen oder gar Freundschaft mit ihr zu schließen.

Die Verbundenheit der Männer wurde ohne den Zwang zu gesellschaftlicher Etikette, die Maas als lästig empfunden hätte, eher stärker. Walter gab die Gewohnheit auf, den warmen Ofen im Dienstzimmer von Maas als Grund für seine häufigen Besuche vorzutäuschen. Maas tarnte seine Gespräche mit Walter nicht mehr als dienstliche Besprechungen. So war es Walter selbstverständlich, daß es Karl Maas war, dem er als erster erzählte, er wolle nicht länger als nötig Richter bleiben. Er hatte Widerspruch erwartet, auch gefürchtet, Maas würde ihn als undankbar empfinden, hatte aber das Gespräch nicht herausgezögert, als sein Entschluß feststand.

Karl Maas sagte aber nur: »Das überrascht mich nicht.«

»Warum?«

»Sie sind nicht zum Angestellten geboren.«

»Ich hatte genug Zeit, es zu lernen, aber es gelingt mir nicht. Ich will frei sein. Ich habe in all den gestohlenen Jahren immer davon geträumt, wieder Rechtsanwalt zu werden. Richter kam mir nie in den Sinn.«

»Haben Sie es Ihrer Frau schon gesagt?«

»Noch nicht. Sie haßt Veränderungen.«

»Dann warten Sie, bis es soweit ist«, riet Maas, »es ist nicht leicht, sich heute als Anwalt niederzulassen. Es gibt noch weniger Büroräume als Brot.«

Walter war erleichtert. Wenn auch seine Pläne nicht konkret, fast noch Illusionen waren, hatte es ihn bedrückt, Maas nichts von ihnen zu erzählen. Das Gespräch erschien ihm als erster, sehr wesentlicher Schritt in die Freiheit, die er trotz allen Bemühens als Richter nicht fand. Zum ersten Mal seit der Ankunft in Frankfurt gestattete er sich die Freude seiner wahren Träume. Er sah sich im eigenen Büro sitzen, Akten lesen, Schriftsätze konzipieren, Briefe diktieren, Mandanten beraten, ein unabhängiger Mann, der nur sich selbst Rechenschaft schuldig war – endlich am Ziel angekommen.

Walter war so mit seinen Phantasien und der Flucht in die Zukunft beschäftigt, die ihm mit einem Mal gar nicht mehr unerreichbar schien, daß er zunächst nur die Umrisse der Gestalt im Flur vor seinem Zimmer wahrnahm. Deutlich sah er nur die beiden rostigen Eimer neben einem großen, mit Schnur umwickelten Koffer. Der größere Eimer war mit Kartoffeln, der andere mit Zwiebeln gefüllt. Der Gedanke an einen Teller randvoll mit fetten Bratkartoffeln, in einer braunen Zwiebelsauce schwimmend, kam rasch und ungebeten. Er peinigte Walters Nase und quälte den Magen, der sofort mit Krämpfen reagierte; benommen versuchte er, die Sucht nach dampfenden Schüsseln in einer warmen Küche abzuwehren.

Walter malte sich zu genau, mit zuviel Behagen und zu lange aus, wie er sich fühlen würde, wenn er je wieder satt genug wäre, um einen Rest auf dem Teller zu lassen. Ihm fiel erst auf, daß der Mann mit den Eimern aufgestanden war, als er sah, daß die gedrungene Gestalt im grauen Mantel nicht mehr auf dem Stuhl vor seinem Zimmer saß. Nach einiger Zeit, in der er wieder nur an Bratkartoffeln denken konnte, merkte Walter, daß der Mann seinen Körper streckte, den Kopf hob und schwerfällig das eine Bein vor das andere schob. Er kam drei Schritte auf Walter zu und blieb stehen.

Nur die grauen Haare, eigenartig hell in dem düsteren Korridor, schienen sich zu bewegen; sie standen aufrecht und dicht wie junge Pflanzen, die starrsinnig vor ihrer Zeit aus der Erde drängten, auf einem Kopf, den Walter als besonders groß, kantig und auf eine geradezu absurde Art als vertraut empfand. Der Schleier vor seinen Augen wurde dicht; die Bilder, die er durchließ, überfielen ihn mit einer Plötzlichkeit, die sein Gedächtnis durch die Jahre hetzte. Walter konnte nun sehr deutlich erkennen, daß der Mann ein rotes Gesicht und Arme mit mächtigen Händen hatte, die auf ihn zukamen. Es war die Stimme, so hart und doch so unendlich weich, so entschwunden und doch nie vergessen, die Walter rennen ließ.

»Herr Doktor«, sagte diese Stimme, »kennen Sie mich noch?«

Walter schwankte, als er nach dem grauen Mantel griff, doch er stürzte nicht, als die Flamme des Begreifens seinen Körper zu verbrennen begann. Das grobe Tuch scheuerte an seinem Gesicht und fing die Tränen auf, die herunterstürzten, und er machte keinen Versuch, sich zu wehren. Das Glück, das ihn durchströmte, machte ihn blind und stumm, doch er hörte ganz klar sein ohrenbetäubendes Brüllen aus aufgewühlten Sinnen.

»Mein Gott«, schrie Walter, »der Greschek. Josef Greschek aus Leobschütz.«

Er merkte, obwohl Kopf und Herz schon auf rasender Rückfahrt in die Vergangenheit waren, wie sich die Türen um ihn herum öffneten und daß die Kollegen verstört und verständnislos auf den Flur eilten; er spürte ihr Staunen, ohne daß er auch nur einen anderen Menschen außer dem einzigen sah, dessen Bild ihn so lange begleitet hatte.

Walter konnte seine Arme nicht von Grescheks Körper lösen; er schob ihn durch den Korridor, schüttelte ihn, klopfte ihm auf die Schultern, faßte in den grauen Haarschopf, streichelte jede Falte des Gesichts, das er immer wieder an das eigene zog. Als er nach einer Zeit, in der er nur das Klopfen seines Herzens und seinen keuchenden Atem hörte, endlich imstande war, wenigstens seine Hände zu beherrschen, gab er den grauen Mantel frei, rannte zur Tür seines Zimmers, nahm in jede Hand einen Eimer, schlug die beiden aneinander und hetzte zu Greschek zurück.

»Der Greschek aus Leobschütz«, brüllte Walter in die Front aus Neugierde und mißbilligender Verblüfftheit vor jedem Zimmer, »in Leobschütz waren wir beide mal zu Hause. Seht euch den Mann gut an, der bis zum letzten Tag keine Angst hatte, zu einem jüdischen Anwalt zu gehen. Bis nach Genua hat er mich begleitet, als ich auswandern mußte und kein Hund mehr ein Stück Brot von mir nahm.«

»Die Zwiebel und Kartoffeln sind für Sie, Herr Doktor«, sagte Greschek. »Die hab ich aus Marke mitgebracht. Sie wissen doch noch, daß ich nach dem Harz gemacht bin. Das hab ich Ihnen nach Afrika geschrieben. Haben Sie den Brief überhaupt gekriegt?«

»Und ob, Greschek. Sie wissen gar nicht, was los war an dem Tag. Wie die Kinder haben wir geweint. Wir wußten ja bis dahin nicht einmal, ob Sie noch lebten.«

»Die Frau Doktor auch? Die hat auch geweint?«

»Ja. Die auch.«

»Das ist schön, wie Sie das gesagt haben«, lächelte Greschek. »Davon hab ich manchmal geträumt.«

Das Wiedersehen machte es beiden Männern unmöglich, ihre Gedanken auszusprechen. Sie gingen zu Fuß vom Gericht in die Höhenstraße, vorbei an Ruinen und schwarzen Mauern, an Schubkarren, Straßenbahnen und blattlosen Bäumen mit Konturen, die im leichten Regen des düsteren Nachmittags Sanftheit vortäuschten. Sobald die beiden Freunde stehenblieben, sahen sie einander an und schüttelten zu gleicher Zeit den

Kopf. Greschek trug beide Eimer und wehrte Walters Versuche, ihm zu helfen, brummend und mit den stets gleichen Worten ab: »Ein Mann wie Sie schleppt keine Kartoffeln.«

»Daß ich das noch erlebe«, sagte Walter immer wieder.

Er blieb auf der Treppe und ließ Greschek allein vor der Wohnung warten, bis die Tür aufgerissen wurde. Jettel fiel ein Teller aus der Hand. Sie hörte zu gleicher Zeit den hohlen Klang der Scherben und die hohen Laute ihrer Stimme, die »Greschek« schrie; sie schluchzte und lachte, als sie ihre Arme ausbreitete, und sie zog Greschek an sich und tanzte mit ihm durch die Küche – wie sie einst in Ol' Joro Orok mit Martin getanzt hatte, als der Jugendfreund aus Südafrika gekommen und sie und Walter für zwei unvergessene Wochen vom Trauma der Verlassenheit erlöst hatte.

Später, noch immer im taumelnden Schock der Begegnung, bestand sie darauf, die Bratkartoffeln, die Else beim Schälen mit Tränen gesalzen hatte, selbst zuzubereiten.

»Mein Mann ißt sie nur gern, wie sie meine Mutter gemacht hat«, sagte sie und beugte sich über die geschnittenen Zwiebel, als sie den Druck in ihren Augen zu spüren begann.

Regina, die bei der stürmischen Begrüßung von Greschek gleichfalls an Martin und ihre erste, so lange begrabene, nie gestorbene Liebe hatte denken müssen, saß in der Küche und konnte schon deshalb den Aufbruch in die guten Tage nicht mehr stoppen, weil ihre Nase bereits den Kopf beherrschte. Mit jedem Zwiebelstück, das in das Schmalz geworfen wurde, wurden die Bilder deutlicher. Sie sah Owuor in der Küche stehen, sah seinen Arm mit der glänzenden Haut die Pfanne schwenken, hörte den Klang seiner Stimme, als er sang, spürte seinen Atem, der kleine Kreise durch den Rauch schob.

»Ich hab mir gar nicht klargemacht«, schniefte sie, »daß es Greschek wirklich gibt.«

»Greschek«, sagte Walter und biß in ein Stück rohe Zwiebel, »ist für mich die Verkörperung des anständigen Deutschen.«

»Da haben Sie noch nicht viele anständige Menschen in Frankfurt getroffen, Herr Doktor«, sagte Greschek, »ich war nicht anständig, nur nicht so unanständig wie andere.«

Ehe es dunkel wurde, saßen sie am Tisch, Greschek zwischen Jettel und Walter, ein wenig verlegen und noch umständlicher als sonst in seinen Bewegungen; er war drei Tage mit der Bahn unterwegs gewesen, hatte sehr lange an der Zonengrenze seine Eimer verteidigen müssen, und nun grämte es ihn, daß er nicht auf seine Grete gehört und ein frisches Hemd mitgenommen hatte.

»Das Schmalz war ja wichtiger«, sagte er und schob das Messer in den Mund.

»Mensch, Greschek, können Sie sich vorstellen, daß ich zum erstenmal satt bin, seitdem wir in Frankfurt sind?«

»Ja«, sagte Greschek, »da muß ich Sie alle nur angucken, um mir das vorzustellen. Lange macht es das Fräulein Regina nicht mehr.«

Sobald Regina ihrem Bruder die fettglänzenden Hände abwischte, schob er sie zurück in die Schüssel. Er mußte sich auf seinen Stuhl stellen, um den Berg von Bratkartoffeln zu erreichen, und suchte, prustend vor Fröhlichkeit, neue Beute, während er noch am Kauen war.

»Regina, laß ihn nicht soviel essen. Dem muß ja schlecht werden. Ein zweijähriges Kind verträgt das nicht.«

»Laß ihn, Jettel«, sagte Walter, »mein Sohn hat sich so lange nicht den Magen verderben dürfen. Wer weiß, wann er das nächstemal Gelegenheit dazu hat?«

»Lassen Sie mich nur machen, Herr Doktor. Ich bleib eine Zeitlang hier. Wenn Ihre Else mein Hemd wäscht und wenn es Ihrer Frau recht ist. Ein' Mann wie Sie kann man in diesen Zeiten nicht allein lassen.« Weil er nichts von der Trägheit eines vollen Magens wußte, vergaß Walter auch, beizeiten Kopf und Kehle zu verschließen. Während er auf die Töne in seinem Bauch lauschte, der sich ihm angenehm entgegenwölbte, versuchte er, die Bilderflut des Tages einzufangen. Es wurde eine lange Reise, die zu einer jener verwirrenden Safaris anschwoll, von denen Walter schon lange nicht mehr glaubte, daß nur seine Tochter deren Verlockungen erlag. Abwechselnd machte er Station in Leobschütz, Genua und Ol' Joro Orok und stand dann, zu unerwartet, um noch vorsichtig zu sein, mit Karl Maas am Ofen und sprach von Plänen, in denen der Hunger nicht mehr das Leben bestimmte.

»Wissen Sie, Greschek«, sagte er in die Richtung des dösenden Kopfes im geblümten Sessel, »ich werde mich irgendwann doch als Anwalt niederlassen. Und dann verklagen wir jeden in Marke, der Sie ärgert.«

Jettel hörte die Worte ihres Mannes, als sie gerade dabei war, sich dem verwirrenden Gefühl auszuliefern, daß ihr Körper keine Ansprüche mehr stellte, aber sie gab sich keine Mühe, die Sätze zu verstehen. Sie bewegte nur den Kopf. Auch sie war zu satt, zu ungewohnt zufrieden, zu müde vor allem, um die Furcht vor Veränderungen auch nur zu wittern.

Später, als Greschek auf der Couch schnarchte und Else in der Küche Wasser in die Schüssel laufen ließ und leise singend ihr Feldbett aufstellte, hörte Regina das Bett im Schlafzimmer quietschen. Zunächst lächelte sie wissend wie zu den Zeiten, als sie noch keinen Bruder gehabt hatte und nichts auf der Welt mehr begehrte; als sie aber merkte, daß sie auf jeden Ton lauschte und ihn, wie in Kindertagen zu deuten versuchte, schämte sie sich, daß sie je hatte denken können, ihre Eltern hätten den einzigen Teil des Lebens ohne Streit vergessen.

Greschek, körperlich phlegmatisch, aber geistig um so reger, wenn es um die richtige Witterung für die Zeit ging, die nach Männern seiner Art rief, ließ keine Stunde ungenutzt, um das Leben der Freunde neu und nahrhaft zu gestalten; selbst in den Tagen, als sein Laden für elektrische Geräte in Leobschütz florierte, hatte er mehr Freude an Geschäften außerhalb der Norm gehabt als an den in einer Kleinstadt gebotenen und üblichen, die er als monoton und zu wenig gewinnbringend empfand. Die lange, beschwerliche Flucht zu Fuß aus Oberschlesien und erst recht sein Leben danach als unwillkommenes »Ostpack« in dem kleinen Harzer Dorf, das ihn aufnehmen mußte, hatten Grescheks Improvisationstalent und Geschäftstüchtigkeit zur vollen Blüte getrieben. Weil er Witz und vor allem einen Blick für Menschen hatte, machte er Jettel zur Eingeweihten auf jenen verschwiegenen Wegen, von denen er wußte, daß der »Herr Doktor« sie mißbilligte.

Jettel, die sich selbst für geschäftstüchtig hielt, war begeistert. Es schmeichelte ihr, daß Greschek ihre Lebensklugheit lobte, und sie stimmte aus vollem, lange unterdrückten Herzen mit seiner Meinung überein, daß Anständigkeit nur mangelnder Mut zur Selbstbehauptung war. Vor allem erkannte sie in Greschek ein Juwel, grob geschliffen zwar und brummig, aber vor allem ihr so zugetan, wie sie es von allen Männern gewohnt war. Am ersten Tag schon zeigte sie Greschek das Säckchen mit den grünen Kaffeebohnen aus Kenia, das Walter für eine besondere Gelegenheit reserviert hatte. Er nahm es wortlos und kopfschüttelnd mit und kam, ebenso schweigsam, mit einem Pfund Butter und einer Stange Zigaretten zurück. Am zweiten Tag nahm er die halbe Stange Zigaretten wieder mit und kam mit einem Radio nach Hause.

»Sie sind doch nicht mehr bei den Negern, Herr Doktor. Abgeschnitten von aller Welt. Ich weiß noch, wie glücklich Sie waren, als ich Ihnen in Leobschütz Ihr erstes Radio verkaufte.«

Bis zum Ende der Woche hatte Greschek eine Seite Speck, einen kleinen Eimer flüssiger Seife, ein halbes Pfund Bohnenkaffee, vier Dosen Corned beef aus amerikanischen Armeebeständen und vor allem zwei Paar Nylons besorgt, mit denen Jettel so glücklich durch die Wohnung wirbelte, als wären sie Diamanten.

Das ungeliebte, bittere Maismehl, das es seit Wochen auf Zuteilung gegeben hatte, tauschte Greschek zur allgemeinen

Verblüffung gegen das begehrte weiße ein, die auf Fleischmarken gelieferten Datteln gegen zwei Bananen für Max. Für Regina holte er stolz zwei Riegel »Hershey's« aus dem Rucksack und erlitt seine erste Niederlage. Sie leckte nur an der Schokolade und stopfte sie dann beglückt in ihren Bruder hinein.

»Fräulein Regina ist wie ihr Vater«, beklagte sich Greschek bei Else, deren Ohrringe er gegen Schuhe eingetauscht hatte, »zu gut für diese Welt.«

Jettel schleppte, wenn auch ohne Hoffnung, das Säckchen Tee aus Kenia an; auf der Überfahrt war eine Tüte Seifenpulver gerissen und hatte den Tee für alle Zeiten ungenießbar gemacht. Es war das einzige Mal, daß Greschek laut lachte.

»Wissen Sie denn nicht, daß guter Tee immer ein wenig nach Seife geschmeckt hat?« fragte er. Am späten Abend, als Walter, der das Unheil täglich kommen sah, ihn schon verhaftet wähnte, kehrte er ohne Tee und mit zwei Meter blau-weiß geblümtem Kleiderstoff für Jettel heim.

Sie war selig und gab, auch dies noch nie geschehen, Greschek einen Kuß. Niemand wußte, wie er zu den Dingen kam, die dem Leben eine so abrupte Wende gegeben hatten. Er ließ sich weder entlocken, wo er seinen nahrhaften Geschäften nachging, noch wie er, der Stadtunkundige aus dem Dorf, so schnell die richtigen Anlaufplätze des Schwarzmarkts gefunden hatte.

Vor allem verriet Greschek noch nicht einmal Jettel, daß er auf dem Weg dorthin mit dem geschulten Auge des Elektrikers, der er in der Jugend gewesen war, und dem Blick des Schrotthändlers, der er geworden war, von Trümmerhäusern und auch von den wenigen Gebäuden, die neu hergerichtet wurden, elektrische Kabel und Leitungsrohre entwendete. Er hielt es für eine unzeitgemäße Verschwendung, die große Schar der Hehler zu enttäuschen, die bereits fest mit seinen Lieferungen rechneten.

Die Abende reservierte Greschek für jenes Glück, das ihn nach Frankfurt getrieben hatte. Sobald die Frauen zu Bett gegangen waren, unterhielten sich die beiden Männer wie in den alten Zeiten, da Greschek Walters einziger Vertrauter gewesen war. Er sprach aber nie so viel von Leobschütz, wie Walter es gern getan hätte; Arbeit, Aufgaben und vor allem die Moralbegriffe eines deutschen Richters interessierten ihn mehr als die Erinnerungen an Oberschlesien. Was Walter von Karl Maas erzählte, den Greschek ja selbst gesehen und vor dessen hohem Amt er eine ihm sonst fremde Ehrfurcht hatte, begeisterte ihn. Er besorgte für Maas eine Salami auf dem Schwarzmarkt. Walter genierte sich sehr, als er das Geschenk überbrachte, Maas überhaupt nicht.

Mit jedem nächtlichen Gespräch empfand Walter immer stärker, daß Greschek der einzige war, der Verständnis für seine Rückkehr nach Deutschland hatte. Eines Abends erzählte Greschek, daß er Walters Vater nach dem Einmarsch der Deutschen in Polen noch zweimal in Sohrau besucht, ihn mit Lebensmitteln versorgt und ihn bei seiner Flucht auf dem Bahnhof in Kattowitz noch gesehen hatte, aber er hatte nicht mehr gewagt, ihn anzusprechen.

»Ich glaub nicht an Gott, Herr Doktor«, sagte Greschek, »aber dafür wird er mich eines Tages bestrafen.«

»Wenn nur jeder Zehnte ihr Gewissen hätte, Greschek, wäre ich hier glücklicher«, antwortete Walter. Er merkte zu gleicher Zeit, daß er sich mit einem einzigen Satz soeben die Hoffnung von Jahren genommen hatte und selbst mit Greschek nicht über den Tod seines Vaters sprechen konnte, und ging bedrückt zu Bett.

Am Ende der dritten Woche von Grescheks Besuch und gerade, als die gefüllten Schüsseln am Abendbrottisch zur Gewohnheit zu werden begannen, wurde Regina krank. Was zunächst nur wie eine starke Erkältung aussah, entwickelte sich zu einem Zustand, den Walter als Grippe, Jettel als Lungenentzündung und Doktor Goldschmidt als Folge der Unterernährung bezeichneten.

Greschek beschaffte für sie Milch und Butter auf dem Schwarzmarkt, ein Huhn für eine ordentliche Suppe, wie sie seine »Muttel« ihren sechs Kindern bei Krankheit gekocht hatte, und zur Hebung ihrer Stimmung einen Lippenstift, der Regina aber weit weniger erfreute als ihre Mutter. Als das hohe Fieber anhielt, kam Greschek mit Penizillin und dem Bescheid nach Hause, es handle sich um ein Wundermittel und könne jede Krankheit über Nacht heilen.

Doktor Goldschmidt weigerte sich, Regina das Penizillin zu spritzen, hatte von da an in Greschek einen Feind fürs Leben, sagte noch einmal: »Regina ist unterernährt«, und sprach vage von der Möglichkeit einer dreimonatigen Kinderverschickung in die Schweiz. Regina wehrte entsetzt ab. Sie hatte in der Schule längst von der Schweizer Hilfe gehört und schon lange gefürchtet, ihre Eltern könnten davon erfahren.

Regina hatte nicht so an der Krankheit gelitten, wie es den Anschein hatte, sondern sie als Gelegenheit willkommen geheißen, befreit von häuslichen Pflichten und dem Zwang ihres Ehrgeizes, in der Schule ein Ziel zu erreichen, das ihr so unerreichbar war wie am ersten Tag, ungestört auf Safari zu gehen. Sobald sie allein in der Wohnung war, rief sie, trotz Fieber und Schwäche, vergnügt die Bilder der gestorbenen Tage zurück.

Sie legte sich in der Mittagshitze neben Owuor an den Rand der Flachsfelder und roch die Süße seiner dampfenden Haut, genoß sein Schweigen, hörte die Trommeln schlagen, die Affen rufen, grub ihre nackten Füße in die rote Erde und ließ die Zeit durch ihre Hände rieseln, bis Owuors Lachen als gewaltiges Echo von den Bäumen donnerte und ihre Ohren streichelte. An anderen Tagen kletterte sie in Nairobi auf den Guavenbaum, betäubte ihre Nase und erweckte ihre Fee aus dem ewigen Schlaf, zu dem sie an jenem Tag verdammt worden war, als Regina sie nicht mehr brauchte, weil sie einen Bruder bekommen hatte.

In diesen sanften Tagen zwischen Wachheit und Schlaf, Krankheit und Gesundung erkannte Regina, daß sie noch immer die Fähigkeit zur Flucht in ihren eigenen Zauber hatte. Ihr früh entwickelter Sinn für Realität blieb aber so scharf wie ein frisch geschliffenes Buschmesser. Sie spürte intensiver denn je, daß sie beides brauchte, die Flucht und die Rückkehr in eine Welt, die sie zwar nicht liebte, die sie aber akzeptierte, weil Eltern und Bruder in ihr lebten.

Auf keinen Fall hatte Regina vor, nur wegen ein paar Kilo Untergewicht freiwillig die Vertrautheit der bekannten Mißlichkeiten in Frankfurt gegen eine erneute Entwurzelung in einem Land einzutauschen, von dem sie nicht mehr wußte, als daß es dort ebenso viele Berge wie Kühe und folglich Milch und Schokolade gab.

Zufall und Zeitpunkt der Diskussion um ihre Gesundheit waren gegen sie. Kaum hatte Doktor Goldschmidt den Keim gesetzt, erfuhr Walter, daß jüdische Familien in Zürich Kinder aus der Jüdischen Gemeinde Frankfurt aufnehmen wollten, diese aber gar nicht wußte, wie sie dem hilfsbereiten Ansinnen begegnen sollte. Die Gemeinde hatte nicht genug Kinder für die Aktion: Die meisten waren erst nach 1945 geboren worden und somit zu jung für die philanthropischen Absichten der Schweizer Pflegefamilien.

Regina ahnte, obwohl ihr Vater nichts sagte, daß er sie bei der Gemeinde für die Schweizer Reise anmelden würde, und gab sich große Mühe, gesund, zufrieden und vollbeschäftigt mit der Pflicht auszusehen, in der Schule endlich den Anschluß an ihre Klasse zu finden. Ihre Lage verschlimmerte sich jedoch rapide, als Greschek sehr plötzlich nach Marke zurückkreisen mußte und somit feststand, daß neue Hungerzeiten nur eine Frage von Tagen waren. Tatsächlich sprach Walter schon mit ihr am Abend von Grescheks Abreise.

»Doktor Allschoff hat mir versprochen, persönlich dafür zu sorgen, daß du zu einer ordentlichen Familie kommst«, sagte er.

»Meine ist ordentlich genug«, erwiderte Regina wütend.

»Aber du bist es nicht mehr.«

»Mir geht es jeden Tag besser. Ohne die Angst, daß ich von hier fort muß, wäre ich längst gesund.«

»Mein Gott, Regina, wovor hast du Angst? Daß du dich an Schokolade überfrißt? Du hast dich als siebenjähriges Kind, ohne zu klagen, von uns getrennt, und jetzt machst du einen Aufstand wegen drei Monaten.«

»In die Schule mußte ich, in die Schweiz nicht.«

»Fängst du etwa an, wie deine Mutter zu werden? Nur keine Veränderungen.«

»Das ist nicht fair. Ich hab noch nie gejammert.«

»Das ist es ja, du jammerst nie. In der Beziehung bist du genauso ein tummes Luder wie dein Vater. Herrgott, Regina, mach es mir nicht so schwer. Ich hab einfach Angst um dich. Und ich bin nicht gewohnt, auch gegen dich zu kämpfen. Ich zwinge dich nicht zu fahren. Ich bitte dich nur, mir diesen Druck zu nehmen.«

Diesmal kamen die nie vergilbten Bilder ungebeten zu Regina. Sie erlebte noch einmal den Tag, als ihr Vater zum listigen Krieger im Kampf um ihr Herz geworden war, und sie sich ein für allemal entschieden hatte, es ihm zu geben. Er wußte noch immer, den Bogen zu spannen, um seinen Pfeil abzuschießen.

»Ist schon gut, Bwana«, murmelte sie, »du hast gewonnen, aber du sollst wissen, daß ich nicht gern fahre.«

»Mußt du auch nicht, Memsahib kidogo«, lächelte Walter, »Hauptsache, du nimmst zu.«

5

Auf der Fahrt von Basel nach Zürich in einem Zug mit kleinen, sauberen Gardinen an den blankgeputzten Fenstern waren es die zierlichen Blüten der im fordernden Gelb leuchtenden Forsythienbüsche auf den Hügeln und die schwarz-weißen Kühe, so wohlgenährt wie in alten Bilderbüchern, auf den sanften grünen Wiesen, die kleinen Häuser in ihrer strahlenden Sauberkeit, die Narzissen und Primeln in winzigen Gärten und die Frühlingsfreude junger Hunde, die Regina korrumpierten; im Trotz der Trennung war sie entschlossen gewesen, sich einer Welt zu verweigern, in die sie keinen Einlaß begehrt hatte, weil sie wußte, daß sie das versprochene Paradies wieder zu einem Kind machen würde, das der Verlassenheit der Fremde schutzlos ausgeliefert war.

Die Augen hatten jedoch zu hartnäckig auf ihrem alten Recht zu trinken bestanden, und seit den Tagen, die das gefräßige Ungeheuer Europa so rasch verschluckt hatte wie eine Hyäne ihre unerwartete Beute, wußte Regina, daß ein Mensch, der es sich nicht für immer mit dem schwarzen Gott Mungo verderben wollte, nie gegen seine Augen kämpfen durfte.

Noch in der kurzen Zeitspanne, da sie am Bahnhof in Zürich nicht wußte, wer sie abholen würde und was sie überhaupt tun sollte, außer neben ihrem Koffer zu stehen und Ausschau nach einer von ihrem Vater angekündigten, ihr unbekannten Erlöserin zu halten, fühlte sie sich geborgen in dem gewaltigen Staunen. Die Bahnsteige waren so sauber wie die Züge, die ein- und abfuhren; am Fenster standen Menschen mit glatten

Gesichtern, oder sie saßen im Speisewagen auf samtbezogenen Stühlen an weißgedeckten Tischen vor gefüllten Tellern. Diese Menschen redeten miteinander, als sei es ihnen nicht wichtig, Hunger zu ersticken, und manche machten den Mund nur auf, um zu lachen. Diese Unbekümmertheit, die sie durch spiegelnde Fenster sah, die von den Spiegeln selbst zu einem feurigen Ball von Farben reflektiert wurde und von der sie vergessen hatte, daß es sie gab, faszinierte Regina am meisten.

Sie war gerade dabei zu erkennen, daß auch die Menschen auf dem Bahnsteig um sie herum, die Männer in blankgeputzten Schuhen aus echtem Leder und die Frauen mit schimmernden Nylonstrümpfen unter hellen, wippenden Kleidern aus leichtem Stoff, die ihnen bis an die Waden reichten, durch diese erregende Sorglosigkeit auffielen. Da faßte eine Frau in einem Kleid aus blauer Seide, mit einer Jacke in der gleichen Farbe und weißen Handschuhen aus Engelshaut an den gelben Puffärmel von Reginas Kleid und machte sie, obwohl sie in einem halben Jahr ihren sechzehnten Geburtstag feiern würde, tatsächlich wieder zu einem Kind, das im Taumel der Erlösung aus der Ungewißheit wieder an Märchen glaubt und für alle Ewigkeit weiß, daß eine einzige Berührung den Menschen aus dem Todesschlaf zurück ins Leben holt.

In der stacheligen Melodik einer Sprache, die Reginas Ohren kitzelte und die sie grübeln ließ, ob sie eine ähnliche schon mal gehört hatte oder nicht, sagte die strahlende blaue Monarchin: »Ich bin Margret Guggenheim, und du bist sicher unser kleines Pflegekind aus Deutschland.«

Regina, die das Wort nicht kannte und die sehr angestrengt überlegte, ob Pflegekinder im allgemeinen Riesen zu sein hatten und sie deshalb der Frau als klein erschien, versuchte, ihren Mund aufzumachen, ohne so töricht auszusehen, wie sie sich fühlte. Sie war froh, daß sie wenigstens ihren Kopf bewegen und nicken konnte. Sehr langsam, als müsse sie die Entfernung erst abtasten, schob sie ihre rechte Hand nach vorn.

Nach einer Zeit, die ihr sehr lang erschien und in der sie stumm dem Duft von Rosen in voller Blüte folgte, der von dem blauen Kleid ausströmte, ließ sie ihren erstarrten Körper in ein Taxi schieben, aber auch in den weichen Polstern des Autos blieb sie so starr wie ein verdorrter Baum, und die betäubende Verwirrung hielt sie so fest umklammert, daß ihr jeder Atemzug peinlich war. Es wurde Regina unmöglich, auch nur ein Bild klar einzufangen, obwohl sie wußte, daß sie gerade dies tun mußte, um ihren Eltern von einer Welt zu berichten, in der die Autos die Farben von Blumen, die Menschen das Aussehen von Rittern und Prinzessinnen hatten und selbst die Hunde an dünnen Leinen aus schmiegsamem Leder frisch gewaschen wirkten und so, als hätten sie nie erfahren, was Hunger ist. So sehr Regina sich mühte zu verstehen, Fragen zu beantworten und die Pracht der Sattheit in ihrem Kopf zu ordnen und zu speichern, sie konnte sich nichts merken außer dem Namen ihrer Retterin.

Das Taxi fuhr einen steilen Berg hinauf, hielt vor einem Haus mit einem kleinen Garten, in dem hohe, blühende Bäume und dichte grüne Hecken die Sicht auf die Fenster verwehrten; die blaue Regentin mit der singenden Stimme lachte, sagte: »Du hast es geschafft, Kind«, gab dem Taxifahrer herrliche silberne Münzen, berührte abermals Reginas Schulter, griff mit ihrer weißen Handschuhhand nach dem kleinen braunen, mit grobem Seil verschnürten Koffer und schob Regina in einen Hausflur, der sehr hell war und nach der Schwere von Hyazinthen duftete, die ihrem Vergehen entgegenblühten.

Auch nach den ersten zwei Stunden in einer Wohnung, von der Regina nicht wußte, ob sie ein Schloß oder nur eine Fatamorgana ihrer gereizten Sinne sei, konnte sie noch nicht mehr als nur ja und nein sagen und mußte sich, geängstigt von der Möglichkeit unangenehmer Verwechslungen, auch noch konzentrieren, daß sie nicht zu schnell und erst recht nicht zu langsam antwortete.

Als Frau Guggenheim sie durch das Haus führte, fühlte sie sich so verloren wie ein Kikuyukind, das zum erstenmal mit nackten Füßen einen Holzfußboden betritt und Angst hat, sich zu verletzen. Die großen Räume mit Gardinen, auf denen Blumen flüsterten, hellen Tapeten und dunklen Möbeln machten Regina stumm. Die vielen Bilder an den Wänden, fordernd wie die Dämonen in Afrikas dunklen Nächten, die Jagd auf die Sonne machten und ihre Beute nie mehr hergaben, und die langen Reihen von Büchern mit dunklen, ledernen Rücken und goldener Schrift in großen Glasschränken setzten zu einem Sturm auf ihre Augen an, ohne daß sie Form und Farbe unterscheiden konnte.

In einer weißgekachelten Küche saß eine Frau, schwarzhaarig, mit zwei dicken Zöpfen um den Kopf, im schwarzen Kleid und mit geblümter Schürze. Sie hatte sehr weiße Zähne, doch als Regina ansetzte, für ihr Lächeln zu danken, fingen die Möbel an, sich zu drehen, und aus einem großen weißen Kühlschrank wurden zwei mächtige Riesen.

Regina saß nun auf einem kleinen Sofa mit einem Bezug, der aussah wie Moos in einem Wald nach der ersten Nacht des großen Regens. Die Fenster um sie herum waren so groß wie Türen; die Sonne stürzte herein und trieb die weißen Bilder inmitten der grellen Feuer zum Lichtertanz. Sobald nur ein winziger Strahl von Sonne die Bilder noch heller machte, wurde das Weiß durchsichtig wie Glas und fing dabei die Farben eines sterbenden Regenbogens ein.

»Utrillo«, sagte Frau Guggenheim, »hast du schon von ihm gehört?«

Regina schüttelte den Kopf. Sie hörte Frau Guggenheim lachen und sagen: »Das lernst du bei uns, wenn du Augen hast«; sie gab sich große Mühe, auch zu lachen, aber wieder konnte sie ihre Lippen nicht auseinanderbekommen. Auch ihre Finger waren ineinander verkeilt. Zögernd nahm sie das Glas entgegen, das Frau Guggenheim ihr hinhielt, merkte erst da, wie durstig sie war, und staunte, daß das Wasser, so weiß wie die Bilder, süß und sauer zugleich schmeckte. Beglückt leerte sie das Glas mit einem Zug, hörte sich selbst schlucken, wollte sich entschuldigen und das Glas auf den Tisch stellen, aber sie hielt es, weil sie erst über die gebotene Reihenfolge ihrer Handlungen nachdenken mußte, unentschlossen in der Luft.

»Nicht auf den Tisch«, rief Frau Guggenheim warnend und machte einen Moment die Augen zu, als erwarte sie einen großen Schmerz.

Sie hielt Regina so hastig eine Zeitung hin wie sie selbst zu Hause ihrem Bruder, wenn er zu schnell gegessen hatte und würgte. Zu spät merkte Regina, daß auch sie zu würgen begann und biß sich auf die Unterlippe.

»Willst du dich frisch machen, Kind?«

»Ja«, flüsterte Regina.

»Ich zeig dir das Bad«, sagte Frau Guggenheim.

Sie führte Regina in einen hellgekachelten Raum mit großem Waschbassin, silberfunkelnden Hähnen und grünen Handtüchern mit weißer Borte, blieb einen Moment unschlüssig stehen, zog aus der Tasche ihres blauen Rocks eine Tafel Schokolade, reichte sie Regina, nickte ihr zu und schloß leise die Tür.

Regina wagte es nicht, an den Hähnen zu drehen; sie konnte sich auch nicht vorstellen, daß sie die Handtücher oder das weiche, weiße Papier, das von einer silbernen Rolle neben der Toilette herabhing, benutzen durfte. Eine Zeitlang stand sie nur da und starrte das kleine Fenster mit den winzigen Gardinen an. Sie hatte Scheu, auch nur den Spiegel zu benutzen. Ihre Hilflosigkeit machte sie wütend und verbrannte ihre Vorsicht.

Mit einer Plötzlichkeit, die sie noch zorniger machte, riß sie das Silberpapier auf und roch an der Schokolade. Sie hatte nur im Sinn gehabt, an einer Ecke zu lecken, wie sie es mit Grescheks Schokolade getan hatte, um den Geschmack zu spüren, aber den Schatz selbst für Max zu bewahren, doch Zunge und

Zähne verweigerten ihr den Gehorsam. Zu spät wurde ihr bewußt, daß nichts mehr da war von der Schokolade. Getroffen, daß sie ausgerechnet in dem Moment ihrer Gier erlegen war, als sie an die Not der Ihren gedacht hatte, fing sie an zu weinen.

Nach einigen Minuten hörte Frau Guggenheim das Schluchzen, öffnete behutsam die Tür und führte Regina hinaus.

»Komm«, sagte sie, »leg dich erst einmal hin. Das ist alles zuviel für dich.«

Auf dem Bett mit einer gelben Steppdecke aus Seide und Kissen, die wie die Hyazinthen im Flur dufteten, lagen ein langes weißes Nachthemd mit Rüschen und Spitzen und daneben ein kleiner schwarzbrauner Stoffhund mit rundem Bauch und einem winzigen Holzfaß an einem roten Halsband. Regina war so erstaunt, daß sie ihn nur vorsichtig berührte, als müsse sie erst herausbekommen, ob er lebendig sei oder nicht, aber noch hatte sie nicht verlernt, ihre Ohren mit Phantasie zu füttern.

Während sie das Gelächter in ihrer Kehle verschluckte wie zuvor ihre Tränen, hörte sie den Hund schon bellen. Als sie merkte, daß er gar mit dem linken Glasauge zwinkerte, wurde ihr bewußt, daß sie die ganze Zeit mit offenen Augen geschlafen hatte. Ihre Gastgeber hatten ein Kind erwartet und sie bekommen; wahrscheinlich waren die Guggenheims genauso verwirrt wie sie.

Erleichtert und erheitert zog sie ihr Kleid aus und das zu enge Kinderhemd an; sie wollte sich nur für einen Moment der Besinnung hinlegen, schlief jedoch sofort ein und lernte also George Guggenheim erst am nächsten Morgen kennen.

Der kleine rundliche Mann mit den ersten Spuren einer Glatze und Augen, die Gelassenheit und in besten Momenten den Witz des Skeptikers ahnen ließen, war eine bekannte Persönlichkeit in seiner Vaterstadt, im Vorstand der Jüdischen Gemeinde Zürich, von Beruf Anwalt und in allem ein Mann der

Untertreibung. Menschen, die den Namen Guggenheim nicht kannten, was in der Schweiz selten und in Zürich so gut wie nie vorkam, hätten aus seinem Auftreten und der sparsamen Lebensweise die falschen Schlüsse gezogen und wären nie auf die Idee gekommen, daß er immens vermögend war. Bei Freunden, Kollegen, Mandanten und bei den Mitarbeitern der vielen wohltätigen Organisationen, in deren Vorstand er seit Jahren saß, machten ihn seine Bescheidenheit und der bürgerliche Lebensstil beliebt; er fand sofort Kontakt zu Menschen, wenn er mit ihnen auf der gleichen gebildeten, toleranten und humorvollen Ebene reden konnte, die dem eigenen Naturell entsprach.

Weil er weder Umgang noch Erfahrung mit Kindern hatte, ängstigten sie ihn, es sei denn, sie blickten ihm aus Rahmen entgegen und waren von Cézanne, Renoir oder Picasso gemalt worden. So hatte er sehr zögernd dem Wunsch seiner Frau nachgegeben, nur deshalb ein Kind aus Deutschland zu holen, weil dies bei den reichen Familien in der Jüdischen Gemeinde Zürich plötzlich Mode geworden war. George Guggenheim hielt nichts von Modeerscheinungen – nicht in der Kunst und schon gar nicht als Wohltäter.

Als Regina an diesem ersten Morgen am Frühstückstisch saß, blaß, dürr und mit dunklen Augenhöhlen, die ihn rührten und auf beunruhigende Weise an die Bilder von Otto Dix erinnerten, mußte George Guggenheim gegen eine ihm sonst fremde Befangenheit kämpfen. Er wollte höflich und herzlich sein, aber ihm fiel nur ein, daß es wohl Brauch war, mit Kindern über die Schule zu reden; in Erinnerung an seine eigene Kindheit erschien ihm dies ebenso töricht wie banal. Er überlegte, ob er seinen verschüchterten Gast nach seinem Elternhaus und Deutschland fragen sollte, doch ersteres empfand er als unpassend neugierig, und er hatte die typisch Schweizer Scheu jener Jahre, von Deutschland zu sprechen.

Obwohl er genau sah, daß Regina ein bereits beschmiertes

Brötchen auf dem Teller hatte, reichte er ihr den Marmeladentopf. Sie schaute ihn so konsterniert an, als hätte er bereits das Falsche gesagt. Als es dann noch an der Haustür klingelte und seine Frau vom Tisch aufstand, empfand er die Stille als Provokation, die seiner nicht würdig war. George Guggenheim rückte seinen Stuhl näher an den Tisch heran, hüstelte bedrückt und fragte mit einer Entschlossenheit, von der er fand, daß sie ebenso übertrieben wie lächerlich war: »Wer sind deine Lieblingsdichter?«

Regina hatte nicht mehr erwartet, daß der schweigsame Mann sie überhaupt noch ansprechen würde. Sie erschrak, ließ ihr Brötchen auf den Teller fallen und zögerte schon deshalb mit der Antwort, weil sie nach den Erfahrungen im Deutschunterricht zweifelte, ob er je von Dickens und Wordsworth gehört hatte.

Während sie eilig den Bissen hinunterwürgte, nestelte sie an ihrem Kleid und grübelte unglücklich, welchen deutschen Dichter sie nennen könnte, ohne sich zu blamieren, weil sie nichts mehr von ihm als seinen Namen wußte. Es erschien ihr wie Rettung aus der Not, als sie sich erinnerte, daß sie in der Schule gerade »Kleider machen Leute« gelesen und, mit sehr viel mehr Freude, die Ballade »Die Füße im Feuer« auswendig gelernt hatte.

»Gottfried Keller und Conrad Ferdinand Meyer«, sagte sie erleichtert.

»Sieh mal einer an. Das sind ja unsere Schweizer Dichter. Die Antwort hätte ich nicht von einem Kind erwartet.«

»Ich bin kein Kind«, hörte sich Regina sagen. Ihre Haut entzündete sich sofort, die Muskeln im Gesicht wurden steif. Sie genierte sich sehr, weil sie es nicht gewohnt war, vorlaut oder unvorsichtig zu sein. Vor allem konnte sie sich nicht erklären, was sie dazu gebracht hatte, in einem so unsicheren, alarmierenden Augenblick ihrer Zunge Freiheit zu gewähren. Befangen starrte sie den Klecks roter Marmelade auf ihrem Teller an und hielt ihren Kopf gesenkt. Plötzlich aber erreichte ein tiefer Ton ihr Ohr.

»Wie schön«, prustete George Guggenheim, »wie herrlich! Du glaubst gar nicht, was für eine Angst ich vor dir hatte. In meinen Alpträumen hab ich immer nur Schokoladenhände gesehen, die meine Bilder beschmieren.«

»Ihre schönen Bilder«, staunte Regina, »die wage ich ja noch nicht einmal richtig anzugucken.«

Der Satz war der Beginn einer Freundschaft, die nur drei berauschende Monate währte, aber Reginas Fühlen und Denken so entscheidend veränderten wie zuvor nur die Ankunft in Afrika und das furchtbare Sterben der Vertrautheit beim Abschied. Noch an diesem Morgen nach dem Frühstück des Schweigens stieß George Guggenheim für Regina das Tor zu einer Welt auf, die sie ohne ihn in solcher Intensität nie entdeckt hätte und für die sie ihm ein Leben lang dankbar sein sollte.

Es war eine spontane Verbundenheit mit einem Lehrmeister, dessen Geduld nur von seiner Leidenschaft übertroffen wurde, das mit ihr zu teilen, was ihm am kostbarsten war. Zum Auftakt beschenkte der Geber die Gabenempfängerin auf afrikanische Art. Er vertraute ihr ein Geheimnis an, das sie in ihrem Herzen bewahrte wie die sanfte, allzeit tröstende Erinnerung an die kleinen verschwiegenen, bösartigen Scherze, die sie über zwei Kontinente hinweg mit ihrem Freund Owuor vereinten.

»Komm«, sagte George Guggenheim, »jetzt lernst du erst mal Zürich kennen. Und weißt du, womit wir anfangen? Ich zeig dir, wo unser Gottfried Keller geboren ist.«

Sie liefen, vorbei an den sauberen Häusern im Schmuck der Redlichkeit ihrer Besitzer, berstenden Forsythienzweigen, ungeduldigen Narzissen mit wippenden Köpfen und frisch gewaschenen Kindern auf Rollschuhen, den frühlingstrunkenen Restelberg hinunter. George Guggenheim hatte trotz seiner gedrungenen Statur einen kräftigen Schritt und Regina Mühe, an seiner Seite zu bleiben. Einmal vergaß sie, daß sie kein Kind war, und hüpfte zum Himmel und zurück. Er hob, eine Seligkeit lang, beide Beine von der Erde.

»Ißt du manchmal Schinken?« fragte er.

»Nie«, sagte sie.

»Lebt ihr zu Hause denn koscher?«

»Aber nein«, lachte Regina, »wir haben nur keinen Schinken.«

»Wir auch nicht. Meine Frau stammt aus frommem Haus und führt einen koscheren Haushalt. Hast du nicht die zwei Kühlschränke in der Küche gesehen?«

»Doch«, erwiderte Regina, »als mir gestern schlecht wurde und die Möbel sich um mich drehten.«

»Du weißt, was koscher bedeutet?«

»Kein Schweinefleisch und Milch nie zusammen mit Fleisch.«

»Richtig. Deshalb die zwei Kühlschränke, kluges Fräulein. Einer für Milch und Butter und einer für Fleisch. Und koscher bedeutet noch viel mehr. Nämlich keine Käsetorte zum Nachtisch, wenn du vorher Fleisch gegessen hast, keine Sahnesauce, wie sie meine Mutter macht, kein Wild, keine Krabben, keine Butter unter die Wurst und nie Schinken. Merk dir das und schüttel den Kopf, falls mal ein frommer Mann um deine Hand anhält.«

Sie standen vor einer Metzgerei. Regina hörte ihren Magen reden, als sie die Würste, Schnitzel, belegten Brote, gebratenen Hühner mit brauner Haut und den Speck in der Auslage sah; endlich begriff sie, was es mit dem Schlaraffenland deutscher Märchen auf sich hatte, in denen Würste an den Bäumen hingen und gebratene Tauben umherflogen.

Sie spürte den scharfen Stoß eines beunruhigten Gewissens, als sie an ihren Vater dachte, wie dünn er war und wie gern er in den guten Tagen gegessen hatte, doch George Guggenheim ließ ihr keine Zeit zur Reue. Er drängte sie an die Theke und grüßte eine dralle Verkäuferin in einer weißen Schürze. Die fragte lachend: »Die Kleine auch?« George Guggenheim nickte ungeduldig, und schon hatten beide ein Brötchen mit herausquellendem Schinkenfett in der Hand und kauten.

»Meine Frau darf das nie erfahren«, flüsterte er und sah aus wie der Stoffhund mit dem Fäßchen um den Hals.

»Nie«, versprach Regina.

»Hast du auch sonst Geheimnisse?«

»Ja«, kicherte Regina, das zweite Brötchen in der Hand, und erzählte von Owuor in Afrika und von ihrem Vater, mit dem sie Suaheli sprach, wenn es keiner hörte.

»Warum ist er denn nach Deutschland zurückgegangen, wenn er sein Herz Suaheli sprechen läßt?«

»Weil er wieder in seinem Beruf arbeiten wollte«, sagte Regina. Sie sprach nicht schnell genug, um den letzten Seufzer zu unterdrücken und spürte, daß sie ihren Vater verraten hatte.

»Er mußte zurück«, wiederholte sie.

»Das kann ich verstehen«, sagte George Guggenheim, »doch, das muß man verstehen«, aber Regina merkte, daß er nichts verstanden hatte; sie sprach fortan mit ihm so wenig wie möglich über ihren Vater.

Als ihr klarwurde, daß sie sehr viel ausführlicher die Mahlzeiten bei Guggenheims schilderte und wieviel und wie schnell sie zunahm, als das, was sie so sehr bewegte, nämlich die immer wieder neue Faszination der Bilder, fielen ihr die Briefe nach Hause nicht leicht. Zu genau wußte sie, wie sehr ihr Vater Phantasie und jedem Wissen jenseits von Logik und beruflicher Zukunftsperspektive mißtraute. Zum ersten Mal seit Jahren erinnerte sie sich an eine Begebenheit auf der Farm.

Sie hatte versucht, ein Bild zu malen. Obwohl sie wußte, daß es ihr nicht gelungen war, hatte es ihr Freude gemacht, die Farben auszusuchen, sie zu mischen, das Papier zu verzaubern, doch ihr Vater hatte das Bild kaum angesehen und nur gebrummt: »Du kannst doch lesen, warum mußt du malen?«

Als Frau Guggenheim dann noch sagte: »Die Bilder sind echt«, und Regina über deren materiellen Wert aufklärte, traute sie sich schon gar nicht mehr, Renoir, Cézanne und Utrillo zu erwähnen. Sie war sicher, daß ihr Vater einen Mann nicht schätzen würde, der sein Geld für Bilder ausgab. Von den häufigen Theaterbesuchen berichtete sie erst nach einer Vorstellung von »Des Teufels General« und schrieb so ausführlich vom »anständigen Deutschen«, daß sie sich wiederum illoyal und verlogen vorkam, weil sie vorgab, nur dies sei ihr wichtig, und mit keinem Wort hatte sie erwähnt, wie sie die Genialität, Sprache und Atmosphäre des Stücks mitgerissen hatten.

Regina war im Hause Guggenheim ebenso theaterbesessen wie bilderhungrig geworden. Sie fieberte den Vorstellungen entgegen wie als Kind den Büchern von Dickens. Durch Ibsens Nora erfuhr sie von der Lebenslüge, durch Goethes Egmont von der Lebenslust und dem Vertrauen in die eigene Persönlichkeit. Den »Sommernachtstraum« ertrug sie kaum, so gewaltig für Auge und Ohr erschienen ihr Phantasie und Schönheit der Sprache.

Guggenheims nahmen sie zu Vernissagen mit und lehrten sie, Geduld zu haben mit Bildern, die ihr nicht gefielen. Sie fuhren sonntags mit ihr in die Museen nach Bern und Basel, wo sie zum erstenmal die glühenden Farben von Franz Marc und Chagall sah. Utrillo blieb ihre Leidenschaft. Sie ließ sich immer wieder die Motive erklären, aus seinem Leben erzählen, wurde süchtig nach Sehen und Begreifen.

Als Regina eines Abends ins Bett ging, hatte George Guggenheim die Bilder in ihrem Zimmer austauschen lassen. Anstelle der beiden Picassoradierungen an der langen Wand gegenüber dem Fenster hingen zwei Landschaften von Utrillo. Sie saß davor, den kleinen Bernhardiner aus Stoff auf dem Schoß, und wußte, daß dies ihre erste Liebeserklärung war, und sie ahnte, nicht ohne Trauer, daß künftig ihre Flucht aus der Welt der Not nicht mehr nur zurück zu Afrikas Wäldern gehen würde.

Als George Guggenheim merkte, wie sehr sich Regina für Geschichte interessierte, ließ er es nicht mehr zu, daß sie die

Schweiz nur als das Paradies der Bilder und Menschenfreunde, der gefüllten Teller und geheimen Schinkenbrötchen verkannte. Er erzählte ihr von den jüdischen Flüchtlingen in Todesnot, die an der Schweizer Grenze von den Behörden nach Deutschland zurückgeschickt worden und umgekommen waren. Zornig berichtete er auch von reichen jüdischen Familien in der Schweiz, die fürchteten, zu viele Flüchtlinge könnten ins Land kommen; wie er versucht hatte, sich der engstirnigen Barbarei der Wohlhabenden zu widersetzen, und wie wenig er hatte erreichen können.

»Sei froh, daß du in deiner afrikanischen Idylle noch zu jung warst, um von Mord und Vernichtung zu erfahren«, sagte er.

Regina erzählte von ihren Großeltern und den beiden Tanten, die in Deutschland ermordet worden waren.

»Wie lebt es sich in diesem Deutschland?« fragte George Guggenheim.

Sein Auge nahm Maß, doch sie erwiderte den Blick und sagte: »Gut, alle waren ja gegen Hitler oder wußten von nichts.«

»Du bist sehr früh erwachsen geworden.«

»Ich bin als Erwachsene geboren worden.«

Mitte Juni besuchte George Guggenheim seine Mutter in Lugano und nahm Regina mit. Sonne, blauer Himmel, der See mit dem weißen, schaukelnden Leben, die lauen Abende, die Blütenpracht und eine Leichtigkeit, die alle Sinne betäubte, wetteiferten um die Lüge vom haltbaren Glück. Zu dritt fuhren sie in die Berge, lagen auf Wiesen, sprachen mit Blumen und Kühen und machten Picknicks am See. Regina lieh sich Renoirs Augen, damit die Schönheit sich in Licht und Schatten auflöste. Erst abends unter einem gewaltigen Federbett im rotweiß karierten Bezug merkte sie, daß sie ihre Familie vergessen hatte und dies sühnen mußte, weil ihre Scham nichts von der Tugend der Gnade wußte.

Mit der alten Frau Guggenheim, von der der Sohn den Humor und die Gabe des Gebens geerbt hatte, ging Regina in die kühle, verwinkelte Stadt. Sie aß Eis in allen Farben und schlürfte mit den bunten Limonaden eine nie erlebte Heiterkeit, verwöhnte die Zunge mit Kuchen, den Gaumen mit Gewürzen, die Nase mit den Düften aus dem Sommer der Fülle und durfte sich in einem holzgetäfelten Laden zwei Stoffe aussuchen, einer blau-weiß kariert, der andere dunkelrot mit weißen Blumen. Binnen zwei Tagen nähte eine italienische Schneiderin, die beim Sprechen sang, zwei Kleider mit engem Oberteil und langen wippenden Röcken. Sie berührten die Fesseln und machten aus dem Bambino, das in die Werkstatt gekommen war, eine Signorina. Regina kostete das Wort und schmeckte Eitelkeit.

»New Look«, sagte sie, die sich zuvor nie für Kleider interessiert hatte, zu ihrem Spiegelbild, und merkte, daß auch ihr Körper deutlich zu machen begann, daß sie kein Kind mehr war.

Bei der Rückkehr nach Zürich fand sie einen Brief ihrer Mutter. »Sonntag hat es hier eine Währungsreform gegeben«, schrieb Jettel, »ausgerechnet an meinem Geburtstag. Die Stimmung war hin. Du kannst Dir aber nicht vorstellen, wie sich das Leben verändert hat. Wir haben unseren Augen nicht getraut, als wir am Montag auf die Straße gingen. Plötzlich gibt es Wurst beim Fleischer und Obst und Gemüse nebenan bei Frau Heckel, die auf einmal ganz freundlich ist und mich fragt, was ich kaufen will.

In der Stadt sind die Geschäfte voll. Es gibt Kleider, Hüte, Babysachen, Teller, Töpfe, Glühbirnen, Nähgarn, Möbel, Lampen, alles, was Du Dir überhaupt nur vorstellen kannst. Selbst Zigaretten und Kaffee kann man jetzt kaufen. Aber nun haben wir ja kein Geld mehr. Das alte wurde ungültig, und jeder bekam nur vierzig Mark Kopfgeld. Wir wissen nicht, wie alles weitergehen soll.

Für Dich haben wir leider kein Kopfgeld bekommen, obwohl wir sagten, daß Du bald wieder hier bist. Dein geliebter Vater aber will das sichere Richtergehalt aufgeben und Anwalt werden. Ich versuche ihm jeden Tag diesen verantwortungslosen Blödsinn auszureden, aber Du weißt ja selbst, wie eigensinnig er ist. Ich freue mich, wenn Du wieder da bist. Vielleicht kannst Du mit ihm reden.«

Die Wirklichkeit war Regina nachgereist. Sie wehrte sich nicht, hieß sogar ihre Sehnsucht nach Frankfurt willkommen, grübelte immer wieder, ob Max sie erkennen würde, wie groß er geworden sei und was er wohl alles schon sprechen konnte, sah seine großen schwarzen Augen und roch auch schon wieder seine Haut, wenn er frisch gebadet war.

Utrillo und Renoir waren schon dabei, ihre Farben zu verlieren. Guggenheims sprachen von einem Abschiedsgeschenk und wollten wissen, womit sie Regina eine Freude machen könnten. Sie bat darum, den kleinen Bernhardinerhund behalten zu dürfen, und wünschte sich für Max eine Tafel Schokolade und einen Ball.

Er flaggte blau wie der See und rot wie die Mohnblumen in Lugano, als er im Gepäcknetz des Zuges lag. Regina hatte ihr neues kariertes Kleid mit dem langen wippenden Rock an. Frau Guggenheim hatte ihr einen großen Korb mit Obst, Broten, Kuchen und Schokolade gepackt. Regina wußte, daß sie nichts anrühren und alles nach Hause mitbringen würde. Sie war so verlegen und unbeholfen wie bei der Ankunft.

»Danke«, stammelte sie, »nicht nur für das Essen.«

Der Zug pfiff schon zur Abfahrt, als George Guggenheim ein Paket zum Fenster hineinreichte. Er lachte und sagte: »Damit du uns nicht vergißt.« Regina sah, daß er zwinkerte, aber sie war zu erregt, um seinen letzten Gruß zu erwidern.

Um die Vorfreude zu verlängern, begann sie erst mit dem Auspacken, als der Zug in Basel einfuhr. In einem Karton lagen ein Buch über Utrillo, Fotos von all seinen Bildern, die bei Guggenheims hingen, und, fest verschnürt in einer hellblauen Serviette, ein Schinkenbrötchen. Regina brach in Tränen aus.

6

Der Ofen für die Badewanne hinter dem Vorhang im Schlafzimmer war alt, sehr umständlich zu bedienen, wegen seiner miserablen Zugkraft und des immens hohen Kohleverbrauchs zu teuer und nur ein einziges Mal, als Regina die schwere Grippe hatte, überhaupt gebraucht worden. Die Küche – mit einer großen geblümten Waschschüssel auf einem eisernen Ständer – war auch Badezimmer. Die Seife lag auf dem Fensterbrett, die Handtücher hingen über dem Herd. Nur Max, der zwischen Bett und Tisch in einer kleinen Zinkwanne gewaschen wurde, in die er seit einiger Zeit beklagenswert schlecht hineinpaßte, mußte zum Baden nicht aus dem Haus. Der Rest der Familie war auf die städtischen Badehäuser angewiesen.

An ihrem freien Mittwochnachmittag zog Else mit ihrem Handtuch zu einem Bad in der Innenstadt und war bis abends unterwegs. Den großen Zeitaufwand empfand sie nicht als Opfer, konnte sie doch in einem Körper und Seele reinigen. Die Badefrau war im Krieg als Landhelferin nach Hochkretscham verpflichtet worden und hatte nicht nur allzeit ein offenes Ohr für Elses sehnsüchtige Erinnerungen an das heimatliche Dorf, sondern meistens auch Seifenreste für die praktischen kleinen Säckchen, in denen sie gesammelt wurden und die man neuerdings wieder kaufen konnte, ohne dafür ausgerechnet die Seife hergeben zu müssen, die man selbst so dringend brauchte.

Walter, Jettel und Regina gingen am Samstag abwechselnd ins Duschbad am Merianplatz oder in die Hallgartenstraße. Dort bot ein altes Backsteinhaus die Möglichkeit zu Vollbädern in Wannen, die durchaus einen Vorkriegsstandard hatten. Bis zu ihrem Besuch bei Guggenheims war Regina überhaupt nicht auf die Idee gekommen, daß gesunde Menschen zu Hause badeten.

Seit der Währungsreform waren die Duschbäder bei den Redlichs gefragter als die zuvor beliebten Wannenbäder. Anders als bei Else lockte der Weg, nicht das Ziel. Der Spaziergang zum Merianplatz führte durch die erstaunlich schnell von ihren Wunden genesene Berger Straße. Sie war das Herz des Stadtteils Bornheim, wurde, wie vor dem Krieg, von den beneideten Einheimischen mit den vielen Beziehungen wieder als »Bernemer Zeil« bezeichnet und hatte viele kleine Läden, die verheißungsvoll von der beginnenden Prosperität kündeten.

In der Auslage des Weißwarengeschäfts an der großen Kreuzung lagen seit zwei Wochen zwischen Stoffen, Nähgarn und Nadeln sogar einige Päckchen Nylonstrümpfe in herrlich durchsichtigen Tüten; das benachbarte Feinkostgeschäft hatte sein Schaufenster, bis vor einigen Monaten nur mit einer vergilbten Fotografie geschmückt, die das Personal im Gründerjahr zeigte, mit Kaffee, Schokolade und einer Bonbonniere dekoriert, die allein schon jeden Umweg lohnte.

Der Laden für Haushaltswaren bot keine Holzlöffel mehr an und erst recht keine aus Stahlhelmen umgearbeiteten Töpfe, sondern blinkende, sehr teure Küchenträume aus neuem Blech. Selbst das Beerdigungsinstitut auf der gegenüberliegenden Straßenseite machte Wandel und Wunder der Zeit deutlich – statt dem leeren Bilderrahmen mit Trauerflor stand ein Sarg aus sehr guter Eiche im Fenster.

Allein solche Pracht zu sehen und erst recht die Vorstellung, daß sie vielleicht doch eines Tages auch für die große Schicht der »Normalverbraucher« erreichbar sein könnte, drängte die neu belebte Phantasie zu euphorischen Höhen hin. Seit dem Wandel im Frankfurter Geschäftsleben war Jettel bei den

Samstagsausflügen zum Duschbad, die das Flair von unbeschwerten Familienausflügen früherer Zeiten hatten, ungewöhnlich friedfertig, klagte nur selten über die Dinge, die sie nicht hatte, und sprach sie von der Zukunft, dann ohne den sonst bei ihr unverzichtbaren Hinweis auf entgangenes Glück und zurückgelassenen Reichtum in Afrika.

Der erste Samstag im August 1948 wich indes schmerzlich von diesem schönen optimistischen Schema ab. Zwischen dem Bettengeschäft mit den aufsehenerregenden Daunendecken im Fenster und einer Wäscherei, die seit kurzem nicht mehr flüssige Seife, sondern echtes Persil verwandte, blieb Walter stehen und sagte, er habe nun alles in die Wege geleitet, um sich als Anwalt niederzulassen.

Er fand Ort und Zeitpunkt für seine Mitteilung klug kalkuliert und, als sei er gerade dabei, Jettel eine lang ersehnte Freude zu machen, legte er seine Hand auf ihre Schulter und lachte. Regina aber wagte da schon nicht mehr, ihre Mutter anzusehen, und schloß die Augen.

Seit ihrer Züricher Reise fürchtete sie jene Schwelbrände, die abrupt zu Feuersbrünsten wurden, sehr viel mehr als vor der Begegnung mit der Leichtigkeit der Fülle. Als sie aber schließlich doch zu Jettel hinüberblickte, die noch nicht einmal Walters Arm abgeschüttelt hatte, wurde ihr die bevorstehende Wende im Familienleben sofort klar. Verblüfft begriff Regina, daß ihre Mutter sich wie ein Massai-Krieger im entscheidenden Bewährungskampf mit neuen Pfeilen versorgt hatte.

»Von mir aus«, sagte Jettel ruhig, »mir ist das egal. Aber wo willst du dich niederlassen? Es gibt ja keine Büroräume?«

»Ich weiß. Fürs erste muß es wohl in der Wohnung sein. Frau Wedel hat nichts dagegen. Ich hab schon mit ihr gesprochen. Sie hat mir sogar zugeraten.«

»Ohne mich. Und wenn ich jeden Mandanten persönlich rauswerfe. In drei Zimmern macht man keine Anwaltspraxis auf.«

»Viele fangen heute mit weniger an.«

»Die haben auch kein kleines Kind. Max braucht ein eigenes Zimmer.«

»Jettel, nach zehn Jahren Emigration kannst du doch nicht so vermessen sein, auf einem Kinderzimmer zu bestehen, wenn es um eine Existenzgründung geht.«

»Du hast eine Existenz, und wir haben alles, was wir zum Leben brauchen.«

»Schade, daß du mir nie gesagt hast, wie glücklich du bist, Jettel.«

»Dann sag ich dir's eben jetzt. Ich hab keine Rosinen im Kopf. Ich brauch nur ein bißchen Sicherheit. Und es hat gar keinen Zweck, wenn wir weiterreden. Wir werden uns bloß zanken.«

In keiner anderen Situation ihres Lebens war Jettel auf den Gedanken gekommen, einem Streit aus dem Weg zu gehen. Schon weil sie ihr Temperament und ihren Mut hoch einschätzte, empfand sie den Sturm, den sie meistens noch vor Walter entfachte, als die einzige Konstante ihrer Ehe. Es war einer der seltenen Fälle, in denen sich Jettel und Walter einig waren.

Um überhaupt ans Ziel zu gelangen, brauchte auch er den offenen Krieg mit den lauten Worten und unlogischen Beschuldigungen, Jettels Starrsinn und Reginas versöhnlichen Vermittlungsversuchen. Jettel reagierte aber weder auf Bitten noch Drohungen, und selbst von seiner Tochter fühlte sich Walter im Stich gelassen, als Regina sagte: »Komisch, mein ganzes Leben hab ich beten müssen, daß du deine Stellung behältst, und jetzt hast du eine und willst sie nicht.«

Der lautlose Krieg war lang und für alle bedrückend; der eiserne Vorhang, von dem alle in jener Zeit sprachen, verlief in der Höhenstraße zwischen Küche und Wohnzimmer. Erst als Jettel aber bewußt wurde, daß sie sich mit einer Taktik, die ihrem heftigen Naturell widersprach und die ihr sehr zuwider war, zu einer sehr unglücklichen Gefangenen gemacht hatte, gab sie das von allen ersehnte Signal zu Friedensverhandlungen.

So plötzlich, wie sie geschwiegen hatte, sprach sie wieder mit Walter, schrie, weinte, flehte, nannte ihn einen Rabenvater, drohte erst mit Selbstmord, dann mit Scheidung und schließlich triumphierend, daß sie zurück nach Nairobi reisen, Max mitnehmen und einen reichen englischen Farmer heiraten würde. Sie hatte mit allem gerechnet, nur nicht mit Walters befreitem Gelächter, daß er sie in die Arme nehmen und sagen würde: »Gott sei Dank, meine Jettel ist wieder die Alte.« Schmollend, aber auch geschmeichelt gab sie nach und seufzte: »Von mir aus mach deine verfluchte Praxis hier auf.«

»Wenn du nur einen Tag hungern mußt, pack ich dir persönlich die Koffer«, versprach Walter.

Er gab auch Frau Wedel, von der er – zu Recht – glaubte, sie hätte den entscheidenden Anteil an Jettels spätem Sinnenwandel, ein Versprechen. »Sobald ich kann, ziehe ich aus Ihrer Wohnung aus und Sie wieder rein«, sagte er.

Anfang Oktober ließ er sich als Rechtsanwalt nieder und empfing eine Stunde später seine erste Mandantin. Es war die Tochter des Tabakwarenhändlers, der sein Geschäft im Haus hatte. Sie wollte ihren im Krieg verschollenen Mann für tot erklären lassen und wußte nicht wie. Am Abend legte Walter seine ersten im freien Beruf verdienten Gebühren auf den Küchentisch – ein Pfund Speck, der immer noch als krisensicherste Währung galt, ein halbes Pfund Bohnenkaffee und fünf Päckchen Zigaretten.

Jettel genierte sich nicht ihrer Begeisterung und ließ sich auf keine Diskussion über die jüngste Vergangenheit ein; sie brühte den Kaffee auf, obwohl Montag immer noch Muckefucktag war, sang endlich wieder »Die Liebe vom Zigeuner stammet«, trank zwei Tassen hintereinander und sagte: »Wenn es sein muß, kann ich auch mal einen Brief für dich schreiben. Ich hab schließlich beim besten Anwalt in Breslau gearbeitet.«

»Und vergiß jetzt bloß nicht den Hinweis, daß er mich als größten Idioten aller Zeiten beschimpft hat«, sagte Walter. Er strahlte, als hätte Jettel je Sinn für seine Witze gehabt. Max lernte umgehend das neue Wort und sagte erst zu seinem Vater, dann zu seiner Mutter und schließlich zum Bild des Polizisten auf seinem Teller: »Idiot.«

Seine sprachliche Entwicklung, gepaart mit einem stark ausgeprägten Bewußtsein für die Unwiderstehlichkeit seines Charmes, machte ebenso rasche Fortschritte wie die Praxis und im nachhinein wieder einmal Jettel zur Cassandra mit dem absolut unfehlbaren Blick für Katastrophen. Walter hatte wohl die Schwierigkeit einkalkuliert, ungestört in einer Wohnung mit einem neugierigen zweieinhalbjährigen Kind arbeiten zu können, aber nie mit der Begeisterung seines Sohnes für fremde Menschen im allgemeinen und für die Mandanten des Vaters im besonderen gerechnet.

Nur kurze Zeit begnügte sich Max noch mit den traditionellen Gepflogenheiten seines Alters, freundlichen Menschen Spielzeug zu zeigen und sie in den Bannkreis von Unschuld und Vertrauensseligkeit zu lotsen. Unangenehm rasch ging er dazu über, an ihnen seinen atypischen Wortschatz auszuprobieren und in der Süße des Beifalls zu schwelgen. Max empfing Klienten entweder mit der Frage »Wollen Sie sich scheiden lassen?« oder mit der Feststellung »Damit kommen Sie nicht durch« und reagierte auf jeden Versuch, ihn vom Schnittpunkt des Geschehens zu entfernen, mit jenem anhaltenden Gebrüll, das selbst den bescheidenen Rahmen sprengte, den Walter sich für seinen Beruf vorgestellt hatte. Jettel hätte sich keinen besseren Bundesgenossen wünschen können als ihren resoluten Sohn, um die Wohnung wieder freizubekommen. Nach zwei Monaten gab Walter auf.

Im Anwaltszimmer hatte er von einem Kollegen erfahren, der einen Sozius für eine Praxis suchte, die als alteingesessen und sehr angesehen bezeichnet wurde. Rechtsanwalt und Notar

Doktor Friedhelm von Freiersleben wohnte im einst renommierten Westend und empfing Walter in einem repräsentativen alten Bürgerhaus, das die Zeiten ebenso unbeschadet überstanden hatte wie der Hauptmieter im ersten Stock.

Der saß in einem dunkelgrünen Ledersessel vor einem Schreibtisch aus auffallend schönem Mahagoni, trug ein Jakkett aus grau-weiß meliertem Tweed und mißfiel Walter schon deshalb sofort, weil er nicht nur wie ein englischer Colonel aussah, sondern auch die in britischen Militärkreisen weitverbreitete Angewohnheit hatte, »ihre Leute« zu sagen, wenn er von Juden sprach.

Im übrigen redete Friedhelm von Freiersleben sehr wenig von seiner Praxis und zu viel von den jüdischen Freunden, die er zu seiner Verwunderung und seinem großen Bedauern irgendwie aus den Augen verloren hatte. Walter dachte an seinen brüllenden Sohn, daran, daß er einen Aktenschrank, Schreibmaschine, Telefonanschluß und Platz für eine Schreibkraft brauchte, unterdrückte Stolz, Instinkt und Ekel und sagte zu, Jettel am folgenden Sonntag nachmittag zum Kaffee mitzubringen.

»Immer mein Prinzip gewesen, sich die Gattin meiner Partner anzuschauen«, lachte Friedhelm von Freiersleben, »eine Frau sagt mehr über einen Mann aus als tausend Worte.« Er küßte Jettel die Hand und nannte sie »eine kleine Augenweide«, erzählte ihr von dem Rittergut seines Vaters, daß sich seine Schwestern schon in den dreißiger Jahren ihre Wäsche aus Paris hatten kommen lassen, lud sie in sein Sommerhaus nach Kronberg ein, überreichte ihr zum Abschied eine langstielige rote Rose und bat sie, dafür zu sorgen, daß ihr »tüchtiger Gatte« zu seinem eigenen Wohl eine rasche Entscheidung treffe.

Walter war so sicher, daß seine Frau den Avancen eines Mannes erlegen war, von dem er sich nicht vorstellen konnte, sie würden je in irgendeinem wesentlichen Punkt übereinstimmen, daß er auf dem Nachhauseweg Magenkrämpfe bekam. Er mußte sich, kalkweiß im Gesicht und zitternd, vor der zerstörten Oper an eine Hausmauer lehnen, und wußte, daß er im Fall einer Zusage nie wieder ohne zu erröten in den Spiegel blicken könnte.

Jettel erklärte, Friedhelm von Freiersleben habe einen bösen Blick, unangenehmen Mundgeruch, und sie habe seit jeher eine Abneigung gegen langstielige rote Rosen. Außerdem sei der Bohnenkaffee abscheulich dünn gewesen, hätte nach Zichorie geschmeckt und wäre schlagender Beweis, daß der Mann ein Hochstapler sein müßte.

»Das ganze Getue mit dem Sommerhäuschen«, räsonnierte sie. »Mich kann man nicht für dumm verkaufen. Das hat schon meine Mutter gesagt. Ich hab noch nie von Kronberg gehört. Ich wette, daß es den Ort gar nicht gibt. Wenn du mit dem zusammengehst, stürzt du uns alle ins Unglück.«

Walter nickte so unglücklich, daß Jettel sich nicht mehr die Zeit gönnte, weitere Trumpfkarten auszuspielen, sondern, nicht ohne aufrichtiges Mitgefühl, fragte: »Warum sprichst du nicht mal mit Maas? Der ist doch Frankfurter. Vielleicht kennt er jemand', mit dem du dich zusammentun kannst.«

Es war eine der seltenen Gelegenheiten in seiner Ehe, daß Walter widerspruchslos, dankbar und umgehend Jettels Rat annahm. Karl Maas war entsetzt, als er von Walters Besuch bei Friedhelm von Freiersleben hörte, nannte ihn einen schmierigen Defraudanten und erzählte, daß er Antisemit aus Passion und schon glühender Anhänger der Nazis gewesen sei, als noch niemand sie ernstgenommen habe, aber die Nazis hätten ihn wegen einer dubiosen Urgroßmutter aus dem Osten nicht in die Partei aufgenommen. Deshalb hätte Friedhelm von Freiersleben auch das Spruchkammerverfahren zur allgemeinen Empörung in Justizkreisen als »Nichtbetroffener« überlebt. Im übrigen sei er mittellos und wahrscheinlich nicht mehr lange Notar.

»Sie haben mehr Massel als Verstand«, sagte Maas. »Jedenfalls hätten Sie mich zu keinem besseren Zeitpunkt fragen können. Wenn es stimmt, daß es für jeden Topf einen Deckel gibt, dann hab ich genau das Richtige für Sie. In der Neuen Mainzer hat sich gerade ein Anwalt niedergelassen, der wahrscheinlich einen Sozius gebrauchen kann. So ein anständiger Trottel wie Sie. Fafflok heißt er, und ich weiß, daß er Ihnen gefallen wird. Er ist nämlich auch aus dem Osten.«

Sie hatten den gleichen Sprachduktus, die gleiche Vorstellung von Redlichkeit und Pflicht, Tradition und Verantwortung, den gleichen aus harter Sprache und weichem Herzen gespeisten Witz, die gleiche Scheu vor Emotionen, und sie sahen die gleichen Landschaften und derb-herzlichen Menschen, wenn sie zurück nach Oberschlesien schauten.

Fritz Fafflok war groß und sehr schlank; auf den ersten Blick wirkte er durch seine gebeugten Schultern kleiner, als er war. Schon das entsprach seinem Lebenscredo. Er war in allem ein Mann der Untertreibung, der weder Erfahrung, Klugheit noch seine große berufliche Kompetenz ahnen ließ. Seine Augen verrieten spontan seine Güte, die verlegenen Gesten, denen nichts Linkisches anhaftete, waren Ausdruck seiner Bescheidenheit. Toleranz gehörte nicht zu seinem Wortschatz, sondern zu den Grundbedürfnissen seiner Seele. Er war ein Katholik, der seinen Glauben auf die gleiche Art ehrte wie Walter den seinen. Er stammte aus Kattowitz, kannte Sohrau, die Fürstenschule zu Pless und Leobschütz. Das Wort Heimat genierte ihn nicht. Er nannte den Sonnabend nicht Samstag und sagte »Viertel vier«, wenn die Uhr fünfzehn Minuten nach drei zeigte. Seine Frau kaufte die Wellwurst beim Fleischer und nicht beim Metzger und verlangte bei der Gemüsefrau keinen Wirsing, sondern Welschkohl.

Als die Polen in Kattowitz angerückt waren, hatten sie Fafflok, der in den letzten Kriegsjahren, nach seiner Verwundung, die Verschleppten und Versklavten vor Gericht zu verteidigen versucht hatte, in seiner Wohnung gelassen. Mehr brauchte Walter nicht zu wissen. Außer Karl Maas und Greschek war Fritz Fafflok der erste Deutsche, dem Walter in Frankfurt begegnete, der nicht von seinem inneren Widerstand und den vielen jüdischen Freunden sprach, denen er geholfen habe, und der sagte: »Ich habe alles gewußt.«

Sie sprachen von Mohnkuchen und Karpfen in brauner Sauce, von Breslaus Tod, Ausflügen ins Riesengebirge und von Zeiten, als man in Oberschlesien nicht fragte und manchmal noch nicht einmal genau wußte, wer Deutscher, Pole oder Jude gewesen war. Fritz Fafflok erzählte, daß er im Krieg drei Finger verloren hatte und wie er sich im Moment der Verwundung nur gegrämt hatte, daß er nie mehr Geige spielen würde.

Walter berichtete von seinem schwarzen Freund Owuor auf der Farm in Ol' Joro Orok und wie er ihm beigebracht hatte, Besuchern »Arschloch« entgegenzurufen, und der »Ich hab mein Herz in Heidelberg verloren« singen konnte. Fafflok verwandelte sein liebenswürdiges Lächeln zu einem Gelächter mit Tränen und ahnte, daß Walters feuchte Augen trotz allem, was er von seiner Emigration bloßgelegt hatte, Ausdruck eines nicht verwundenen Abschieds waren.

Sie einigten sich, ohne Vertrag und Feierlichkeit, »es miteinander zu versuchen«, und wußten beide, daß sie in diesem Moment mehr als eine Anwaltssozietät beschlossen. Walter erzählte von Friedhelm von Freiersleben, seinem Prinzip, sich »die Gattin anzuschauen« und lud Faffloks für den nächsten Sonntag zum Abendessen ein.

Schon auf dem Nachhauseweg wurde ihm bewußt, daß er sehr viel mehr von seinen Kindern als von Jettel erzählt hatte. Mißgestimmt und unsicher fragte er sich, wie ihre anspruchsvolle Art, ihre Klagen, Kompromißlosigkeit, die Lust zu provozieren und die Angewohnheit, ehelichen Zwist sofort und ungeniert auszutragen, auf eine Frau wirken würde, die mit zwei Kindern die Flucht von Oberschlesien nach Frankfurt hatte durchstehen müssen.

»Er ist so ein netter Kerl«, sagte er, »mir liegt viel daran, daß er einen guten Eindruck von dir bekommt.«

»Ich kaufe Roquefort, den gibt es neuerdings wieder.«

»Jettel, ich rede nicht vom Essen.«

»Woher soll ich das wissen? Du redest doch sonst immer vom Essen.«

Regina schenkte ihrem Vater, ohne daß er nur ein Wort zu sagen brauchte, wieder einmal Kopf und Herz. Sie zog das bordeauxrote Kleid aus der Schweiz an, obwohl es kurze Ärmel hatte und der Dezembertag besonders kalt war, übte vor dem Spiegel ein Lächeln ein, das nicht sofort ihre unbeholfene Scheu verraten würde, badete ihren Bruder besonders sorgfältig, bürstete sein Haar, bis er schrie, beruhigte ihn mit einem Gedicht von Wordsworth, einem Sonett von Shakespeare und Schokolade, wickelte ihn in ein hellblaues Tuch, das gut zu seiner Haut paßte, und trug ihn ebenso stolz herein wie Else, die eine neue Schürze und die erste Dauerwelle ihres Lebens hatte, die Suppenterrine.

Max, euphorisch von den Zärtlichkeiten im Ohr und der Schokoladensüße im Mund, süchtig nach Applaus, klatschte sich als erster Beifall und spuckte nach einer kurzen Pause aus der hohen Warte von Reginas Hüfte Frau Fafflok mitten auf die Stirn. »Damit werden Sie nicht durchkommen«, sagte er.

Frau Fafflok rieb ihr Gesicht trocken und sagte lachend: »Meine Kinder konnten in dem Alter nur spucken.« Mit einem einzigen Satz hatte sie Jettels Festung erobert und bekam genau die Geschichten zu hören, vor denen sich Walter graulte. Jettel erzählte sehr ausführlich und ebenso animiert von der Aufmerksamkeit, die ihr zuteil wurde, daß ihre Mutter und alle Studenten in der Tanzstunde sie vergöttert hatten und daß ihr Mann ihr in Nairobi ein Dienstmädchen hatte versprechen müssen.

»Sonst hätte ich keinen Fuß auf deutschen Boden gesetzt«, erklärte sie. Nach der Suppe litt Walter noch mehr Qualen, als Jettel mitten in einer Unterhaltung über den schwierigen Start in Frankfurt ihr Besteck auf den Teller legte und feststellte: »Mein Mann ist besonders lebensuntüchtig und dazu störrisch wie ein Esel.«

»Das sind alle Männer«, pflichtete Frau Fafflok ihr bei und berichtete, daß der ihrige sehr langsam, furchtbar verträumt und immer unpünktlich sei.

»Selbst zu unserer Hochzeit ist er zu spät gekommen«, sagte sie.

Käthe Fafflok war eine ebenso resolute wie kluge, aufrichtige und verständnisvolle Frau. Sie hatte große Achtung vor ihrem Mann, den sie »Lumpsele« nannte und ermahnte, nicht auf seinen Schlips zu kleckern, obwohl sie ein ganz anderes Naturell hatte als er und im Gegensatz zu ihm ihre Meinung auch dann äußerte, und zwar umgehend, wenn sie nicht darum gebeten wurde. Sie war flexibel, sehr nüchtern und hatte wenig Geduld mit Menschen, die sich bemitleideten, mit der Gegenwart haderten und ihre Vergangenheit vergoldeten.

Jettel wurde die große Ausnahme. Käthe Fafflok fand sie schön und liebenswürdig und so kapriziös, wie sie als junges Mädchen selbst gern gewesen wäre. Jettels Dominanz störte sie nicht, weil sie ihrer eigenen Courage entsprach: Sie war vor allem tolerant genug, um Jettels Unlogik als Spontaneität und ihr Phlegma als Teil ihres Selbstbewußtseins zu werten. Käthe Fafflok sollte einer der wenigen Menschen werden, die sich die Mühe machten, die Probleme einer schwierigen Ehe auch aus Jettels Blickwinkel zu betrachten, und sie empfand voller Anteilnahme, wie die Jahre der Emigration die Redlichs geprägt und geschunden hatten; vor allem hatte sie das Gespür für die Festigkeit von Bindungen, die so ganz anders waren, als sie auf Außenstehende wirkten. Jettels Instinkt für Menschen, auf den sie ihren Mann und auch Regina immer erst hinweisen mußte, war tatsächlich ausgeprägt. Sie erkannte sofort die Sympathie, die ihr entgegengebracht wurde, und zögerte nicht, aus ihr eine ungleiche Freundschaft zu machen.

Es wurde ein Abend von Hoffnung, Heiterkeit und Harmonie. Selbst Regina erstickte ihre Furcht vor Fremden, erzählte von Afrika und ließ sich so unbekümmert von ihrem Traumrausch einfangen, daß sie fast das Geheimnis verriet, das sie immer noch mit ihrem Vater teilte, weil sie mit ihm Suaheli sprach, wenn sie beide zu gleicher Zeit die Trommeln und Affen in den Wäldern von Ol' Joro Orok hörten.

Es war aber Else, die für die erste gemeinsame Erinnerung der beiden Familien sorgte. Auf einer winzigen Untertasse brachte sie kopfschüttelnd ein paar Krümel vom kostbaren Roquefort herein und erklärte: »Den Schimmel hab ich herausgeschnitten, Frau Doktor.«

Am 2. Januar 1949 eröffneten Fritz Fafflok und Walter Redlich ihre gemeinsame Praxis.

7

Aus dem noch kleinen, sich aber rasch vergrößernden Kreis der Schaulustigen schloß Regina, daß die beiden Volkswagen, die mit offenen Türen auf der Höhenstraße standen, soeben erst zusammengestoßen sein mußten. Sie hatte höchstens noch zehn Meter bis nach Hause und schon wegen der randvoll gefüllten Milchkanne in der einen und der schweren Aktentasche in der anderen Hand nicht vor, überhaupt stehenzubleiben. Da fiel ihr der Fahrer des einen Wagens auf.

Obwohl sie sonst kein Gedächtnis für Gesichter hatte, erinnerte sie sich sofort an den auffallend kleinen Mann mit dem wirren schwarzen Haar und den goldenen Schneidezähnen. Sie hatte ihn an den Hohen Feiertagen in der Synagoge gesehen. Er war ihr am Schluß des Gottesdienstes beim Herausgehen auf den Fuß getreten, hatte ihr erst zugelächelt, danach sehr feierlich die Hand gereicht und alles Gute zum neuen Jahr gewünscht. Mehr als die an diesem Fest traditionellen paar Worte in Hebräisch hatte er nicht mit ihr gesprochen.

Als er nun vor seinem Wagen stand, sehr erregt, immer zorniger werdend, mit der rechten Hand auf seinen eingedrückten Kotflügel schlagend und unverkennbar nach Worten ringend, merkte Regina, daß der Mann sehr gebrochen Deutsch sprach. Es war nicht nur das spontane Mitfühlen mit einem Menschen, der einem anderen allein schon seines sprachlichen Unvermögens wegen nicht gewachsen war, das sie stehenbleiben ließ. Der Mann, unüberhörbar aus dem Osten, rührte sie, weil er so klein und ängstlich war und so wirkte, als könne er die Situation nicht einschätzen, in die er geraten war, und sei sich dessen auch bewußt.

Der Fahrer des anderen Wagens, groß, kräftig und gekleidet in eines jener bunten, mit Palmen und Vögeln bedruckten Hemden, die gerade Mode wurden, brüllte und stemmte seine Hände in die Hüften. Der kleine Schwarzhaarige sah sich mehrmals ratlos um, hob beide Hände hoch, zeigte danach abermals auf seinen Kotflügel und stammelte nervös, daß er die Polizei rufen wolle. Er sagte nicht, wie Regina sofort auffiel, »Polizei«, sondern »die deutschen Polizisten«.

In den Häusern wurden Fenster geöffnet und Kissen herausgelegt. Der Brauch, es sich beim Gaffen bequem zu machen, hatte Regina bisher immer nur ob seiner so ungenierten Zurschaustellung von Neugierde erstaunt. Nun empfand sie beim Anblick der Männer mit Zigarette oder Zeitung in der Hand und den älteren Frauen, die zum Teil noch ihr Staubtuch hielten, eine Irritation, die rasch in Ekel überging. Anders als sonst, glaubte sie, aus den gefräßigen Mienen eine bei solchen Szenen sonst nicht übliche Gehässigkeit zu lesen. Das Stimmengewirr wurde lauter.

Zunächst konnte Regina nicht ausmachen, ob nur die beiden am Unfall Beteiligten redeten oder ob die Herumstehenden bereits ihre Meinung äußerten. Mit einem Mal hörte sie aber schneidend deutlich, wie der Mann im bunten Hemd schrie: »Dich hat man auch vergessen zu vergasen.«

Der Zweifel, ob sie tatsächlich gehört hatte, was ihre Ohren sie glauben machen wollten, war gnadenlos kurz. Er währte nur so lange, bis Regina das Würgen in der Kehle spürte und daß ihre Hände kalt wurden. Ihr war es, als zerreiße sie ein Schmerz, von dem sie nicht wußte, in welchem Teil ihres bebenden Körpers er begonnen hatte. Ihr erster Impuls war, schnell weiterzugehen, solange sie noch Kraft in ihren Beinen fühlte, aber sie begriff, daß es bereits zu spät zur Flucht und nicht nur der Schock war, der sie beutelte, sondern das Gewicht ihrer

Scham, weil sie dastand, als sei nichts geschehen, und schwieg, als habe sie nichts gehört.

Regina wußte schon lange, daß sie nicht die Courage ihrer Mutter hatte, sich spontan gegen Kränkungen und Diffamierungen aufzulehnen, doch nie hatte sie ihre Scheu vor Konfrontation als Schwäche oder gar Feigheit empfunden. Sie hatte die Angewohnheit, nie vorschnell und ungefragt ihre Meinung zu äußern, als typisch für ihre englische Erziehung akzeptiert und das nicht ohne einen Stolz, von dem sie glaubte, daß er sie unverwundbar mache. Nun hatte ihr ein einziger kurzer Satz Selbstbewußtsein und Würde genommen.

Sie machte sich trotz ihrer Aufregung nichts vor, als sie nach oben zur Wohnung schaute. Sie hoffte, ihre Mutter würde am Fenster stehen. Das Verlangen, Jettel zu rufen und ihr die Pflicht anzuvertrauen, sich zu wehren, wurde zu einem Schmerz, der das Herz rasen und die Augen brennen ließ. Entsetzt spürte Regina, daß sie nicht mehr lange gegen die Tränen würde ankämpfen können; ihr Kopf konnte nur den einen Gedanken halten: Sie wünschte sich, sie hätte nur schlecht geträumt und würde gleich in den tröstenden Armen ihrer Mutter erwachen. In diesem Moment der Kapitulation sah sie ihren Vater.

Walter stand vor dem Mann im bunten Hemd. Er erschien Regina in ihrer Angst und Verwirrung zu klein und sehr schwach, doch seine Stimme, das hörte sie staunend, war gewaltig.

»Sagen Sie das noch mal«, schrie er.

»Das sag ich jedem, der es hören will. Wir haben doch eine Demokratie. So was wie den da hat man früher vergast.«

»Ich werde Sie anzeigen«, sagte Walter. Er war nun ganz ruhig. Als Kind hatte Regina ihn oft so erlebt, wenn er sich verloren wußte und sich doch weigerte, seiner Verzweiflung nachzugeben.

Der Mann mit den großen Händen sah einen Moment auf

seine Füße, als müsse er neuen Boden gewinnen, blickte aber schnell wieder hoch und fragte lauernd, während er seine Schultern nach hinten bog: »Was geht Sie dieser Itzig hier an? Was mischen Sie sich überhaupt ein?«

»Weil ich auch so ein Itzig bin, den man vergessen hat zu vergasen. Und wie man Schweine wie Sie anzeigt, weiß ich auch. Sie haben Pech, ich bin Rechtsanwalt.«

Regina drängte es so stark zu ihrem Vater wie vor wenigen Augenblicken zur Mutter. Sie lief, die Milchkanne noch immer in der Hand, auf ihn zu, merkte da erst, daß sie wieder atmen, sehen, fühlen konnte und daß die Menschen, die Masken des Hasses und der Gleichgültigkeit, verschwunden waren.

Nur der kleine schwarzhaarige Mann war noch da – ein paar Schritte und tausend Jahre von ihm entfernt der geschrumpfte Riese. Walter, den Hut nach hinten geschoben, die Lippen fest aufeinandergepreßt, stand zwischen ihnen und notierte schweigend die Autonummern. Regina sah, daß er Schweißperlen auf der Stirn hatte. Sie ließ ihre Aktentasche fallen und griff nach seiner Hand.

»Ich war dabei, ich hab alles gehört«, flüsterte sie.

»Tut mir leid, Regina. Das wollte ich nicht. Komm mit, so können wir nicht nach Hause. Am besten ist, wir setzen uns erst mal drüben auf die Bank. Deine Mutter geht das hier nichts an.«

Sie saßen zwischen den Bäumen und blühenden Rosen der breiten Allee, erschöpft und verbrannt von ihrem Zorn, und sie konnten beide einige Minuten nichts sagen. Sie wagten noch nicht einmal, einander anzusehen.

»Tut mir leid, Regina«, wiederholte Walter, »das hätte ich dir gern erspart. Ich hab mir immer gewünscht, daß du so was wie heute nie erleben mußt. Bisher hast du ja nicht gewußt, daß es solche Dinge gibt.«

»Doch. Das weiß ich schon lange. Nur sonst ist es anders.«

»Wie anders?«

»Leiser. Nicht so gemein.«

»Ich bin froh, daß du nicht wie deine Mutter bist.«

»Sie hat Mut. Ich nicht.«

»Doch, du hast Mut. Nur anders.«

»Ich weiß nicht«, zweifelte Regina, »warum bist du überhaupt stehengeblieben?«

»Ich hab sofort gesehen, daß der Mann Jude war.«

»Ich auch«, sagte Regina.

Sie fühlte das Zittern im Körper ihres Vaters und dachte, obwohl sie es gerade in diesem Moment nicht wollte, an den letzten Tag in Afrika, als sie beide auf dem Boden in der Küche gesessen und Abschied von Owuor genommen hatten. Ihre Ohren öffneten sich zu rasch und zu weit. »Dein Vater«, hörte sie Owuor sagen, »ist ein Kind. Du mußt ihn beschützen.« Obwohl ihre Augen noch naß waren, konnte sie schon wieder lächeln und sich bereit machen, ihrem Vater die Träume, die er nicht verloren geben konnte, zu erhalten.

»Ein feines Pärchen sind wir«, sagte Walter, »sitzen hier wie zwei ungezogene Kinder, die sich nicht nach Hause trauen.«

»Dabei haben wir gar nichts gemacht. Nur die anderen.«

»Es sind immer die anderen.«

»So einen schönen Satz hätte ich früher auswendig gelernt«, sagte Regina. Sie griff nach der Kanne am Boden, weil ihr einfiel, daß ihre Mutter die Milch brauchte und Erklärungen verlangen würde, doch ihr Vater legte seine Hand auf ihren Arm.

»Warte noch einen Moment. Du mußt mir was versprechen«, bat er.

»Hab ich schon. Von mir erfährt Mama nichts.«

»Da ist noch was. Versprich mir, daß du nur einen jüdischen Mann heiratest, wenn es soweit ist.«

»Wie kommst du plötzlich darauf?«

»Nicht plötzlich, Regina. Du wirst in diesem Jahr achtzehn. Ich hätte schon längst mit dir darüber sprechen sollen. Nur, an solchen Tagen wie heute wird mir bewußt, daß ich es nicht ertragen könnte.«

»WAs«, fragte Regina, obwohl sie wußte, wovon die Rede war, »könntest du nicht ertragen?«

»Nicht sicher zu sein, daß ein Mann nicht in irgendeinem Streit meine Tochter als dreckige Jüdin beschimpft. Manchmal frage ich mich ja, weshalb du nie mit einem jungen Mann ausgehst.«

»Eben darum«, erwiderte Regina verlegen.

Es gab Kartoffelsalat mit Hering, Apfel, Salzgurke und selbstgemachter Mayonnaise zum Abendessen, dazu Knoblauchwurst vom neuen schlesischen Metzger auf der Berger Straße und als Nachtisch das Traditionsgespräch, daß die Frankfurter keine Ahnung von gutem Kartoffelsalat hätten und sonst auch nicht kochen könnten. Allerdings mußte, im Gegensatz zu sonst, Jettel selbst auf ihre Meisterleistungen hinweisen, weil Walter, wie sie nicht ohne Vorwurf feststellte, mit seinen Gedanken weit weg war und Regina ausgerechnet an einem Mittwoch Kopfschmerzen hatte.

Mittwoch war seit langem schon ein besonderer Tag. Da kamen die neuen Illustrierten vom Lesezirkel »Daheim«. Erst berauschte sich jeder an seinem Lieblingsblatt, und zum Abschluß las Walter immer den mit Fotos illustrierten Liebesroman laut und mit einer so falschen Betonung einzelner Worte vor, daß Jettel und Regina sich immer wieder gegenseitig mit ihren Lachanfällen ansteckten, denn Else merkte nichts von Walters spöttischer Zugabe, lauschte andächtig und sagte zum Schluß auch noch jedes Mal: »So schön gemütlich ist's hier wie bei uns zu Haus' auf dem Hof.« Allerdings fiel Regina nach den Erlebnissen des Tages erstmals auf, daß die traurige Heldin ein junges Mädchen war, das sich ihrem adeligen Vater zuliebe gegen ihr Herz und für die Pflicht entscheiden mußte.

Noch sehr viel klarer wurde ihr die tiefere Bedeutung der plötzlichen Einladungen ins jüdische Altersheim, und zwar von

Menschen, die häufig von ihren Verwandten aus dem Ausland besucht wurden und die selbst ihr Vater kaum kannte. Bisher hatte er die Besuche immer umständlich und wenig überzeugend mit seinem neuen Amt im Vorstand der Jüdischen Gemeinde begründet. Nun sagte er ungeniert und – nur noch zu Jettels Verwunderung – mit einer Bestimmtheit, die jeden Widerspruch ausschloß: »Da gehen wir hin. Für Regina ist ein Mann aufgetaucht.«

Regina ärgerte sich weniger über den Umstand, daß sie sonntags grundsätzlich jede Einladung ihrer Mitschülerinnen ablehnen mußte und noch nicht einmal sagen konnte, weshalb, als über ihre Naivität in der Zeit vor dem entscheidenden Gespräch mit ihrem Vater.

Sie hatte monatelang nicht gemerkt, daß die seltsamen Kaffeenachmittage, bei denen sie sich ebenso langweilte wie ihr vierjähriger Bruder, einer jüdischen Tradition galten, die sie in ihrem liberalen Elternhaus nie vermutet hatte. Weder die Toleranz ihres Vaters noch die romantischen Vorstellungen ihrer Mutter in Sachen Liebe und Ehe, die sich jeden Mittwoch bei der Lektüre der Illustriertengeschichten dokumentierten, hielten die beiden davon ab, ihre Tochter wie eine preisgekrönte Kuh auf dem Viehmarkt vorzuführen. Regina war ebenso verblüfft wie wütend und unsicher.

Wäre ihr ein Leben möglich gewesen wie anderen Gleichaltrigen, die sich von ihren Eltern ohne Rücksicht auf Familie und Tradition, ohne Schuldgefühle und mit der heiteren Unbekümmertheit von Optimismus ohne Erfahrung lösen konnten, hätten sie die Männer, fast alle wesentlich älter als sie, sogar gerührt. Die meisten stammten aus Ländern, in denen es offenbar ebenso schwer war, sich jüdisch zu verheiraten, wie im Nachkriegsdeutschland; kamen sie aus England oder Amerika, dann lebten sie – gesellschaftlich isoliert – in Kleinstädten ohne Jüdische Gemeinden.

Diese Männer einer entwurzelten Generation glichen einander

auf eine so beängstigende Art, weil sie alle einer Hölle von Heimatlosigkeit und Verfolgung entkommen und entschlossen waren, ihre ermordeten Träume von Kraft, Jugend und Familie nachzuholen.

Sie hatten melancholische Augen, die nicht zu ihrer mangelnden Scheu paßten, sich nicht mit Konventionen oder Höflichkeiten aufzuhalten, erzählten in einer Mischung aus gebrochenem Deutsch und jiddischen Ausdrücken von tragischem Schicksal und sagten ungeniert, daß sie eine tüchtige Frau suchten, und zwar sofort. Nur war Regina zu lange nicht auf die Idee gekommen, daß sie als Beute der einsamen Jäger ausersehen war.

Im Laufe eines Monats tauchten ein Kaufmann aus Chile auf, ein Farmer aus Neuseeland, zwei amerikanische Handelsvertreter und der Besitzer eines Lebensmittelladens in der Nähe von Lüttich. Der Kaufmann aus Chile hatte es besonders eilig. Er rief noch am Sonntag abend an und fragte, ob Regina sich schon entschieden habe und er eine zweite Schiffskarte bestellen könne.

Regina verlor Mut, Humor und Fassung. Max weinte mit und schrie: »Ich lasse mich scheiden.« Jettel nannte ihren Mann einen gefühllosen Trottel, und Walter mußte sich endlich eingestehen, daß er auf diese alttestamentarische Art nicht für die Zukunft einer Tochter sorgen wollte, die er zu seinen Idealen von Unabhängigkeit und Stolz erzogen hatte. Er nahm künftig keine Einladungen mehr ins Altersheim an, doch er sprach weiter, grimmig und besessen, von seiner Verantwortung, Regina zu verheiraten, ehe sie Gelegenheit hatte, sich in einen nichtjüdischen Mann zu verlieben.

»Wir leben doch nicht im Mittelalter«, räsonnierte Regina. »Ich hätte nie gedacht, daß du es so eilig hast, mich aus dem Haus zu bekommen.«

»Hab ich nicht, Regina«, gestand Walter, »ich kann mir überhaupt nicht vorstellen, wie das Leben ohne dich wäre.«

»Warum veranstalten wir dann diesen ganzen Tanz?«

»Wenn ich das nur wüßte. Wie hat Owuor immer gesagt: Meine Zunge ist schneller als mein Kopf.«

Obwohl das Gespräch zunächst keine Konsequenzen hatte, tat es Regina schon deshalb gut, weil Walter im genau passenden Moment Owuor erwähnt hatte, sie sich an ihre Kindheit erinnern konnte und vor allem daran, daß ihr Vater sich nie darauf verstanden hatte, sich zu fügen und abzuwarten. Sie machte Frieden mit ihm, denn sie begriff, daß er an einer Schuld litt, über die er noch nicht einmal mit ihr sprach. Er verzieh sich nicht, daß er Regina in ein Land geholt hatte, in dem es für sie aussichtslos war, einen jüdischen Mann zu finden, ihr aber gleichzeitig das Versprechen abgenommen hatte, keinen Nichtjuden zu heiraten.

Die Jüdische Gemeinde in Frankfurt war klein, und um so schneller witterten die Menschen ihre Chance, denen Ehevermittlung noch traditionelles Gebot war. Regina wurden der Besitzer eines Cafés auf der Zeil vorgestellt, ein agiler Witwer, der gerade seine zweite Würstchenbude aufmachte, ein zukunftsgläubiger Schrotthändler mit Buckel und eigenem Auto und der Inhaber eines Modesalons, von dem Jettel schwärmte, weil er Kleider verkaufte, die sie sich noch in Jahren nicht würde leisten können. Walter gefiel ein Rabbiner aus Bremen am besten, weil er bei ihm wenigstens das Bildungsniveau vermutete, das er für einen Ehemann seiner Tochter ersehnte.

In ihrer neu gefundenen Gelassenheit hätte Regina fast das Geheimnis von George Guggenheims Schinkenbrötchen verraten. So sagte sie aber nur: »Dann sieh zu, daß du dir das Rauchen abgewöhnst, falls du mit mir und meinem Mann Schabbes feiern willst.«

Walter lachte so herzhaft, als hätte sie einen wirklich guten Witz gemacht, und Regina erkannte endgültig, daß er seine Komödie leid war. Die letzten Zweifel am Doppelspiel ihres Vaters schwanden, als ihr auffiel, daß Walter nie versäumte, seinen vierjährigen Sohn über den aktuellen Stand am Heiratsmarkt aufzuklären, und jedem erzählte, wie er Tränen gelacht hatte, als Max in der Synagoge einen jungen, ins Gebet vertieften Mann am Ärmel zupfte und ihn fragte: »Willst du meine Schwester heiraten?«

Als das Jahr 1950 zu Ende ging, fühlte sich Regina auch nach außen befreit von den Bedrohungen einer erzwungenen Ehe und der entwürdigenden Begutachtung ihrer Person und des väterlichen Vermögens. Selbst die eifrigsten Heiratsvermittler fanden keine neuen Kandidaten mehr. Zwischen Vater und Tochter erblühte die alte Vertrauensbasis von versteckten Andeutungen und wissendem Einverständnis, von Sentimentalität und Ironie stärker denn je zuvor. Regina konnte sogar wieder lachen, wenn Walter sagte: »Du bleibst eben eine alte Jungfer und führst deinem Bruder den Haushalt.«

So wappnete sie sich auch nicht mit dem aus jüngsten Erfahrungen zurückgebliebenen Argwohn, als Walter sagte: »Ich habe einen Bundesbruder aus Mainz kennengelernt und ihn für Freitag abend eingeladen.« Es war bereits die Zeit, in der er, stets auf der Suche nach jenen Kontakten, die sein Herz zur Glut trieben, fast jede Woche entweder Menschen entdeckte, die aus Leobschütz, Sohrau oder Breslau stammten, oder es meldeten sich Bundesbrüder aus dem Ausland bei ihm, die in Frankfurt auf der Durchreise waren.

Energisch setzte er sich über Jettels Einwände hinweg, daß es Fremde seien, die er einlade und die ihr nur Arbeit machten. Gäste, mit denen er die nie vergessene Welt von gestern durchstreifte, als sei sie nie untergegangen, waren ihm Erfüllung und einzige Bestätigung, daß sich seine Träume erfüllt hätten.

Doktor Alfred Klopp war nicht wie die übrigen Gäste, mit denen sich Walter so sehr viel besser unterhielt als seine Frau und Tochter. Er war ein auffallend gutaussehender, ruhiger, höflicher Mann, ungefähr fünfundvierzig Jahre alt, und unübersehbar zufrieden und in guten Verhältnissen. Er hatte, von guten Freunden versteckt, die Verfolgung in Holland überlebt und sich sehr bald nach dem Krieg als Kinderarzt in seiner Heimatstadt Mainz niedergelassen.

Er erzählte, daß er keine Familie habe, sprach aber nicht davon, daß er eine gründen wolle, sondern redete von seinen Patienten, Büchern, die er gern las, und daß er seit seiner Zeit in Holland die flämische Malerei als ein Stück Heimat verehrte. Regina fand Doktor Klopp faszinierend und sehr sympathisch. Dann eroberte er ihr Herz, weil er sich mit Max unterhielt, als wäre er nur um seinetwillen gekommen.

Sie grübelte, ein wenig beklommen, über die Ironie des Schicksals und gestand ihrem Herzen ungewöhnlich rasch, daß sie diesen nachdenklichen Mann, dessen Beruf und Bildung ihr imponierten, auf der Stelle geheiratet hätte, wäre er bei den verhaßten Sonntagseinladungen im jüdischen Altersheim aufgetaucht. Noch während des Essens tauschte sie den grauen Pullover mit den gestopften Ärmeln gegen eine neue rote Bluse aus, steckte ihr Haar hoch, benutzte Jettels Lippenstift und Rouge und ertappte sich bei dem Wunsch, Doktor Klopp würde ihr ebensoviel Aufmerksamkeit widmen wie ihrem Bruder.

Als sie wieder ins Zimmer kam, hörte sie aber Jettel sagen: »Meine Regina ist wirklich ein tüchtiges Mädel. So fleißig im Haushalt und wie sie sich um ihren Bruder kümmert! Alle beneiden mich um meine Tochter. Sie kann wunderbar nähen.«

Regina, die lose Säume mit Sicherheitsnadeln hochsteckte und in zwei Kontinenten Handarbeitslehrerinnen erzürnt hatte, wußte sofort Bescheid. Ihre Haut wurde so rot wie die Bluse, und sie war froh, daß sie Doktor Klopp, der sich sehr aufmerksam mit seinem Schmorbraten beschäftigte und mit einem Mal verlegen und zerstreut wirkte, die Gemüseschüssel reichen konnte, ohne daß ihre Hände zitterten.

Sie versuchte, ihn anzulächeln, doch sie kam nicht mehr dazu, auf seine Frage nach ihrer Schweizer Reise zu antworten, weil Jettel gerade erzählte, wie wenig es Regina ausmache, nachts aufzustehen, wenn ihr Bruder sie brauche. »Der Mann, der meine Regina bekommt, ist ein Glückspilz«, sagte Jettel und lachte so kokett, als sei auch sie Teil des Fangs, den sich der Gast auf keinen Fall entgehen lassen dürfe.

Unmittelbar nach dem Essen verabschiedete sich Doktor Klopp ein wenig abrupt und sehr verlegen. Ihm war eingefallen, daß er noch eine kleine Patientin besuchen und »dringende schriftliche Arbeiten« erledigen mußte. Im Mantel und Hut stand er an der Tür und winkte zu Max hinüber.

»Mach einen Knicks, Regina«, sagte Walter.

»Besser«, fauchte sie später ihren Vater an, »hättest du ihm nicht klarmachen können, daß ich für ihn zu jung bin.«

Obwohl er sich, zumindest den ersten Teil des Abends, gut unterhalten hatte, ließ Doktor Klopp nie wieder etwas von sich hören. Regina war ihm trotzdem dankbar. Ohne ihn wäre sie erst viel später dahintergekommen, daß ihr Vater nichts mehr fürchtete als den Moment, da er seine Tochter einem anderen Mann überlassen mußte.

»Du willst überhaupt nicht, daß ich heirate«, warf sie ihm vor.

»Bei allem, was mir heilig ist, das ist nicht wahr«, schwor Walter.

»Bwana, du lügst wie ein Affe.«

»Ja, aber du bist selbst schuld.«

»Warum?«

»Du hast«, seufzte Walter und ahmte Owuors Stimme nach, »mein Herz gestohlen, Memsahib.«

8

Wenn Max an der Kurbel drehte und eine Hand zum offenen Fenster hinaushielt, konnte er den leise pfeifenden Wind fangen und aus ihm einen durchsichtigen, kühlen Waschlappen für sein brennendes Gesicht machen. Sobald er den Kopf nur ganz wenig von der einen Seite zur anderen bewegte, wurden Bäume mit dicken runden Stämmen dünn wie der Suppenkaspar am fünften Tag. Die Bäume flogen grünbehütet in den blauen Himmel und kratzten an den weißen Seifenpulverwolken. Die meiste Zeit aber saß Max nur ganz still neben seinem Vater und schaute ihn durch den schwarzen Vorhang seiner langen Wimpern an. Das große Wunder rollte immer weiter. Es war wie in den Märchen, an die dumme Kinder glaubten. Nur tausendmal besser und so wahr und so süß wie beim Frühstück der rote See aus Erdbeermarmelade auf dem Brötchen.

Max hatte als erster erfahren, daß sein Vater ein reicher Riese geworden war, der mit einer Hand hupen konnte und mit der anderen dem Schaltknüppel Befehle gab, denen er sofort und heulend gehorchen mußte. Dieser Riese hätte auf einem goldenen Roß über die Häuser mitten in die Sonne reiten können. Hätte er nur gewollt, wäre er in einem Flugzeug aus purem Silber zum Mond und wieder zurück geflogen, aber solche Tricks hatte er nicht nötig, denn er saß in einem großen prächtigen Auto mit Kotflügeln aus dunkelrotem Blech und Fenstern aus funkelndem Glas.

Der Riese mit dem dunkelbraun gewellten Haar, der aussah

wie gestern noch der Vater, sang »Im Harem sitzen heulend die Eunuchen«, »Wer soll das bezahlen?« und »Gaudeamus igitur«. Schäumende Blasen kamen aus seinem Mund. Zwischen den Liedern und gewaltigen Hurrarufen nahm der König aller Riesen die Hände vom Steuer und klatschte. Ganz kurz und sehr hart war der Donner. Wenn er aber weder sang noch hupte oder klatschte, rief er so laut, daß die Scheiben zitterten: »Dieses Auto gehört mir und meinem Lieblingssohn.«

»Regina nicht?« fragte der mächtige Sohn.

»Frauen haben keine Autos. Aber sie dürfen mitfahren, wenn sie artig sind.«

»Warum fährt Regina dann nicht mit?«

»Auf einer Jungfernfahrt haben Weiber nichts verloren. Es bringt Unglück, sie mitzunehmen.«

»Was ist eine Jungfernfahrt?«

»Das hier. Wir fahren zum ersten Mal in unserem eigenen Auto. Das ist reine Männersache.«

»Nur du und ich«, sagte Max zufrieden, »ich und du. Und Müllers Kuh.«

»Müllers Kuh nehmen wir nicht mit. Ein Rechtsanwalt hat mit Kühen nichts im Sinn. Das war einmal. Nur in meinem anderen Leben hab ich mit Ochsen geredet.«

»Hast du schon mal gelebt, Papa?«

»Und ob, mein Sohn. Da war ich eine kleine graue Maus und hatte Angst vor jeder Katze.«

»Und jetzt«, erkannte Max, »bist du der gestiefelte Kater.«

»Quatsch. Ich bin Rechtsanwalt und Notar.«

»Ich werde auch Rechtsanwalt und Notar. Mit einem großen Büro und vielen Mandanten.«

»Tu das, Maxele, mein Sohn.«

Die Wunderkutsche war ein gebrauchter Opel Olympia, ein schnaufendes, von vielen Blessuren immer nur leidlich genesenes Vorkriegsmodell. Es war ein Gelegenheitskauf von einem Mandanten, der auf dem Steilflug nach oben die Pferde gewechselt und Walters Sehnsucht nach Mobilität gewittert hatte – in einem Tempo, zu dem der Wagen schon seit Jahren nicht mehr fähig war.

Fortan war der robuste kleine Opel mit der Zauberkraft vor allem der Triumph eines Mannes, der auf einer Farm in Afrika gefangen gewesen war und von einem Esel mit Sattel geträumt hatte, wenn das Fieber ihn schüttelte und er einen Arzt brauchte. Zwischen Königstein und Kronberg hielten der singende Riese und sein auserwählter Sohn an, sie setzten sich auf eine Wiese aus grünem Samt, aßen Kartoffeln aus Marzipan und Brot aus Nougat, rauchten Zigaretten aus Tabak und Schokolade und beschlossen, das Auto »Susi Opel« zu nennen.

Max, der in den katholischen Kindergarten in der Eichwaldstraße ging und sich sehr für die geheimnisschweren Geschichten interessierte, die Schwester Ela aus den Tiefen ihres schwarzen Habits hervorholte, wollte Susi Opel mit drei Tropfen aus der kleinen Flasche Heidelbeerlikör taufen, die im Handschuhkasten lag.

»Juden gehen nicht zur Taufe«, belehrte ihn sein Vater, »jüdische Autos auch nicht. Das darfst du nicht vergessen.«

»Nie«, versprach Max.

In einem Leben, das Wunder wieder zuließ, war Susi Opel, wenn sie rot und geduckt vor dem Haus stand, eine strahlende Heldin, auf Hügeln und in Kurven wurde sie die keuchende Geliebte von Vater und Sohn. Ein einziger Blick in ihren Spiegel ließ das neue Fräuleinwunder der schlanken, stark geschminkten Mädchen in den langen Röcken und auf hohen, klappernden Absätzen verblassen. Der Hahn, der vom Wirtschaftswunder krähte, das schon in der Wiege lag und Konten und neue Häuser wachsen ließ, fand weniger Gehör als die eigenen quietschenden Reifen und der hustende Motor. Sie sangen in allen Tonarten von einem Traum, an den Walter so lange geglaubt und der nun so sichtbar Gestalt angenommen hatte, daß Jettel schon lange nicht mehr dem festen Gehalt eines Richters nachweinte.

Die Praxis der Rechtsanwälte Fafflok und Redlich prosperierte so gut, daß am Gericht bald kaum noch einer vage und gönnerhaft von den »beiden Dickschädeln aus dem Osten« sprach, sondern mit Respekt und oft auch mit Neid sagte: »Die haben's geschafft.«

Fafflok hatte außer seinem Fleiß und seiner beruflichen Brillanz, seiner Beharrlichkeit und dem kaufmännisch klugen Blick seine alte, vollbusige, in allen Arbeiten perfekte Schreibkraft aus Kattowitz in die Anwaltsehe eingebracht. Zu seiner Aussteuer gehörten vor allem zwei Industrielle mit oberschlesischen Wurzeln und großem Bedarf an einem Notar. Walter konnte zunächst nur Energie, die Schnelligkeit von Denken und Handeln, die Passion für den geliebten, nie vergessenen Beruf bieten und die Besessenheit, der Gegenwart zu entreißen, was die Jahre in der Emigration ihm geraubt hatten.

Sehr bald kamen die Mandanten auch um seiner selbst willen – jüdische Menschen aus dem Ausland, die auf Entschädigung für den Verlust ihrer Häuser und Geschäfte hofften, und Juden, die es nach Frankfurt verschlagen hatte, die Familie, Gesundheit und jede Basis des Lebens im Konzentrationslager verloren hatten und die immer noch das Wort Gerechtigkeit kannten.

Flüchtlinge aus Oberschlesien wurden in Scharen vorstellig. Die Trommeln im Wald von Ol' Joro Orok hätten auch nicht schneller einen Stammeskampf oder ein Buschfeuer melden können als die beglückten Oberschlesier einander, daß da in der Neuen Mainzer Straße 60 ein freundlicher Mann hinter seinem Schreibtisch saß, dessen Rechtsbewußtsein so groß wie seine Güte war. Er hatte die gleiche Sprache, den gleichen Humor wie die Menschen, die – wie er vor ihnen – Heimat, Glaube und Habe verloren hatten. Weil er sein eigenes Schicksal als Ausgestoßener und Beraubter nicht vergessen konnte, war er nie nur der Berater, der er sein mußte, sondern ein Mitfühlender. Er erachtete keinen Fall, der ihm übertragen wurde, als zu gering für seinen vollen Einsatz. Vor allem wußte dieser Mann mit dem polternden Temperament des Cholerikers und den Augen, die sofort Großherzigkeit verrieten, wie wichtig es den Gedemütigten war, vor Gericht zu gehen und ihre Würde einzuklagen. Wenn die Ungebetenen aus dem Osten als »Zigeunerpack« und »Flüchtlingsgesocks« beschimpft und der Vergehen beschuldigt wurden, die sie empörten und kränkten, rechnete er im Kopf nicht die sehr geringen Gebühren des Rechtsstreits aus, sondern verbrannte am gleichen Zorn wie sie.

Als bekannt wurde, daß Walter für seinen Freund Greschek in Marke fast jede Woche einen Brief schrieb, damit keine Anschuldigung ohne Ahndung blieb, faßten auch die anderen Mut, sich gegen die Provokation der Besitzenden zu wehren. Sie reisten mit dem Kleinmut des Außenseiters aus den kleinen Dörfern der Umgebung an, in die sie verbannt worden waren, und sie verließen die Praxis mit erhobenem Kopf.

Obgleich es in der Zeit der sich regenden Wirtschaft längst nicht mehr Brauch war, ließ sich Walter, genau wie einst von den Bauern im Kreis Leobschütz, auch mit Naturalien bezahlen. Lebensmittel waren für die Flüchtlinge, die auf Dörfern lebten und billig bei Bauern einkauften, leichter zu verschmerzen als Geld; einige hatten bereits kleine Läden. Gemüse, Kartoffel, Gänse und Hasen, Holz für einen Wohnzimmertisch, billiges Blechspielzeug, Kleiderstoffe und Decken empfand Walter durchaus als Gegenleistung für seine Arbeit. Wichtig war ihm nur, daß sich die in seinem Zimmer gestapelte Ware gerecht zwischen ihm und Fafflok aufteilen ließ.

Gelegentlich erinnerte aber Fafflok, milde und nicht immer aus eigenem Antrieb, doch an Miete, Versicherungen, Gehalt für das Büropersonal (zu Frau Fischer aus Kattowitzer Zeiten war ein Lehrling hinzugekommen) und an die anderen Bedürfnisse jenseits von Küche und Haushalt. Seine Frau hielt ihn erstmals und danach immer öfter zu solchem Widerspruch an, als er ihr aus einem Weißwarengeschäft in Friedberg die sechste Tischdecke brachte.

Ermutigt von dieser Rebellion begann auch Jettel zu meutern, als sie und Regina aus dem selben Laden immer wieder mit Schürzen und Blusen versorgt wurden, die selbst den bescheidenen Ansprüchen der Zeit nicht standhielten und dazu noch aus dem gleichen Stoff wie die Tischdecken waren. Weil das Auto lockte, hätte Jettel keinen besseren Zeitpunkt wählen können, um Walter schließlich zur Abkehr vom geliebten Tauschhandel zu bewegen.

Susi Opel bot ohnehin die Möglichkeit, die Verbundenheit mit Oberschlesien in neue Bahnen zu lenken. Es gab kaum einen Sonntag, an dem Walter nicht mit Jettel, Regina, Else und Max losfuhr, um – wenigstens ein paar Stunden – die verlorene Heimat wiederzufinden. Die Fahrten in die vergoldete Vergangenheit gingen nach Bad Vilbel und nach Kleinkarben, nach Friedberg, Bad Nauheim, in Dörfer, die selten auf einer Karte zu finden waren, und auch zu den Bauernhöfen, auf denen Flüchtlinge untergekommen waren.

Kaum sprach sich herum, daß der »Herr Doktor« und die Seinen gekommen waren, wurden kleine Feiern improvisiert, die zu Galafesten der Wehmut wurden. Es gab immer Streusel- und Mohnkuchen, Schlagsahneberge und »echten Kaffee«; nie fehlten der »ordentliche Schnaps«, die Senfgurken und das Heringshäckerle nach altem Familienrezept. Zum Braten gab es nicht Sauce und Kartoffelbrei, sondern Tunke und Stampfkartoffeln. Die grünen Bohnen wurden, wie »bei Muttel«, süßsauer und mit Rosinen zubereitet, und hatte sich der »Herr Doktor« gar angesagt, kamen gebackene Kalbsfüße und Hirn auf den Tisch, weil doch jeder wußte, daß er gerade um derentwillen die Reise gemacht hatte.

Walter glaubte das selbst. Jettel und Regina ließen sich nicht täuschen. Sie erkannten sehr schnell und um so betroffener von der schweigenden Übereinstimmung ihrer Vorbehalte, daß es nicht sein heimatkranker Magen war, den er sonntags verwöhnen wollte. Er heilte seine Herzwunden.

Nur mit den Menschen aus Leobschütz und – noch mehr – mit den Jugendfreunden aus Sohrau konnte er ohne Vorurteil, Unsicherheit und Einschränkung in die Welt eintauchen, an die er glauben mußte, um seine Rückkehr nach Deutschland in dem barmherzigen Licht der Selbstbestätigung sehen zu können. Wenn die Sohrauer mit einer Unschuld nach seinem Vater und seiner Schwester fragten, als seien die beiden auf eine Reise gegangen und hätten vergessen, die versprochenen Urlaubsgrüße zu schicken, dann empfand er schon die Frage als Teilnahme an seinem Schicksal.

Berichtete er dann vom Mord an seinem Vater und seiner Schwester, und die Menschen fragten verwundert: »Warum?« und sagten, ebenso unschuldig wie verblüfft: »Das waren doch so gute Menschen«, dann wurde er nie ungeduldig, nie verlegen, nie mißtrauisch. Fragten die Leobschützer nach ehemaligen jüdischen Mitbürgern, ließ er nicht einmal die Ahnung zu, daß sie hätten wissen müssen, was mit Menschen geschehen war, die nicht rechtzeitig ausgewandert waren. Er, der spätestens seit der Emigration nach Afrika die Flucht in die Illusion und die gefährliche Zunge der Sentimentalität verachtete, verlor jeden Sinn für Realität, war nur einer da, um die Bilder und Klänge der Heimat zu beschwören.

Kein einziges Mal fragte sich Walter in den Stunden, da er mit jedem Schluck Schnaps den Balsam des Vergessens trank, weshalb gerade die Menschen in Oberschlesien nicht gewußt haben sollten, was ihren jüdischen Nachbarn geschehen war. Nie zweifelte er an der Lauterkeit und Aufrichtigkeit ihrer Empörung; nie kam ihm der Gedanke, seine geliebten Landsleute könnten, wie so viele Menschen im Nachkriegsdeutschland, auch eine Vergangenheit haben, über die sie nicht sprachen. Ehe ihm das Gegenteil bewiesen wurde, setzte Walter von jedem das Beste voraus, und er legte keinen Wert auf ein Wissen, das seinen Glauben an das Gute entkräftet hätte.

Immer war er sicher, daß er nirgends besser als im Kreis der Klagenden und Tränenbeladenen, denen das gleiche Unrecht der Vertreibung geschehen war wie ihm, seiner Tochter und dem kleinen Sohn mit dem Frankfurter Zungenschlag das Bild des anständigen Deutschland vermitteln konnte. Es traf ihn tief, als Regina fragte: »Haben denn in Leobschütz und Sohrau die Synagogen nicht gebrannt?« Und er war außer sich vor Zorn, als Jettel nach einem Sonntagsausflug, den er als besonders ergreifend empfunden hatte, sagte: »Greschek hat mir ganz andere Geschichten erzählt.«

Es war aber Max, der – mit einer einzigen Frage – seinen Vater davon abbrachte, sich weiterhin jede Woche auf die Suche nach der verlorenen Heimat zu begeben. In der Synagoge verliebte sich Max spontan und dauerhaft in eine lockenköpfige, gleichaltrige Schönheit mit großen Augen im runden Puppengesicht und fragte seinen Vater, nicht ohne Vorwurf: »Hast du denn nicht gewußt, daß es jüdische Kinder in Frankfurt gibt?«

Es war eine der seltenen Gelegenheiten, in denen Walter seinem Sohn, den er ebenso umfassend wie früh über Verfolgung und Emigration aufgeklärt hatte, keine aufrichtige Antwort gab.

Das bezaubernde Kind, schon so klug wie kokett und selbstbewußt, hieß Jeanne-Louise und eroberte Max mit weißen Socken, Pariser Chic und dem Vorschlag, er solle sie am Schabbes besuchen, dürfe so viele Pralinen essen, wie er wolle, und den Hund streicheln. Jeanne-Louises Vater war gebürtiger Frankfurter, seit einem Jahr wieder Rechtsanwalt in seiner Heimatstadt und auf dem besten Weg, ein sehr reicher Mann zu werden. Walter verriet weder seinem Sohn noch der übrigen Familie, daß er dies alles schon seit langem wußte.

Als Josef Schlachanska mit Frau und Tochter aus der Emigration in Frankreich zurück in die Stadt kam, in der ihn viele Menschen noch von früher kannten und ebenso viele sofort auf ihn aufmerksam wurden, hatte er Walter durch einen gemeinsamen Bekannten fragen lassen, ob er an einer Sozietät interessiert sei. Das war ein halbes Jahr nach der Praxiseröffnung mit Fafflok. Walter hatte Schlachanskas Angebot abgelehnt und umgehend erfahren, daß dieser gesagt hatte: »Dem Trottel aus Afrika wird das noch in der Seele leid tun. Der verdient von jetzt an nicht mehr die Butter aufs Brot.«

Verletzt und empört und schon gar nicht frei von Neid auf die schnellen Erfolge eines Mannes, der um keinen Sieg zu kämpfen brauchte, vermied Walter jeden privaten Kontakt mit Schlachanska, obwohl er mit ihm im jüdischen Gemeinderat war und er ihm, zumindest dort, glänzend gefiel. Josef Schlachanska, mit einem Schnurrbart, der das runde, glatte Gesicht noch weicher machte, als es ohnehin wirkte, fiel nicht allein durch seine in der Zeit des eben erst überwundenen Hungers erstaunliche Leibesfülle auf. Er war in allem ein Triumphator von barocken Ausmaßen. Sein scharfer Witz und sein Humor, eine kalkulierte Balance zwischen Komik, Spott und Selbstironie, waren so mitreißend wie seine Energie und das titanische Temperament.

Er hatte jene zeitgemäße Witterung für Gewinn und Spekulation, die Walter als standeswidrig empfand. Als Anwalt hatte er eine immense schauspielerische Begabung, die Walter ebenfalls als berufsunwürdig abtat und die schon deswegen Furore machte, weil er grundsätzlich und mit großer Geste Richter als befangen ablehnte und so den Eindruck eines Streiters erweckte, der bereit war, mit dem vollen Einsatz seiner zweieinhalb Zentner für die Belange seiner Mandanten zu kämpfen.

Mit den Frankfurtern redete Josef Schlachanska in ihrer behäbig derben Sprache, machte die gleichen Scherze wie sie und gab ihnen sofort die Gewißheit, er sei einer der ihren. Die

Juden aus dem Osten, die ihn so spontan zu ihrem Berater machten, als hätten sie seit Jahren nur auf seine Niederlassung als Anwalt gewartet, verschonte er mit jenen Umständlichkeiten, Vorbehalten und juristischen Finessen, die sie als typisch deutsch empfanden. Walter vermochte weder das eine noch das andere.

Josef Schlachanska, der allzeit gewillt war, Kompromisse mit der weltlichen Moral zu machen, und sich nie scheute, das zuzugeben und dies auf eine Art, die den Menschen gefiel, war ein frommer Mann. Trotz allem, was er erlebt hatte, als er und seine Frau zwei Jahre bei einem jungen Ärztehepaar in Paris untertauchen mußten und sich nur im Schutz der Dunkelheit für ein paar Minuten auf die Straße wagten, zweifelte er nicht an einem Gott, der den Millionenmord an seinem Volk zugelassen hatte.

Josef Schlachanskas Vater war Lehrer am Philanthropin, der renommierten jüdischen Schule in Frankfurt gewesen, der Bruder als Leiter einer jüdischen Schule in Köln kurz vor Kriegsausbruch aus dem sicheren England nach Deutschland zurückgekehrt und mit seinen Schützlingen deportiert worden. Genau wie Walter hatte er aber erkannt, daß er als Jurist nur in Deutschland in seinem Beruf arbeiten konnte. Er sprach von Rückkehr, nie von Heimat.

Schlachanskas Haushalt war koscher, seine Tochter wurde streng religiös erzogen, er und seine Familie versäumten keinen Gottesdienst. Wenn er, in seinen weißen Gebetsmantel gehüllt, in der Synagoge mit tiefer warmer Stimme sang und Inbrunst sein Gesicht erleuchtete, hörte und sah keiner den Kantor und jeder ihn.

Er hatte die Größe, Fehler zuzugeben, und stritt die rüde Bemerkung nicht ab, die er über Walter gemacht hatte, entschuldigte sich dafür mit einem Charme, der so vereinnahmend war wie seine Menschenfreundlichkeit, und streckte Walter beide Hände entgegen, als das Eis endlich gebrochen war. Er hatte das Bedürfnis, von der Fülle abzugeben, die er zum Leben brauchte, und war ein Gastgeber aus Passion.

Als Kenner der Frankfurter Verhältnisse hielt es Schlachanska nur kurze Zeit in der ihm nach der Rückkehr aus dem Pariser Exil zugewiesenen Wohnung im bescheidenen Frankfurter Nordend. Er zog in eine Sechszimmerflucht mit großer Terrasse in die vornehme Eysseneckstraße um, die den Krieg recht gut überstanden hatte. Dort residierte er unter prächtigen Lampen und Kristallüstern, in plüschbezogenen Sesseln und schweren dunklen Möbeln. Er hatte Porzellan aus Frankreich, aufwendig gerahmte Bilder mit jüdischen Motiven, ein Dienstmädchen, eine Kinderschwester und in allem den pompösen Geschmack, der seinen gewaltigen Auftritten entsprach. Schlachanska kannte beim Protzen weder Hemmungen noch Grenzen; seine Generosität sorgte dafür, daß ihm die Menschen Eitelkeit und Prunksucht mit der gleichen Selbstverständlichkeit zugestanden wie einem beim gemeinen Volk außergewöhnlich beliebten König.

Mit den Pralinen, die seine Tochter Max versprochen hatte und die er so unbefangen in seinen sabbernden Setter Seppel stopfte, als hätte er nie Hunger und Todesnot erfahren, verlockte er Walter, nach der ersten Einladung eine zweite anzunehmen. Mit seiner Unverblümtheit in Sprache und Urteil, die bei allen Gegensätzen Walters Charakter entsprachen, sprengte er die Barrieren so rasch und entschieden wie Alexander der Große den Gordischen Knoten.

Max empfand Josef Schlachanska als die Verkörperung all dessen, was er einst selbst sein wollte – er war ein reicher, mächtiger, prächtiger Riese mit dem größten Auto in Frankfurt, einem Maybach. Dieser Kinderfreund, der wie ein Clown scherzen und wie ein Zauberer die Welt verwandeln konnte, bediente sich aus großen gläsernen Schüsseln mit Bergen von Süßigkeiten und brauchte nur in die Hände zu klatschen, und alle gehorchten seinen Befehlen. Am Schabbesnachmittag saß er in einem geblümten Ohrensessel in einem gestreiften Schlafanzug und brachte einen fünfjährigen Jungen in den ersten Loyalitätskonflikt seines Lebens. Er korrumpierte Unschuld und die vom eigenen Vater täglich aufs neue beschworene Bescheidenheit ein wenig mit der elektrischen Eisenbahn, die der Chauffeur bedienen mußte, und vollständig mit dem Maybach.

Schon, weil Max auf seinem Recht bestand, mit Jeanne-Louise zu spielen, statt in den Zärtlichkeiten und Tränen von unbekannten Erwachsenen zu baden, waren die Einladungen zum Schabbes bald eine ebenso feste Einrichtung für Walter, Jettel und Regina wie zuvor die Fahrten zu den Oberschlesiern. Am Anfang war Jettel lediglich froh, daß sie nur einen Kuchen statt zwei für das Wochenende zu backen und sich bis zum Abendessen um nichts mehr zu kümmern brauchte. Sie war indes die erste, die auch den Kontakt zu Frau Schlachanska fand und in ihr mehr sah als die anspruchsvolle Frau, die noch mehr Glanz begehrte, als sie ohnehin schon hatte.

Mina Schlachanska war ebenso eitel und von sich selbst überzeugt wie ihr Mann, doch weil sie nicht seinen Charme und schon gar nicht seinen Humor hatte, wirkte sie verschlossen und hochmütig. Sich anderen Menschen zuzuwenden, war ihr eher religiöse Verpflichtung als Bedürfnis. In der Zeit der existentiellen Bedrohung und täglichen Angst vor der Deportation nach Deutschland war ihr ohnehin geringes Talent zur Toleranz verkümmert; danach reichte ihre Duldsamkeit nur für den Vulkan an ihrer Seite, der sie großzügig und gutgelaunt aus dem Füllhorn seines neuen Reichtums schöpfen ließ.

Ihre Intuition für Eleganz und die Art, wie sie ihren an französischer Mode geschulten Geschmack betonte, wirkten provokativ in einer Zeit, in der andere Menschen sehr zaghaft die ersten Schritte von der Not in die Normalität wagten. Sie verwechselte schäbige Kleider mit schäbiger Gesinnung, empfand das kränkende Mitleid der Besitzenden mit den Besitzlosen als aufrichtige Teilnahme an fremdem Schicksal und verschonte nur sich vor ihrem kritischen Verstand. Etikette, Konvention und Tradition waren Mina Schlachanska wichtig, Wohlstand und die Sicherheit, die sie so lange hatte entbehren müssen, alles.

Sie stammte aus bescheidenen Verhältnissen, hatte ihren Mann als junges Mädchen in Italien kennengelernt, ihn umgehend geheiratet, obwohl er geschieden war und das ihren Vorstellungen von Moral und Ehe zusetzte, war mit ihm nach Frankreich geflohen und beim Einmarsch der Wehrmacht im Frauenlager von Gurs interniert worden. Sie sprach kaum über die Zeit, die ihr unheilbare Wunden geschlagen hatte, eher noch über die zwei Jahre, da sie mit ihrem Mann hatte versteckt leben müssen und wie er nach der Befreiung in einer Fischfabrik in Paris gearbeitet hatte.

Mina Schlachanska war besessen von der Sucht, die Versäumnisse des Lebens nachholen zu müssen. Bescheidenheit kam ihr nicht mehr in den Sinn – schon gar nicht bei der Erziehung ihrer Tochter, die sie viel zu elegant anzog und nicht mit ärmlich gekleideten Kindern spielen ließ. Luxus empfand sie als das Recht einer Frau, die nicht zurück ins Land der Verfolger hatte kommen wollen.

Obwohl Walter ihren Fleiß, ihre Disziplin, ihren Sinn für Würde, ihre vorbehaltlose Liebe für ihren Mann und den Perfektionismus bewunderte, mit dem sie ihren aufwendigen Haushalt führte, versagte er ihr die Toleranz, die er seine Kinder lehrte. Zu sehr verübelte er ihr den Materialismus, der sie in seinen Augen hart und neidisch machte.

»Quatsch nicht so dumm«, sagte Jettel, »was meinst du, wie ich geworden wäre, wenn ich durchgemacht hätte, was diese Frau hat durchmachen müssen.«

»Ich hätte dich nicht gelassen, Jettel, und seit wann gibt es irgendeinen Menschen auf der Welt, der mehr durchgemacht hat als du?«

»Sie ist eine gute Frau.«

»Wie kommst du denn darauf?«

»Das sagt mir meine Menschenkenntnis. Du hast ja keine. Das hat schon meine Mutter gesagt.«

Am unbehaglichsten war Walter die Vorstellung, der Lebensstil der Schlachanskas könnte seine Kinder neidisch machen und zu Größenwahn verführen. Max schwärmte schon längst nicht mehr von Jeanne-Louises weißen Söckchen und Lackschuhen, sondern nur von ihrem Kinderzimmer, dem teuren Spielzeug, dem Maybach ihres Vaters und dem Chauffeur, der ihm die Aktentasche zum Wagen trug.

Regina nahm ihrem Vater indes sehr bald die Sorge, sie könne sich durch Äußerlichkeiten blenden lassen und bleibenden Schaden nehmen. Als Josef Schlachanska sie eines Nachmittags sinnierend anschaute und sagte: »So ein Mädchen läßt man nicht das Abitur in Deutschland machen, sondern schickt es nach England oder Israel, damit es einen Mann findet«, betrachtete sie alles, was er künftig tat und sagte, aus gewohnt skeptischer und argwöhnischer Perspektive. So war sie es auch, der Walter als einzige anvertraute: »Weißt du, so reich wie der Schlachanska wird dein Vater nie. Dafür kann er aber gut schlafen.«

Er empfand es darum als eine doppelt ironische Pointe des Schicksals, daß Schlachanskas unermüdlich wiederholter Satz »Man wohnt nicht in einer beschlagnahmten Wohnung und schon gar nicht in der Höhenstraße« seinen Ehrgeiz auf eine für ihn schier unfaßliche Weise in Bewegung setzte.

9

Jettel, bei allem, was mir heilig ist, glaub mir. Ich hab sieben Semester Jura studiert und den Doktor gemacht. Du brauchst keinen neuen Hut, um zum Notar zu gehen.«

»Tu nicht immer so klug. Ich hab schon beim Notar gearbeitet, als du deinem Vater noch auf der Tasche gelegen hast.«

»Was soll also der Unsinn?«

»Ich denke, ich soll heut' Hausbesitzerin werden.«

»Das Haus wird auf deinen Namen eingetragen. Das macht man so in einem freien Beruf. Außerdem wirst du dann auch ganz anders dastehen, wenn du mich ins Grab gebracht hast.«

»Du hast doch selbst gesagt, es ist ein großer Tag.«

»Der größte Tag in unserem Leben, Jettel, seit wir aus Leobschütz fort mußten. Die Geburt unseres Sohnes nicht mitgerechnet.«

»Na also! Glaubst du, Frau Schlachanska würde an einem solchen Tag in einem alten Hut herumlaufen?«

»Frau Schlachanska hätte sogar einen neuen Hut auf, wenn sie einen Offenbarungseid leisten müßte. Aber wir müssen jetzt unser Geld zusammenhalten. Da ist es besser, du hörst auf mich statt auf Frau Schlachanska.«

»Wenn es noch nicht einmal für einen Hut reicht, wirst du nicht weit mit deinem Aufbau kommen.«

»Unser Aufbau, Jettel.«

Der Hut war hellblau und hatte einen weißen Schleier mit winzigen Punkten, hinter dem Jettels Haut den gleichen zarten Schimmer hatte wie ihre alte Bluse vom indischen Schneider aus Nairobi. Weil Walter den Hut als »schrecklich schön« bezeichnet und trotz seines Zorns gelacht hatte, wäre Jettel um ein Haar gar nicht mit ihm zum Notar gegangen. Die durch die Umstände erforderliche rasche Versöhnung fand erst im Wartezimmer von Rechtsanwalt Friedrich statt, den Walter noch vom gemeinsamen Besuch beim Repetitor Wendriner in Breslau kannte und der Jettel in augenglänzende Euphorie versetzte, weil er sie nicht nur mit Handkuß begrüßte, sondern fast zeitgleich sagte: »Welch ein bezaubernder Hut, gnädige Frau, ein Frühlingsgedicht. Wie wunderbar, daß unsere Frauen nicht verlernt haben, uns wieder ins Reich der Träume zu entführen.«

»Ich hab schon früh festgestellt, Friedrich, daß Sie ein ebenso guter Dichter wie Jurist sind«, erinnerte sich Walter, »und wenn Sie meiner Frau weiter den Kopf verdrehen, wird sie mich gar nicht erst in ihr Haus einziehen lassen.«

In nachdenklichen Momenten erschien es ihm als eine ausgleichende Gerechtigkeit des Schicksals, daß das Haus in der breiten, von Ahornen bewachsenen Rothschildallee wieder einen jüdischen Eigentümer bekommen sollte.

Seine Abneigung gegen jenes Übermaß an Phantasie, das er in jedem Lebensalter als gefährlich empfand, schützte ihn indes vor unpassenden Vergleichen und hielt ihn davon ab, die Duplizität der Ereignisse überzubewerten.

Walter hatte das kriegszerstörte Gebäude oft von seinem Wohnzimmerfenster aus betrachtet, denn er wußte um die Tragödie seiner Besitzer; er hatte ausgerechnet in dem Moment erfahren, daß das Haus zum Verkauf angeboten war, als er sich entschlossen hatte, endlich sein Versprechen an Frau Wedel einzulösen und sich nach einer anderen Wohnung umzusehen.

Dem um die Jahrhundertwende gebauten Mietshaus hinter einem schmiedeeisernen Tor und mit hohen Fenstern und massiven Balkons, die trotz der Bombentreffer noch vom Bürgerstolz einer selbstbewußten Generation kündeten, fehlten Dach und oberstes Stockwerk. In der Sprache der Zeit galten die zwei noch bewohnten Etagen als »herrenloses jüdisches Vermögen«. Grundstück und Haus waren nach Kriegsende an die Jewish Restitution Successor Organisation gefallen, die dafür sorgte, daß sich die neue Bundesrepublik nicht die Zinsen der Verbrechen des alten Deutschlands gutschrieb.

Walter war für die Organisation als Berater und Notar tätig und konnte sie dank seiner zähen Geduld und dem energischen Einsatz von Josef Schlachanska dazu überreden, ihm das Haus zu einem sehr guten Preis zu überlassen. Es hatte dem jüdischen Ehepaar Isenberg gehört, das in Auschwitz ermordet worden war und keine Nachkommen hatte.

Frau Wedel hatte Walter, kaum daß er bei ihr eingezogen war, vom Schicksal der Isenbergs erzählt und auch berichtet, daß das Haus Nummer 9 als erstes in der Rothschildallee Opfer der Bomben geworden war und daß die Menschen einander hinter vorgehaltener Hand erzählt hätten, das sei die Strafe Gottes.

Als bekannt wurde, daß Walter das Haus kaufen wollte, sprachen ihn so viele Menschen in der Gegend auf das Schicksal der Isenbergs an, die »doch wirklich ordentliche Leute waren und nichts dafür konnten«, daß es selbst ihm, der so lange zögerte, ehe er verurteilte, dämmerte, die Deportation der jüdischen Bürger in Frankfurt hatte wohl doch nicht ganz so unbemerkt stattfinden können, wie nach dem Krieg immer behauptet wurde.

»Ich bin mal gespannt, wie viele Leute mir jetzt erzählen, wie furchtbar sie gelitten haben, als die Isenbergs abgeholt wurden«, sagte Jettel.

Walter nickte. Er hätte ihr auch nicht widersprochen, wenn er nicht mit ihr einer Meinung gewesen wäre. Seine Kraft zu Auseinandersetzungen mit seiner Frau war an diesem wichtigen Tag schon am frühen Nachmittag verbraucht. In der Praxis von Rechtsanwalt Friedrich hatte sich Jettel erst durch die vereinten Bemühungen von Friedrich, Fafflok und Walter zu den notwendigen juristischen Formalitäten bewegen lassen. Als sie nämlich hörte, daß Walter das Haus nicht bar bezahlen würde und dies im übrigen auch nicht üblich sei, griff sie wütend zu ihrer Handtasche und teilte dem ratlosen Juristen-Trio mit: »Ich hab in meinem ganzen Leben keine Schulden gemacht und fange auch jetzt nicht damit an.«

»Ohne dich, Jettel, würden wir alle im Schuldturm sitzen«, sagte Walter.

Es war ein blauer Papagei mit großem Schnabel, der zweimal hintereinander »Ach« sagte, während ein winziger Affe an einer Banane kaute und auf seine Weise demonstrierte, wie sich das Leben geändert hatte – drei Jahre zuvor wäre niemand auf die Idee gekommen, daß es in Frankfurt mal genug Bananen geben würde und dann auch noch für Affen.

Walter und Jettel saßen im Café Wipra am Liebfrauenberg und waren sich bereits wieder in einem für beide wichtigen Punkt einig – nur dort konnte man richtigen Mohnkuchen essen; der Besitzer und seine Frau waren Schlesier und wußten, im Gegensatz zu den Frankfurtern, daß Mohn zweimal gemahlen werden und vor dem Backen in Milch aufgeweicht werden mußte. Das Café Wipra mit blühenden und sogar tropischen Pflanzen, Vögeln, Affen und den vielen anderen Tieren, die sich in Käfigen wohl genug fühlten, um den staunenden Gästen das Gefühl von Urlaub und Exotik zu vermitteln, war besonders beliebt bei Kindern; Walter und Jettel gingen öfters auch alleine hin. An diesem glückhaften Tag hatte Walter außer von Mohnkuchen noch von den schwerverdaulichen Liegnitzer Bomben geträumt und Jettel das Bedürfnis, ihren neuen Hut an einer Stätte einzuführen, in der sich kaum eine Frau unbehütet zeigte.

Jeder bestellte zum Kuchen zwei Portionen Schlagsahne, Walter danach einen doppelten Cognac und Jettel einen Eierlikör, der sie in so gute Stimmung versetzte, daß sie versuchte, eine von Walters Zigaretten zu rauchen. Beiden fiel zu gleicher Zeit ein, daß sie das zuletzt bei einem Ausflug von Leobschütz nach Jägerndorf getan und ebenso gehustet hatte wie nun in Frankfurt.

Die Zeit des Hungers lag noch immer nicht lange genug zurück, um einen drückenden Magen als Last zu empfinden. Mehr als nur satt zu sein glättete die scharfen Konturen des Lebens. Die Fülle machte Jettel sanft und Walter nachdenklich. Obwohl sie soeben nach Leobschütz gereist waren, kamen sie in Afrika an.

Es war Walter, der den Affen im Käfig vor dem kleinen Marmortisch, an dem er saß, zu lange beobachtete und sich nicht mehr schützen konnte. Er dachte erst an die Farm in Ol' Joro Orok und wie der Inder Daji Jiwan dort das Haus aus frisch geschlagenen Zedern hatte bauen lassen. Zunächst roch Walter nur das Holz, doch seine Nase drängte ihn weiter, und er sah, wie Owuor das Feuer im Kamin mit seinem Atem nährte, sehr langsam aufstand und sich befriedigt umschaute. Als das Bild endlich seine Farben verlor, begann Owuor »Ich hab mein Herz in Heidelberg verloren« zu singen. Seine Stimme stieß bis zu den Hütten am Fluß. Walter merkte, daß sein Nacken steif wurde und der Cognac in der Kehle brannte. »Komisch«, seufzte er, »auf der Farm wußte ich wenigstens, wovor ich Angst hatte.«

Er erschrak, als ihm aufging, daß er soeben eine Antwort von Jettel provoziert hatte, die in einem Kleinkrieg enden mußte, der den Tag doch noch verderben würde, aber zu seiner Verblüffung griff sie nach seiner Hand und drückte sie.

»Wir werden auf unsere alten Tage noch ein Liebespaar«, lachte Walter, »und eigentlich gefällt mir dein Hut doch.«

Auch in den folgenden Wochen lernte er Jettel aus neuer, ihm absolut willkommener Perspektive kennen. Sie machte, immer mit dem Hinweis »es ist schließlich mein Haus« und schon am frühen Morgen so gekleidet, als wollte sie beim Oberbürgermeister vorsprechen, den Aufbau der Rothschildallee 9 zu ihrer persönlichen Aufgabe. Jettel, im Hut und mit den Handschuhen aus weißer Spitze, ohne die sich eine Dame nicht auf der Straße zeigte, stampfte durch den Schutt der Baustelle mit der Kampfeslust und dem Selbstbewußtsein einer Amazone und der Koketterie, mit der sie in ihrer Tanzstundenzeit alle jungen Männer dazu gebracht hatte, keine andere als sie im Ballsaal zu sehen.

Sie brachte den Architekten mit ihren Wünschen, Vorschlägen und unvermittelt einsetzendem Tränenfluß in Rage und beruhigte ihn ebenso schnell mit Charme, Kirschkuchen und ihn sehr faszinierenden Geschichten von ihren Erfahrungen als Bauherrin in Ol' Joro Orok. Sie holte die Handwerker, die sie mit ihrem Temperament wehrlos machte und mit ihrem hilflosen Lächeln bezauberte, aus ihren Werkstätten heraus und lockte sie mit Klagen und vielen Versprechungen auf Kostproben aus ihrer Küche und mit phantasiebegabten Appellen an ihr Ehrgefühl zum Bau. Das war auch nötig, denn Walter war wieder einmal dem Reiz der Usancen vor der Währungsreform erlegen und hatte die Aufträge an Schreiner, Klempner, Maler, Ofensetzer, Elektriker und Dachdecker vergeben, die seine Gebühren nicht bezahlt hatten und bei der Aussicht, daß sie ihre Schulden abarbeiten sollten, sehr mißmutig waren und sich nur durch Jettels variationsreiche Auftritte motivieren ließen, überhaupt in der Rothschildallee zu erscheinen.

Das ursprünglich dreistöckige Haus bekam vier Etagen. Im obersten Stockwerk wurden zwei kleine Wohnungen gebaut. Die eine war Greschek versprochen worden, der jede Woche aus Marke schrieb, daß er das Leben auf dem Dorf als verfemter Flüchtling, wo er empörenden Verdächtigungen und oft auch brachialer Gewalt ausgesetzt sei, keinen Tag länger ertragen könne und daß er vor allem wieder in seinem alten Beruf arbeiten wolle.

»Greschek hat sein Lebtag nicht gearbeitet«, erinnerte sich

Walter, »sondern andere für sich arbeiten lassen. Aber weg aus seinem verdammten Dorf muß er. Der geht ja dort ein. Wir werden ihm die Hausmeisterstelle geben. Da braucht er keine Miete zu bezahlen und kann Grete das bißchen machen lassen, was zu tun ist.«

Allein schon der Gedanke an Gretes Tüchtigkeit und Fleiß gab Jettel abermals neuen Auftrieb. Sie hatte sich bereits Sorgen gemacht, daß eine Fünfzimmerwohnung zuviel für ein einziges Dienstmädchen sei und erst recht für Else, die sich auf jene Raffinessen nicht verstand, die durch das immer stärker knospende Wunder der besseren Zeiten von der gesellschaftlichen Etikette gefordert wurden. Die Aussicht auf Grescheks unermüdliche und ihr bestimmt auch treu ergebene Grete erschien ihr eine Wiederholung der glücklichen Tage auf der Farm, als es für jede Arbeit einen Mann mit starken Armen gegeben hatte.

In dieser Zeit, da Zukunft sehr viel mehr bedeutete als Vergangenheit, schlugen allein Reginas Gedanken die umgekehrte Richtung ein. Wenn sie nachmittags mit Kuchen, Wurstbroten und Kaffee in der Thermoskanne zur Baustelle geschickt wurde und das Dach wachsen sah, wurde ihr bewußt, wie beunruhigend klar die Flut der Bilder noch immer in ihr wütete. Immer wieder fielen ihr die Tage auf der Farm ein, als sie das geliebte Haus von Ol' Joro Orok hatte wachsen sehen. Ein letztes Mal, ehe das Dach gedeckt wurde, war sie auf den dünnen Balken bis zur Spitze hinaufgeklettert.

Während sie sich nun in Frankfurt an die noch rohen Wände lehnte, war sie wieder neun Jahre alt und berauscht vom Glück der lachenden, friedlichen Menschen, der Düfte und Klänge; sie sah den Schnee auf dem fernen Mount Kenya glänzen, roch die Frische der roten Erde nach dem Einsetzen des großen Regens und hörte die Trommeln, die vom neuen Haus des neuen Bwana erzählten. Schlimmer noch: Sie hörte ihre eigene Stimme vom Berg ins Tal rollen, als sie gejubelt hatte: »Es gibt nichts Schöneres als Ol' Joro Orok.« Und sie wußte, daß sich für sie seitdem nichts geändert hatte und daß ihre Sehnsucht sich nie würde betrügen lassen.

»Jetzt«, sagte Walter und blickte in den kleinen Vorgarten mit dem Fliederbaum, der den Bomben getrotzt hatte, »hast du ein Vaterhaus.«

Regina dachte an das Fotoalbum in der abgegriffenen grauen Leinwandhülle, das nach Afrika und zurück gereist war, und an das kleine vergilbte Bild von Redlichs Hotel in Sohrau, unter dem in weißer Tusche die Worte »Mein Vaterhaus« geschrieben standen. Sie sah ihren Vater an; es gelang ihr, den Kopf nicht zu schütteln, und ihn statt dessen anzulächeln wie in den Tagen ohne Anfang und Ende, da nur sie allzeit den Balsam herbeizaubern konnte, der seine Wunden heilte.

Regina wußte um die Bindung der Menschen an Vaterhäuser und daß sie zu Käfigen wurden, aus denen es kein Entrinnen gab; doch der Vater, den sie so liebte, daß sie ihn noch nicht einmal mit einem ihrer Gedanken und Ängste zu verletzen wagte, wußte nichts von seiner Tochter. Auch das hatte sich seit der Zeit nicht geändert, als Owuor am Rande des großen Flachsfeldes mit den blauen Blüten des ewigen Glücks ihr zugeflüstert hatte: »Der Bwana hat vergessen, sein Herz mit auf die große Safari zu nehmen.«

Grete Greschek, klein, drahtig, das blonde Haar mit den grauen Strähnen zu einem dünnen Knoten am Hinterkopf gebunden, die Hände rot wie das schmale Gesicht, in dem Wiedersehensfreude und Arbeitsbesessenheit glühten, kam einige Tage vor dem Umzug nach Frankfurt. Nach dem ersten gemeinsamen Essen holte sie aus ihrem zerschlissenen, grauen Pappkoffer ein Waschbrett heraus, das sie »Rumpel« nannte, eine große Dose Schmalz, »richtig mit Grieben, wie der Herr Doktor immer bei mir bekommen hat«, und eine blaue Kittelschürze. Sie nahm Jettel die Teller, die diese einsammeln wollte, aus der Hand, sagte: »Das ist doch nichts für Sie«, und hatte auch sonst nichts vergessen seit dem Jahr 1938, als die »Doktors« hatten »fortmachen müssen«.

Grete war bei jedem Umzug in Leobschütz die zupackende Trösterin gewesen, die, ohne das Wort zu kennen, den Trennungsschmerz der Menschen, mit denen sie auf eine ebenso zuverlässige, vertraute Art verbunden war wie mit ihren Geschwistern, als ihren eigenen empfunden hatte. Sie konnte sich erinnern, wie die Küche in der Lindenstraße, die Gardinen am Hohenzollernplatz und das Beet mit den Winterstiefmütterchen am Asternweg ausgesehen hatten. Sie wußte noch, daß Walter hungrig wurde, wenn er sich aufregte, und Jettel bei ungewohnten Anforderungen und Unruhe weinte und von ihrer Mutter sprach, die ihre Sensibilität schon so früh erkannt hatte.

Grescheks Grete, wie sie sich immer noch nannte, wenn sie von der Zeit in Leobschütz sprach, als ihr Kost und Logis Lohn genug waren, glaubte unverdrossen an die Heilkraft heißer Suppe. Sobald Walter und Jettel zu einem jener Kämpfe ohne Anfang und Ende ansetzten, stellte sie den Topf auf den Herd und schnitt Brot. Mit dem Ruf »Wir können suppen« brachte sie die Terrine auf den Tisch. Hausschuhe nannte Grete »Potschen« und stellte sie bereit, sobald Walter an der Haustür schellte und »Ich weiß nicht, was soll es bedeuten« pfiff. Wenn Max zwischen den Kartons und Kisten herumlief und Grete beim Einpacken von Gläsern und Geschirr störte, griff sie in ihre Schürzentasche, holte einen Groschen heraus, sagte: »Hier hast du'n Behm«, und schickte ihn zum Kiosk in der Allee, damit er sich einen Negerkuß kaufen konnte.

Sie nannte Else ein »tummes Luder«, als sie ein Schnapsglas in ihrer großen Hand zerquetschte, und einmal sagte Grete das gleiche von Regina, denn sie empfand Bescheidenheit bei Menschen, die sie achtete, als einen zu großen Ballast im Leben. Abends erzählte sie von Greschek, der doch noch ein paar Monate in Marke bleiben wolle, um die wichtigen Geschäfte zu erledigen, die er begonnen hatte. Auf keinen Fall wollte Grete die Hausmeisterwohnung allein beziehen. Nach dem Umzug bestand sie darauf, auf einem Feldbett in der Küche zu schlafen. Während sie den Kaffee zum Frühstück kochte, erzählte sie Max Geschichten von ihrer Ziege Lemmy, an der sie so hing, daß ihr die Tränen in die Augen schossen, wenn sie berichtete, wie das Tier im Garten herumsprang, sobald der Hahn krähte, den sie ebenso zu lieben schien wie die Ziege. In Frankfurt fand Grete die Eier nicht frisch und die Menschen frech.

Regina ahnte als erste, daß Grescheks nicht vorhatten, nach Frankfurt umzuziehen, aber so sehr sie auch grübelte, ihr fielen die richtigen Worte nicht ein, um ihre Eltern beizeiten vor ihren Illusionen und dem Bedürfnis zu schützen, die Uhr um Jahre zurückzudrehen.

Betten, Eßtische, Stühle, Vitrine, ein Buchregal, Schränke und Herd, Sofa, Sessel, Vertiko und eine Frisierkommode mit dreiteiligem Spiegel, wie sie Frau Schlachanska hatte, mußten gekauft werden, denn Frau Wedel hatte nicht nur ihre Wohnung, sondern auch ihre Möbel zurückbekommen. Wie Jettel von der Gemüsefrau erfahren hatte, auch Geld für die Renovierung. Walter stritt das ab, nannte die Gemüsefrau ein Frankfurter Waschweib und wollte keine Radieschen mehr aufs Brot.

Grete badete die Möbel, die alle gebraucht gekauft worden waren, in Essig und schrubbte das neue Linoleum so lange mit flüssiger Seife, bis es aussah, als seien schon mehrere Generationen darübergelaufen. Sie bohnerte das Parkett zu einer Rutschbahn, klopfte jeden Tag aufs neue den Teppich im Hof aus, den Walter von einem Mandanten statt Gebühren erhalten hatte und der voller Motten war, und sie stellte die drei Gummibäume, die zur Einweihung abgeliefert wurden und die sie zur Lüftung ihrer Staublappen benutzte, in den Wintergarten.

Dort kroch die Schlangenhaut, eine Erinnerung an einen unvergeßlichen Tag am Naivashasee, die sonnengelb getünchte Wand entlang. Unter ihr marschierten Massaikrieger mit winzigen Pfeilen und Schutzschildern aus echter Büffelhaut auf einem Regal aus jenem weißen Kunststoff auf, der gerade zum sauber griffigen Symbol der neuen Zeit zu werden begann. In der Mitte der geschnitzten Männer mit feinen Metallringen um den Hals saß eine kahlköpfige Kikuyufrau aus hellem Holz auf einem Hocker und stillte ihr Kind.

Jettel hatte die Figuren bei einem indischen Händler in Ol' Joro Orok gegen zwei Teller aus dem Obstservice getauscht; Walter war so wütend gewesen, daß er die restlichen vier an die Wand geworfen hatte. Nun aber sprachen beide bewundernd und zärtlich von »unserer Afrika-Ecke« und riefen morgens den hölzernen Elefanten »Jambo, Tembo« zu.

In der Höhenstraße war dreimal die Woche ein Wagen der Firma »Eis Günther« vorgefahren und hatte zwei Blöcke Eis für die Kühltruhe angeliefert. In der Rothschildallee stand ein Kühlschrank am Fenster – »ein richtiger elektrischer von Bosch«, wie Jettel nie zu sagen vergaß. Sie und Walter beendeten vor dem prachtvollen weißen Wunderwerk den längsten Krieg ihrer Ehe. Er hatte seit dem Tag gewährt, da Jettel entgegen dem Rat ihres Mannes, der sie in jedem Brief angefleht hatte, einen Eisschrank aus Breslau mitzubringen, auf die Farm mit einem Abendkleid angereist war.

»Du hast eben immer alles besser gewußt«, sagte Walter und stach zufrieden in ein Stück hartgefrorene Butter. »Das war die große Tragödie unserer Emigration.«

»Das Abendkleid war wunderschön. Da kannst du sagen, was du willst. So eins werde ich in ganz Frankfurt nicht finden.«

Am ersten Samstag in der neuen Wohnung machte Walter die Flasche Wein auf, die nach Afrika und zurück gereist war. Sein Vater hatte ihm bei der Auswanderung zwei für gute Tage mitgegeben, aber es war nur einer gekommen.

»Weißt du noch«, fragte Walter, »wann wir die andere getrunken haben?«

»Als das Baby tot geboren wurde«, sagte Regina.

»War das ein guter Tag?« fragte Max.

»Ja, denn deine Mutter ist nicht gestorben.«

»Fein«, sagte Max und ließ einen Eiswürfel in sein Glas fallen. Seit dem Umzug setzte er sein Brausepulver mit Eiswasser an und träumte von einem Kühlschrank in dem Maybach, mit dem er zum Gericht fahren wollte, wenn er erst Anwalt wäre.

Regina ließ, träge geworden durch die Harmonie des Augenblicks, ihrem Kopf seinen Willen und erinnerte sich an die Fee, die in einem bunten Likörglas gewohnt und mit ihr Freuden geteilt hatte, von denen ihre Eltern nichts ahnten. Der Gedanke an den Zauber, der ihr so lange gedient hatte, wärmte sie noch mehr als der Wein, aber ihre gute Stimmung hatte nicht die Ausdauer der Fee. Mit einemmal tat Max ihr leid, weil er die Not und die Angst nicht kannte, die sie widerstandsfähig gemacht hatten, und weil er nichts wußte von der Macht einer Phantasie jenseits der materiellen Wünsche. Sie stand auf, um ein Glas für Grete zu holen, und berührte im Vorbeigehen seinen Kopf.

»Vorsicht, meine Eiswürfel«, mahnte Max.

Grete trank ihr Glas auf einen Zug aus, nestelte an ihrer Schürze, holte einen Brief heraus und sagte: »Ich muß bald fort. Greschek hat geschrieben. Er braucht mich.«

»Zum Packen?« fragte Walter.

»Aber nein«, lachte Grete, »zum Putzen. Er kommt allein nicht zurecht.«

»Aber ihr zieht doch nach Frankfurt«, sagte Walter. »Josef will doch weg von Marke. Er schreibt doch in jedem Brief, wie unglücklich er ist.«

»Glauben Sie das doch nicht, Herr Doktor. Dem Greschek kann man doch gar nichts glauben. Der hat immer nur geredet. Er könnte nie in Frankfurt leben. Das ist hier alles zu groß und zu schmutzig und zu laut. Die Leute gefallen ihm hier bestimmt nicht. Und das mit der Hausmeisterwohnung ist nicht gut für ihn. Er muß frei sein.«

»Und Sie, Grete?«

»Meine Ziege wartet auf mich, Herr Doktor, aber ich komme immer zu Ihnen, wenn mich die Frau Doktor braucht.«

»Es wär' schön gewesen«, seufzte Walter. »Ich fahre Sie nach Hause und spreche noch mal mit Ihrem Josef.«

Zwei Wochen danach, an einem Samstag, fuhren Walter, Jettel, Grete und Max nach Marke ab und Else zu ihrer Schwester in Stuttgart; Regina, die ihren Fuß verstaucht und niemandem gesagt hatte, daß er ihr keine Beschwerden mehr machte, blieb allein zurück. Als sie den Wagen abfahren sah und mit einem Taschentuch in jeder Hand winkte, wie sie es als Kind getan hatte, wenn sie von der Farm fortmußte, fielen ihr die beiden schwarzen Ochsen in Ol' Joro Orok ein. Die hatten abends, wenn ihnen das Joch abgenommen wurde, immer kräftiger und jünger gewirkt als zu Tagesbeginn. Sie schämte sich ihrer Fröhlichkeit, aber die Erleichterung blieb.

Regina nahm sich vor, das Wochenende, das ihr sehr lang und kostbar in ihrer Befreiung von Pflicht und bedrückendem Ernst erschien, so zu verbringen, als sei sie eine junge Frau wie andere auch. Sie hatte zu selten Gelegenheit, ihre Freundin Puck zu besuchen, ohne daß sie ihren Bruder mitnehmen mußte.

Puck wohnte bei einer alten tauben Tante und hatte alle Freiheiten, die Regina versagt waren, die Erfahrungen mit dem Leben jenseits von Schule und bürgerlicher Prüderie, nach denen es Regina verlangte, und den reizvollen Charme der geborenen Siegerin, den sie bewunderte, ohne neidisch zu werden. An diesem Wochenende ohne Zwang drängte es Regina wie sonst selten nach der Heiterkeit und der Lebenslust, die sie bei Puck erwarteten, nach den unkomplizierten Gesprächen über Kleider, Frisuren und Kino, die die Zeit wieder möglich gemacht hatte, und nach den Vertraulichkeiten unter Freundinnen, wie sie für die Gleichaltrigen selbstverständlich waren.

Sie stand lange vor dem Einbauschrank, auf dessen Tür der Architekt mit Bleistift »Tochterzimmer« geschrieben hatte, zog erst eine weiße Bluse zum blauen Rock an, dann eine gelbe, die ihrer guten Stimmung mehr entsprach, und probierte im Badezimmer, das noch nach Gretes Seifenlauge roch, Jettels Rouge und Lippenstift aus. Sie lächelte ihrem Spiegelbild zu und lachte laut bei dem Gedanken, daß manche ihrer Klassenkameradinnen, die so spät nach Hause kommen konnten, wie sie wollten, sich nicht schminken durften und das immer erst taten, wenn sie das Haus verlassen hatten. Bei ihr war es genau umgekehrt. Regina hätte sich anmalen können wie die Vamps in amerikanischen Filmen, ohne daß es ihren Vater gestört hätte; er bot ihr Zigaretten an und freute sich, wenn sie mit ihm einen Schnaps trank, war tolerant im Gespräch und in seinen Gedanken, aber gekränkt, aufgeregt und niedergeschlagen, wenn Regina ausgehen wollte. Meistens verzichtete sie auf ihre Vorhaben, ehe sie überhaupt von ihnen sprach.

Sie hatte gerade die Wohnung abgeschlossen, als es an der Haustür klingelte. Weil sie den Türdrücker nur von innen erreichen konnte und ihren Schlüsselbund bereits verstaut hatte, lief sie schnell in den Hof hinunter. Sie sah einen Mann in blauer Uniform an den Briefkästen stehen und dachte einen kurzen Augenblick, er sei Polizist. Sie brauchte Zeit, ehe sie begriff, daß er ihr ein Telegramm hinhielt. Ihre Hände waren kalt, als sie es entgegennahm, aber sie schluckte die erste Welle von Furcht noch hinunter und sah sogar dem Telegrammboten nach, als er aus dem Hof ging.

Erst das Stechen in der Brust lähmte Körper und Kopf. Regina war so sicher, ihre Eltern und Max hätten einen Unfall gehabt, daß sie das Telegramm nicht zu öffnen wagte. Sie hetzte wieder zum dritten Stock zurück, ehe sie die Kraft fand, den gelben Umschlag aufzureißen.

Wie frisch gespitzte Pfeile durchbohrten die Buchstaben ihre Sinne und verbrannten die Kehle mit dem beißenden Salz eines Schmerzes, von dem sie vergessen hatte, daß er noch in ihr war. Die so lange gestorbenen Tage fielen sie an und beutelten sie mit gnadenloser Gier, doch, als sie die Augen aufmachte und wieder zu atmen anfing, war es der Triumph, der sie wie eine Hyäne aufheulen ließ und der jede andere Empfindung auslöschte.

»Komme samstag 18.00 uhr in frankfurt an. martin barret«, lautete das Telegramm.

10

Mein Gott, Jettel, bist du jung geblieben«, seufzte Martin, und drückte Regina so fest an seinen Körper, daß sie sofort Bescheid wußte. Der gnadenlose Räuber Zeit hatte ihn nicht bestehlen können und ihm die Gewohnheit des flüchtigen Blicks belassen. Martin hatte sie schon mit ihrer Mutter verwechselt, als sie noch ein Kind gewesen war und er ein König.

Auch sein Haar war Sieger im Kampf gegen den Fluch der Veränderung geblieben. Es hatte immer noch die Farbe vom Weizen Afrikas, der der Sonne zu rasch entgegengewachsen war. Die Augen des Mannes, der schon früher mit Riesenschritten den Graben zwischen Vergangenheit und Gegenwart übersprungen hatte, leuchteten im gleichen kräftigen Blau wie am Anfang der verwirrenden Geschichte ohne Ende. Sie wurden selbst in einem dunklen, nach Bohnerwachs und Essig riechenden deutschen Hausflur so unvermittelt hell wie das Fell von schlafenden Dik-Diks in der Mittagsglut von Ol' Joro Orok.

Bei der ersten Begegnung war Martin in Nakuru aufgetaucht, hatte Regina aus dem Gefängnis der Schule befreit und sie auf dem Weg nach Hause unter einem Baum mit der Magie der frühen Erkenntnis beschenkt. Damals hatte er die verknitterte Khakiuniform eines britischen Sergeants getragen und eine Krone, die nur Regina hatte sehen können.

Nun hatte er sich mit einem gestärkten weißen Hemd, mit blauem Blazer, Wappen und Goldknöpfen, gelb-weiß gestreifter Krawatte und einem hellen Dufflecoat als erfolgreicher Geschäftsmann auf Europareise maskiert, der vom Himmel gefallen war, um die Freunde der Jugend in die Arme zu schließen. Er hatte jedoch die Mühe gescheut, sich rechtzeitig an seine Kostümierung zu gewöhnen. In seinen Händen steckte zuviel von dem zupackenden Griff der Welt, aus der er gekommen war. Der leichte Druck seiner Lippen auf ihrer Haut versengte jeden Zweifel. Regina hatte nichts von ihrem beunruhigenden Kinderrausch vergessen, obwohl sie ihn schon vor Jahren sorgsamer begraben hatte als ein erfahrener Hund seinen Knochen.

»Ich bin nicht Jettel«, sagte sie, als das Gelächter in ihr nur noch im Gaumen kitzelte, »ich bin Regina.«

»Das kann nicht sein. Ich weiß es genau. Regina ist ein Kind.«

»Ein Kind ohne Eltern. Die sind heute morgen weggefahren und kommen erst morgen abend zurück.«

Der Pfiff, so scharf wie ein Wind, der sich zwischen zwei zu eng aneinander stehenden Bäumen verirrt hat, erreichte Reginas Ohr, noch ehe Martin sagte: »Ich hab mal jemand ganz gut gekannt, der sich Hans-im-Glück nannte. Gibt es den noch?«

»Ja, aber er heißt jetzt Martin und schickt seine Telegramme zu spät ab.«

»Da kannst du mal sehen, wie gut es das Glück mit diesem Martin meint. Darf er denn nicht reinkommen? Oder hat man dich vor Männern gewarnt?«

»Nur vor fremden«, sagte Regina und zog Martin in die Diele.

Als er seinen Mantel an den Haken hängte, sah sie sein Gesicht im Spiegel und auch, daß er die Worte, die seine Lippen schon geformt hatten, eilig hinunterschluckte und mit zwei Fingern die Haut auf seinem Nasenrücken rieb. Sie erinnerte sich, daß er das schon in ihrem ersten Leben getan hatte, wenn er verlegen war und Zeit zum Nachdenken brauchte. Damals hatte ihr die Mutter sein Geheimnis verraten; jetzt konnte Regina sich auf die eigenen Augen verlassen. »Du mußt Hunger haben«, murmelte sie und wurde so unsicher wie Martins Hände, weil ihr aufging, daß sie mit Jettels Stimme sprach, »soll ich dir nicht erst was zu essen machen?«

»Um Gottes willen, sagt man das immer noch hier, wenn man einen Menschen seit Jahren nicht gesehen hat?«

»Ich glaube. Wo kommst du eigentlich her?«

»Aus Südafrika. Ich lebe seit zwei Jahren in Pretoria. Sag nur, das weißt du nicht. Ich schreibe deinem Vater doch regelmäßig.«

»Nein. Das wußte ich nicht.«

»Was? Daß ich von Kapstadt nach Pretoria umgezogen bin oder daß ich euch jeden Monat schreibe?«

»Weder das eine noch das andere«, erkannte Regina.

»Der gute Walter«, sagte Martin. »Immer noch der alte. Und der Bessere von uns beiden, wenn er liebt. Ich glaub, er hat mir nie ganz verziehen, daß deine Mutter mir den Verstand raubte, ehe ich überhaupt welchen hatte.«

»Er hat dir noch etwas nicht verziehen, nämlich daß du mir auf der Farm versprochen hast, zurückzukommen, wenn ich eine Frau bin. Und leider hab ich das nie vergessen.«

»Warum leider? Ich bin doch rechtzeitig eingetroffen.«

Martin Barret, der, als er noch Batschinsky hieß, mit Walter und Jettel Jugend, Hoffnung, die Freundschaft, die weder an der Not zerbrochen war, daß er Jettel begehrte und Walter das wußte, und später das Schicksal der Emigration geteilt hatte, strich sich abermals über die Nase. Er merkte, daß seine Haut feucht und er dabei war, sich wie jene alternden Männer zu benehmen, die er verachtete, wenn sie, ohne in den Spiegel und erst recht nicht auf das Opfer zu schauen, zur Jagd rüsteten.

Er betrachtete sehr lange, als müsse er sich Farbe und Form genau einprägen, die mit braunem Cordsamt bezogenen Sessel und das breite Sofa, auf dem ein Teddybär mit zwei Glasaugen in unterschiedlicher Größe und ein Bilderbuch zwischen Kissen aus dunkelrotem Samt lagen; nur ein Atemzug ohne Bedeutung trennte ihn noch von den vielen Fragen, die ihm gewiß ohne Anstrengung gekommen wären, hätte er Walter und Jettel angetroffen, doch seine Gedanken machten sich auf eine Weise frei von Logik und Konzentration, die ihm um so absurder erschien, weil er es nicht mehr gewohnt war, aus der sicheren Umklammerung der Realität auszubrechen.

Martin fiel im selben Moment ein, daß ihm genau an diesem Tag noch drei Monate zu seinem fünfzigsten Geburtstag blieben und daß er in seiner Jugend sehr beeindruckt von der Geschichte eines Manns gewesen war, dessen Bild alterte, während er jung und strahlend schön blieb. Eine kurze Zeit noch narrte ihn die Vorstellung, er könne aus Reginas Augen die Bestätigung lesen, daß ihm das gleiche Schicksal widerfahren sei, doch er gab der Verlockung nicht nach, sie anzusehen, und blickte statt dessen auf seine Uhr.

Er hörte sie ticken und sah, wie der goldene Zeiger das Licht einfing und daß er rasch wieder dunkel wurde. Mit einer Schärfe, die ihn ebenso irritierte wie zuvor seine Schweigsamkeit, erinnerte er sich, daß ihn schon einmal die Flut der unvorsichtig beschworenen Wunschbilder an ein umschattetes Ufer gespült hatte. Er sah einen mächtigen Baum im dunklen Wald Afrikas und einen hellen Flecken Haut, als Regina noch nichts von den Fallen wußte, die sie stellte, und ihre Bluse aufgeknöpft hatte. Der Gedanke an die Unwiederholbarkeit der Unschuld verwandelte ihn zurück in den Mann, der schon früh begriffen hatte, daß es immer die Zufälle waren und nie die Moral, die den Verzicht forderten.

»Komm«, sagte er und versuchte, fröhlicher auszusehen, als er war, »ich führ dich zum Essen aus. Ein alter Knacker und ein junges Mädchen gehören nicht unter ein Dach. Und schon gar nicht, wenn dieses schöne unschuldige Kind die Tochter seines besten Freundes ist.«

Erst im Speisesaal des Frankfurter Hofs, in dem er wohnte,

weil der Agent im Reisebüro ihm das Hotel als das beste in Frankfurt empfohlen hatte, erkannte Martin, wie klug und weitsichtig sein Vorschlag gewesen war. Mit drei Sätzen hatte er sich von der Versuchung befreit, ehe sie ihre würgenden Arme nach ihm ausstreckte, und Regina wieder zu dem Kind machte, das er anzutreffen erwartet hatte.

Es gab keinen Zweifel, daß die Gäste, von denen die meisten aus dem Ausland stammten, die Atmosphäre von gediegener, eben erst neubelebter alter Bürgerlichkeit und von Luxus nicht gewohnt und sehr beeindruckt von dem Glanz und der Eleganz waren, die einen so krassen Gegensatz zu dem alltäglichen Leben in der Stadt bildeten. Regina sah sich so verstohlen um, als schäme sie sich ihrer Neugierde, wagte nur zu flüstern und sah den Schüsseln und Platten, die an ihr vorbeigetragen wurden, so lange staunend nach, bis sie aus ihrem Blickfeld verschwanden.

In ihrem zu großen schwarzen Kleid mit enganliegenden Ärmeln, winzigen Knöpfen bis zum Hals und einem weißen Spitzenkragen, der Martin an die Tischdecke erinnerte, die seine Mutter nur für Besuch auflegte, sah Regina aus wie die feingemachten, kichernden, zimperlichen jungen Mädchen seiner Studentenzeit. Martin stellte sich mißgestimmt darauf ein, daß sie Limonade bestellen würde und statt der Vorspeise bestimmt eine Extraportion Erdbeereis mit den Sahnebergen, die ihm aus Breslau ebenso in Erinnerung waren wie die höheren Töchter, die den Duft von Lavendel mit Sinnlichkeit verwechselten und die ein Mann nur beim Tanzen berühren durfte.

Martin versuchte, dem Gestrüpp der verschlungenen Details, die sein Gedächtnis belästigten, zu entkommen. Während er ohne Verlangen die Speisekarte betrachtete, bestellte er mit einer Schärfe in der Stimme, die ihm als unangenehm übertrieben auffiel: »Martini, aber trocken.« Er ärgerte sich, als der Kellner fragte: »Für das Fräulein Tochter auch?« Und danach erst recht, daß er sich von einem Mann, der so dicke Brillengläser trug, hatte irritieren lassen.

Nach dem ersten Schluck winkte er den Kellner mit einer Handbewegung, die ihn überdeutlich als befehlsbewußten Mann aus Südafrika auswies, zurück an den Tisch.

»Trocken, sagte ich«, beschwerte sich Martin und wirbelte die Olive herum.

Regina begann tatsächlich zu kichern und hielt die Hand vor den Mund. Er sah sie verdrossen an und öffnete den Hemdknopf unter der Krawatte.

»Siehst du«, lachte sie, »es hat sich nichts geändert. Du hast dein ganzes Leben lang Krach mit Kellnern bekommen.«

»Woher willst du das wissen?«

»Das wußte ich, ehe ich dich kennenlernte. Der Satz ›Martin hätte sich das nicht gefallen lassen‹ kam auf der Farm jeden Tag vor.«

»Wer hat ihn gesagt?«

»Mama.«

»Wenn ich dir etwas glaube, dann das. Ich habe deinen Vater nie beneidet. Was willst du essen?«

»Alles. Ich meine, ich esse am besten das, was du ißt.«

»Bist du immer so leicht zufriedenzustellen?« lächelte Martin.

»Beim Essen ja. Wir haben so lange gehungert und freuen uns immer noch jeden Tag, daß wir satt werden.«

»Ich hätte nicht den Mut deines Vaters gehabt, so früh nach Deutschland zu gehen. Ist er wenigstens hier glücklich geworden? Und du auch?«

»Das sind zwei Fragen auf einmal.«

»Mit unterschiedlichen Antworten?«

»Ja.«

Martin bestellte die Vorspeisenauswahl vom Wagen, Schildkrötensuppe, zu der er ausdrücklich keinen Sherry, sondern Cognac wünschte, Filetsteaks, von denen er bereits im vorhinein wähnte, ein deutscher Koch würde sie zu stark durchbraten, und einen Wein vom Kap, der nicht auf der Karte war und den der Kellner noch nicht einmal kannte. Der Geschäftsführer wurde gerufen, um dies zu bestätigen. Martin diskutierte mit ihm ausführlich und am äußersten Rande der Höflichkeit, wollte wissen, weshalb ein in Pretoria empfohlenes Hotel keine südafrikanischen Weine führe, und fragte resigniert: »Was kann man denn hier überhaupt trinken?«

»Vielleicht ein Gläschen Sekt zur Vorspeise«, schlug der nervöse Geschäftsführer vor.

»Eine Flasche Sekt«, bestimmte Martin, »aber anständig gekühlt.«

Nach dem ersten Glas ging ihm auf, daß er Sekt nicht mehr gewohnt war und Regina noch nicht. Er hatte Sodbrennen und sie kreisrunde rote Flecken im Gesicht, die sie aber offenbar weniger störten als ihn sein Magen. Sie hielt ihm das Glas hin, das sie auf einen Zug ausgetrunken hatte, und leerte in einem Tempo, das ihn verblüffte, den Teller mit Vorspeisen. Die gleichmäßig schnelle Bewegung ihres Kiefers erinnerte Martin an den Hamster, den ihm ein Klassenkamerad geschenkt hatte und den er nicht behalten durfte. Er staunte, daß die Empörung sich in vierundvierzig Jahren nicht zersetzt hatte, und es dämmerte ihm, daß der Alkohol dabei war, sehr viel rascher seinen Kopf zu attackieren, als bei den vielen trinkfreudigen Anlässen in Pretoria, zu denen er nur die gute Laune eines Mannes beizusteuern brauchte, der mehr als die meisten Menschen erlebt hatte und um die Kunst einer guten Pointe wußte. Es gelang ihm kaum noch, seine Gedanken einzufangen, ehe sie zu einer Lawine von Unmut über Dinge anschwollen, die längst nicht mehr von Belang waren. Der Kellner stellte gerade für Regina eine neue Auswahl vom Vorspeisenwagen zusammen. Sie hatte ihre Scheu überwunden und zeigte, animiert von den Schmeicheleien des Obers, auf die silbernen Schüsseln mit Delikatessen, die sie noch nie gesehen hatte.

Der Kellner nannte sie »gnädiges Fräulein«; Martins Miene

schwenkte von Mißstimmung zu Ironie um, doch keiner von beiden merkte es. Gewöhnlich schätzte er Frauen mit gutem Appetit, und er wollte Regina zulächeln, doch ausgerechnet in diesem Augenblick fiel ihm ein, wie sehr ihn die Gewohnheit seiner ersten Frau verdrossen hatte, nach ein paar Bissen den Teller zurück in die Küche zu schicken.

Als er aus dem tiefen Tal seiner letzten Jugendtorheit herauskletterte und dabei unerwartet lange brauchte, um zu klären, wann sie ihm widerfahren war, merkte er, daß er kein Sodbrennen mehr hatte und zudem einem Trugschluß erlegen war. Regina war doch kein Kind und schon gar keine quietschende höhere Tochter, sondern eine junge Frau, die ihn zweifelsfrei mehr verwirrte, als ihm bekömmlich war. Drei der kleinen Knöpfe ihres Kleides standen offen. Der Spitzenkragen lag nun wie ein feiner Schleier um ihren schlanken Hals und erschien ihm die Verkörperung einer Leichtigkeit, nach der es ihm schon lange verlangt hatte.

Martin empfand ein ihm absolut fremdes Bedürfnis, sie zu beschützen, ertappte sich dann bei Vorstellungen, die ihm albern pubertär erschienen, und schließlich und sehr abrupt bei der Überlegung, daß er nicht nur wesentlich jünger aussähe als er war, sondern daß auch seine Einstellung zum Leben nicht von den Jahren verschlissen war, die von ihm so viel Kraft gefordert hatten. Er legte seine Hand auf Reginas Schulter und stellte befriedigt fest, daß schon diese leichte Berührung sie erregte. Zum erstenmal fragte er sich, was Regina überhaupt von ihm wußte.

Er dachte nur noch selten und dann stets ohne Bedauern an den Umstand, daß er Jura studiert hatte und durch die Nazis seinen Beruf kaum hatte ausüben dürfen. Seiner Auswanderung nach Südafrika war durch die Zeit bei der britischen Army eine schnelle Einbürgerung gefolgt. Nach dem Krieg hatte er zwar mit einer Garage und einer Textilfirma sehr schmerzliche wirtschaftliche Rückschläge erlitten, war aber gerade zur rechten Zeit in eine Exportfirma eingetreten und hatte sie – ebenso zur rechten Zeit – allein übernommen. Das wiederbelebte Geschäft mit Europa und vor allem mit Deutschland hatte ihn zum wohlhabenden Mann gemacht. In sentimentalen Momenten, wie er gerade einen durchlebte, hatte er ein schwaches Bedürfnis nach deutscher Arbeitsmoral, Tüchtigkeit und Kultur, doch er wußte auch, daß er zu lange in Afrika gelebt hatte, um eine Rückkehr ernsthaft zu erwägen. Afrika hatte ihn zur Freiheit erzogen, nur die Stunden, nicht die Tage zu zählen.

»Was machst du?« hörte er Regina fragen.

»Was man so im Großhandel macht. Zur Zeit tausche ich Orangen gegen Maschinen.«

»Ich rede von deiner Hand.«

Regina ging sofort auf, daß sie unter dem Baum in Ol' Joro Orok schon einmal Martin gefragt hatte, was er mache. Auch damals hatte sie nur von seiner Hand gesprochen und er die falsche Antwort gegeben. Sie erzählte ohne Befangenheit von der Begegnung und gestattete auch ihren Augen keine Flucht. Nur kurz währte der alte, stärkende Zauber, daß sie von einem fremden Kind redete, das sie einmal flüchtig gekannt hatte. Dann kam die Sicherheit, daß Martin dieses Mal nicht mehr von ihr fortgehen würde, um sie mit unfertig gemalten Bildern zurückzulassen.

Wie ein junger Massai, der noch zu selten den Bogen gespannt hat, war er zur Jagd aufgebrochen und hatte im Rausch vergessen, den eigenen Körper zu schützen. Martin hatte nichts von der Gefährdung gemerkt, der er sich aussetzte, Reginas Augen aber genau Maß genommen.

»Hast du wirklich nicht gewußt, daß ich dich für einen König hielt und mich damals in dich verliebt habe?«

»Stellst du immer so verdammt offene Fragen?«

»Nein. Nie. Nur wenn sich die Gläser und Teller um mich drehen und die Kellner alle wie Pinguine aussehen«, antwortete Regina. Ihre Kehle war trocken, doch ihre Stimme fest, als sie sagte: »Und wenn der König endlich gekommen ist, um ein altes Versprechen einzulösen.«

»Herr im Himmel, du hast zuviel getrunken, und ich bin ein Riesenrindvieh, daß ich dich gelassen habe. Dir ist doch nicht schlecht, und du kippst mir hier um? Alte Männer mögen keine Komplikationen.«

»Mir war noch nie so gut, und du bist kein alter Mann.«

»Zwei Jahre älter als dein Vater, wenn ich mich nicht verrechnet habe.«

»Dreißig Jahre älter als ich, aber du bist nicht mein Vater.«

»Herrgott, Regina, weißt du überhaupt, was du da sagst?«

»Ja.«

Martin schob den Teller zur kleinen Blumenvase hin und beobachtete aufmerksam, wie die rosa und gelben Stücke der halbgegessenen Eistorte in der Schokoladensauce untertauchten. Es erschien ihm wichtig, das Spiel der zerfließenden Farben zu deuten, aber er hatte nie zu abstrakten Betrachtungen geneigt und fand keinen Schlüssel zu dem willkürlich gewählten Symbol. Er wußte nur, daß er sich wehren mußte, wenn er sich vor Illusionen und der zu späten Erkenntnis schützen wollte, daß kein Mann das Recht hatte, seine Fehler zu wiederholen.

Ihm wurde klar, daß er wenigstens seine Hand von Reginas Schulter fortziehen mußte. Diese eine Bewegung gelang ihm noch, und zwar so schnell und sicher, daß seine Lippen schon ansetzten, etwas zu sagen, das er sehr passend fand, aber er hatte nur seinen Körper auf die Flucht vorbereitet und konnte den wütenden Kampf von Eitelkeit und Wehmut in seinem Kopf nicht mehr verhindern.

Bereits auf dem ersten Stück des Weges, den er nicht gehen wollte, erdrückte ihn der Ballast seiner Erinnerungen. Er sah Jettel im Ballkleid, schwarzhaarig, lachend, lockend, geradezu lächerlich impertinent in ihrer fordernden Koketterie, doch er wollte sie nicht noch einmal begehren, weil sich Walter vor ihm in sie verliebt hatte und er Walters bester Freund war. Nur wußte er auch beim zweiten Mal nicht mehr, ob er die selbst auferlegte Prüfung bestanden hatte oder nicht.

Zu schnell gerieten die Bilder der Sehnsucht und die Erfahrungen der späteren Jahre durcheinander, um die Emotionen zu zähmen. Martin wurde erst klar, daß er gesprochen hatte, als Regina den Kopf bewegte, aber er konnte sich nicht erinnern, was ihm im Augenblick seiner Not eingefallen war. Das Pochen an seinen Schläfen wurde stärker.

»Hast du von deiner Mutter gelernt, wie man einen Mann aus der Fassung bringt?«

»Nein, von Owuor.«

»Du meinst den komischen Boy auf eurer Farm?«

»Er war kein Boy. Und auch nicht komisch. Owuor war Papas Freund und der Riese, der mich in seinen Armen hielt, wenn ich zu den Wolken flog. Er hat mir seine Augen geliehen. Er hat mir auch beigebracht, die Dinge zu hören, die nicht aus dem Mund kommen.«

»Wie hat dein großer Zauberkünstler das gemacht? Was hat er dir gesagt?«

»Du mußt deine Ohren groß machen, Memsahib kidogo«, lachte Regina. »Und das hab ich auch heute getan. Ich hab genau zugehört. Du hast von Hans-im-Glück gesprochen, als du gesehen hast, daß ich allein war. Du hast gesagt, daß du nicht mit mir allein sein willst. Da wußte ich, daß du Angst vor mir hast. Deine Angst hat mich mutig gemacht.«

»Ich hatte Angst vor mir selbst, du verdorbenes Kind aus Afrika.«

»Owuor hat immer gesagt, Angst ist Angst, und wer Angst hat, wird gejagt. Und gefangen.«

»Dein Owuor war ein kluger Mann. Bestimmt hat er dir auch geraten, nie ohne Zahnbürste aus dem Haus zu gehen, wenn dich ein Mann zum Essen einlädt.«

»Nein, er hat nur gesagt: Nimm immer deinen Kopf und dein Herz mit auf Safari. Aber eine Zahnbürste hab ich auch.«

Regina lag schon im Bett, als Martin aus dem Badezimmer kam, und wieder trug er eine Krone, die nur sie sehen konnte. Sie war wieder elf Jahre alt und hörte die Affen im Wald schreien, doch diesmal war sie klug genug, beizeiten an den Zauber des weisen Gottes Mungo zu denken. Nur er konnte den Keim eines Wunsches töten, ehe aus ihm eine todbringende Pflanze wurde, die die Eingeweide verbrannte.

Als sie aber Martins Körper berührte und er ihren, als sie seinen Atem an ihrem Ohr fühlte, die Hand auf ihrem Mund spürte und den Schrei erstickte, der noch in ihrer Kehle gefangen war, begriff sie, daß sie sich zu nahe an ein Feuer herangewagt hatte, das weder Mungo noch die Zeit je würden löschen können.

Sie hatte ihr Herz mit auf Safari genommen, aber den Kopf zurückgelassen. Viel später in der Ewigkeit, die zwischen Begierde und Erfüllung lag, schickte Owuor sein wissendes Gelächter zum Berg, denn nur er war klug. Seine kleine Memsahib aber lag in den Armen eines schlafenden Königs und hatte sich selbst dem Jäger angeboten.

»Ich dachte immer«, rief Martin am nächsten Morgen aus dem Badezimmer, »daß eine Frau wenigstens wissen will, ob ein Mann verheiratet ist, ehe sie ihn verführt. Die deutschen Frauen haben das immer gefragt. Ich erinnere mich genau.«

»Ich bin keine deutsche Frau«, lachte Regina. Sie lag noch im Bett, benommen von der Kürze des Glücks und der Schwere des Staunens.

»Du bist eine afrikanische Hexe. Ich hab es schon damals gemerkt«, sagte Martin, »aber ich hab mich nicht rechtzeitig erinnert.«

Er setzte sich vor den Spiegel und dachte, wie am Tag zuvor, an den Mann, der jung bleiben durfte, während nur sein Bild alterte.

»Natürlich bist du verheiratet«, wußte Regina. »Weshalb sollte ich dich fragen? Alle Männer in deinem Alter sind verheiratet.«

»Ich nicht. Ich bin seit Jahren geschieden. Zum zweiten Mal. Ich weiß nicht, warum, aber mir ist's wichtig, daß du das weißt.«

»Mir auch.«

»Warum?«

»Nur so. Du mußt nicht gleich erschrecken.«

»Versprichst du mir etwas, Regina«, sagte Martin zu seinem Spiegelbild. »Daß du nicht traurig bist, wenn ich wieder fortmuß.«

»Das hast du schon mal zu mir gesagt.«

»Versprichst du es mir?«

»Ja, aber nicht wegen dir. Und auch nicht wegen mir. Wie sollte ich meine Trauer erklären, ohne von dieser Nacht zu sprechen? Ich könnte meinem Vater nicht weh tun. Er liebt mich so, daß er mich nie einem Mann gönnen wird. Und dir bestimmt nicht. Er hat dir ja noch nicht die blaue Decke verziehen, unter der du mit meiner Mutter gelegen hast.«

»Ist das auch so ein Zauber von dir? Wie kommst du auf eine blaue Decke?«

»Solange ich denken kann, haben sich die beiden nicht einigen können, ob die Decke wirklich blau war.«

»Damals«, sagte Martin, »hat dein Vater wirklich nur Gespenster gesehen.«

Er konnte auch lachen, als Walter und Jettel am Nachmittag aus dem Harz von der Reise zu Greschek zurückkamen, ihn im Wohnzimmer sitzen sahen und Walter sofort nach der gerührten Umarmung fragte: »Du hast doch nicht etwa meiner Tochter was getan?«

11

Am frühen Morgen des zweiten Dienstags im April 1952 nahm Max seinen Wellensittich Kasuko vom Kopf, ohne daß der tintenblaue Vogel noch dazu kam, »Jambo« zu sagen und die Flügel auszubreiten, setzte ihn auf den Rand des Tellers und klärte seinen Freund mit dem endlich auch für einen sechsjährigen Jungen zum Gebrauch freigegebenen Satz »Heute beginnt der Ernst des Lebens« über eine Zukunft auf, die so sonnig zu werden versprach wie der Tag selbst. Nach dem Frühstück, das er der besonderen Umstände wegen als sehr lästige Verzögerung der bevorstehenden großen Ereignisse empfand, kletterte Max auf den Hocker im Badezimmer, um sich ungestört von ungebetenen und zu seinem neuen Status nicht mehr passenden Ratschlägen im Spiegel zu betrachten.

Obwohl er die erwarteten Veränderungen noch nicht im gewünschten Ausmaß feststellen konnte, lachte er seinem Gesicht doch in dem Wissen zu, daß er zweifellos am so lange ersehnten Wendepunkt seines Lebens angekommen war. Es blieb nur noch ein überschaubar kurzer Weg, bis auch er Rechtsanwalt und Notar und vor allem so reich und berühmt sein würde wie Joseph Schlachanska und dann mit einem Chauffeur in einem noch größeren Maybach als sein Idol zum Gericht fahren könnte.

Max hatte ein langärmeliges weißes Hemd mit leider noch ungewohnt engem Kragen an, eine zur Farbe seiner rotglänzenden Schultüte passende Krawatte und die langbegehrte

Mütze mit abgerundetem Schild, die aus einem bisher nur in königsblauer Wolle verpackten Kindergartenkind, das allenfalls allein zum Milchmann und auf den Spielplatz gehen durfte, einen Schüler machte, von dem Selbständigkeit nicht nur erwünscht, sondern auch verlangt wurde. Vor allem stand bereits in der vertrauten Position zwischen Tür und Waschbekken fest, daß die erste lange Hose seines Lebens, grau, weich und mit einem schwarzen Ledergürtel, Max für immer von der gewaltigen Scham der ungeliebten langen braunen, von einem mädchenhaften Leibchen baumelnden Strümpfe befreit hatte.

Es war noch mehr Bedeutsames und Unwiderrufliches geschehen. Sein Vater hatte bereits am Vortag der Mutter verboten, ihren Sohn weiterhin »Maxi«, »Herzele« oder gar »Goldfasan« zu nennen, ihn auf der Straße ohne ernsthaften Grund zu küssen, ihm bei Tisch das Fleisch zu schneiden und die Kartoffeln zu quetschen und bei eiligen Gelegenheiten die Schuhe zuzubinden und den Mantel zuzuknöpfen.

Von seinem Vater hatte Max die Bestätigung erhalten, daß er von nun an ein echter Mann sei, der nicht wegen aufgestoßener Knie oder im Streit mit anderen Kindern um Eigentum und Vorrechte weinen durfte, dem man aber auch nicht mit kränkenden Befehlen, die Teller vom Eßzimmer in die Küche zu tragen, den Mantel an den Garderobenhaken zu hängen und anderen entehrenden Pflichten aus der Welt der Frauen belästigen dürfe.

Als Kind, das nach der Mutter oder der Schwester und in gefahrvollen Situationen nach beiden zugleich rief, wenn es auf der Straße hinfiel oder im Sandkasten sein Spielzeug und seinen Ruf nicht allein verteidigen konnte, und das sich in Büchern und Zeitungen mit dem Betrachten von Bildern begnügen mußte, trennte sich Max in einem nach scharfer Kernseife, Essig und Kreide riechenden Raum von Jettel und Regina und setzte sich entschlossen an ein Pult in der ersten Reihe. Drei Stunden später kam er aus dem Klassenzimmer zurück. Max war in Begleitung eines blonden Jungen mit akkurat gezogenem Scheitel, in einer sehr kurzen, grauen Lederhose und mit überzeugend geballter rechter Faust, der ein Jahr älter, zum Glück aber doch nicht so sehr viel größer war, um das eigene Selbstbewußtsein ernsthaft in Frage zu stellen. Der Mutter, die mit den anderen aufgeregten, in ihren Sonntagskleidern und dunklen Anzügen herausgeputzten Eltern am Schultor stand, rief Max schon von weitem und für alle Zuschauer hörbar zu, daß sie sich wieder einmal getäuscht habe und er im Gegensatz zu ihren morgendlichen Mutmaßungen nicht einzelne Buchstaben zu lernen brauche und bereits eine Menge lesen und schreiben könne, die er als »ganz, ganz viel« deklarierte.

Schon an seinem ersten Schultag gelang es Max, ohne irgendeine Einbuße seines stark ausgeprägten Selbstbewußtseins die Kränkung zu verwinden, daß ihm ältere Schüler »Erste Berzel, Suppengewerzel« nachgerufen und ihm die Mütze vom Kopf gestoßen hatten. Er konnte nämlich nicht nur seinen Namen schreiben, sondern auch seine Adresse und die beiden Sätze »Ich gehe in die Lersnerschule. Mein Lehrer heißt Herr Blaschka« – der erste Erfolg der »Ganzheitsmethode«, von der schon am ersten Tag viele Eltern behaupteten, sie überfordere die Kinder und sei typisch für den beklagenswerten Hang einer Demokratie zu Experimenten auf Kosten von unschuldigen Geschöpfen, die sich nicht wehren könnten.

In der Vorfreude eines Menschen mit früh erwecktem Gespür für den Erfolg von Initiative und der Wirkung von Überraschungseffekten saß Max nach der Heimkehr aus der Schule am Küchentisch, während seine Mutter sorgsam den Ranzen auspackte und sehr verärgert feststellte, daß er die teure Banane nicht gegessen hatte und daß ein Heft und ein Bleistift fehlten.

Max ließ sich nicht auf die bei Verlust von Eigentum fälligen Erklärungen ein; er war froh, daß sich außer der Mutter auch

Else, Vater und Schwester zu gleicher Zeit von dem Umstand überzeugen lassen würden, daß er kein Schüler war wie jene vielen anderen, die sich damit zufriedengegeben hatten, lediglich die hübschen gelben Kärtchen abzuschreiben, die Lehrer Blaschka am Morgen auf die Pulte gelegt hatte. Er aber hatte sofort Macht und Möglichkeit des geschriebenen Wortes erfaßt und auch genutzt.

In seinem Ranzen stand nicht mehr, wie noch am Morgen, nur sein von der Mutter mit blauer Tinte gemalter Name, sondern »Dr. Max Redlich«. Die zwei entscheidenden Buchstaben und den wichtigen kleinen Punkt, die mit einem kräftigen schwarzen Bleistift hinzugefügt worden waren, hatte er seit einigen Wochen und nach wiederholtem Studium des kleinen goldenen Schilds an der Wohnungstür geübt. Nun empfand er es als besonderen Lohn für seine Tüchtigkeit, daß die Eltern seinen Einfall noch vor dem Mittagessen entdecken würden. Er leckte sich in süßer Vorahnung die Lippen wie sonst nur bei den beklagenswert seltenen Gelegenheiten, an denen die Mutter nach langwierigen Verhandlungen eine zweite Portion Vanilleeis aus dem Kühlschrank zauberte.

Die Erregung und noch mehr das Warten auf das fällige Lob machten seine Ohren taub für jedes Geräusch, das nicht ihm galt. Die Augen konnten sich nicht auf Details der Geschehnisse in der Küche konzentrieren. So merkte Max zunächst nicht, daß die dem festlichen Ereignis angemessenen heiteren Stimmen plötzlich verstummten, und ebensowenig fiel ihm auf, daß das Gesicht seines Vaters bereits die Farbe gewechselt hatte. Zu spät hörte er auch den mütterlichen Aufschrei und danach die im klagenden Ton hervorgebrachte Beschuldigung: »Der Bengel hat doch tatsächlich schon seinen neuen Ranzen verschmiert.« Fast zeitgleich folgte die Ohrfeige vom Vater – nicht schmerzhaft, aber demütigend heiß, weil unerwartet und ungewohnt.

Erst nach dem Himbeerpudding, der seltsam bitter schmeckte,

nahmen Vater und Sohn wieder Kontakt miteinander auf. Max erhielt fünfzig Pfennig, die Walter als »Schmerzensgeld« deklarierte und mit der überraschenden Zusage aufwertete, sein Sohn habe eine Ohrfeige für eine Gelegenheit gut, in der er sich zum Zeitpunkt der Tat seines Unrechts bewußt sei. Auf den versöhnenden Händedruck, wie er unter Männern üblich war, folgte eine ausführliche Belehrung über die unrechtmäßige Aneignung akademischer Titel.

Es war nicht nur die Ohrfeige, die für Max bleibende Erinnerung an seinen ersten Schultag wurde. Sehr viel eindrucksvoller als der zornige Ausbruch des Vaters und dessen juristische Belehrungen war der verwirrende Hinweis, daß Reichtum nicht mit geistiger Leistung gleichzusetzen sei und Joseph Schlachanska trotz Maybach, Chauffeur und der großartigen Auftritte im Gegensatz zum eigenen Vater keinen Doktortitel habe.

Schon eine Woche später hatte Max dann Gelegenheit, sich auch im materiellen Wohlstand seines Vaters zu sonnen. Da für die Ganzheitsmethode noch keine Schulbücher existierten, gab Lehrer Blaschka seine eigenen, per Hand geschriebenen Texte auf losen Blättern heraus. Nachdem Walter seinen Sohn das erstemal Hausaufgaben machen sah, bot er dem Lehrer mit dem sympathisch schlesischen Namen an, seine Manuskripte auf dem neuen Kopiergerät in der Kanzlei Fafflok und Redlich zu vervielfältigen. Max empfand dies als persönliche Auszeichnung und verzieh dem Vater spontan, daß er ihn nicht, wie viele andere Kinder in seiner Klasse, mal mit einer Flasche Schnaps, Blumen oder gar einer Bonbonniere zur Schule schickte, um den Lehrer freundlich für die Person des freigiebigen Schülers zu stimmen. So kam Max täglich in bester Laune von der Schule und genoß ausgiebig das wiederholt geäußerte elterliche Lob, daß er sehr viel schneller Freunde finde als seine Schwester.

Um so auffallender war der Mittag, auf den Tag genau drei

Monate nach Schulanfang, als der erfolgsverwöhnte Erstkläß-
ler sehr schweigsam und so bedrückt nach Hause kam, daß er
noch nicht einmal den Wellensittich aus dem Käfig holte. Er
war blaß, hatte rote Augen, und obwohl es Rühreier mit Spinat
gab, die er sich noch am Morgen gewünscht hatte, schob er den
noch halbvollen Teller mit einem kleinen Seufzer zur Seite und
schüttelte den Kopf. Erst auf wiederholtes Befragen und nachdem die Mutmaßung seiner Mutter, er sei krank, sich in eine
sehr ernstzunehmende Bedrohung mit dem Fieberthermometer verwandelte, erkannte Max, daß es die letzte Möglichkeit
war, sein Schweigen zu brechen, wollte er den Tag nicht
vorzeitig mit einem jener verhaßten, feuchten Halsumschläge
beenden, die seine Mutter als die einzig geeignete Waffe
ansah, um alle Leiden außer einem verstauchten Fuß rechtzeitig abzuwehren.

»Ist das wahr«, fragte er, »daß die Juden alle in einem großen
Ofen verbrannt worden sind?«

»Wer hat so was gesagt?«

»Der Klaus Jeschke.«

»Von dem hast du ja noch nie erzählt.«

»Er ist der größte in der Klasse, weil er schon zweimal sitzenge-
blieben ist«, sagte Max und schaute seine Mutter verdrossen an.

Er merkte, daß seine Haut brannte, als hätte er tatsächlich
hohes Fieber, und er spürte noch einmal das so heftig einset-
zende Klopfen seines Herzens, als habe er die Worte, die ihn
auf so seltsame Weise verletzt hatten wie ein zu scharf geschos-
sener Ball den Kopf, soeben erst gehört. Nun, da er sich
entschlossen hatte zu reden, war es ihm mit einemmal sehr
wichtig, die Geschichte, die ihn seit der großen Pause verwirrte
und auf eine Art beschämte, wie er sie nur kannte, wenn er ein
schlechtes Gewissen hatte und sich nicht verteidigen konnte,
ohne sich in einem immer größer werdenden Netz von Lügen
zu verfangen, so schnell wie möglich und ohne jene lästigen
Fragen zu erzählen, die seine Zunge zu Umwegen zwangen.

Wütend stach er mit der Gabel in den gelben Brei aus kaltem Rührei.

»Er hat gesagt, alle Juden stinken. Deswegen hat sie Hitler verbrannt. Und dann hat er mich umgestoßen und gesagt, daß er Hitler am liebsten hat auf der ganzen Welt. Stimmt das denn, daß alle Juden stinken?«

»Dein Vater«, begann Jettel, doch sie merkte, wie schrill ihre Stimme war, und würgte die Wut zurück in ihre Brust, denn in dem Moment, da Empörung ihre einzige Kraft war, begriff sie, daß sie um ihres Sohnes willen die Glut löschen mußte. Sie schwieg, bis ihre Hände, die sie zur Faust geballt hatte, so weit entkrampft waren, daß sie das Fieberthermometer zurück in die Hülle stopfen konnten. In der Erkenntnis, daß sie Max nicht dem Gefühl aussetzen durfte, es sei etwas Außergewöhnliches geschehen, unterdrückte sie das Bedürfnis, das sie als einen körperlichen Schmerz empfand, ihren Sohn in die Arme zu nehmen. Erstaunt merkte sie, wie leicht ihr Liebe und Lüge wurden.

»Weißt du«, sagte sie, »der Klaus Jeschke ist nur ein ganz dummer Junge. Der weiß überhaupt nicht, was er redet.«

»Ich weiß immer, was ich rede«, bohrte Max.

»Es ist nicht jeder so klug wie du. Viele Kinder plappern nur nach, was sie von ihren Eltern hören. Der hat das einfach so gesagt und sich nichts dabei gedacht. Der weiß nicht, was es bedeutet.«

»Was bedeutet es denn?«

»Wir haben«, sagte Jettel, und sie zwang sich, Max anzusehen, »dir doch oft von Hitler erzählt. Du weißt doch, daß er ein sehr böser Mensch war. Du weißt doch auch, daß wir nach Afrika mußten, weil wir sonst alle hier gestorben wären.«

»Im Ofen?« fragte Max. »Hätte man uns alle verbrannt wie die Hexe von Hänsel und Gretel? Regina auch?«

»Ja«, sagte Jettel, und erst nach einiger Zeit, in der Max sie voller Erwartung, aber auch mit einer Neugierde ansah, die sie nicht deuten konnte, fügte sie hinzu: »Ich würde einfach nicht mehr mit dem Klaus Jeschke spielen, wenn ich du wäre. Dann kann er dir solche bösen Sachen nicht sagen. Und du brauchst dich nicht zu ärgern.«

Max faßte sich an den Kopf und schnüffelte. »Ich hab ja noch nie mit ihm gespielt. Mit dem doch nicht. Der stinkt. Wenn der Zwiebel-Klaus in die Klasse kommt, halten wir uns alle die Nase zu.«

»Heute abend erzählst du deinem Vater die ganze Geschichte«, seufzte Jettel, »mal sehen, was der sagt.«

Walter hatte aber Sitzung im Gemeinderat und kam so spät nach Hause, daß Max bereits im Bett lag und nicht mehr aufstehen durfte. So fand er keine Gelegenheit mehr zu prüfen, ob seine erste Begegnung mit jener neuen Feindseligkeit, die seine Zunge und Fäuste so gelähmt hatte, daß sein Kopf nicht vergessen konnte, seinen Vater ebenso verlegen machen würde wie seine Mutter.

Er war aber doch noch wach genug, um mitzubekommen, daß Klaus Jeschke für einen jener gewaltigen Kämpfe im Schlafzimmer sorgte, die fast immer am darauffolgenden Morgen am Frühstückstisch wieder aufgenommen wurden – zwar ohne Worte, aber unübersehbar für einen Jungen mit früh geschulten Augen für den Austausch elterlicher Blicke.

Während Max seinen letzten Keks auf der Zunge zergehen ließ und mit Freude den Augenblick erwartete, da sich der Geschmack von Schokolade mit dem der Zahnpaste mischen würde, begannen die Schlachtgeräusche, die ihm zu vertraut waren, um ihn zu ängstigen. Seine Mutter schrie erst: »Dein verdammtes Deutschland«, und kurz danach: »Du mußtest ja durchaus ins Land der Mörder zurück.« Und sein Vater brüllte wütend: »So dämlich kannst noch nicht mal du sein, um das Geplapper eines dummen Rotzjungen ernst zu nehmen. Glaubst du denn wirklich, daß Regina auf der feinen englischen Boarding School nie Antisemitismus begegnet ist?«

Ehe er einschlief, nahm sich Max vor, sich das Wort zu merken, das er im angenehmen Zustand zwischen Wachsein und Schlaf zum ersten Mal gehört hatte, und seinen Vater ebenso danach zu fragen wie nach der Größe der Öfen, in denen Menschen verbrannt wurden. Am nächsten Morgen vergaß er aber beides, weil er zu lange sein Federmäppchen und danach den Beutel für das Turnzeug suchen mußte; es kam erst wieder im Bethanienkrankenhaus am Prüfling zu einem jener ernsten Gespräche zwischen Vater und Sohn, die Max die beseligende Gewißheit gaben, daß die großen Probleme im Leben nur von Männern gelöst werden konnten. Da war allerdings nicht mehr von Klaus Jeschke die Rede.

An jenem Mittwoch, der für Walter zum ersten Warnzeichen wurde, daß die Zeit der Hoffnung vorbei war, gab es Sauerkraut und die von ihm geliebte Wellwurst; Jettel hatte vor dem großen Streit den Umweg zum schlesischen Metzger in der Berger Straße gemacht und konnte zu ihrem Bedauern den Speiseplan nicht mehr der gespannten häuslichen Atmosphäre anpassen. Walter aß aber nur eine Wurst, ohne die Haut auszulutschen, verlangte noch nicht einmal nach dem Senf, den Else vergessen hatte auf den Tisch zu bringen, und ließ auch fast das ganze Sauerkraut stehen.

Jettel hatte sich während des schweigsamen Mittagessens alle von den besonderen Umständen gebotene Mühe gegeben, ihren Mann nicht anzusehen und ihn nicht etwa durch einen unbedachten Blick auf die Idee zu bringen, sie sei schon zur Versöhnung bereit. Als sie merkte, wie Walter seinen Teller zur Kartoffelschüssel hinschob, wie es Max am Vortag getan hatte, dachte sie, er war es, der soeben das Zeichen gegeben hatte, den Streit fortzusetzen. Noch während sie den Satz zu formulieren begann, der in ihr kochte, blickte sie aber doch hoch und sah, daß er Schweißperlen auf der Stirn, sehr dunkle Lippen und eine ungewöhnlich blasse Gesichtsfarbe hatte.

»Was hast du?« fragte sie.

»Nichts«, sagte Walter, »brauchst dir keine Sorgen zu machen. Wir können uns ruhig weiterzanken.«

Seine Stimme war fremd und schwach, die keuchenden Atemzüge zu laut, und, als er beide Arme auf den Tisch legte und seinen Oberkörper nachgleiten ließ, stöhnte er leise und preßte seine Lippen aufeinander.

»Um Gottes willen, dir ist doch was? Hast du unterwegs schon wieder etwas gegessen? Soll ich Doktor Goldschmidt anrufen?«

»Laß das Jettel, wir können uns keinen Arzt leisten, bis wir das Schulgeld für Regina zusammenhaben.«

Einen kurzen Moment dachte Jettel erlöst, es gehe ihm wieder gut, und er habe bereits einen seiner üblichen Späße gemacht, mit denen er an die Zeiten der Emigration erinnerte, als nicht genug Geld da war, um selbst in lebensbedrohlichen Fällen überhaupt an ärztliche Hilfe zu denken. Ihr Instinkt war aber durch die Bilder, die er mit einem einzigen Satz beschworen hatte, so scharf und lauernd geworden wie in gefahrvollen Situationen auf der Farm. Sie begriff, ebenso überwältigt von ihrem Entsetzen wie von ihrer Zärtlichkeit, daß Walter tatsächlich die Zeiten und Szenen seines Lebens verwechselt hatte, sah die Angst in seinen Augen, das Flattern der Lider, half ihm vom Tisch aufzustehen, murmelte: »Dir wird gleich wieder besser«, und führte ihn zum Ohrensessel im Wohnzimmer. Dann rannte sie zum Telefon.

Eine halbe Stunde später lag Walter im Krankenhaus. Am ersten Tag diagnostizierten die Ärzte einen Herzanfall, am zweiten die schwere Diabetes und sprachen von Azeton, und am dritten Tag empfahl der Professor, die vereiterten Zähne im Oberkiefer zu ziehen. Als Max am vierten Tag endlich seinen Vater besuchen durfte, lagen die Zähne im Waschbecken und Walter kichernd im Bett.

»Dein Papa«, sagte er und schwenkte die leere Bettpfanne in

Richtung des Fensters, »hat eine Krankenschwester totgebissen und muß zur Strafe sein Leben lang Haferbrei essen.«

»Mama hat gesagt, du darfst nie mehr Schokolade essen.«

»Weibergeschwätz«, lachte Walter. »Du weißt doch, wie die Frauen sind. Lange Haare, kurzer Verstand. Schau dir lieber meine Zähne an.«

»Regina sagt, man muß den Zahn unter das Kopfkissen legen und darf sich was wünschen. Dann kommt in der Nacht eine Fee und holt den Zahn.«

»Laß dir nur nicht solchen Schwachsinn von Regina einreden. Du bist ein Mann.«

Max war gerade dabei, den siebten gezogenen Zahn zu bewundern, als Stationsschwester Clementine (die anderen Schwestern trauten sich nicht, dem als ungewöhnlich schwierig eingestuften Patienten das Essen zu bringen) mit einer Schüssel Brei und Apfelmus hereinkam und von Walter mit dem grollenden Ruf: »Das Zeug soll der Professor selber fressen«, umgehend aus dem Zimmer geschickt wurde.

»Darfst du das?« fragte Max beeindruckt.

»Merk dir's gut, mein Sohn«, belehrte ihn der Vater, »wenn du an die Krankheit glaubst, die dir die Ärzte einreden wollen, bist du verloren. Hätte ich in Afrika Geld für den Arzt gehabt, wäre ich heute schon tot.«

Abgesehen von der Malaria kurz nach der Ankunft in Kenia und dem Schwarzwasserfieber beim Militär war Walter nie ernsthaft krank gewesen. Er hatte sich auf der Farm von Anfang an vorgenommen, Krankheit durch Willenskraft und Furchtlosigkeit zu bezwingen, und war in der Zeit der Einsamkeit und Hoffnungslosigkeit so fatalistisch geworden wie die Menschen in den Hütten, die die Signale des Körpers nicht als Mahnung empfingen, weil sie ihr Leben und Sterben dem schwarzen Gott Mungo anvertrauten, ohne sich dem Schicksal zu widersetzen.

Obwohl er vor seiner Einlieferung in das Krankenhaus die

Panik der Todesangst erlebt und sie auch nicht vergessen hatte, war er nicht bereit und durch das Erlebnis Afrika, das ihn für alle Zeit geprägt hatte, auch nicht mehr fähig, einen Zusammenbruch als Krankheit ernst zu nehmen, für den die Ärzte nur Schonung und Diät vorschlugen. Er ließ sich aus seinem Büro Akten bringen, verfaßte, am kleinen runden Tisch des Zimmers sitzend, Briefe und Schriftsätze mit der Hand, bestand darauf, daß Fafflok täglich zu ihm kam und von der Praxis erzählte, und er ließ es nicht zu, daß ihm auch nur der geringste berufliche Ärger oder größere Aufregungen vorenthalten wurden.

Obwohl der Arzt die Beschränkung der Besucher auf die Familie empfohlen hatte, rief Walter vier Tage nach seiner Einlieferung ins Krankenhaus seine oberschlesischen Freunde an. Sie kamen umgehend und in Scharen, um an seinem Bett zu sitzen, ihre Probleme abzuladen und kostenlosen juristischen Rat zu erhalten; er trank gierig den rauhen Witz der ungekünstelten Heimatsprache und aß vergnügt die fetten Würste und üppigen Kuchen, die sie mitbrachten.

Mit Jettel zankte er, wie in gesunden Tagen, als sie Pralinen nach Hause trug, ehe er Gelegenheit hatte, die Schachtel aufzumachen. Er verspottete sie, wenn sie die Diätvorschriften las, die der Professor ihr gab, und behauptete, sie habe ihr ganzes Leben nur darauf gelauert, ihm die Schokolade wegzunehmen. Den Schwestern und Ärzten erklärte er immer wieder, er habe zu lange gehungert, um sich von ihnen die einzige Freude im Leben rauben zu lassen, die einem Mann seines Alters noch bliebe.

Saßen Jettel, Regina und Max gleichzeitig im Krankenzimmer, malte er ihnen mit einer Phantasie, die ihn in nachdenklichen Momenten selbst verblüffte, seine Beerdigung als eine feierliche Zeremonie mit schluchzenden Trauergästen aus, von denen sich einige, unter ihnen natürlich Jettel, ins Grab stürzen wollten. Walter, in einem weißen Nachthemd, um das er sich in

Erinnerung an Owuors Kleidung beim Servieren großer Mahlzeiten für besondere Gäste und Gelegenheiten eine rote Schärpe gebunden hatte, verfaßte die Grabreden für Karl Maas, der Amtsgerichtspräsident geworden war, für die Vertreter der Anwaltskammer, für den Vorstand der Jüdischen Gemeinde, für Schlachanska in Frack und Zylinder und für die oberschlesische Landsmannschaft.

Er versprach Jettel einen neuen schwarzen Hut mit großem Schleier und seinem Sohn, er dürfe bei der Beisetzung die goldene Taschenuhr seines Großvaters tragen und in der ersten Reihe sitzen und brauche nie mehr in die Schule zu gehen, weil er den Lebensunterhalt für seine untüchtige Mutter und schüchterne Schwester verdienen müsse. Jettel war wütend, Regina niedergeschlagen, Max begeistert.

Die bewußte Flucht aus der Wirklichkeit, das Provozieren der Ärzte, der melancholische Galgenhumor, das ständige Überschreiten des Grabens zwischen Ironie und unterdrückter Furcht schützten ihn nur am Tag. In den Nächten der Schlaflosigkeit und des Grübelns fühlte er sich alt und war gepeinigt von der Vorstellung, ihm bliebe nicht mehr die Zeit, um Jettel und seinen Kindern das Haus in der Rothschildallee schuldenfrei zu hinterlassen.

Die Existenzangst der Emigration, von der er geglaubt hatte, sie sei nach der Kraft des Wiederaufbaus nur noch Erinnerung an glückhaft überwundene Zeiten, kehrte als fauchendes Ungeheuer mit Klauen und Krallen zu ihm zurück und er selbst nach Ol' Joro Orok, um sich mit Kimani, dem nachdenklichen Menschenkenner, an den Rand des Flachsfeldes zu setzen. In seinen farbtrunkenen Wachträumen hörte er den Freund der verflossenen Jahre immer wieder sagen: »Kein Mensch stirbt, Bwana, wenn er nicht sagt: Ich will sterben.« Ehe Walter das Licht löschte, entschlüpfte er der Maskerade des Clowns, der die Welt mit Heiterkeit betrügt. Dann sah er nur noch Kimanis Gesicht mit den wissenden Augen und den weißen Zähnen, die in der Mittagssonne leuchteten, und er schlief verwirrt und doch getröstet ein.

Regina, die ihm täglich die Zeitung brachte, ehe sie zur Schule ging, traf ihren Vater eines Morgens mit geschlossenen Augen und auf dem Bauch gefalteten Händen an. »Na taka kufua«, sagte er leise.

»Das darfst du nicht sagen«, schrie sie entsetzt und kreuzte ihre Finger, »damit macht man keinen Spaß. Das bringt Unglück.«

»Warum? Kimani hat das auch gesagt, als wir von der Farm weggingen und er am nächsten Tag tot im Wald gefunden wurde. Na taka kufua, hat er gesagt. Ich weiß es genau, obwohl ich nicht bei ihm war.«

»Er wollte sterben, du nicht.«

»Ich bin ein alter Mann, Regina. Meine Zeit ist gekommen.«

»Du bist noch keine Fünfzig.«

»Viel älter. Hitler hat mir die Jahre gestohlen.«

»Und jetzt stiehlst du sie dir noch einmal. Willst du deinen Sohn nicht aufwachsen sehen?«

»Doch«, sagte Walter, »aber der liebe Gott wird mich nicht lassen.«

»Wie kannst du von Gott reden und ihm nicht vertrauen? Ist alles, was du mir als Kind beigebracht hast, nur ein Märchen gewesen, an das du selbst nie geglaubt hast?«

»Hast recht, Memsahib kidogo. Ich war nur auf Safari.«

»Aber du hast wieder mal vergessen, deinen Kopf mitzunehmen. Owuor hat mir zum Abschied gesagt, daß du ein Kind bist und ich dich beschützen muß. Mach es mir nicht so schwer.«

»Verstehst du mich denn auch nicht mehr? Ich will es euch leicht machen, wenn die Zeit gekommen ist. Ihr sollt bei meiner Beerdigung sitzen und lachen, weil alles genau so gekommen ist, wie ich es vorausgesagt habe.«

Noch ehe Regina das erste Salzkorn wahrnahm, das in ihrer Kehle kratzte, begriff sie, daß die alte, nie vergessene Geschichte dabei war, sich zu wiederholen. Es hatte sich nichts geändert seit den gestorbenen Tagen. Ihr Vater war wieder der listige Amor aus dem Stamm der Massai, der bei dem Kampf um ihr Herz genau Maß nahm, ehe er seinen Pfeil vom Bogen ließ. Sie war noch einmal das Kind, das zur Frau wurde und sich nicht gegen die besitzgierige Flamme der Liebe wehren konnte, die er entzündet hatte.

Regina sah sich unter dem Guavenbaum in Nairobi stehen und hörte ihren Vater von der Rückkehr nach Deutschland sprechen. Er bat sie, ohne an ihm zu zweifeln, mit ihm auf die Safari ohne Wiederkehr zu gehen, und sie versprach ihm ihre Begleitung.

Nur den einen kurzen Moment, in dem sie glaubte, die neue Last nicht ertragen zu können, zögerte sie. Dann nahm sie die Zeitung vom Bett, und umarmte Walter. Sie spürte seine Tränen auf ihren Lippen, hörte sein Herz und das ihre klopfen, und sie wußte, daß sie bereit war, mit ihm den Weg zurückzulegen, den keiner von beiden gehen wollte.

»Laß es eine lange Safari werden, Bwana«, schluckte sie, »wir haben viel Zeit.«

»So lang wie möglich, Memsahib kidogo. Das versprech ich dir. Und jetzt rück endlich die feinen Pralinen von Frau Schlachanska heraus, die deine Mutter gestern im Schrank versteckt hat.«

12

Am Beginn ihres letzten Tages in der Schillerschule, den Regina mit einer Gier erwartet hatte, die nur lange aufgestauter Widerwille und das Unvermögen, über die eigenen Nöte zu sprechen, hervorzubringen vermögen, erlebte sie eine doppelte Überraschung. Sie erfuhr, daß sie in Englisch und Deutsch mündlich geprüft werden sollte. Ohne daß sie dem Klagegesang der meisten ihrer Mitschülerinnen beipflichten mußte, die ihren Zweifel an sich selbst zu koketten Demonstrationen von Bescheidenheit nutzten, wußte Regina sofort, daß sie das Abitur bestehen würde, obgleich sie bei der schriftlichen Mathematikprüfung ein leeres Blatt abgegeben und es in Biologie gleichfalls auf eine Fünf gebracht hatte.

Zwar hatte die Englischlehrerin Regina nie den ungewöhnlichen Eintritt in ihr deutsches Schulleben verziehen – sie war ja von dem stotternden Mädchen aus Afrika geduzt und dem Gelächter der Klasse preisgegeben worden –, doch ihre Eitelkeit war sehr viel stärker ausgeprägt als jene Phantasie, derer es bedarf, um Mitgefühl für erschrockene Kinder aus einer fremden Welt zu mobilisieren. Nun hatte sie der Verlockung nicht widerstehen können, Regina trotz deren das Klassenniveau so unangenehm überragenden Sprachkenntnisse und den daraus resultierenden Leistungen mit der Gesamtnote Zwei vorzuschlagen, sie dann mündlich auf Eins prüfen zu müssen und so dem anwesenden Lehrkörper und vor allem dem als sehr kritisch bekannten Vertreter des hessischen Kultusministeriums eine Schülerin zu präsentieren, die bestes Zeugnis für die pädagogischen Fähigkeiten ihrer Lehrerin ablegen würde. Schließlich sprach das schwierige Mädchen aus Afrika akzentfreies Englisch, kannte sich auch in der nicht im Unterricht gelesenen Literatur aus und rezitierte so mühelos den Hamlet-Monolog, als hätte es ihn selbst verfaßt.

Regina hatte ihrerseits der Englischlehrerin nie deren mangelnde Toleranz für eine Schülerin verziehen, die mit fünfzehn Jahren, zur Sprachlosigkeit verurteilt, am Abgrund einer unbekannten Kultur gestanden hatte, die sie auf alle Zeiten im besten Fall zur Mittelmäßigkeit verdammte. Noch weniger wollte sie der Lehrerin nachsehen, daß im Lauf der Zeit aus nur naivem Unverständnis eine sehr bewußte Abneigung geworden war, die sie allein wegen der Jahre, die die ungeliebte Schülerin in der Emigration verbracht hatte, und den daraus resultierenden guten Leistungen nicht durch schlechte Noten ausdrücken konnte. In Erwartung der von der Schule zu bescheinigenden sittlichen Reife widerstand Regina indes der Versuchung, wenigstens zaghaft an der Süße der Rache zu lecken; widerstrebend gab sie ihrem von Owuor so früh und erfolgreich geschulten Talent der Nachahmung von Stimme und Mimik nicht nach. So brachte sie die feierlich gestimmte Versammlung um das Erlebnis, die Schülerin mit dem gleichen schlechten Akzent Englisch sprechen zu hören wie ihre Lehrerin.

Dem Deutschlehrer, der sie von Anfang an fasziniert, ermutigt und gefördert hatte und von dem sie sich als einzigem im Gefühl trennen würde, die Begegnung habe sich gelohnt und würde nachwirken, billigte Regina durchaus jene philanthropischen Eigenschaften zu, von denen sie seit dem ersten Tag in einer deutschen Schule profitiert hatte. Erst als er sie bei der mündlichen Prüfung mit keinem Wort nach »Faust II« fragte, was im Angesicht der ausdauernden Beschäftigung mit Goethe in der Unter- und Oberprima absolut zu erwarten war, und sie sofort ermunterte, von ihrem Wahldichter zu sprechen, witterte sie, auch der von ihr verehrte Menschenfreund könne besondere Gründe haben, eine Schülerin mit nicht linear verlaufener Laufbahn in den Mittelpunkt des Interesses zu plazieren.

Während sich alle anderen Oberprimanerinnen bei der Wahl der Dichter, deren Werk es ohne pädagogische Anleitung und Interpretation zu erarbeiten galt, auf Rudolf Binding, Manfred Hausmann und allenfalls auf Hermann Hesse beschränkten, hatte sich Regina für Stefan Zweig entschieden. Als sie nun im mündlichen Abitur von seinem Unvermögen sprach, Muttersprache und Wurzeln zu vergessen und im Exil neue zu schlagen, sah sie verblüfft und auch bestürzt, daß sich einige Lehrer die Augen wischten und noch dazu solche, von denen sie Tränen bei dem Thema Heimatlosigkeit nie vermutet hätte. Besonders fiel Regina die Betroffenheit der allgemein als überaus pädagogisch fähig und als erstaunlich weltoffen gerühmten Französischlehrerin auf. Sie hatte nie begreifen können, weshalb ein auf einer englischen Schule erzogenes Kind Französisch mit einem ohrenbeleidigenden Akzent sprach, und sich theatralisch die Ohren zugehalten, sobald Regina ansetzte, den Mund aufzumachen.

Die Biologielehrerin, die Reginas Ressentiment gegen die eingehende Beschäftigung mit der Vererbungslehre als mangelnden Fleiß und Böswilligkeit mißdeutet hatte, litt so augenfällig, als sie vom Freitod Stefan Zweigs erfuhr, daß Regina, wäre ihre angeborene Skepsis in der Schillerschule nicht noch stark gefördert worden, ihr um ein Haar sowohl die Fünf im Zeugnis als auch die Kränkungen der nur ihr evident werdenden Art vergeben hätte.

Obgleich sie die Prüfung in Deutsch mit der ersehnten Zwei bestand, machte sie doch der Verdacht betreten, daß sie zur Aktrice in einem geschickt inszenierten Stück geworden war, in dem die Pädagogen eine Toleranz demonstrieren konnten, von der sie selbst in all den Jahren nichts gespürt hatte. Das Erlebnis ihres letzten Schultags sorgte dafür, daß Regina ohne die von jungen Menschen übliche Wehmut am Scheideweg ihres Lebens Abschied nahm von einer Gemeinschaft, der sie sich trotz der Freundlichkeit vieler Mitschülerinnen und der Freundschaft sehr weniger nie vorbehaltlos zugehörig gefühlt hatte.

Als sie, ebenso unentschlossen wie unbewegt, auf der Gartenstraße stand und sinnierend die grauen Mauern der Schule betrachtete, deren Steine aufopferungsvolle und von wortgewaltigen Pädagogen zum Wiederaufbau motivierte Schülerinnen aus den Trümmern mit bloßen Händen geborgen hatten, ertappte sich Regina gar bei einem Schaudern. Es steigerte ihr Bedürfnis, diesen Tag der Freude und Befreiung nur mit ihren Eltern zu teilen und vor allem in einer Atmosphäre zu genießen, in der es weder versteckte Andeutungen noch die erschöpfende Notwendigkeit gab, Mißverständnisse aufzuklären.

Anders als in ihrem bisherigen Schülerleben, als ihr ein noch zulässiges Maß an Trödeln den Aufschub von unangenehmen häuslichen Pflichten gebracht hatte, lief Regina, ohne nur einmal stehenzubleiben und sich an den alten und auch den wiederaufgebauten Häusern an den beiden Mainufern zu freuen, über den Eisernen Steg, rannte an der Konstabler Wache keuchend der Tram nach Bornheim nach und hetzte am Ziel die Höhenstraße entlang wie ein übermütiges Kind in Erwartung einer verdienten Belohnung.

Es war ein milder Märztag voll Frühlingsahnen. Im winzigen Vorgarten in der Rothschildallee 9 waren die ersten Krokusse aufgeblüht, gelb, weiß und violett und von Meisen umlagert; der Fliederbaum, den Walter zärtlich liebte und pflegte und der für ihn jeden Mai aufs neue das Naturerlebnis symbolisierte, von dem er die ganze Zeit in Afrika geträumt hatte, trug bereits Knospen. Die Rosen am runden Beet, gezogen aus den Samen, die ursprünglich aus Sohrau stammten und die Owuor dann von Rongai nach Ol' Jorok in einem kleinen weißen Couvert getragen hatte, ließen das erste Grün in ihre starken Stiele.

Regina gestattete sich nur ein kurzes Treffen mit Owuor zwischen den üppigen Rosenbüschen in der Heimat – es war aber doch lang genug, um die Haut des Freundes zu riechen und seine Arme zu spüren, während er sie zur Sonne hob und ihr sagte, sie sei so klug wie er. Sie spürte noch den Hauch seines Atems an ihrem Ohr, als sie an der Haustür klingelte. Schon im Treppenhaus roch sie, daß die Eltern mit dem Mittagessen auf sie gewartet hatten.

»Bist du durchgefallen, meine Tochter?« rief der Vater mit einer Stimme, die sich gut für das geliebte Echo von den Bergen geeignet hätte, vom dritten Stock in das Parterre hinunter. »Macht nichts, das kommt in den besten Familien vor.«

»Bei uns nicht«, schrie Regina nach oben, »ich hab bestanden.« Sie umarmte ihre Eltern gleichzeitig und schob ihre Körper zusammen, genau wie sie es als Kind getan hatte, wenn sie von der Schule zurück auf die Farm gekommen war und sich nicht hatte entscheiden können, wem sie ihre Liebe zuerst zeigen wollte. Die Tränen der Rührung, die ihre Mitschülerinnen geweint hatten, kamen endlich auch ihr, als die Mutter sagte: »Es gibt Königsberger Klopse. Die hab ich dir immer gemacht, wenn du aus deiner Boarding School nach Hause gekommen bist.«

»Und dann hast du immer gesagt: In diesem Affenland gibt es keine Kapern. Und ich hab dich gefragt, was Kapern sind.«

»Schau doch endlich auf deinen Teller«, sagte Max ungeduldig.

Er hatte seiner Schwester von dem Geld, das er am Abend zuvor von ihr erbettelt hatte, eine goldfarbige Münze an einem Band gekauft und ein Bild gemalt mit einem roten Auto, blauer Sonne, zwei grünen Strichmännchen und der Aufschrift »Regina hat Das abbitur. Nun wistu balt nicht mehr Bei uns sein.« Sie nahm ihn auf den Schoß und drückte ihn so lange an sich, bis sein Gelächter und ihr Lachen zum Gleichklang gefunden hatten. Dann fragte sie: »Wieso soll ich denn nicht mehr bei dir sein, nur weil ich nicht mehr in die Schule geh?«

»Weil du nach England fahren mußt.«

»Was soll ich denn in England?«

»Heiraten«, erklärte Max.

»Wer hat dir das schon wieder eingeredet?«

»Der Herr Schlachanska. Er hat dem Vati gesagt, daß es in England viele Männer für dich gibt. Ich hab genau zugehört.«

»Geht das wieder los?« sagte Regina und versuchte vergeblich, so auszusehen wie noch vor einer Minute. »Was wird hier gespielt?«

»Nichts«, beruhigte Walter. »Dein Bruder hat nur mal wieder bewiesen, daß er noch nicht fähig ist, eine korrekte Zeugenaussage zu machen. An der ganzen Geschichte stimmt nur, daß wir zur Feier des Tages mit Schlachanskas in Gravenbruch Kaffee trinken wollen.«

»Sieh mal einer an«, sagte Regina und suchte im Gesicht ihres Vaters nach verdächtigen Spuren, aber er erwiderte ihren Blick, ohne auch nur einmal die Augen von ihr abzuwenden, und sie spießte eine Kartoffel auf die Gabel und schluckte ihren Ärger mit Jettels besonders gut gelungener Kapernsauce hinunter.

Das beliebte Forsthaus in Gravenbruch war ein Ausflugsziel, das Walter nur bei sehr besonderen Gelegenheiten vorschlug und seit seiner Krankheit gar nicht mehr, als er dazu übergegangen war, jede unnötige Ausgabe als mangelnde Verantwortung für die Familie einzustufen. Der Kuchen in Gravenbruch war teurer als in den Cafés in der Innenstadt; Kaffee wurde nur im Kännchen serviert, und das Spiel an der frischen Luft machte die Kinder auf verteuernde Art durstig.

Ihre Mütter, in Garderobe gekleidet, die einen extravaganten Kontrast zur rustikalen Umgebung bildete, ließen sie nicht nur beim Nachbestellen von Getränken gewähren. Sie neigten auch dazu, selbst den Überredungstaktiken des gut geschulten Personals zu erliegen und fröhliche Nachmittage mit kostensteigerndem Danziger Goldwasser oder Eierlikör abzuschließen.

Frau Schlachanska hatte einen neuen, großrandigen weißen Hut mit einer großen, dunkelblauen Rose aus Tüll und ein bei ihrer letzten Reise nach Paris gekauftes blaues Seidenkostüm mit weißen Punkten an, Jeanne-Louise ein Rüschenkleid aus zitronengelbem Taft, die weißen Söckchen, in die Max noch immer so verliebt war wie am ersten Tag seiner schicksalsentscheidenden Begegnung mit weiblicher Schönheit, und weiße Lackschuhe mit zierlichen Schnallen. Jettel trug ein schwarzes Kleid mit einem rosa Schleierhut und dazu passenden Handschuhen, Regina noch die weiße Bluse mit Schleife und das blaue Kostüm, das sie zum mündlichen Abitur getragen hatte.

Walter hatte es zum Freundschaftspreis bei dem Textilfabrikanten kaufen können, dessen Hand Regina vor Jahren ausgeschlagen hatte; er war inzwischen Mandant in der Praxis Fafflok und Redlich, verheiratet mit einer Frau aus Südamerika und Vater zweier Töchter. Die Herren waren weniger penibel in der Kleiderwahl gewesen.

Joseph Schlachanska hatte seine Fülle in einen weißen Tennispullover gezwängt, Walter trug eine Khakihose vom britischen Militär, zu der er erst in Frankfurt in Liebe entbrannt war, und Max hatte einen rot-weiß gestreiften Ringelpulli und die seit dem letzten Sommer zu kurz gewordene graue Lederhose an. Sie brachte fein dosierte Bewegung in Frau Schlachanskas Augenbrauen; ihr ausgeprägtes Empfinden für Stil fand den Spielgefährten ihrer Tochter oben zu amerikanisch und unten zu deutsch.

Auch Jeanne-Louise zeigte sich erheitert. Sie hatte mit ihren sieben Jahren bereits genug von ihrer Mutter gelernt, um Äußerlichkeiten sehr kritische Aufmerksamkeit zu widmen, doch war sie noch nicht ausreichend genug geschult, um sich mit der nötigen Disziplin an die mütterlichen Vorstellungen von korrektem Benehmen zu halten. Nach dem Kaffee und einem umgehend gerügten kleinen Fleck Sahne auf dem Kleid stolperte sie beim Nachlaufspielen mit ihren Lackschuhen in eine Pfütze und gebrauchte dann auch noch ein sehr rüdes Wort, das sie erst vor einer Viertelstunde von Max gelernt hatte.

Von den neugierigen Kindern und deren von den Eltern nie unterdrücktem Drang befreit, sich zu Fragen zu äußern, deren Bedeutung sie keineswegs erfassen konnten, kam Joseph Schlachanska nach dem dritten Stück Frankfurter Kranz und dem zweiten Cognac zum Thema, um dessentwillen er den Ausflug vorgeschlagen hatte. Er erzählte kurz vom eigenen Abitur, streifte nur seine bewegte Studentenzeit und fragte sehr unvermittelt: »Na, Regina, was willst du jetzt machen?«

»Ich hab mir das alles noch nicht genau überlegt.«

»Du willst doch nicht etwa in Deutschland bleiben?«

»Doch, das will ich«, erwiderte Regina, und diesmal wußte sie Bescheid, daß da an einem Fangnetz für sie gearbeitet wurde, ohne daß sie Walter anzuschauen brauchte. Joseph Schlachanska war jedoch nicht der Mann, der sich von der Schroffheit eines gereizten Mädchens in die Schranken weisen ließ. Er lächelte ihr mit jenem Charme der arglosen Freundlichkeit zu, dem kaum eine Frau widerstehen konnte.

»Ich habe deinem Vater vorgeschlagen, dich ein Jahr nach England zu schicken. Ein junges Ding wie du muß hier mal rauskommen und andere Menschen kennenlernen.«

»Die, die ich kenne, reichen mir«, sagte Regina und nahm sich auch keine Zeit, mehr Luft zu holen, als sie brauchte, um ihren aufgestauten, zum neuen Leben erwachten Zorn loszuwerden. »Sie reden auch nicht von Menschen, sondern von einem Mann, den ich finden soll. Ich bin jedoch nicht jahrelang zur Schule gegangen, um mich mit einem Mann verheiraten zu lassen, den ich nicht kenne und der nichts anderes zu bieten hat, als daß er zufällig jüdisch ist.«

Sie wartete voller Ungeduld auf den Sturm, den sie soeben entfacht hatte, starrte befangen auf ihre Hände, von denen sie ahnte, daß sie die gleiche Farbe hatten wie ihr Gesicht, ließ sich von Hilflosigkeit und Wut beuteln, fühlte sich verraten und gedemütigt. Als sie aber Walter anschaute, erwischte sie die alte, vertraute, sie so unendlich berührende Panik in seinem Blick.

Schon als die erste Welle der Zärtlichkeit sie wärmte, begriff sie, daß sich nichts verändert hatte seit den ersten Tagen der ungebetenen Freier. Ihr Vater fürchtete nichts mehr als die Trennung von seiner Tochter. Er hatte nur nicht den Mut gehabt, Schlachanska die Wahrheit einzugestehen. Regina tupfte sich langsam den Schweiß von der Stirn. Sie mußte sich konzentrieren, nicht mit den Augen zu zwinkern, als sie mit einer Stimme, die nur für sie hörbar zitterte, ihren Vater fragte: »Können wir meine Zukunft denn nicht morgen besprechen? Ich will mir heute den schönen Tag nicht verderben.«

»Kessu«, sagte Walter mit Owuors Unschuld in den Augen und drückte unter dem Tischtuch sehr sanft Reginas Hand. »Kessu«, erklärte er Joseph Schlachanska, »ist ein wunderbares Wort. Es heißt, morgen, bald, irgendwann oder nie. Manchmal fehlt mir in diesem Land das Kessu.«

»Ach, Redlich, Ihr verdammtes Afrika hat Sie verdorben. Wären Sie dort geblieben, hätten Sie am Ende Regina noch mit einem Neger verheiratet.«

»Darf Regina einen Neger heiraten, wenn er jüdisch ist?« fragte Max und, weil er sah, daß sein Vater so laut lachte wie kaum sonst und er also wußte, daß er etwas besonders Kluges gesagt hatte, nutzte er die Gelegenheit, um den Rest vom Danziger Goldwasser aus einem Glas zu lecken. Er war es dann auch, der als einziger eine unauslöschliche Erinnerung an den Tag von Reginas mündlichem Abitur hatte.

Der von seinen Lebensjahren und Walters Temperament aufgeriebene kleine Opel stand neben Schlachanskas mächtigem Maybach auf einer Wiese, die am frühen Nachmittag noch trocken gewesen, aber schon nach dem ersten kleinen Regenschauer überraschend schnell naß geworden war. Walter hatte mit den Seinen fast schon die Straße erreicht, als er im Rückspiegel sah, daß sich der Maybach festgefahren hatte und nach jedem Gasgeben immer tiefer einsank. Schlachanska saß fluchend und mit hochrotem Gesicht am Steuer und schob jedesmal, wenn er den Motor abstellte und wieder anließ, seinen Körper in Richtung Windschutzscheibe, als wolle er seinen Wagen mit der eigenen Zentnerlast bewegen, doch der Maybach rührte sich nicht.

Walter stieg pfeifend aus dem Opel aus, warf krachend die Tür zu, bat Frau Schlachanska und Jeanne-Louise auszusteigen, was sie auch ohne den erwarteten Widerspruch taten, und versuchte, den Metallkoloß anzuschieben.

»Laß das, du Narr«, schrie Jettel alarmiert, die mit Max aus dem Opel geklettert war, »ein Mann mit einem kranken Herz schiebt keine Autos.«

»Dann schieb doch mit.«

Sie schoben alle – Walter keuchend, Max mit ermunternden Zurufen, Frau Schlachanska in hochhackigen Schuhen, Jettel mit rutschendem rosa Hut und Regina im empfindlichen Kleid ihres Ehrentags, doch sie erkannten noch vor der völligen Erschöpfung, daß ihre Mühen vergeblich waren.

»Kommen Sie, mein Freund, ich fahr Sie nach Hause, falls Sie überhaupt wissen, wie man in einen kleinen Wagen einsteigt.« Joseph Schlachanska fand auf dem Beifahrersitz nicht genug Platz für seinen Bauch, und als er sich ächzend nach hinten zwängte, blieb er, die Nase an die Heckscheibe gedrückt, stecken. Seine Beine mit den teuren Wildledermokassins, die gerade in Mode kamen, hingen zum Auto heraus.

»Wie Pu der Bär«, jubelte Max.

»Halt den Mund«, schimpfte Walter.

Er mußte den Beifahrersitz ausbauen, ehe er Schlachanska auf die Rücksitze schieben konnte. Mit bis nach unten heruntergekurbelten Fenstern und laut »Kwenda Safari« singend, fuhr er nach einer Stunde los.

Frau Schlachanska, wütend, weil sie ihr Seidenkleid verfleckt hatte, und Jettel mit verrutschtem Schleier teilten sich im zunächst warmen, dann sehr kräftigen Frühlingswind auf der Wiese, zwischen Gänseblümchen und einem Schaf mit schwarzem Kopf, den zerschlissenen Sitz vom Opel. Jeanne-Louise saß stumm auf dem Schoß ihrer Mutter. Max konnte es trotz mütterlicher und schwesterlicher Ermahnung nicht lassen, um das fröstelnde Quartett herumzutanzen und in Abständen »Mein Vater ist der beste Autofahrer der Welt« zu grölen.

Als Walter mit Rumbler zurückkam, dem an seinem freien Tag eilig herbeizitierten und durch eine gewaltige Portion Schadenfreude sichtlich animierten Chauffeur, um seinen Beifahrersitz und die Familie abzuholen, lehnten Mutter und Tochter Schlachanska es indes ab, auf die Befreiung des Maybachs aus seiner schmachvollen Lage zu warten. Sie drängten sich, ungewöhnlich kleinlaut, in den Opel.

»Das«, versprach Max am Abend seinem Vater, noch immer beeindruckt vom Sieg des von ihm verkannten Davids über den so lange Jahre bewunderten Goliath, »werde ich dir nie vergessen.«

Erst zwei Tage später kam es zum fälligen Gespräch zwischen Vater und Tochter. Regina war auf eine sie sehr irritierende Art verlegen und wurde es noch mehr, als ihr aufging, daß es Walter auch war.

»Ich bin kein reicher Mann«, sagte er mit einer Feierlichkeit, die er sofort als übertrieben und sehr töricht verurteilte, »aber ich habe genug Geld, um dich studieren zu lassen. Du darfst studieren, was du willst. Woran hast du gedacht?«

Beklommen fragte sich Regina, ob ihr Vater wirklich nicht

ahnte, daß sie sehr bald nach ihrem Eintritt in die Schillerschule schon nicht mehr hatte studieren wollen und auf keinen
Fall auf einer deutschen Universität. Die Pflicht bedrückte sie,
daß sie sich nun dankbar für eine Wohltat erweisen mußte und
den Wohltäter nicht nur deshalb enttäuschen dürfte, weil sie
beim Gedanken an ihre Zukunft nichts empfinden konnte als
jene mit den Jahren des Bewußtwerdens immer stärker gewordene Sehnsucht nach einer überschaubaren Welt unter Menschen, die so fühlten wie sie. Ihr ging aber gerade noch rechtzeitig auf, daß es trotzdem leicht war, ihrem Vater eine Freude
zu machen, und zwar mit der Antwort, die er gewiß seit Jahren
von ihr erwartete. Sie lächelte voller Reue im Bewußtsein ihrer
Nachlässigkeit, als sie erkannte, daß es diesmal sie gewesen
war, die so lange ihre Augen blind und ihre Zunge stumm
gemacht hatte.

»An Jura«, sagte sie zufrieden.

»Das kann doch nicht dein Ernst sein, Regina. Nur häßliche
Mädchen studieren Jura. Richtige Blaustrümpfe, die keinen
Mann abbekommen.«

»Dann hätten wir eine Sorge weniger«, überlegte Regina und
grübelte angestrengt, ob sie die Pointe eines Witzes nicht begriffen hatte, »aber ich besteh nicht auf Jura. Es war nur so eine
Idee, weil ich mich für alles interessiere, was du von deinem Beruf erzählst. Eigentlich«, sagte sie, kaute kurz an ihrer Erleichterung und ermutigte sich endlich zur Wahrheit, »möchte ich
überhaupt nicht so sehr gern studieren. Ich bin bald einund-
zwanzig und hab dir doch lang genug auf der Tasche gelegen.«

»Quatsch nicht so dumm. Ich sag dir doch, daß ich es mir
leisten kann, meine Tochter auf die Universität zu schicken.
Nur Jura sehe ich nicht so gern. Und das wirklich nicht nur,
weil du ein hübsches Mädchen bist. Ich hab erlebt, was Jura
bedeutet. Du kannst den Beruf nirgends außer in Deutschland
ausüben. Ein Jurist ist Gefangener auf Lebenszeit.«

Verwirrt fragte sich Regina, wieviel Überwindung das Geständnis ihren Vater gekostet hatte. Sie wußte, daß sie ihn nicht ansehen durfte, und fixierte das Bild vom Breslauer Rathaus, wie sie es als Kind getan hatte, wenn die Worte nicht schnell genug vom Kopf in den Mund gesprungen waren. »Du willst doch«, sagte sie, und mit einem Mal wurde es ihr leicht, das Einverständnis der ewigen Verschwörung anzudeuten, »daß ich hierbleibe. Wie wär's«, schlug sie vor, »mit Kindergärtnerin? Ich hab doch Kinder sehr gern.«

»Willst du wirklich noch Ringelreihen tanzen und ›Alle meine Entchen‹ singen, wenn du eine alte Dame von fünfzig bist?« fragte Walter.

»Du bist zu klug für mich, Bwana. Schneiderin wäre doch auch nicht schlecht. Kleider brauchen die Leute immer.«

»Ich wußte nicht, daß du gerne nähst.«

»Ich auch nicht«, lachte Regina. »Wie wär's mit Buchhändlerin? Viele aus meiner Klasse haben das vor.«

»Die Tochter eines Rechtsanwalts wird nicht Verkäuferin. Du bist doch nicht jahrelang zur Schule gegangen, um in einem Laden zu stehen. Herrgott, Regina, es muß doch irgend etwas auf der Welt geben, das so ein intelligentes Mädchen wie du gern tut.«

»Schreiben«, erkannte Regina, »ich hab mein ganzes Leben nichts anderes wirklich gern getan.«

»Doch nicht etwa Bücher? Hast du nicht an deinem Vater gesehen, was es bedeutet, sein Leben lang ein Hungerleider zu sein?«

»Ich denke schon einige Zeit an Journalismus«, sagte Regina zu schnell und noch mehr verblüfft, doch sie sah es als eine durchaus glückhafte Fügung an, daß ihr gerade der Deutschlehrer eingefallen war, der die meisten ihrer Aufsätze mit der Bemerkung »zu journalistisch!« versehen hatte. »Aber ich hab keine Ahnung, wie man das wird.«

»Ich auch nicht, aber die Idee ist nicht ganz so schlecht wie die anderen. Ich kann ja mal am Gericht oder in der Jüdischen

Gemeinde herumfragen, ob irgend jemand einen Menschen kennt, der was mit Zeitungen zu tun hat.«

»Hauptsache, die Zeitung ist nicht in England oder in sonst einem Land mit einem Aufgebot heiratswütiger jüdischer Männer«, seufzte Regina.

»Ich vermute, du hättest gegen Südafrika nicht ganz soviel einzuwenden?«

»Woher weißt du?« staunte Regina, »wie bist du draufgekommen? Warum hast du nie was gesagt?«

Sie war zu verwirrt und auch zu erleichtert, um ihrem Vater zu zürnen, daß er zur Jagd aufgebrochen war, ohne ihr vorher seine mit so viel List geschärfte Waffe zu präsentieren, und sie so leicht zur Strecke gebracht hatte. Einen betäubenden Herzschlag, der ihre Haut warm und ihren Kopf heiß machte, gestattete sie sich die Flucht an das sorgsam verschüttete Ufer, genoß die Stille des Augenblicks und den von Honig und Salz getränkten Geschmack der Erinnerung, doch dann hörte sie den Jäger lachen, und sie zerschnitt ihren Traum mit einem ebenso scharf geschliffenen Messer wie in der Stunde des Abschieds.

»Hast du wirklich geglaubt, ich weiß nichts von dir und Martin? Martin konnte nie länger als eine Stunde mit einer Frau zusammensein, ohne sie zu bekommen.«

»Mit mir war es eine Nacht«, sagte Regina, »und ich bin froh, daß du es weißt.«

Sie versuchte in den Tagen, die sie seit der ersten Stunde in einer deutschen Schule herbeigesehnt hatte und die ihr nun ebenso lang wie sinnlos erschienen, sich ihre mangelnde Begeisterung für ihre Zukunft und die sie noch mehr störende Lethargie als die normale Verfassung einer Abiturientin zu erklären, die zu lange in der Obhut einer gnadenvoll vor dem Leben schützenden Gemeinschaft gewesen ist. Doch sie war zu ungeübt im Selbstbetrug und auch nicht naiv genug, um nicht genau Bescheid zu wissen. Regina hatte nie die Furcht des

Kindes überwunden, das mit einer nicht wiedergutzumachenden Plötzlichkeit und vernichtender Heftigkeit aus der Vertrautheit der eigenen Welt gestoßen worden war, um für immer unter Fremden zu leben.

Sie empfand es als besonders ironische Pointe des Schicksals, daß ausgerechnet Joseph Schlachanska, der Reginas Bleiben in Deutschland als Sünde wider Erfahrungen und Glauben ansah, sie schließlich aus der Umklammerung ihrer verwirrten Selbstzweifel erlöste. Er hatte gute Beziehungen zu einem Verleger in Offenbach und überredete ihn, ohne selbst Walter vorher etwas davon zu sagen, Regina zu empfangen.

13

Regina, von einer zierlichen, rotblonden Frau mit auffallend grünen Augen hinter einer ebenso auffälligen, goldumrandeten Brille nach zehn Minuten angsterregenden Wartens energisch in das Zimmer von Verleger Brandt und bis zum leeren Stuhl vor seinem wuchtigen Schreibtisch geschoben, versuchte, ihren Faltenrock glattzustreichen und sich dabei möglichst wenig zu bewegen. Sie trug das blaue Kostüm, das sie durch ihr mündliches Abitur geleitet hatte und seitdem zu allen Gelegenheiten von größerer Bedeutung dafür zu sorgen hatte, daß sie sich nicht ihres zu jugendlichen Aussehens zu genieren brauchte. Dennoch war sie überzeugt, daß sich in ihren Augen und um den Mund schon vor dem ersten Wort der Unterredung die gespannte Unbehaglichkeit abgezeichnet hatte, die sie als eine ebenso große Belastung empfand wie die Zweifel, ob sie ihren Eltern je den Grund für ihre erste Niederlage auf dem Weg zur lockenden Selbständigkeit würde erklären können.

Der Verleger hatte eines jener glatten runden Gesichter, die Regina sonst immer die Scheu vor Fremden nahmen, weil weit auseinanderliegende Augen und eine breite Stirn sie auch bei weißhäutigen Männern spontan an die gutmütige Offenheit der Schwarzen denken ließ. Er saß in einer braunen Tweedjacke, die sie ebenfalls an ihre Kindheit, und zwar an ihren ersten Schuldirektor, erinnerte, vor einem Schreibtisch aus dunklem Holz, auf dem sich neben einem Fliederstrauß vergilbte Zeitungen zu einem wackeligen hohen Berg stapelten.

Regina ahnte, daß ihr nicht mehr viel Zeit bleiben würde, um wenigstens einen vernünftigen Satz zu sagen, wenn sie nicht umgehend das Schweigen brach, doch ihr fielen noch nicht einmal jene kleinen Verbindlichkeiten ein, die sie auf der langen Straßenbahnfahrt von der Konstabler Wache nach Offenbach formuliert und immer wieder geprobt hatte.

Trotz aller herzklopfenden Bemühungen, sich auf den Anlaß ihres Besuchs und erst recht auf die Aufgabe zu konzentrieren, den Eindruck einer gescheiten jungen Frau zu erwecken, die es danach drängte, Block und Bleistift zu ergreifen und das Leben zu porträtieren, vertrödelte Regina ihre Zeit bei einem Gedankenspiel, das sie zwar als absurd empfand, von dem sie aber nicht mit der gebotenen Eile lassen konnte. Sie stellte sich mit einer Detailtreue vor, die sie im Angesicht ihrer Situation als absolut bemerkenswert einstufte, daß ihre Familie in den Zeiten der Not mit dem Wissen um solche Papierberge sich jeden Tag jenen Durchfall hätte leisten können, den alle noch mehr fürchteten als die Verknappung der Fettrationen.

Regina fiel erst auf, daß sie im Gedanken an die Tage, als das gedruckte Wort längst nicht so wichtig war wie das Papier, auf dem es stand, wohl ihre Lippen bewegt haben mußte, als Uwe Brandt sagte: »Das gefällt mir. So ist es mir auch immer gegangen, als ich jung war. Ich hab einfach drauflos gelächelt, und die Leute hielten mich für freundlich.«

»Danke«, murmelte Regina.

»Wofür?«

»Daß Sie überhaupt etwas gesagt haben.«

»Das berühmte erste Wort«, lachte Brandt, »das macht allen Journalisten zu schaffen.«

Regina merkte noch vor dem Verleger, daß er selbst, wenn auch wohl ohne Absicht, den Grund ihres Besuchs zur Sprache gebracht hatte. Sie kramte, zu umständlich, wie sie sofort registrierte, in ihrer Handtasche, hielt ihm schließlich ihr Abiturzeugnis entgegen und überlegte, ob die Behauptung, der

Deutschlehrer habe ihr zum Journalismus geraten, bereits jetzt angebracht und keine allzu große Übertreibung sei.

»Ach, lassen Sie das nur, schönes Kind. Ich halt nichts von Zeugnissen. Unser Klassenprimus hat es nicht weiter als bis zum Oberamtmann bei der Bahn gebracht. Und ist im Irrenhaus geendet.«

»Hoffentlich passiert so etwas auch in meiner Klasse«, sagte Regina. Sie wurde aufs neue befangen, als sie merkte, daß sie gelacht hatte, fand aber zu ihrer Verwunderung doch den Mut weiterzureden. »Ich bin nicht die Beste in der Klasse gewesen. Seit Afrika nicht mehr.«

»Wie kommen Sie plötzlich auf Afrika?«

»Ich hab da gelebt«, erklärte Regina. Sie fragte sich unglücklich, wie es hatte geschehen können, daß sie sich hatte hinreißen lassen, ohne die geringste Notwendigkeit von sich selbst zu erzählen und gleich so Entscheidendes, aber sie wollte den Faden des Gesprächs auch nicht sofort wieder zerschneiden und erklärte dann doch: »Ich meine, wir sind nach Kenia ausgewandert, als die Nazis kamen.«

Als der Verleger sehr spontan und mit einer Aufmerksamkeit, die Regina nur selten erlebte, nach ihrer Familie, der Emigration und dem Leben in der Fremde fragte und sie ohne Hemmungen und mit immer stärker werdender Freude von Ol' Joro Orok, den Flachsfeldern, Owuors Weisheit und den Klängen der Nacht erzählte, war sie sicher, daß sie, genau wie als Kind in auswegloser Lage, den schwarzen Gott Mungo beschworen hatte. Er war ihr zu Hilfe gekommen und hatte seinen Blitz in ihre Zunge geschmettert.

»Sie können gut erzählen«, sagte Uwe Brandt, als Regina ihm auch die Rückkehr nach Deutschland geschildert hatte und selbst den Wunsch, irgendwo zu stehen und kein Haus und keinen Menschen zu sehen, und daß sie immer noch auf dieses Erlebnis warte. Sie hörte ihn erst lachen und dann auch sprechen.

»Das ist mehr als die meisten Journalisten können. Eine gute Geschichte gut erzählen. Woran haben Sie eigentlich gedacht? An die Offenbach-Post oder an die Abendpost?«

Regina mußte einen gewaltigen Umweg machen, um in die Gegenwart zurückzufinden. Sie grübelte mit sehr viel mehr Anstrengung als brauchbarem Ergebnis, ob sie je von der Offenbach-Post gehört hatte und ob überhaupt von einer Zeitung die Rede war. Erleichtert, weil sie ihr zumindest eine Spur wiesen, dachte sie an die jungen Männer an der Hauptwache, die dort die »Abendpost« hochhielten und mit erstaunlicher Stimmkraft die neuesten Nachrichten ausriefen, die man der großen Lettern wegen ohnehin von weitem lesen konnte. So sehr sie sich aber auch konzentrierte, wurde sie nicht schlüssig, weshalb sie sich für eine von zwei Möglichkeiten entscheiden sollte.

»An die Abendpost«, sagte sie zögernd.

»Da haben Sie sich aber einen gewaltigen Happen vorgenommen. Boulevardjournalismus ist nicht leicht für eine Frau. Kennen Sie Herrn Schlachanska eigentlich gut?«

»Sehr gut«, sagte Regina, beglückt, daß Uwe Brandt offensichtlich keine Äußerung von ihr zu den ersten beiden Sätzen erwartete.

»Ein interessanter Mann.«

»Sehr«, bestätigte sie.

»Aber gerade das macht mich nachdenklich.«

»Warum?«

»Sehen Sie«, sagte der Verleger, doch er schwieg zu plötzlich und veränderte auch sein Gesicht zu merkbar, um Regina nicht sofort in einen Zustand von beunruhigter Anspannung zu versetzen. Sorgsam rückte er die Vase mit dem Flieder von der rechten zur linken Seite des Schreibtischs, suchte einige Zeit sein Taschentuch erst in der Jacke und dann in der Hose und rieb seine Stirn trocken.

»Darf ich Ihnen eine kleine Geschichte erzählen?«

Regina zwang sich zu einem Nicken. Sie ließ sich von der Last ihrer Befangenheit tief in den Stuhl drücken und fragte sich, ob der Verleger wohl Joseph Schlachanska gut kannte, vor allem seit wann und in welchem Maß er ihr dessen Maybach und Auftreten anlasten würde. Zu entmutigend deutlich, um nicht das letzte Stück ihrer Sicherheit zu verlieren, hörte sie ihren Vater schimpfen: »Das fällt auf uns alle zurück, wie sich der gute Schlachanska benimmt.«

»Vor zwei Wochen«, erzählte Uwe Brandt und sah Regina mit einem Blick an, den sie als skeptisch deutete, »war ein Vertreter für Zeitungspapier hier und hat mir ein Angebot gemacht. Ein wirklich freundlicher, sehr gut Deutsch sprechender junger Mann. Ich hab sein Angebot durchkalkuliert und fand es zu teuer. Und wissen Sie, was passiert ist, als ich das dem guten Mann gesagt habe?«

»Nein.«

»Der Kerl hat hier in meinem Büro eine furchtbare Szene gemacht und geschrien, er habe nur deshalb den Auftrag nicht bekommen, weil er Jude sei. Fragen Sie mal meine Sekretärin, wie schrecklich das für uns alle war.«

»Ja«, sagte Regina.

»Ich weiß nicht, ob Sie sich das vorstellen können, weshalb ich Ihnen die Geschichte erzähle.«

»Ich glaube ja.«

»Wenn ich Sie nun nicht als Volontärin bei uns einstelle, weil wir nirgends eine freie Stelle haben, dann glauben Sie doch ganz bestimmt, daß ich Sie aus rassischen Gründen ablehne. Ich meine, wir können ja heute nicht mehr normal über diese Dinge reden. Das ist das Schlimme an unserer Zeit.«

Noch ehe sie den letzten Satz gehört hatte, wußte Regina, daß sie tatsächlich den Gott Mungo beschworen und er ihr für einen kurzen, belebenden Augenblick auch die Zaubermacht seines rechten Armes geliehen hatte, um die die Schwachen baten, wenn ein Dieb ihnen drohte, für immer Gesicht und

Kraft zu stehlen. Als sie das Abiturzeugnis von ihrem Schoß nahm, es sehr langsam zusammenfaltete, in die Handtasche legte und danach mit der lauernden Plötzlichkeit eines im Angesicht tödlicher Gefahr geblendeten Wasserbüffels aufstand, war sie sich noch nicht ganz sicher, ob sich nicht auch die Strahlen von Mungos tödlichem Feuer zwischen ihren Zähnen verfangen hatten. Der Wunsch aber loderte stark in ihren gedemütigten Sinnen und trieb sie zu einem Ufer, das sie bisher noch nie erreicht hatte.

»Wenn Sie so denken«, sagte Regina, und sie konnte es nicht fassen, daß ihre Stimme ruhig wie die eines sterbenden Windes war, »dann hat es keinen Zweck, daß Sie weiter mit mir reden. Zu Hause nennen wir so was Sippenhaft.«

Sie fühlte, als ihre Augen die Tür suchten, wie die Empörung in ihr einer großen, beseligenden Befreiung wich; endlich erlöst von dem sie so lange drückenden Erlebnis am Tag, als sich ihr Vater dem antisemitischen Autofahrer in der Höhenstraße gestellt hatte, dachte sie nun nur noch mit dem Jubel der auf wunderbare Weise Erstarkten an die feige vertanen Minuten, als in ihr nichts als Schweigen und Angst gewesen waren. Sie glaubte sich sogar lachen zu hören, laut und voller Lust, doch dann erkannte sie, daß es nicht ihr Gelächter war, das ihre Ohren erreicht hatte.

»Bleiben Sie um Himmels willen hier, Sie temperamentvolles Fräulein«, rief Uwe Brandt. »So hab ich das doch wirklich nicht gemeint. Ganz im Gegenteil. Sie gefallen mir. Ich find es wunderbar, wie Sie mir eben gesagt haben, was Sie von mir halten.«

»Ja«, sagte Regina und ärgerte sich, daß sie nur noch Flüstern aus sich herausgepreßt hatte. Sie konnte sich nicht rasch genug entscheiden, ob sie sich wieder hinsetzen oder umgehend mehr als nur ein Wort sagen müßte, aber der Weg zum Stuhl schien ihr zu weit, und sie merkte auch, daß ihre Augen sich nicht auf ein bestimmtes Ziel einigen konnten. Sie blieb stehen, und nach ein paar Sekunden, in denen sie glücklos nach einer zu den Umständen passenden Antwort suchte, gab sie sich damit zufrieden, daß es ihr wenigstens gelungen war, den Mund zuzumachen.

»Journalisten brauchen Mut«, erklärte Uwe Brandt mit jenem Wohlwollen, das allgemein als ansteckend empfunden wurde. »Das hab ich schon als Anfänger bei Ullstein begriffen. Am besten ich schicke Sie gleich zum Chefredakteur der Abendpost. Wenn Sie mit dem klarkommen, wird hier keiner glücklicher sein als ich. Ich freue mich auch, wenn ich meinem alten Freund Schlachanska einen Gefallen tun kann. Sie trinken am besten erst eine Tasse Kaffee mit mir. Wir sollten unserem Herrn Frowein ein bißchen Zeit lassen, um sich von dem Schock zu erholen. Er tut sich schwer mit Frauen, müssen Sie wissen. Gehen Sie nur schon vor ins Sekretariat. Ich komme gleich nach«, sagte er und griff zum Telefon.

Emil Frowein legte den Hörer seufzend aus der Hand und analysierte sehr gründlich und, wie immer, unbarmherzig ehrlich gegen sich selbst den Grund für seinen Stimmungsumschwung. Es war nicht die übliche Aversion des Chefredakteurs gegen die Einmischung des Verlegers in redaktionelle Belange, die ihm zu schaffen machte. Er empfand sich als diplomatisch genug, Verdrossenheit der sich so häufig wiederholenden Art zu negieren, und war stets bereit zu einem mit Geduld und Einfühlungsvermögen geführten Gespräch mit Menschen, die es zu seinem geliebten Beruf drängte.

Auf keinen Fall scheute Emil Frowein je den großen Aufwand, um festzustellen, ob die jungen Leute im Stuhl vor seinem Schreibtisch nur Opfer von romantischen Illusionen waren oder wenigstens vom ersten Eindruck her geeignet erschienen, einen Weg zu gehen, der, zumindest ihm, weder schmerzende Zugeständnisse an das eigene Talent erspart hatte und, noch viel schlimmer, die Gefahren allzu schnell akzeptierter Kompromißbereitschaft und einen Ehrgeiz, den er schon lange als ungesund abtat. Es war die Art, in der Brandt die junge Frau angekündigt hatte, die Frowein beunruhigte – nicht der Umstand, daß Chefredakteure gut beraten waren, sich den Wünschen ihrer Verleger in bezug auf Personal nicht ohne wirklich zwingende Gründe zu widersetzen.

»Ich schicke Ihnen mal was ganz Besonderes zur Ansicht«, hatte Uwe Brandt am Telefon gesagt. »Eine auffallend hübsche Person. Weiblich. Hat wunderbares schwarzes Haar, wie es eben nur Jüdinnen haben.« »Uwe«, wie er in der Redaktion allgemein genannt wurde, hatte das Gespräch ein wenig unvermittelt beendet, aber nicht rasch genug, um seinen Chefredakteur im unklaren darüber zu lassen, daß er herzhaft gelacht hatte.

Es war bekannt und auch ein von allen durchaus akzeptierter Branchenwitz, daß Emil Frowein Vorbehalte gegen Frauen im Journalismus hatte, es sei denn, sie hielten sich an die bewährten Themen Kirche, Küche, Kinder und neuerdings natürlich auch Mode. Es kostete ihn wenig Mühe und nur einige ironische Formulierungen, seine Ansicht, die nicht mehr als absolut zeitgemäß galt, auch fundiert zu verteidigen. Frowein fand Frauen, wenn schon ehrgeizig genug, um seinen hohen Ansprüchen zu genügen, zu empfindlich, futterneidisch, zänkisch und so fast immer ein Problem in einer von Männern dominierten Redaktion. Oder sie neigten dazu, was seiner Ansicht nach eine kontinuierliche Zusammenarbeit über das zumutbare Maß hinaus erschwerte, ihrer – für ihn durchaus verständlichen und auch begrüßenswerten – Sehnsucht nach Sicherheit einen zu großen Stellenwert einzuräumen. Sie ließen sich im Beruf zu sehr von ihrem Privatleben ablenken und heirateten dann auch sehr oft ausgerechnet zu einem Zeitpunkt, da sie endlich voll einsetzbare Kräfte zu werden begannen.

Die bedauernswert kurze Zeit, die ihm bis zu der angekündigten Begegnung mit »Uwes« schwarzhaariger Schönheit blieb, nutzte Frowein, um sich so entschlossen wie schonungslos darüber klarzuwerden, daß es diesmal wahrhaftig nicht die Aussicht auf das störende weibliche Element in seiner Redaktion war, die ihn irritierte. Der gute »Uwe« hatte mit dem sicheren Instinkt eines Mannes, der viel wußte und nichts sagte, an der richtigen Stelle gelacht. Ebensogut hätte er seinen Chefredakteur fragen können: »Wie hast du's mit der Religion?«

Es war nicht so, daß sich ausgerechnet Frowein nach seinen Erlebnissen in Polen, Holland, Belgien und Frankreich der Auseinandersetzung mit einer Vergangenheit entzogen hatte, die er in nichts beschönigte und um so weniger je würde verstehen können. Wenn es einen Mann im neuen Deutschland des schnellen Vergessens gab, der die Bilder nicht los wurde, die er gesehen hatte, und an der Schuld trug, die ihm sein früh ertaubtes Gewissen für alle Ewigkeit aufgeladen hatte, dann war es Emil Frowein.

Noch keinen Tag seines Lebens nach der Stunde Null, die er mit all seiner Klugheit und Bereitschaft zur Einsicht als solche empfand, hatte er sich die Schwäche und Verblendung seiner Jugend vergeben. Er hatte nur, und das wurde ihm erst bewußt, als er die Tür seines Zimmers anstarrte und auf das Klopfen wartete, seit dem Krieg nicht mehr jenseits der beruflichen Erfordernisse Kontakt zu einem jüdischen Menschen gehabt und auch nicht damit gerechnet, daß es je wieder zu einem persönlichen Gespräch kommen würde.

Selbstverständlich war Frowein, schon als eingeladener Chefredakteur und weil er es als Selbstverständlichkeit in seiner Position empfand, zur Einweihung der wiederaufgebauten Synagoge in der Freiherr-vom-Stein-Straße gewesen. Er hatte, obwohl es ihm leicht gewesen wäre, den mühelosen Weg des Delegierens an einen Reporter zu wählen, sogar den Bericht über das Ereignis selbst geschrieben, das ihn bewegt, niedergedrückt, aber erst recht dazu getrieben hatte, sich jenem Teil seiner Persönlichkeit zu stellen, dem er mit jeder Stunde der Einkehr immer weniger Abbitte leisten wollte.

Er ließ keine Veranstaltung der »Gesellschaft für christlich-jüdische Zusammenarbeit« aus, zu der Journalisten geladen wurden, räumte Berichten über die »Woche der Brüderlichkeit« größtmöglichen Platz im Blatt ein und hatte es wahrhaftig nicht nur als Chronistenpflicht empfunden, an den alljährlich stattfindenden Gedenkfeiern zum 9. November 1938 auf der Stätte der niedergebrannten Synagoge in der Friedberger Anlage teilzunehmen.

Nun, in dem Moment, der ihm die Ruhe mit einer Intensität raubte, die er sich trotz allem, was er über sich selbst wußte, nicht erklären konnte, kam er sich wie ein verängstigtes Kind vor, das nicht nach Hause findet. Zu klar erkannte er, daß die theoretischen Übungen in Reue seiner bußfertigen Seele nur eine sehr kleine Last genommen hatten. Ihn schauderte.

Frowein schenkte sich einen Kaffee aus der Thermosflasche ein und holte eine Zigarette aus der zerknüllten Packung »Lucky Strike«. Er hatte gerade festgestellt, daß seine Hände ebenso unruhig waren wie sein Kopf, als er das Klopfen hörte. Energisch befreite er sich aus dem Netz seiner Emotionen, rief sehr bestimmt: »Herein«, sprang auf, was er nicht vorgehabt hatte, sah Regina in der Tür stehen und daß sie tatsächlich sehr schwarzes Haar hatte, genau wie sein Kater, und sagte: »Ich hab Sie schon erwartet. Kommen Sie, setzen Sie sich. Ich beiße nicht. Ich seh nur so aus.«

Er stellte, durch Routine spontan erlöst von seiner Befangenheit, die üblichen Fragen nach Schule, Abitur, besonderen Neigungen und Vorstellungen von einem Beruf, zu dem er viel lieber ab- als zuriet, doch er erhielt nicht die üblichen Antworten. Regina verbarg weder ihre Ahnungslosigkeit vom Journalismus noch den Umstand, daß eher Zufall denn Neigung sie überhaupt in das Zimmer geführt hatten, in dem sie nun saß. Die rigide Erziehung der englischen Schule zu Untertreibung und einengender Bescheidenheit fiel sie mit lange nicht mehr so kompromißlos erlebter Heftigkeit an und geleitete Verstand und Zunge. Sie erzählte, belustigt und ironisch, von ihren mittelmäßigen Leistungen in der Schule, vom Deutschlehrer und dessen Aversionen gegen die Simplifizierung von schwierigen Zusammenhängen und kam, weil ihr keine weiteren Details zu ihrer geistigen Entwicklung mehr einfielen, sie aber das Gespräch im Fluß halten wollte, unvermittelt auf ihre Zeit bei Guggenheims zu sprechen. Verlegen erwähnte sie auch ihre vom Vater argwöhnisch unterdrückte Begeisterung für Malerei und Theater.

»Will er denn, daß Sie Journalistin werden?«

»Er hat nichts dagegen. Er findet es auf alle Fälle besser, als wenn ich Bilder male oder Schauspielerin werde.«

»Ach, malen Sie?«

»Aber nein.«

»Und haben Sie mal an die Schauspielerei gedacht?«

»Da wäre ich zu Hause längst rausgeflogen. Außerdem war ich mein ganzes Leben lang zu schüchtern, um auch nur ein Gedicht aufzusagen.«

»Ich hab als Vater auch zu viele unbegründete Ängste.«

»Dann müßten Sie mal meinen Vater kennenlernen«, sagte Regina.

Ihre Stimme, die Präzision vor allem, mit der sie jedes Wort artikulierte, die auffallende Härte einer Sprache, die nicht zu ihrer zurückhaltenden Art paßte und die dazu noch Erinnerungen an lang verschüttete Fröhlichkeit weckte, fielen Frowein auf. Er brauchte mehr Zeit, als er erwartet hatte, um sich einzureden, daß es nur Reginas Sprache war, die ihn beschäftigte, und fragte: »Wo kommen Sie her?«

»Aus Afrika. Ich meine«, verbesserte sie rasch, »ich habe lange dort gelebt.«

»Sind Sie denn dort geboren worden?«

»Nein. Geboren bin ich in Deutschland.«

»Wo?«

»Ach«, sagte Regina und wurde rot, »das werden Sie nicht kennen. Ich bin in ganz Frankfurt noch keinem Menschen begegnet, der diesen ulkigen Ort kennt, wenn er nicht zufällig von dort stammt.«

»Versuchen Sie's mal«, lächelte Frowein.

»Aus Leobschütz.«

»In Oberschlesien. Meine Frau ist dort geboren.«

Sie lachten beide und Regina so sehr, daß sie sich auf die Lippen beißen mußte, um nicht von Owuor zu sprechen und daß er sie als Kind mit der Weisheit verzaubert hatte, die Herzen zweier fremder Menschen würden sofort zusammenwachsen, wenn sie im selben Augenblick lachten. Sie hatte es seit Owuor oft und immer glücklos versucht, rechtzeitig die Laute plötzlichen Gelächters einzufangen. Es galt, dem Fremden sofort den Blick zu stehlen. In Froweins Gesicht entdeckte Regina jenen Ausdruck von gehetzter Bekümmertheit, den sie von ihrem Vater kannte. Ihr wurde auch bewußt, daß der Mann vor ihr Schatten in den Augen hatte und sich im Gespräch oft durch Witz und Ironie schützte und daß sie das sehr an Martin erinnerte; sie mußte ihren Gedanken verbieten, sich von ihrem Kopf loszureißen.

»Was machen Sie«, fragte Frowein, »wenn ich Sie ins Theater schicke, um eine Kritik zu schreiben, und das Theater brennt?«

Regina hetzte zum Tor des Irrgartens zurück und sah Frowein frappiert an. »Ich seh zu, daß ich raus komm und laufe nach Hause«, sagte sie.

»Und rufen nicht in der Redaktion an und berichten, daß das Theater brennt?«

»Auf die Idee wäre ich nie gekommen. Jedenfalls nicht, ehe ich meiner Familie bewiesen hätte, daß ich noch lebe.«

»Eigentlich«, sagte Frowein, »war das die Kardinalfrage, ob Sie zur Journalistin taugen.«

»Da bin ich wohl durchgefallen.«

»So ist es«, sagte Frowein. »Aber nicht als Tochter. Ich will es trotzdem mit Ihnen versuchen. Nur am besten gleich im Feuilleton. Ist das einzige Ressort einer Zeitung, in dem man Journalisten ein Herz zubilligt.«

Er bat seine Sekretärin um frischen Kaffee und eine zweite Tasse; Regina mochte ihm nicht sagen, daß ihr noch übel von der ersten bei Herrn Brandt war, und noch weniger wagte sie danach zu fragen, was er mit dem Wort »versuchen« gemeint hatte. Sie starrte den Kaffee an und sagte, sie würde ihn immer schwarz trinken, denn sie sah, daß er es auch tat, und danach hatte sie große Mühe, ihm zu erklären, weshalb ausgerechnet seine Bemerkung »Schon wieder keine Milch« sie so sehr erheiterte.

Sie nahmen, als wollten sie sich zutrinken, zur gleichen Zeit die Tassen hoch und stellten sie wieder hin. Regina dachte an ihren Bruder und an ein Spiel, das er lange Zeit sehr geliebt hatte. Wer den ersten Tropfen verschüttete, hatte verloren. Frowein dachte an ein schwarzhaariges Mädchen mit erhobenen Händen und toten Augen, das er einmal in Holland gesehen hatte. Eine Minute nur, eine Ewigkeit lang. Er räusperte sich und erklärte: »Ich möchte Ihnen noch was sagen.«

»Ja?« fragte Regina.

Sie witterte, als sie ihn anschaute und eine Blässe entdeckte, die ihr vorher nicht aufgefallen war, und auch alarmiert durch seinen ernsten, auch feierlichen Ton, daß sie nun ähnlich Peinigendes erleben würde wie bei Uwe Brandt. Sie betäubte ihre Sinne, doch ihr Herz schlug so heftig, daß sie sich bei der alten kindlichen Frage erwischte, ob schon ein zu lautes Herz einen Menschen verraten würde, doch sie konnte ihre Augen besiegen.

»Ich war Nazi.«

Regina war so sicher, daß sie zu früh Beute ihrer Ängste geworden war, daß sie tatsächlich wieder zum Kind wurde. Sie preßte ihre Lippen aufeinander, bis sie den Schmerz fühlte, denn sie wußte, daß ein Mensch auf kopfloser Flucht zuallererst den Mund verschließen mußte, wenn er schon töricht genug gewesen war, sich von seinen Ohren narren zu lassen.

Sie sah Emil Frowein ruhig an, fixierte die weißen Stellen an seinen Schläfen, die Zähne in seinem geöffneten Mund, den Knoten seiner grauen Krawatte, den Rauch seiner Zigarette, der in winzigen Wolken zu den hellen Vorhängen drängte. Ihre Angst hatte keine Echo gefunden.

»Warum haben Sie das gesagt?« fragte Regina leise.

»Weil Sie es doch erfahren hätten. Jeder in dieser Redaktion wird darauf warten, gerade Ihnen die schöne Geschichte zu erzählen. Ich will es selbst tun.«

»Erzählen Sie.«

Er gebrauchte Worte und Begriffe, die Regina noch nie gehört hatte, sprach von Schreibtischsündern, Konjunkturrittern und den deutschen Frontzeitungen, die er in besetzten Ländern mit der Ideologie getränkt hatte, die es ihm für alle Zeiten verwehrte, ohne Scham in den Spiegel zu sehen. Er war sein Ankläger und Richter, redete von der Dummheit der Klugen, vom Ehrgeiz und von der Verblendung des jungen Mannes, der er einst gewesen war, von der Verzweiflung des frühen Wissens und der noch größeren, der zu späten Einsicht.

Regina ließ es nicht zu, daß seine Worte ihr Herz täuschten. Frowein gefiel ihr. Sie dachte an die Sekunde des gemeinsamen Lachens, spürte seine Aufrichtigkeit, bewunderte seinen Mut und wußte genug.

»Sie sind der erste Nazi, den ich je getroffen habe«, sagte sie lächelnd. »Jedenfalls der erste, der es zugibt. Sonst begegnen mir immer nur Leute, die Juden gerettet und guten Morgen statt Heil Hitler gesagt haben. Mein Vater wird staunen, wenn ich ihm das heute abend erzähle. Wir suchen zu Hause schon seit Jahren einen echten Nazi.«

»Was wird er seiner Tochter sagen?«

»Ach«, erzählte Regina, »mein Vater ist wie Sie. Durch und

durch ehrlich. Er sagt immer, vielleicht wäre er auch Nazi gewesen, wenn Hitler ihn gelassen hätte.«

»Ein bemerkenswerter Vater«, sagte Emil Frowein, »mich wundert nicht, daß er auch eine bemerkenswerte Tochter hat.«

Regina hörte das Telefon auf dem Schreibtisch nicht läuten, sah keine Bewegung. So merkte sie zunächst auch nicht, daß der seltsame, der redliche Wolf, der seinen Pelz nicht hatte wechseln wollen, nicht mehr mit ihr sprach. Doch dann wurde seine Stimme donnernd und verschluckte seinen Atem, und zum zweitenmal an diesem Tag konnte sie keines der Worte verstehen, die ihre Ohren peitschten.

Aufgeregt schrie Frowein in den Hörer: »Doch nicht der Schlachanska aus Frankfurt? Sag bloß, die haben unseren guten Schlachanska verhaftet.«

14

Der kleine silberne Mercedes, nach dem Regina am Tag zuvor eine Stunde lang in jeder Ecke der Wohnung gesucht hatte, um die Tränen ihres Bruders zu stillen, der jede Hoffnung aufgegeben hatte, sein Lieblingsspielzeug je wiederzusehen, lag auf dem kleinen Rasenstück zwischen dem runden Rosenbeet und dem Fliederbaum. Erleichtert schloß sie das schwarze Eisentor zum Vorgarten auf. Als sie sich lächelnd nach dem Auto bückte und an das glückliche Gesicht dachte, das sie in wenigen Minuten begrüßen würde, befreiten sich ihre Sinne endgültig von der Verwirrung des zehrenden Tages.

Sie ließ genug Luft in Brust und Kopf, um allein schon an der bewußten Bewegung ihres Körpers zu genesen, und roch so lange an dem von der Nachmittagssonne erwärmten Flieder, bis ihre Nase nichts mehr von der betäubenden Süße halten konnte. Erst in diesem Moment der endgültigen Erlösung erreichte sie die Botschaft, daß sie unverwundet, stolz und vor allem so glücklich nach Hause zurückkehrte, wie seit Jahren nicht mehr.

Weil Regina vom Rausch der Befreiung noch trinken wollte, ehe sie ihn mit ihren Eltern teilen mußte, setzte sie sich mit dem Blick auf die hellen Mauern des Hauses und ohne den Lärm von der Straße auch nur zu hören unter den Fliederbaum. Sie zog ihre Schuhe aus, stemmte ihre Füße in den feuchten Boden, rieb ihren Rücken an dem dünnen, kräftigen Baumstamm und schloß die Augen.

Sehr deutlich sah sie sich wieder im Zimmer des Verlegers

sitzen, beobachtete pedantisch, wie er die Vase von einer Seite des Schreibtischs zur anderen rückte, und hörte ihn von dem Vertreter mit den zu hohen Preisen für Zeitungspapier reden. Mit dem Behagen der Siegerin, die sie bisher nie in ihrem Leben gewesen war, genoß sie noch einmal ihren wütenden Ausbruch aus der Welt des langen Schweigens und danach jene kostbaren Einheiten einer neuen Zeit, als sie mutig und zungenstark geworden war.

Später, in der sanft wärmenden Schwebe zwischen Zufriedenheit und beginnender Schläfrigkeit, sah sie in scharfem Umriß Emil Froweins Zimmer mit den hellen Gardinen und den dünnen Rauchschwaden seiner Zigarette, und schließlich sah sie auch die grauen Augen, die ihre Schatten nicht mehr hatten halten können, als sie Reginas Blick begegnet waren. Sie hob wieder, diesmal belebt von der List und der Lust des Wissens, ihre Tasse hoch und wartete auf das Lachen, von dem er nicht ahnte, was es verkündete. Sie aber wußte, als sie den Duft des Flieders zum letztenmal in ihre Nase ließ, daß ihr Herz sehr lange zögern würde, von dieser Safari zurückzukehren.

Träge überlegte Regina, was von all dem sie ihrem Vater erzählen könnte und vor allem wie, ohne ihn zu ängstigen und sich selbst nicht den Geschmack von Freude und Stolz zu nehmen, doch sie schaute zu den Fenstern des dritten Stocks, ehe sie genügend Zeit gehabt hatte, die letzten Bilder und Worte zum Panorama des Begreifbaren zu sortieren. Max stand auf dem Balkon, rüttelte an den Stäben und rief aufgeregt ihren Namen.

»Ein dicker Mann mit einem großen Auto sitzt im Gefängnis. Aber ich sag dir nicht, wer das ist. Das darf ich nicht. Vati sagt, das ist Anwaltsgeheimnis«, schrie er in den Garten herunter.

Regina sprang auf, nahm die Schuhe in die Hand, hetzte die Treppe hoch, bemerkte, daß ihr Vater den Hut aufhatte, und fragte so atemlos wie vorwurfsvoll: »Was soll der Quatsch?«

»Darfst nicht erschrecken, Regina. Schlachanska ist verhaftet worden!«

»Ich weiß. Aber warum mußtest du das ausgerechnet einem siebenjährigen Jungen erzählen?«

»Er war da, als der Anruf kam. Ich hab vor Schreck alles laut wiederholt, und wenn ich etwas in meinem Leben bedauere, dann das. Mach du ihm klar, daß er nicht davon reden soll. Jeanne-Louise soll's nicht erfahren.«

»Wo ist Mama?«

»Bei Frau Schlachanska. Du kannst dir gar nicht vorstellen, was hier seit dem Anruf aus Schlachanskas Büro los war. Ich muß auch gleich noch mal weg. Wir wollen versuchen, ihn wenigstens für haftunfähig erklären zu lassen. Dann muß er nicht ins Gefängnis und kann im Krankenhaus liegen. Woher weißt du's denn schon?«

»Ich hab's in Offenbach erfahren. In der Redaktion«, sagte Regina. Als ihr bewußt wurde, daß sie das Wort mit dem Stolz eines Kindes betont hatte, das nur sich selbst wahrnimmt, strich sie sich bekümmert das Haar von der Stirn.

»Tut mir leid, Regina. Ich bin ein schlechter Vater. Hat's geklappt?«

»Ja, Bwana«, sagte Regina und lachte ihre Scham fort. Sie umarmte Walter so lange, bis sein keuchender Atem ihre Ohren versiegelte. »Du bist ein guter Vater«, sagte sie, »nur gute Väter haben feuchte Augen, wenn sich ihre Töchter freuen.«

»Einen Moment hab ich noch Zeit«, sagte Walter. »Rauch noch eine Zigarette mit mir, Regina.«

»Du rauchst doch nicht mehr.«

»Nur wenn Mutti dabei ist, raucht er nicht«, jubelte Max, »Anwaltsgeheimnis. Im Büro raucht er immer. Ich weiß es schon lange.«

»Ich leider auch«, seufzte Regina, »du hast nie viel Glück mit Lügen gehabt. Genau wie ich.«

Sie saßen im Wintergarten mit den gelbgestrichenen Wänden, die in der Abendsonne wie die Maisfelder am Rande des Waldes leuchteten. Die schuppige, schwarz-weiße Schlangenhaut wölbte sich über dem Sofa, ein großer Speer glänzte rotbraun hinter den weißen Korbsesseln, und auf dem Regal aus Kunststoff erklärten die kleinen Massaikrieger aus dunklem Holz zwischen den grasenden Elefanten und hellen hölzernen Gnus einander ihren ewigen Krieg. Eine gelbe Gummi-Ente war nach Afrika geschwommen und saß neben einem Büffel mit nur noch einem Horn. Max rieb seinen silbernen Mercedes mit dem Zipfel seines blau-weiß karierten Hemdes ab und ließ ihn um den Aschenbecher sausen. Der Tabak roch schwer und süß; in den kleinen rosa Schnapsgläsern aus Leobschütz spiegelten sich die letzten Tropfen tiefroten Brombeerlikörs.

Regina ließ die Spitze ihrer Zunge ins Glas gleiten, und sie ließ es in Erinnerung an die Freuden der eigenen Kindheit zu, daß ihr Bruder es auch tat. Sie war zu müde, um sich zu entscheiden, ob sie immer noch zufrieden oder bereits schon in den Klauen der Erregung war, die mit Schlachanskas Verhaftung zu tun hatte.

Mit Wehmut erkannte sie, daß sie seit Walters Krankheit zu selten Gelegenheit hatte, mit ihm vom Zauber des Einverständnisses zu kosten, der beide so fest aneinander kettete. Als sie von ihrem Besuch in Offenbach erzählte, war sie schon nicht mehr die Chronistin, die sie hatte sein wollen. Zu unerwartet bohrten in ihr der alte Schmerz und die immerjunge Sehnsucht nach den gestorbenen Tagen, als es genug gewesen war, die Stunden wie Sand durch die Finger rieseln zu lassen und nur die Ohren zu öffnen. Entschlossen, weil sie dabei war, den Aufbruch zu versäumen, kehrte sie zurück in die Gegenwart.

Ihre Stimme war so gut eingeölt mit Bedacht und Vorsicht wie in dunkler Nacht der Körper eines nackten Diebes mit Öl, als sie von Emil Frowein berichtete und wie sie ihn sofort sympathisch gefunden hatte. Es gelang ihr tatsächlich, ohne Anstrengung und sogar mit Freude das Wort »sympathisch« so auszusprechen, als sei es das einzige, das ihr eingefallen war.

»Er will doch nicht etwa ein Verhältnis mit dir anfangen?«

»Wie ist das mit Schlachanska passiert?« erwiderte Regina.

»Du darfst den Namen nicht laut sagen«, mahnte Max. »Keiner darf das. Nur der Vati und ich.«

»Es mußte mal passieren. So ganz durchschau ich die Sache immer noch nicht. Er hat offenbar die Gelder, die seine Klienten als Wiedergutmachung bekommen und die sie nur hier ausgeben dürfen, ins Ausland verschieben helfen. Man nennt das Devisenvergehen. Ich muß dir das mal in Ruhe erklären.«

»Und du?« fragte Regina erschrocken. »Du bist doch auch dagegen, daß die Juden aus dem Ausland erst nach Deutschland reisen müssen, um an ihr Geld zu kommen.«

»Das bin ich. Ich bin dagegen, daß Menschen nur wegen Geldern, die ihnen zustehen, gezwungen werden, hierher zu kommen. Ich finde es unmoralisch, daß man ihnen sagt, wenn ihr unser Geld wollt, dann müßt ihr vergessen, was wir euch angetan haben. Schlachanska hat sich wenigstens dagegen gewehrt.«

»Machst du auch so was?« bohrte Regina.

»Nein. Du weißt doch, daß dein Vater ein Trottel ist. Ein ehrlicher, preußischer Nebbich mit einer Rechtsauffassung und Gesetzestreue, über die Schlachanska gelacht hat.«

»Und was bedeutet das?«

»Daß ich im alten Opel herumkutschiere, deiner Mutter nicht genug Hüte und mir keine neuen Schuhe gönne. Ich wollte gut schlafen und daß meine Kinder mich nicht in der Hammelsgasse besuchen müssen.«

»In der Hammelsgasse ist das Untersuchungsgefängnis«, sagte Max, »darf Jeanne-Louise jetzt dort hin?«

»Red du mal mit deinem schlauen Herrn Bruder und bring ihn zum Schweigen«, lachte Walter und stand auf. Er nahm seinen

Hut vom Tisch, gab seinem Sohn einen Klaps auf die Schulter, seiner Tochter einen Kuß und stand bereits an der Wohnungstür, als er sich umdrehte. Regina kannte die Bewegung genau. Auch seine Stimme konnte sie nicht täuschen. Sie hatte schon seit fünf Minuten gemerkt, daß seine Kehle zu prall und seine Augen unruhig geworden waren.

»Ach Regina«, sagte Walter, »ich hab noch eine kleine Bitte an dich. Ich war um acht mit einem Mandanten im Hotel National verabredet und glaub nicht, daß ich's schaffe, pünktlich dort zu sein. Ich weiß, du hast Angst vor Fremden, aber gib dir mal einen Ruck. Ich will nicht, daß gerade dieser Mann den Abend in Frankfurt allein verbringen muß.«

»So viele Worte für eine kleine Bitte? Was ist los mit dir?«

»Ich kenn dich. Dieser Mandant wird dich aber bestimmt interessieren. Frag einfach an der Rezeption nach Otto Frank aus Basel und sag ihm, daß du meine kluge Tochter bist, große Memsahib des gedruckten Wortes. Er ist übrigens der Vater von Anne Frank. Ich hab ihm schon Bescheid gesagt. Er erwartet dich.«

Obwohl Regina sehr früh und danach immer wieder den Spuren Anne Franks nachgegangen war, hatte sie sich doch nie klargemacht, daß das Schicksal es dem Vater auferlegt hatte weiterzuleben. Noch während sie in der düsteren Hotelhalle auf Otto Frank wartete und verstimmt grübelte, weil es Walters mitteilsamer Art nicht entsprach, weshalb er ihr nie erzählt hatte, daß er ihn kannte, konnte sie sich eine Begegnung mit dem Vater des ermordeten Mädchens nicht vorstellen.

Sie starrte die vergilbte Tapete an und malte sich bedrückt einen alten, gezeichneten Mann mit gebeugtem Rücken und Stock, einer gebrochenen Stimme und zitternden Händen aus. Sie war sicher, daß ihr noch nicht einmal ein verbindliches Wort zur Begrüßung einfallen und daß es ihm ebenso ergehen würde, wiederholte einige Male beschwörend den Namen, war verängstigt und erschöpft von ihren Phantasien.

Otto Frank war groß, schlank und weißhaarig, auf unauffällige Weise elegant und sah jünger aus, als er war. Er trug eine helle Jacke, die die Freundlichkeit seines schmalen, leicht gebräunten Gesichts betonte. Er hatte auffallend gerade Schultern und einen schnellen und festen Schritt, als er auf Regina zukam. Auch sein Händedruck war fest. Er lächelte und sagte: »Sie müssen sich nicht genieren, wenn Sie mich erschrocken anstarren. Das bin ich gewohnt. Die meisten Leute tun es. Sie halten mich für ein Gespenst. Ich finde es großartig, daß mir mein Anwalt seine zauberhafte Tochter schickt.«

»Ich dachte, Sie würden böse sein«, erwiderte Regina und merkte erleichtert, daß ihr doch noch das Wenige eingefallen war, das sie verbissen in der Straßenbahn zum Hauptbahnhof geprobt hatte. »Sie wollten doch sicherlich etwas mit meinem Vater besprechen«, fuhr sie, ermutigt von ihrer unvermuteten Courage, fort, »er kommt nach. Das soll ich Ihnen sagen.«

»In meiner Sache läuft alles glatt. Ihr Vater ist ja ein großartiger Anwalt. Ich wollte eigentlich nur den Mann kennenlernen, der mir noch keinen einzigen Brief ohne einen sehr persönlichen Gruß geschrieben hat. Muß ein Menschenfreund sein, Ihr Vater.«

»Ist er«, bestätigte Regina und fragte sich, wie sie sich nur vor der Begegnung mit Otto Frank hatte fürchten können. Sie war nahe daran, ihm von ihrer Verwirrung zu erzählen und hatte auch keine Mühe mehr, die richtigen Worte zu finden, doch er sprach bereits wieder. Seine Stimme gefiel ihr. Sie war sanft wie sein Blick und doch fest wie sein Händedruck.

»Sie kommen mir gerade recht«, fand er. »Ich eß nicht gern allein, und wenn ich etwas von Damen Ihres Alters versteh, dann haben sie um diese Zeit meistens Hunger.«

»Stimmt. Ich könnt einen Ochsen fressen. Ich glaub, man sagt das hier so in Frankfurt.«

»Tut man«, bestätigte Otto Frank, »ich hab lange genug hier gelebt.«

Sie saßen in einer kleinen Nische des großen, hell erleuchteten Restaurants, in dem es mehr Kellner als Gäste gab. Er bestellte Eier mit Grüner Sauce und erklärte mit einer kleinen Grimasse, als habe er sich lächerlich gemacht und müsse sich entschuldigen, es sei leider auch sein Magen, der Frankfurt nie habe vergessen können.

Der letzte Hauch von Unsicherheit fiel von Regina ab, ehe noch die Eier in einem Bett von Kresse und die silberne Sauciere auf den Tisch kamen. Otto Frank erzählte von Basel und daß er sich nur sehr allmählich an den Dialekt gewöhnen könnte, von seiner zweiten Frau, die er bald nach der Befreiung aus Auschwitz kennengelernt hatte, und berichtete von den Reisen, die er nicht liebte, aber nicht vermeiden konnte, weil er vor allem die jungen Menschen, die ihn kennenlernen wollten, nicht enttäuschen mochte. Er sprach viel von Amsterdam und herzlich von seinen Freunden dort, doch sehr plötzlich, als hätte er sich zu unpassender Ausführlichkeit hinreißen lassen, bat er Regina, von sich zu erzählen.

Sie berichtete von der Rückkehr nach Deutschland, von Hunger, langer Wohnungssuche und dem eigenen Haus, wunderte sich, wie genau er die Rothschildallee kannte und wie oft er in seinem Leben dort gewesen war, sprach kurz von ihrer Schulzeit und länger, als sie höflich fand, von ihren beruflichen Plänen. So kam sie auf ihren Besuch in Offenbach. Selbst die Geschichte mit dem Vertreter des Verlegers ließ sie nicht aus. Sie konnte nun ohne Beklemmung und sogar sehr ironisch von der Begebenheit erzählen; er empfand sie als ebenso skurril wie sie, aber »leider sehr typisch«. Als Otto Frank das erstemal lachte, sah Regina ihn einen zu langen Moment und mit zu weit aufgerissenen Augen an.

Er merkte es und lachte zum zweiten Mal: »Alle denken«, sagte er, »ich könnte nicht mehr lachen. Vielleicht finden die Leute, daß ich das auch nicht mehr darf. Als hätte ich kein Recht mehr zu leben. Heute fällt mir übrigens das Lachen leicht.«

»Warum?« fragte Regina.

»Schauen Sie doch mal in den Spiegel.«

Sie legte das Besteck sofort, aber ohne sich an ihrer Ratlosigkeit zu stören, auf den Teller, holte den kleinen Spiegel aus der Handtasche, in der noch immer das zusammengefaltete Abiturzeugnis lag, hielt ihn hoch und den Kopf ein wenig schief – wie zu Hause der Wellensittich, wenn er mit dem Schnabel gegen die funkelnde Scheibe in seinem Käfig hackte.

Regina blickte in ihr von dunklem Haar umrahmtes Gesicht mit den hohen Backenknochen, der scharf geschnittenen Nase und den schmalen Mund, sah ihre blasse Haut und Augen, die von frühem Wissen gezeichnet und nie ohne einen Schleier von Trauer waren, und sie wußte Bescheid. Seit sie zum erstenmal Annes Tagebuch gelesen und ihr Bild gesehen hatte, hatte sie empfunden, was Annes Vater ihr soeben bestätigt hatte.

»Nicht wahr«, fragte sie leise, »sie hat mir ähnlich gesehen?«

»Ja. Sehr. Ich bin noch nie jemandem begegnet, der mich so stark an Anne erinnert wie Sie.«

»Das tut mir leid«, murmelte Regina, »das wollte ich nicht. Ich meine, das muß schlimm für Sie sein. So auf einmal.«

»Nein. Ich will ja nicht vergessen. Ich will mir vorstellen, wie sie ausgesehen hätte, wenn sie hätte leben dürfen. Das ist so schwer. Für mich bleibt Anne ewig Kind. Wir hatten keine Zeit mehr zum Abschiednehmen. Da entgleiten Gesichter. Man kann sich nicht gegen die Zeit wehren.«

Regina dachte an die Abschiede, die hinter ihr lagen, doch dieses eine Mal waren die Krallen der Trauer gestutzt zur Sanftheit des dankbaren Staunens, und sie begriff, welche Gnade ihr widerfahren war. Ihr war bei jedem Abschied der lange Blick gewährt worden. Sie kannte jeden Zug des Gesichts, das sie nicht vergessen wollte, brauchte nur die Augen zu schließen, um Owuor zu sehen, mußte nur die Ohren öffnen, um ihn lachen zu hören. Sein Gelächter prallte als gewaltiger Donner vom schneebedeckten Berg zurück, wann immer sie danach rief.

»Was haben Sie empfunden, als Sie Annes Tagebuch gelesen haben?«

Sie konnte nicht mehr rechtzeitig aus Ol' Joro Orok zurückkehren, um ihre Zunge zu zähmen, ihren Kopf zur Vorsicht zu ermahnen. »Mir hat es leid getan, daß ich so wenig von Ihrer anderen Tochter erfahren habe. Ich meine«, sagte Regina, entsetzt, als sie sich sprechen hörte, »sie war doch auch Ihr Kind.«

Sie hatte nicht damit gerechnet, daß Otto Frank so spontan reagieren und so schnell aufstehen würde; sie wollte ihm sagen, daß sie ihn nicht hatte kränken, nicht hatte verwunden wollen, daß sie, als sie Annes Tagebuch gelesen hatte, selbst noch ein unwissendes, neugieriges Kind gewesen war. Keines der klärenden Worte, die in ihr tobten, konnte sie laut genug aussprechen. Otto Frank schob seinen Stuhl zurück und ging rasch um den kleinen Tisch herum, stand hinter Regina, beugte sich herunter. Dann drückte er sie an sich und gab ihr einen Kuß. Sie fühlte, als ihr die Tränen kamen, auch die seinen.

»Danke, Regina«, flüsterte er, »daß du das gesagt hast. Wie lange habe ich darauf gewartet, das ein einziges Mal zu hören. Ich leide sehr, daß alle Welt von Anne und kein Mensch je von Margot spricht. Sie war ein wunderbares Mädchen. So großzügig, so verständnisvoll und so bescheiden. Ich hab sie in der ganzen Zeit nie klagen hören. Wir haben uns so wunderbar verstanden. Sie war ganz Vaters Tochter.«

Er erzählte, als er wieder saß, mit der Besessenheit eines Menschen, der zu lange den Fluß seiner Erinnerungen aufgehalten hat, von seiner anderen, der älteren, vergessenen Tochter, von der er nur noch mit den wenigen Menschen sprechen durfte, die seine beiden Kinder gekannt hatten. Er führte Regina in jeden Winkel des Amsterdamer Hinterhauses, in dem das geschehen war, was die Menschen zu wissen glaubten, und er sprach mit einer Ruhe, als würde die Zeit einem Vater den Trost des Verstehens gewähren.

Auch sie war ruhig. Manchmal war ihr, als hätte ihr Herz aufgehört zu schlagen. Dann schloß sie die Augen, doch es drängte sie immer weiter zu den Spuren, die frisch wurden wie der Abdruck eines nackten Fußes im Lehm. Sie genierte sich nur zu Beginn des Gesprächs ihrer Fragen, empfand sie bald nicht mehr als Neugierde, die sie so verachtete, denn sie begriff, daß Otto Frank sie erwartete und hören wollte.

Regina merkte erst da, daß er sie duzte, und in einem Moment aufsteigender Furcht glaubte sie gar, er würde, wie sie es auch tat, wenn sie ihren Kopf nicht in der Gegenwart halten konnte, die Zeiten und Gesichter verwechseln. Mit all ihrer Kraft zum Mitleiden wünschte sie ihm auch den kurzen, barmherzigen Traum der gelungenen Flucht, doch er schaute sie an und sagte: »Ich habe seit Jahren auf diesen Abend gewartet. Ich werde ihn nie vergessen.«

»Sagen Sie bloß, meine zurückhaltende Tochter hat tatsächlich mal den Mund aufbekommen und einen fremden Menschen gut unterhalten?« fragte Walter.

Sie hatten ihn beide nicht an den Tisch kommen sehen, und sie bewegten zu gleicher Zeit den Kopf, als sei eine Tür aufgegangen und ein unerwarteter Lufthauch hätte sie gestreift.

»Das hat sie«, sagte Otto Frank, »Väter wissen nie genug über ihre Töchter. Ich wette, Sie haben noch nie bemerkt, daß Regina eine glänzende Zuhörerin ist.«

»Doch«, verteidigte sich Walter. »Sie hat schon als Sechsjährige ihre Ohren weit aufgesperrt. Das lernen die Kinder sehr früh in Afrika.«

Er sah erschöpft aus, grau im Gesicht, zu dünn und die Schultern zu schwer beladen, doch seine Augen hellten sich auf, als er nach der Speisekarte griff; er bestellte auch Eier mit Grüner

Sauce, sagte, die sei das einzig Gute an der Frankfurter Küche, und entschuldigte sich, daß er seinen Gast so lange hatte warten lassen.

»Ich mußte noch«, sagte Walter und traf mit der Übung von langen Jahren genau die Spitze von Reginas Schuh unter dem Tisch, »einen Mandanten für haftunfähig erklären lassen.«

»Und wo ist er jetzt?«

»Im Krankenhaus. Ich besuch meine Leute viel lieber im Krankenhaus als im Gefängnis.«

»Ich hatte schon aus Ihren Briefen den Eindruck, daß Sie ein netter Mensch sind. Wußtest du, Regina, daß dein Vater mir so genau über Eure Zeit in Afrika geschrieben hat?«

»Ach«, sagte Regina.

»Sehen Sie«, lachte Walter, »kaum taucht ihr Vater auf, überläßt sie ihm das Reden.«

Befreit von Jettels wachsamem Auge und übermütig wie ein Kind, das sich schon im Augenblick der Tat vor Strafe sicher weiß, bestellte er eine Flasche Mosel. Er ließ sich noch einmal Eier und Grüne Sauce bringen, trank so rasch, wie er redete, und genoß es wie sonst nie, von seiner Emigrationszeit zu erzählen, wobei er aus einer Fülle von Erlebnissen schöpfte, von denen Regina nicht geahnt hatte, daß sie überhaupt noch in seinem Kopf waren. An diesem Abend des Erinnerns berichtete Walter nur von der Heiterkeit und der Schönheit Afrikas und das mit solcher Freude und manchmal gar mit einem Verlangen, das ihn gelegentlich zu den sanften, dunklen Suaheli-Lauten trieb, die in dem leeren Restaurant lange kreisten, ehe sie verklangen.

»Sind Sie denn hier in Deutschland glücklich geworden?« fragte Otto Frank.

»Sehr glücklich, aber nicht happy. Falls Sie den alten Emigrantenwitz kennen.«

»Kenn ich. Nur andersherum.«

»Ich hab ihn früher auch nur andersherum gekannt«, sagte

Walter und trank das dritte Glas leer. Sein Gesicht war rot, die Augen voller Lust.

»Wenn du weiter so trinkst«, mahnte Regina und stahl Jettels Stimme, »dann haust du morgen deinen Mandanten die Akten auf den Kopf.«

»Nicht die Akten und nicht die Mandanten. Der Kopf ist auch falsch«, zählte Walter auf. »Meine Tochter hat wieder mal keine Ahnung. Wissen Sie, Herr Frank, weshalb ich Ihre Ansprüche so schnell durchgebracht habe? Ich hatte das Glück an einen besonders antisemitischen Richter zu geraten.«

»Und wo ist da das Glück?«

»Der hat mit einem Finger in der Nase gebohrt und mit dem anderen in meinem Schriftsatz herumgestochert, wie es die Herren tun, die sich noch nicht trauen zu sagen, was sie schon immer gedacht haben. Dann hat aber dieser Bursche doch gesagt, daß er noch mehr Zeugenaussagen haben wollte, um die ganze Geschichte belegen zu können. Er hat tatsächlich die ganze Geschichte gesagt. Am nächsten Tag hab ich ihm Annes Tagebuch auf den Tisch geknallt und ihm gesagt, er solle sich bei mir melden, wenn er noch Fragen hätte. Er hatte keine.«

»Danke«, sagte Otto Frank, »daß Sie geknallt haben. Und danke auch für Regina.«

Es war fast Mitternacht, als sie das Hotel verließen. Die Straße war leer. Ein alter Mann schlief, in seinen Mantel eingehüllt, auf einer Bank.

»Der hat's gut«, sagte Walter.

Regina mußte ihm erst ausreden, noch mit ihr in eine Bar zu gehen, und dann hatte sie noch größere Mühe, ihn davon abzuhalten, in das Hotel zurückzulaufen, Jettel anzurufen und sie zu fragen, ob er ihr eine Flasche Wein mitbringen solle. Walter gelang es erst beim dritten Versuch, den Wagen anzulassen. Beim Rückstoßen streifte er eine Laterne und nannte

Regina, als sie aufschrie, eine hysterische Ziege. Sie schwieg und beschimpfte ihn erst vor dem Haus als Rabenvater, der seine Kinder zu Waisen mache.

»Halbwaisen«, korrigierte Walter. Er war auch wieder nüchtern genug, um zu sagen: »Erzähl nichts deiner Mutter.«

»Sie wird auch so merken, daß du getrunken hast. Falls sie noch wach ist.«

»Ich rede nicht vom Wein, du blöde Gans. Ich meine den Richter. Deine Mutter ist so schadenfroh. Sie kann sich so schrecklich freuen, wenn auch mir manchmal die Augen aufgehen.«

15

Gekrümmt und mit verzerrtem, fahlen Gesicht schwankte Walter durch den verlassenen Garten. Er schleppte sich stöhnend zu einer Bank, ließ seinen schmerzschweren Körper nach vorn und seinen Kopf auf die Arme fallen. Es war drei Uhr nachts und genau drei Monate vor seinem fünfzigsten Geburtstag.

»Jetzt erleb ich ihn doch nicht mehr«, klagte er leise, setzte sich aber doch wieder aufrecht hin. »Hoffentlich haben Sie noch kein Geschenk gekauft.«

»Quatschen Sie nicht so dämlich«, sagte Fafflok, ruhig und überzeugend, »wir haben es nicht mehr weit.«

Er war nach Jettels aufgeregtem, kaum verständlichen Anruf in die Rothschildallee gerast und danach sofort mit Walter, der es abgelehnt hatte, Doktor Goldschmidt mitten in der Nacht wegen eines Zustands zu belästigen, den er höhnisch als Bauchschmerzen abtat, in die Universitätsklinik gefahren. An der Notaufnahme war Faffloks ausgleichendes Naturell noch mehr gefordert worden.

Walter hatte, mit plötzlich erstarkter Stimme, einen erschrockenen jungen Arzt mit kleinem Bart einen vertrottelten Ziegenbock genannt, weil er von einem Bruch gesprochen und versucht hatte, den Patienten in einen Rollstuhl zu drängen. Wütend hatte Walter gebrüllt: »Nicht mit mir!« Und darauf bestanden, den Weg zur Chirurgie allein zu gehen.

»Keine drei Minuten mehr«, ermutigte Fafflok, »wenn der Ziegenbock recht hatte. Helden wie Sie brauchen bestimmt noch nicht mal so lange.« Als er die schwere Tür in dem alten Gebäude zur Chirurgie aufstieß, konnte auch er nur mühsam atmen. Er mußte Walter stützen.

Der Arzt, alt und gut rasiert genug, um Walter als kompetent zu erscheinen, diagnostizierte einen eingeklemmten Leistenbruch. Allerdings vermerkte er auf dem Krankenblatt eine Verwirrung der Sinne, die ihm selbst bei Berücksichtigung der starken Schmerzen des Patienten atypisch erschien. Walter hatte die gebotene Notwendigkeit der sofortigen Operation mit der Bemerkung zur Kenntnis genommen: »Sir, ich sage Ihnen gleich, daß ich in der Narkose Deutsch sprechen werde.«

»Selbstverständlich tun Sie das«, begütigte der Arzt, »falls Sie überhaupt bei der Effizienz unserer modernen Narkosen zum Sprechen kommen.«

»Selbstverständlich ist das nicht«, belehrte ihn Walter in der entspannenden Pause zwischen zwei Krampfanfällen, »als ich Schwarzwasserfieber hatte, hat man mir meine Muttersprache verdammt übelgenommen.«

»Schwarzwasserfieber? Wo war denn das?«

»In Nakuru. Im Nakuru Military Hospital. Sergeant Redlich, wir befinden uns im Krieg mit Deutschland. Vergessen Sie das nicht.«

»Herr Doktor Redlich war in der Emigration in Afrika«, erläuterte Fafflok. »In Kenia.«

Als er auf die Trage gelegt wurde, bat Walter, noch fünf Minuten allein mit Fafflok sprechen zu dürfen.

»Eigentlich nicht«, murmelte der Chirurg im Hinausgehen.

»Kümmern Sie sich um meine Jettel«, sagte Walter in dem weißgekachelten Raum und holte seine Arme energisch unter dem dicken Laken hervor, »wenn ich nicht zurückkomme. Sie ist so lebensuntüchtig und weiß es noch nicht mal. Man muß für sie sorgen. Regina ist noch nicht soweit.«

»Mann, eine Bruchoperation ist doch heute keine große Angelegenheit mehr.«

»Nicht, wenn einer ein schwaches Herz hat. Nicht, wenn er sterben will.«

»So was sagt man nicht.«

»In Afrika schon. Da sagt man na taka kufua und wird vor die Hütte gelegt. Und dann holen einen die Hyänen. Wunderbar praktisch für die Hinterbliebenen.«

»Wir sind in Deutschland. Da heißt es kein Preis ohne Fleiß«, sagte Fafflok. »Selbst den Tod müssen wir uns hart verdienen. Das hab ich im Krieg gelernt. Und übrigens hab ich Ihr Geburtstagsgeschenk schon gekauft.«

Er überlegte, als er eilig durch den Garten zurück in den Tag ging, ob Walter ihn noch gehört hatte. Es verlangte ihn so sehr danach, daß er sich naiv und frevelhaft vorkam. Er vergegenwärtigte sich, belustigt und doch noch nicht befreit von Walters heraufbeschworenen Gespenstern, daß er wahrhaftig ein Mensch war, der sich nicht leicht ängstigen ließ und der eine Bruchoperation schon zu Zeiten gut überstanden hatte, da sie noch nicht als ärztliche Routine gegolten hatte. Zu seiner Verblüffung hörte er sich laut sprechen.

Als er auf der Straße einen streunenden Hund sah und sofort an eine Hyäne dachte, obwohl er doch nur Bilder von Hyänen kannte und auch das sehr lange her war, lächelte er und schüttelte den Kopf. Er fuhr dennoch so schnell und unkonzentriert über die Friedensbrücke, um Jettel ins Krankenhaus zu holen, daß er seine Phantasie noch vor seinem Tempo mäßigen mußte.

Die Operation verlief ohne Komplikationen. Am Tag danach hatte Walter Durst und beschimpfte die Schwester, weil sie ihn nicht trinken ließ, als »Mutschinga mingi«, was jedes Kind auf der Farm als Dummkopf gedeutet hätte, sie aber tolerant als jiddischen Ausdruck wertete. Am zweiten Tag hatte er Hunger und fluchte so ordinär – auf deutsch! – daß das Pflegepersonal betreten aus dem Krankenzimmer schlich; am dritten Tag langweilte er sich und nörgelte so lange mit Jettel und Regina, weil sie vergessen hatten, ihm die Zeitung zu bringen, bis beide in Tränen ausbrachen.

Am vierten Tag ließ sich Walter trotz Protest des Oberarztes und Jettels Drohungen, ihn nie wieder zu besuchen, Akten aus seinem Büro kommen und erklärte wütend, er sei es Fafflok schuldig, ihn nicht mit der Arbeit allein zu lassen; er würde ihm sonst die Sozietät kündigen. Fafflok, abermals zu Hilfe gerufen, gelang es, wenigstens die Hälfte der Akten wieder fortzuschaffen, die die Sekretärin ins Krankenhaus geschleppt hatte.

Am Ende der Woche bekam Walter eine Embolie. Nur Max war in der Wohnung, als der Anruf aus der Universitätsklinik kam.

»Ich darf nicht allein Tram fahren, bis ich neun bin«, sagte er ins Telefon.

»Warte, bis deine Mutti kommt«, riet die Schwester, »aber sag ihr, sie soll sofort ins Krankenhaus kommen. Sag ihr, daß es sehr dringend ist. Deinem Vater geht es nicht gut. Hast du mich verstanden?«

»Ja«, erwiderte Max ungeduldig, »telefonieren kann ich schon lange.«

Er holte das Geld, das seine Mutter heimlich von ihrem Haushaltsgeld umleitete und von dem sie glaubte, er wisse nicht, wo sie es vor ihm versteckte, aus einer im obersten Regal des Küchenschranks liegenden Dose mit der Aufschrift »Persönlich«, schrubbte die beiden Tintenflecke von seinen Händen und glättete sein Haar mit Wasser. So schnell, wie er konnte, rannte er die Höhenstraße hinunter, stieg in die Straßenbahn ein und an der richtigen Haltestelle um. Eine Stunde später stand er, sehr atemlos und noch mehr erhitzt von seinem Stolz als vom Rennen der letzten Strecke des Weges, am Bett seines Vaters.

»Wo ist denn deine Mutter?« fragte Walter.

»Mit ihrem Kaffeekränzchen im Kranzler.«

»Was, die sitzt im Café, wenn ihr Mann stirbt! Da kannst du mal sehen, mein Sohn, daß die Weiber alle keinen Verstand haben.«

»Sie weiß ja nicht, daß du stirbst. Regina weiß es auch nicht. Die ist auf der Arbeit. Und Else hat frei.«

»Dein Papa stirbt nicht«, sagte der Arzt, gab Walter eine Spritze und streichelte dem Sohn über den Kopf. »Wir haben genau zur rechten Zeit entdeckt, daß er uns einen ganz bösen Streich spielen wollte.«

»Was für ein' Streich?« fragte Max.

»Sie haben meinem Sohn die ganze Freude verdorben«, sagte Walter, »ich hab ihm versprochen, daß er bei meiner Beerdigung in der ersten Reihe sitzen darf.«

»Sie dürfen nicht soviel reden. Sie brauchen jetzt viel Ruhe. Ich hab Ihre Gattin bereits erreicht. Sie wird bald hier sein.«

»Und wo bleibt da die Ruhe?« fragte Walter und zwinkerte seinem Sohn zu. Max erwiderte geübt den Blick der schönen Verschwörung.

Weil Walter sich nie für Medizin interessiert hatte und für seine Krankheit schon gar nicht, und zwar aus einem Prinzip, das er als weise und als Selbstschutz empfand, und weil er im übrigen nicht von seiner Ansicht abzubringen war, daß Ärzte ohnehin zu Übertreibungen neigten, war er der einzige, der nicht wußte, daß sein Zustand einige Tage lang wirklich kritisch war.

Die Ärzte bewunderten seine Vitalität, seinen Mut, Humor und Aberwitz. Seine Art, sie zu provozieren, fanden sie originell und liebenswert und sahen sie als die geheime Waffe eines Mannes an, der Schlimmes erlebt hatte und in jener heiteren Selbstironie davon zu erzählen wußte, die schon den meisten gesunden Menschen fehlte.

Jettel verwöhnte den schwierigen Patienten mit Zärtlichkeiten, von denen beide nicht mehr gewußt hatten, daß sie dazu fähig waren, und vor allem mit Wellwurst, Heringshäckerle und Mohnkuchen. Chef- und Oberarzt mußten die Delikatessen kosten, um sich zu überzeugen, wie gut die oberschlesische Küche war. Der Fischhändler schickte einen Blumenstrauß, der noch größer als der von der Jüdischen Gemeinde war.

Max, der so lückenlos bewiesen hatte, daß es ein Unrecht gewesen war, ihm bis zu seinem neunten Geburtstag zu verbieten, allein Straßenbahn zu fahren, bestand auf seinen neuen Rechten. Er kam immer ohne Begleitung am frühen Nachmittag, um Walter bei der Bearbeitung der ins Krankenhaus zurückbeorderten Akten zu helfen, und interessierte sich vorwiegend für Strafrecht und diffizile Scheidungen. Wenn er seinem Vater eine Tafel Schokolade aufs Bett legte, lachten beide und sagten: »Anwaltsgeheimnis.«

»Zwei Dinge möchte ich noch erleben«, sagte Walter.

»Welche?« fragte Max.

»Meinen Geburtstag und deine Barmitzwa.«

»Erst dein Geburtstag«, entschied Max, »ich hab ja erst in fünf Jahren Barmitzwa.«

»Ich hab wenigstens ein Kind, das logisch denken kann und mit beiden Beinen im Leben steht. Maxele, mein Sohn, du mußt Jura studieren.«

»Will ich ja und nur ein jüdisches Mädchen heiraten.«

Regina besuchte Walter morgens um zehn, ehe sie in die Redaktion nach Offenbach fuhr. In den ersten Tagen nach der Embolie versuchte sie, die Gespräche auf Themen zu beschränken, von denen sie glaubte, sie würden Walter nicht aufregen. Nie sprach sie von Krankheit, kein einziges Mal von Zukunft, und sie beschwor, selbst getröstet in ihrer Angst um den Vater, nur die sanftesten Bilder der Vergangenheit. Später, als Walter aufstehen durfte, legten sie auf dem kleinen Tisch vor dem Fenster Patiencen. Sie taten es zum erstenmal wieder gemeinsam seit den langen Abenden von Ol' Joro Orok, als es zum Ritual gehört hatte, den Karten Schicksal zu entlocken. Der Aberglaube war so stark geblieben wie die Fähigkeit, nach hinten zu schauen und es nicht zuzugeben.

Als Walter kräftig genug war, mit Regina in den Garten zu gehen, suchte er als erstes die Bank, auf der er vor seiner Operation mit Fafflok gesessen hatte. Von da ab genossen sie immer dort die Juli-Hitze, die Blumen, die vielen Vögel, denen sie gute Wünsche in fliegenden Suahelilauten nachriefen, und vor allem die sehr sichtbaren Fortschritte, die Walter von Tag zu Tag machte.

»So müßte es immer sein«, wünschte sich Walter.

»Es wird so sein«, erwiderte Regina und kreuzte ihre Finger.

Walter sah es und sagte: »Mentalreservation. Das hast du immer gemacht.«

Er war friedfertig, witzig und übermütig, pfiff jungen Krankenschwestern nach, ließ sich von Jettel zu einem neuen Bademantel überreden, weil er sagte, er habe gemerkt, daß er noch Chancen bei Frauen habe, und gab in langen Gesprächen endlich den Argwohn auf, den er gegen Reginas Beruf empfunden hatte. Sie konnten beide, immer wieder aufs neue und laut, bei der Vorstellung lachen, daß sich Max absolut nicht erschrocken hatte, als der Anruf aus dem Krankenhaus gekommen war, und nur daran gedacht hatte, den Geheimschatz seiner Mutter zu plündern.

Dennoch fand Regina erst einen Tag vor Walters Entlassung aus der Klinik den Mut, die Gedanken laut werden zu lassen, die ihr seit Walters erstem Herzanfall zur immer größeren Bedrückung geworden waren. »Du darfst Max nicht so viel vom Tod erzählen«, sagte sie mit so viel Gleichmaß in der Stimme, als sei ihr der Vorwurf soeben erst gekommen.

»Warum? Er muß doch wissen, wie es um seinen Vater steht. Er soll ein Mann sein, wenn es soweit ist, und nicht als Kind an meinem Grab stehen. Das ist das einzige, was ich für meinen Sohn tun kann.«

»Du nimmst ihm seine Unschuld.«

»Quatsch nicht so blasiert. Ein Junge braucht keine Unschuld. Hast du deine noch?«

»Du lenkst ab, Bwana. Du weißt genau, was ich meine. Max ist ein Kind. Es ist Sünde, ihn so vor der Zeit zu belasten.«

»Bei den Juden nicht. Wir tun es seit Jahrtausenden. Müssen es tun. Als die Kinder Israels mit Moses losgezogen sind, hat man ihnen auch nicht weisgemacht, daß es ein Sonntagsspaziergang sei. Bei uns dürfen die Kinder nicht aufwachsen und denken, sie seien Menschen wie alle anderen.«

»Reicht es denn nicht, wenn Max weiß, was Auschwitz ist und wie seine Großeltern umgekommen sind?«

»Das hast du alles auch gewußt, Regina.«

»Das war eine andere Zeit. Ich mußte. Aber ich hatte meine Phantasie, zu der ich flüchten konnte. Du ahnst gar nicht, was mir meine Traumwelt bedeutet hat.«

»Doch«, widersprach Walter, »ich hab es immer gewußt. Manchmal hab ich dich sogar beneidet. Und ich hatte Angst, dich flüchten zu lassen. Ich hab immer gedacht, du würdest dann nicht mehr im Leben stehen können.«

»Und, kann ich?«

»Ja, glaub ich wenigstens. Auf deine Art. Du bist so anders als dein Bruder. Er kann sich heute schon so wunderbar durchsetzen.«

Regina sah ihren Vater an und ließ Owuors Spott in ihren Blick. Er hatte nie begriffen, weshalb sein kluger Bwana nur die Gesichter der Menschen sah und nur die Worte hörte, die sie sprachen. »Du schläfst mal wieder auf deinen Augen«, lachte sie, hob einen kleinen Zweig vom Boden auf und zerbrach ihn sorgsam in zwei gleich lange Stücke. »Ich bin die Starke, nicht dein Sohn. Ich hab Dinge auf der Farm gelernt, von denen Max sein Leben lang nichts wissen wird. Er kann dich nicht begleiten. Also spiel deine Spiele mit mir.«

»Werd's versuchen, kluge Memsahib«, lächelte Walter, »aber sieh zu, daß du auch da bist.«

»Das versprech ich dir. Ich hab mir schon zu deinem Geburtstag freigenommen.«

Der 5. September 1954 war ein Tag von Sommersonne und herbstlicher Milde. Dahlien mit schweren Köpfen, Walters Lieblingsblumen, wenn die Wicken und Rosen verblüht waren, standen in der Kristallvase seiner Mutter und lockten ihn schon in der Nacht ins Eßzimmer.

Um fünf Uhr morgens konnte der Jubilar seine Ungeduld nicht mehr bezwingen. Er weckte erst die Familie, dann Else im vierten Stock und zuletzt den kreischenden Wellensittich Kasuko unter seiner gestickten Decke. Er rief einige Male: »Ich hab's geschafft! Ich bin ein echter Fuffziger«, und sang dann laut »Gaudeamus igitur«.

Im neuen Bademantel und mit einer Krone auf dem Kopf, die er sich in der schlaflosen Nacht aus einer braunen Obsttüte gebastelt hatte, setzte er sich in den geblümten Ohrensessel und genoß im lichtdurchfluteten Wohnzimmer sein Überleben. Die fünfzig Kerzen, die Regina und Else in eine Schüssel Sand gesteckt hatten, mißfielen ihm zunächst sehr, weil einige schief und andere in zu geringem Abstand voneinander plaziert waren, doch er freute sich wie ein Kind und lachte in den Tonlagen gesunder Zeiten, als sie endlich alle brannten.

»Bei meinem Vater war's genauso«, fiel Else ein, »da waren die Kerzen auch schief.«

»Was für Ihren Vater gut genug war, ist auch gut genug für mich, Else«, fand Walter.

Jettel schenkte ihm zwei neue Hemden, von denen er sagte, eins wäre mehr, als er in seinem Leben noch auftragen könnte, und eine Uhr mit goldenem Armband, die ihn so überraschte, daß er einen Moment verlegen schwieg. Jettel sagte, sie habe sich das teure Geschenk vom Mund abgespart.

»Vom Wirtschaftsgeld«, monierte Walter, doch er hielt mit ernster Miene die Uhr gegen das Licht, ließ den Wellensittich ihr Ticken hören und gab Jettel einen schmatzenden Kuß. »Auf unsere alten Tage werden wir beide noch kindisch«, sagte er, »und vergessen, was uns die Stunde geschlagen hat.«

»So alt bin ich noch nicht.«

»Das hast du wieder mal taktvoll gesagt.«

»Du bist auch nicht alt«, sagte Jettel versöhnlich.

Max überreichte seinem Vater einen üppigen Strauß Astern und war erstaunt, als der merkte, daß die Blumen aus dem eigenen Vorgarten stammten. Er schenkte ihm dann mit begehrlichem Blick den Vierfarbstift zu zwölf Mark, den er sich schon so lange selbst wünschte und den er sich wirklich von seinem Taschengeld abgespart hatte. Zum erstenmal an diesem Tag und noch nicht ahnend, wie oft er es noch würde wiederholen müssen, sagte Max ein von seiner Schwester verfaßtes Gedicht auf.

Es hatte grob konstruierte Endreime und ein so arhythmisches Versmaß, daß sein früh ausgeprägtes Gefühl für Sprache ihm um ein Haar die flüssige Rezitation verwehrt hätte. Walter, sonst immer rasch dabei, bei seinen Kindern Dilettantismus zu wittern und auch zu rügen, erkannte in ungewohnter Einfühlsamkeit die Verse als bindende Liebeserklärung der Verfasserin und erinnerte sich gerührt, daß sie nie hatte reimen können. Er trocknete seine Tränen mit einem der sechs Taschentücher, die Else ihm überreichte. Sie waren mit einem rosa Seidenband zusammengebunden, das Else selbst geflochten hatte und er sich um den Hals schlang.

Regina hatte monatelang über ihr Geschenk gegrübelt – im melancholischen Gedenken an ihren ersten gehäkelten Topflappen und an den Schal, den Walter klaglos in der Hitze Afrikas ertragen hatte, weil er bei Gaben am meisten die Mühe schätzte, die sie dem Geber machten. Und so erhielt Walter ihr erstes Buch. Der Titel lautete »Weißt du noch?«, die Seiten, auf der alten Schreibmaschine getippt, die von Deutschland nach Afrika und wieder zurück gereist war, hatte Regina mit blauen Wollfäden zusammengenäht; den Buchumschlag aus gelbem Karton zierte ein mit blauer Tinte gezeichneter Dampfer mit einer Fahne, die in genau entgegengesetzter Richtung flatterte wie der Rauch, der aus einem der beiden Schornsteine zum Himmel stieg. In die Meereswellen hatte Regina in Blockbuchstaben den Untertitel eingelassen: »From Mombasa to Leobschütz.«

Zu Reginas Bestürzung las der Jubilar zunächst den Schluß und erfuhr somit vorzeitig von der Absicht der Schreiberin. »Ich habe«, hatte Regina auf der letzten Buchseite geschrieben, »das große Los gezogen, denn ich habe gelernt, Glück zu erkennen, wenn ich ihm begegne. Der Dank geht an einen Vater, der mit seiner Güte und Liebe meine Kindheit so reich gemacht hat, daß ich ein Leben lang alle Menschen bemitleiden werde, denen das Schicksal einen solchen Vater vorenthalten hat.«

Walter brauchte das zweite von Elses teuren Taschentüchern, ehe er wieder sprechen konnte. Er versprach mit einer Feierlichkeit, die Regina noch mehr bewegte als seine Tränen, sofort nach dem Frühstück das Buch zu lesen, und sagte, ihm sei soeben erst aufgegangen, daß ein Mensch tatsächlich vom Lesen und Schreiben leben könne.

Er war aber erst dabei, sein zweites Ei zu köpfen, dies ein viel bejubeltes Zusatzgeschenk von Jettel, die versprochen hatte, an seinem Ehrentag kein einziges Mal Ärzte oder Diätvorschriften zu erwähnen, als es schellte. Regina und Jettel schauten sich an und ließen den Mißmut von plötzlich gestörten Gastgeberinnen in ihre Mienen. Max hielt sich die Hand vor den Mund und kicherte mit so vielen Grimassen, daß seine Schwester ihn unter dem Tisch trat und seine Mutter ihn mit ihrem Ellenbogen anstieß, doch Walter merkte von all dem nichts. Er rannte mit der Serviette um den Hals und den Eierlöffel schwenkend in die Diele, sagte zu Else, die bereits da war, »das möchte Ihnen so passen, mir meine Geburtstagsfreude zu nehmen«, verscheuchte den Wellensittich und riß die Wohnungstür auf.

»Da stöhnt einer auf der Treppe noch viel schlimmer als ich«, meldete er.

»Ich bin ja auch nicht so jung wie Sie, Herr Doktor«, rief Josef Greschek vom ersten Stock nach oben.

Er schleppte denselben Eimer, mit dem er bei seinem ersten Besuch in Frankfurt angereist war, um den großen Hunger zu stillen. Diesmal enthielt das nie vergessene, zu neuem Glanz herausgeputzte Zaubergefäß frische Pfifferlinge und Steinpilze statt Kartoffeln. Den Speck, der nicht mehr als gesunde Kost bei bewegungsarmen Großstädtern galt, hatte Greschek gegen zwei bemerkenswert fette Enten und einen Hasen ausgetauscht, der des Jubiläums wegen ein goldenes Band um jede Keule hatte.

Später packte Greschek aus seinem Koffer – es war immer noch der alte, abgeschabte braune – einen neuen dunklen Anzug für sich und ein Päckchen mit alten Postkarten aus Leobschütz für Walter aus. Er hatte das Panorama der Melancholie nach langer Korrespondenz mit Landsleuten und nur unter Hinweis auf den guten Zweck zusammentragen können. Auf die Geburtstagskarte mit einer goldenen Fünfzig und goldenem Laub hatte Grete in steiler Schrift »Dem verehrten Herrn Rechtsanwalt und Notar Dr. Walter Redlich zu seinem 50. Geburtstag« geschrieben und dann mit ihrer Fähigkeit, das Wesentliche kurz zu fassen, hinzugefügt »wir denken viel an Frankfurt und leben gut in Marke«.

»Daß Sie gekommen sind, Greschek, ist für mich das schönste Geschenk. Ich wollt Ihnen schreiben, aber meine Frau hat gesagt, ich darf Ihnen die Reise nicht zumuten, weil Sie auch krank gewesen sind. Jetzt weiß ich, warum sie das ganze Theater gemacht hat.«

»Ich wollte erst nicht kommen. Ich hab gedacht, jetzt ist der Herr Doktor ein feiner Mann, und da werde ich bei den vielen feinen Gästen nur stören.«

»Für die Bemerkung müßte ich Sie sofort rausschmeißen. So was wäre Ihnen in Leobschütz nie eingefallen.«

»Frankfurt ist ja auch nicht Leobschütz.«

»Wem sagen Sie das, Greschek! Ich hab so oft Sehnsucht nach unserem alten gemütlichen Leben und den herzlichen Menschen.«

»So gemütlich war's auch nicht, Herr Doktor, als Sie fortmachen mußten. Und die Menschen hatten auch nicht alle ein Herz. Sie sind zu lange bei den Negern gewesen, um über alles richtig Bescheid zu wissen.«

Die Gäste waren alle zum Abendessen eingeladen, nur Faffloks schon um vier Uhr nachmittags zum Kaffee, Apfel- und Mohnkuchen und der großen Buttercremetorte vom Konditor. Sie wurden in einer Familie, die keine Verwandten mehr hatte, auf unausgesprochene Art als solche empfunden und kamen mit dem vierzehnjährigen Micha, der des Vaters schweigsame Geduld hatte und sofort begriff, daß er von Max und dessen Aufforderungen zum Spielen verschont bleiben würde, solange er vor einem gefüllten Teller saß. Ulla, drei Jahre jünger als der Bruder und mit Affenschaukeln im blonden Haar, für die Max schwärmte, war so selbstbewußt aufrichtig wie die Mutter, holte sich bald aus dem Kinderzimmer ein Buch und nannte ungerührt den Sohn ihres Gastgebers ein verzogenes Balg; das störte die Harmonie nur so lange, bis Max wieder das Gedicht aufsagen durfte.

Fafflok schenkte Walter ein Ölgemälde, das einen weiten Blick auf eine sanfte, von hohen Bäumen geprägte Flußlandschaft freigab und das Walter so verwirrte, daß ihm die Bemerkung entschlüpfte: »Der Maler hat vergessen, ein paar Menschen in den Vordergrund zu malen« – als sein Sohn ein paar Tage später das künstlerische Versäumnis mit dem neuen Vierfarbstift nachholte, war Walter außer sich.

»Für Bilder aus echtem Öl hätten die Tommys ein Vermögen ausgegeben«, seufzte Greschek.

Er hatte seine besondere Freude an Frau Fafflok; sie sprach über Ratibor, Gleiwitz und die Flucht aus Oberschlesien in der gleichen Art wie er, nüchtern und ohne Verlangen nach einem

Leben, das Greschek nur heraufbeschwor, wenn er in Frankfurt war. Er war sehr beeindruckt, daß Faffloks nicht nur ein eigenes Haus hatten, sondern auch den Bau eines Mietshauses planten.

»Sie haben geerbt«, erklärte Max, »das können wir nicht, weil unsere Familie ermordet wurde.«

Als die Herren Cognac und die Frauen Kakao mit Nuß tranken und selbst Jettel über die Geschichte vom nicht mitgebrachten Kühlschrank bei der Auswanderung lachte, war nur noch die gelöste Heiterkeit der inneren Verbundenheit in ihnen. Sie spürten alle, daß unabhängig von den Höhepunkten, Reden und Feierlichkeiten, die das Fest am Abend noch bringen würde, nur dies die Stunden waren, die im Gedächtnis bleiben würden.

»Sie sind mein einziger Freund geworden«, sagte Walter, »Greschek zählt nicht. Der war's schon vorher.«

»Ich kannte Sie vorher nicht«, überlegte Fafflok, »sonst wär ich's auch gewesen.«

Am frühen Abend, als die Frauen gerade alle in die Küche wollten und die häuslichen Pflichten verteilten, überbrachte der Postbote ein Telegramm aus Südafrika. »Meinem besten Freund Walter, auf daß er ewig jung bleibe« hatte Martin telegrafiert.

»Nebbich«, sagte Walter und steckte das Telegramm sofort in die Tasche, damit seine Tochter nicht »Einen Extrakuß für meine kleine Regina« lesen konnte.

Regina sah den Satz unter Martins Namen aber doch, wurde blaß und bestand darauf, daß sie und nicht Else den Wein aus dem Keller zu holen hatte. Sie blieb zu lange im Trost der feuchten Dunkelheit. Walter ging sie suchen. So kam es, daß er sich an seinem fünfzigsten Geburtstag zu einem Satz hinreißen ließ, den er an gewöhnlichen Tagen als Offenbarungseid bezeichnet hätte. Er zeigte Regina, daß er nicht der Vater der großen Nüchternheit, der rigiden Moral und der brennenden

Eifersucht war, sondern wirklich der einzige Mann, den sie je hatte in ihr Herz blicken lassen.

»Ich hätt ihn dir gegönnt, Regina«, schluckte Walter, »aber nur weil ich der Trottel geblieben bin, der seiner Tochter mal versprochen hat, ihr den Mond und die Sonne gleichzeitig vom Himmel zu holen.«

16

Es war ein Zufall ohne Bedeutung, daß Walter von den zwei anstehenden Veränderungen im Leben seiner Kinder am selben Tag im Spätsommer 1956 erfuhr. Morgens traf der Brief mit der sehnsüchtig erwarteten Nachricht ein, daß Max die Aufnahmeprüfung für die Sexta des Heinrich-von-Gagern-Gymnasiums bestanden hatte. Sie beruhigte den Vater sehr viel mehr als Reginas abendliche Bemerkung, sie hätte ihre Volontärzeit bei der »Abendpost« nunmehr abgeschlossen und sei fortan fest angestelltes Redaktionsmitglied.

Walter nahm keineswegs mehr Anteil an der Entwicklung des Sohnes als am Schicksal seiner Tochter. Das wußte niemand besser als er, wenn er den schmerzhaft schwarzen Blick in eine Zukunft tat, in die er seine Kinder nicht mehr würde begleiten können. Er empfand es aber für ihn vorbestimmt und gewiß auch sehr viel einfacher, sich mit einem Humanistischen Gymnasium als mit einer Zeitung zu beschäftigen, die er als »Revolverblatt« zu bezeichnen pflegte und von der er nie verstehen würde, weshalb ausgerechnet in rote Schlagzeilen verpackte Sensationen, die für den Lauf der Welt unbedeutend und dem guten Geschmack abträglich waren, sich so großer Beliebtheit im Anwaltszimmer erfreuten.

Dem Sohn kaufte Walter zur Belohnung für geistige Leistungen, die er bei ihm viel weniger als selbstverständliche Kindespflicht als einst bei Regina erachtete, einen neuen Fußball, die lang ersehnte Aktentasche, um den als zu kindlich befundenen Ranzen zu ersetzen, und stellte bei anhaltendem Erfolg nächtliche Besuche beim Sechs-Tage-Rennen in Aussicht und eine spürbare Erhöhung der wöchentlichen Bezüge. Bei eventuellen Mißerfolgen, die er in Erinnerung an seine eigene Schulzeit durchaus einkalkulierte, drohte er mit väterlichem Zorn der handgreiflichen Art und einer schielenden Nachhilfelehrerin mit dicken Beinen.

»Als deine Schwester Latein lernen wollte«, dozierte Walter, während Max ihn am Rücken kratzen mußte, »hatte ich kein Geld, und sie durfte kein einziges Wort von der schönsten Sprache der Welt lernen. Da kannst du mal wieder sehen, wie reich wir heute sind. Du darfst nämlich lernen, was du willst, mein Lieblingssohn.«

»Suaheli«, schlug Max mit dem lang geübten Gespür für die Gefahr von undurchsichtigen Versprechungen vor, »damit ich endlich versteh, wenn ihr über mich redet.«

»Sieh zu, daß du deinen praktischen Kopf auch auf dem Gymnasium benutzt. Ich war immer der sechste in der Klasse, mehr verlange ich auch nicht von dir.«

»Der sechste von sieben«, sagte Max und labte, befreit von falschen väterlichen Hoffnungen in bezug auf seine geistigen Ambitionen, seine Zunge am alten Witz.

Mit der Einschätzung der Veränderung in Reginas Leben tat sich Walter schon deshalb schwer, weil sie es versäumt hatte, ihn über ihre lang anhaltenden Zweifel aufzuklären, sie habe ihr Talent falsch eingeschätzt und würde irgendwann doch noch versagen und nach Abschluß der Volontärzeit nicht in der Redaktion bleiben dürfen. Hinzu kam, daß ihm Reginas neues Kleid ausgerechnet in dem Moment auffiel, da er von ihrem neuen Status im Arbeitsleben erfuhr.

So gelang es ihm zunächst nicht, sich auf den Kern der Mitteilung zu konzentrieren. Augenscheinlich hatte Regina sich bereits in Erwartung des künftigen Gehalts herausgeputzt, dessen Höhe sie mit einem bei ihr ungewohnten Stolz vermerkte. Walter fand das Verhalten verschwenderisch und das Kleid zu eng, zu kurz, zu aufreizend rot und zu tief ausgeschnitten. Das neumodische Wort Sexappeal kam ihm in den Sinn; es widerstrebte ihm, den Begriff mit seiner Tochter in Verbindung zu bringen.

Er sah sie nur kurze Zeit mit den aufmerksamen Augen eines Mannes an, der mehr registriert als die Rocklänge, wechselte aber sehr rasch den geschärften Blick, der soeben auch Veränderungen wahrgenommen hatte, die ihm bisher entgangen waren, zu angedeutetem väterlichen Mißmut und sagte: »Dann hast du ja noch weniger Zeit für deinen alten Vater.«

»Mehr«, widersprach Regina mit einem Eifer, der sie zunächst mehr überzeugte als Walter, »weißt du, Redakteure müssen nicht mehr über preisgekrönte Katzen und die Weihnachtsbescherung im Obdachlosenasyl schreiben. Da schickt man Volontäre hin.«

»Was hat ein jüdisches Mädchen mit Weihnachtsbescherungen zu tun? So was hast du mir nie erzählt. Ich wußte gar nicht, daß du solchen Unsinn gemacht hast.«

»Doch«, log Regina, »das hab ich. Jedenfalls manchmal.«

Als sie im Bett lag, wurde sie nachdenklicher, als sie an einem Tag der Freude vorgehabt hatte. Zunächst fiel ihr auf, daß sie sich nicht auf Saint-Exupérys geliebtes, immer wieder gelesenes Buch »Wind, Sand und Sterne« konzentrieren konnte, und danach fiel ihr noch einmal ein, wie Walter sie angesehen und daß es ihr, zumindest im Anfang, geschmeichelt hatte. Sie hörte ihre Eltern debattieren, wie viele neue Hosen Max für die Sexta brauchen würde, wollte noch einmal aufstehen und beizeiten einen Streit im Keim ersticken, der Walter schaden würde, wenn der Kampf das vermutete Ausmaß annahm, aber sie blieb dann doch in ihrem Zimmer.

Es war das kurze Gespräch mit Walter, das unerwartete Dimensionen bekam und Regina verstörte. Sie fragte sich zunächst sehr selbstkritisch, ob sie wirklich nur ihren Vater hatte beruhigen und ihm sagen wollen, daß er weiter mit ihrer freien

Zeit rechnen durfte. Ihr war es eher, als hätte es sie in einem zu euphorischen Moment dazu gedrängt, ihre besonderen Beziehungen zu ihrem Chefredakteur anzudeuten. Regina konnte sich nicht erklären, welcher Aberwitz sie fast dazu getrieben hatte, ihrem eifersüchtigen, cholerischen, besorgten Vater die Last einer so überflüssigen Beichte aufzuladen.

Es erschien ihr nützlich und wichtig, auf ihre Frage wenigstens den Ansatz einer Antwort zu finden, aber kaum hatte sie die diffizilen Probleme entwirrt, gab sie sich dann doch damit zufrieden, an einem so guten Tag ihr Gewissen zu verschonen. Es war, sagte sich Regina, die falsche Zeit, Rechenschaft für den Umstand abzulegen, daß sie sich bestimmt nicht anders verhalten hatte als andere Frauen auch, die einen Mann dazu brachten, den Kopf zu verlieren. Sie schlief ein, ehe sie genug Zeit fand, sich mehr als nur den wesentlichsten Punkt ihres Erwerbslebens zu vergegenwärtigen. So, wie sich die Dinge arrangiert hatten, wäre Emil Frowein eher in ein Kloster gegangen, als sich von ihr zu trennen, und das wußte sie.

Er hatte von Anbeginn zu seinem spontan gegebenen Wort gestanden und, zum Erstaunen seiner Redakteure, aber nach einiger Zeit durchaus nicht ohne das augenzwinkernde Einverständnis männlicher Toleranz, die einzige Frau in seiner Redaktion unter seine bisher nie strapazierten Fittiche gestellt. Emil Frowein hatte Regina nicht zu den Aufgaben befohlen, die für Volontäre sonst als berufsschmiedende Praxis galten. Nachdem er sich nicht zur Räson zurück befohlen hatte, als das Gleichgewicht seiner Emotionen schon bei der ersten Begegnung so überraschend aus der Balance geraten war, wurde es ihm leicht, auch an seinen Maximen von Autorität und Gerechtigkeit zu rütteln. Wie er bei dem ungewöhnlichen Anstellungsgespräch angedeutet hatte, ließ er Regina tatsächlich die zwei Jahre ihrer Ausbildungszeit nur in der Feuilletonredaktion arbeiten.

Sehr bald erkannte er die Richtigkeit einer Entscheidung, von der er wußte, daß sie ebenso bald zu Gerüchten Anlaß gab. Regina, über die Maßen in ihrer Einseitigkeit von einem theaterbesessenen Redakteur ermutigt, der sein Ressort als wütender Gigant gegen auch die schwächste Mutmaßung verteidigte, es könnte noch andere Anlässe zu ausführlicher Berichterstattung außer Premieren geben, lernte nichts anderes, als Kritiken zu schreiben. Man bescheinigte ihnen Kenntnis, Witz und vor allem eine sehr spürbare Liebe zum Theater.

Es war indes eine zufällige Bemerkung, die zu Konsequenzen führte, mit denen keiner der Betroffenen gerechnet hatte. Als Regina das erstemal eine Premiere wahrnehmen sollte und ihr im Sekretariat zwei Karten ausgehändigt wurden, fragte sie, wie sie die eine, die sie nicht brauchte, zurückschicken sollte. Frowein stand hinter ihr und rief sie in sein Zimmer.

»Die Bühnen schicken immer zwei Karten für den Kritiker. Aber ich kann natürlich nicht zulassen, daß sich eine junge Frau nachts allein auf der Straße herumtreibt«, sagte er und ersparte weder Regina noch sich selbst den Ton beunruhigter Väterlichkeit. »Wenn es Ihnen recht ist, werde ich Sie begleiten.«

Es war der ganz gewöhnliche Auftakt einer alten Geschichte – neu erlebt von Menschen, die einsam, verschlossen und auf der Suche nach einem Weg aus der Isolation waren und nicht wußten, wie sehr es sie zueinander drängte. Sie ahnten es beide und wehrten sich nicht. Reginas Verlangen nach Zuwendung war zu groß, ihr Interesse für den Mann, der ihr in der Stunde der Wahrheit vertraut hatte, schon zu sehr in den Bereich von Faszination und Zuneigung übergegangen, um sich mit Skrupeln zu quälen, die sie sehr bereitwillig als kleinlich und ihrer unwürdig abtat.

Frowein, der sich immer fürs Theater interessiert hatte und seit Jahren in keines mehr gekommen war, weil er es als Sünde an seiner Redaktion empfand, nicht bei der Schlagzeilenkonferenz dabei zu sein, hatte mehr Mühe mit Moral und Gewissen.

Er versuchte zunächst, sein Verhalten, das er selbst am ungewöhnlichsten fand, als die längst fällige Belebung einer alten Leidenschaft zu analysieren und danach als die Pflicht eines verantwortungsbewußten Mentors zu deklarieren.

Sehr bald aber bemühte er sich nicht mehr, seine Redakteure und sich selbst zu täuschen. Als es spöttisch akzeptierter Brauch wurde, daß er mit Regina auch die Theateraufführungen besuchte, von denen die Kritiken bereits erschienen waren, begriff auch Frowein, der zurückhaltende, zaudernde Skeptiker, der alle Kräfte bemühte, um von Emotionen frei zu sein, daß er nicht nur die Aufgabe eines geistigen Wegbegleiters im Sinn hatte. Es gelang ihm aber dennoch während des größten Teils von Reginas Volontärzeit, sich wenigstens in den Momenten allzu unbarmherziger Konfrontation mit seinen widerstreitenden Gefühlen die Illusion zu erhalten, er sei nichts anderes als ein wohlmeinender Chef, der sich um der Sache willen nicht auf die – vielleicht doch überholte – Konvention gebotener Zurückhaltung beschränkte.

So war er tatsächlich bestürzt, als er erkannte, daß er sich nicht aufs neue in das Theater verliebt hatte, sondern in die junge Frau, die mit aufgerissenen Augen neben ihm saß, der er in der Pause Sekt holte, die er nach der Vorstellung nach Hause fuhr und die trotz der Jahre, die sie in Deutschland gelebt hatte, immer noch Kind einer Welt war, das Begeisterung und Ablehnung, Skepsis und Staunen auf eine Art ausdrückte, die ihm das Leben schon lange abgewöhnt hatte.

Es gefiel Frowein, daß diese Frau nie gelernt hatte, Romantik, Süße und Banalität zu mißtrauen, und daß sie sich nicht vom klassisch schönen Wort blenden ließ. Sie weinte beim »Kleinen Teehaus« in Froweins Taschentuch, kniff ihn bei »Brechts Kaukasischem Kreidekreis« erregt in den Arm, sprach bei Shakespeares »Zweierlei Maß« die Verse in Englisch mit und fragte in der Pause der »Räuber«: »Haben Sie denn gewußt, daß Schiller so großartige Stücke geschrieben hat?«

»›Die Räuber‹ müssen Sie doch in der Schule gelesen haben.«

»Aber nein, in der Zeit, da deutsche Schülerinnen ›Die Räuber‹ lasen, saß ich in meinem Guavenbaum und hab meiner Fee Dickens vorgelesen.«

»Wie sah die Fee aus und wie der Baum?«

»Die Fee trug ein Kleid aus den Blättern einer weißen Seerose, der Baum roch nach Honig, und die Bienen sangen Lieder, die nur die Fee und ich hören konnten.«

Es war Reginas Blick, getränkt von plötzlich belebtem Verlangen, mehr noch als ihr Lachen, der Frowein nicht aus dem Gedächtnis wollte. Sechs Wochen später, beim »Regenmacher«, duzte er sie versehentlich und entschuldigte sich, wie ein Primaner stammelnd, und einen Monat danach, bei Kaisers »Kolportage« bat er sie – »nur im Theater, das versteht sich von selbst« – beim Vornamen nennen zu dürfen.

»Das tun Sie doch schon lange.«

»Doch nicht in der Redaktion?«

»Nein, in Ihrem Kopf.«

»Und es macht Ihnen nichts aus?«

»Aber nein. Mein Kopf macht sich nicht so viel Mühe wie Ihrer mit den Worten, die er nicht in die Kehle lassen darf.«

»Schön, wie Sie das ausgedrückt haben, Regina.«

»Das war nicht ich. Ich hab nur aus meiner alten Heimatsprache übersetzt. Suaheli.«

»Ich wußte gar nicht, daß Sie Suaheli sprechen.«

»Tu ich nicht mehr, Bwana lala«, sagte Regina, als sie ins Auto stieg, »ich denke nur manchmal in Suaheli. Das hilft.«

»Gegen was?«

»Gegen fast alles außer Halsschmerzen«, überlegte sie und dachte, welch ein weiter Weg das erste gemeinsame Lachen zurückgelegt hatte und daß es nicht gut war, wenn Gelächter zu früh sein Ziel erreichte.

»Was bedeutet das, was Sie vorhin mit den vielen wunderschönen Vokalen gesagt haben?«

»Ich sprach von einem schlafenden Mann.«

»Wenn der Mann wach ist und wenn es keiner hört, darf er du sagen?«

»Wozu will er überhaupt was sagen, wenn es keiner hört?«

Als »Das Tagebuch der Anne Frank« auf die Frankfurter Bühne kam und das Publikum so bewegt war, als habe es soeben erst von der Tragödie erfahren, war es Frowein, der Tränen in den Augen hatte. Regina saß, mit erstarrtem Körper und vom Schmerz betäubt, neben ihm und dachte an den Vater, der durch den Ruhm der einen Tochter die andere noch einmal hatte in den Tod begleiten müssen.

Sie erzählte Frowein von der Begegnung. Er unterbrach sie nur ein einziges Mal und da mit einem kaum hörbaren Seufzer. Er war laut genug, um Regina die Gewißheit zu geben, daß es in dem Deutschland, das so bereitwillig rasch und doch so widerstrebend von Kollektivscham sprach, wenigstens einen Mann gab, der die Bedeutung des Wortes guthieß. Nur dies war ihr wichtig.

Als Frowein in die Rothschildallee einbog, rüttelte er zum letztenmal an dem Traum der Einverständlichkeit und sagte: »Wir würden gern mit Otto Frank Kontakt aufnehmen.«

»Wer ist wir?«

»Die Redaktion. Hast du seine Adresse?«

»Mein Vater hat sie. Warum?«

»Wir sollten ein Interview mit ihm machen. Das würde uns gut stehen.«

»Da bist du leider an der falschen Adresse. Ich bin nicht der Typ, der seine Freunde von Leuten durch die Mangel drehen läßt, wie sie bei uns in der Redaktion rumlaufen. Außerdem bin ich allergisch gegen Neugierde.«

»Nicht Neugierde, Regina. Das ist Zeitgeschichte. Das mußt du begreifen, wenn du eine gute Journalistin werden willst.«

»Wenn das der Preis ist, will ich gar nicht. Ich taug nicht dazu, aus dem Tod Zeitgeschichte zu machen. Hast du vergessen, daß ich aus einem brennenden Theater nach Hause laufe, um meine Eltern zu beruhigen, und nicht daran denke, einen Bericht zu schreiben?«

»Wie könnte ich«, fragte Frowein, »damit hat ja alles angefangen.« Er wußte, daß es nicht der richtige Augenblick war, von sich zu sprechen. Er tat es doch und sagte, seinen Blick auf die Windschutzscheibe gerichtet: »Ich hab mich in dich verliebt, Regina.«

»Ich weiß.«

»Ich hab gekämpft und verloren.«

»Ich hab nicht gekämpft«, erkannte Regina, »verlieren werde ich aber doch. Du bist nicht der Mann, der damit leben kann, daß er erst den Kopf und dann sein gutes Gewissen verloren hat. Als Chef schon gar nicht. Nur wie erklärst du der Redaktion, daß du mich rausschmeißen mußt?«

»So etwas darfst du nie wieder sagen. Glaubst du wirklich, ich laß dich büßen, daß ich ein alter Narr bin. Keiner in der Redaktion wird je erfahren, was ich mir geleistet habe. Das versprech ich dir.«

»Das«, sagte Regina, und sie hatte mehr Mitleid mit ihm als mit sich selbst, »solltest du dir nicht einbilden. Und übrigens«, sagte sie und konnte ihre Zunge nicht mehr rechtzeitig zurückholen, »hast du noch nichts getan.«

In den Monaten nach dem Gespräch, das sie im nachhinein sehr viel mehr verwirrte, als ihr im Moment bewußt geworden war, fragte sie sich oft mit einer Neugierde, die ihr unwürdig erschien und zu ihrem Entsetzen immer größer wurde, ob Froweins Verhalten ihr willkommen war oder ihre Eitelkeit kränkte. Er bemühte sich nie, nicht einmal dann, wenn er mit ihr im Theater war und sie nach Hause brachte, die Intimität eines bekennerischen Augenblicks zu wiederholen.

In der Redaktion war er ein zurückhaltender, spöttischer Chef, der dazu übergegangen war, eine junge Kollegin nach bestandener Bewährungsprobe nicht mehr anders zu behandeln als die Männer, die ein offenes Wort und auch schon mal einen derben Spaß schätzten; er ließ nun öfters in ihrer Gegenwart die rüden Männerwitze zu, die er sich früher mit bedeutsamem Räuspern und zeitgleichem Hinweis auf die einzige Frau in der Redaktion verbeten hatte. In der Kantine rief er Regina unbefangen an seinen Tisch. Meistens sprachen sie vom Theater.

Sie bewunderte die Geschicklichkeit der perfekten Tarnung und die Maskerade der Souveränität, war ihm dankbar für die Leichtigkeit seines Tons und wie er sie durch seinen Witz in die Gemeinschaft der Kollegen einband. War sie aber nicht in der Redaktion und ließ ihren Gefühlen den Willen zum Widerspruch, halfen ihr weder Vernunft noch Logik aus der Festung ihrer Provokation. Da erschien ihr Froweins Verhalten als eine Gleichgültigkeit, die ihr Unbefangenheit, Sicherheit und Mut nahmen. Die Beschränkung auf das Unpersönliche kränkte ihren Stolz, den sie in melancholischen Momenten und dann auch sehr vage als Wunsch definierte, selbst das Recht der Entscheidung wahrzunehmen.

Es dauerte lange, ehe Regina bereit zur Wahrheit war. Sie war verblüfft, als ihr aufging, welchen Umweg sie gemacht hatte, um überhaupt zu erkennen, daß ihre Reaktion die einer Frau war, die nach dem Wort die Tat verlangte. Es drängte sie nicht nach Froweins Aufrichtigkeit der ersten Begegnung, die sie noch immer so rührte, nicht nach seinen Bekenntnissen und noch nicht einmal nach seiner wohltuenden Ermutigung, wenn er von einem Talent sprach, an dem sie selbst zweifelte.

Sie begehrte nur ihn und dies nicht, weil sie ihn liebte. Sie wollte, einmal nur, ihr Herz und erst recht ihren Stolz von der Last des Verzichts befreien. Als sie erkannte, was sie wirklich bedrückt hatte und dies seit der einen Nacht, deren Wunden weder Zeit noch Einsicht zu heilen vermochten, begriff sie auch sehr schnell, daß sie nicht mehr lange warten würde, Frowein aus dem bequemen Hinterhalt des Mentors in die Realität des Mannes zu locken.

Er kam ihr zuvor. Die Hersfelder Festspiele begannen am ersten Juli-Wochenende – einen Tag zuvor brach sich der Kritiker, der seit Jahren über die beiden ersten Premieren berichtete, das Bein. Nach der letzten Redaktionskonferenz des Tages kam Frowein in Reginas winziges Zimmer; er hatte es seit Wochen gemieden. Einen Moment noch stellte er sich an das Fenster und sah in den Hof, dann setzte er sich auf ihren Schreibtisch und legte seinen Arm um ihre Schulter. Zuerst sagte er: »Wie wär's mit Ihnen?« Dann auffallend gut gelaunt: »Keine Widerrede.« Und schließlich, in noch besserer Stimmung: »Ich fahr Sie hin. Ich bin am Wochenende sowieso Strohwitwer.«

»Es ist gut«, sagte Regina.

»Es ist gut«, flüsterte er, als genau vierundzwanzig Stunden später Maria Stuart in der lauen Nacht, begleitet vom Gezwitscher der von den hellen Bühnenscheinwerfern aufgeschreckten Vögel, das Schaffot unter dem freien Himmel der Stiftsruine bestieg.

»Warum darf in Hersfeld nicht geklatscht werden?« fragte Regina beim Hinausgehen.

»Weil dies hier mal eine Kirche war. Wir Deutschen haben große Ehrfurcht vor Gotteshäusern. Das haben wir immer bewiesen.«

Regina genoß den Spott in seiner Stimme und spürte, wie aus der Verbundenheit, die sie zu Frowein empfand, doch noch ein Gefühl wurde, das es ihr leicht machen würde, ohne Scham in den Spiegel zu blicken. »Danke«, sagte sie.

Sie gingen schweigend und hielten einander an der Hand, erlöst von den Tagen der falschen Blicke und falschen Worte, den mit Kerzen beleuchteten Weg durch den Park zum Kurhaus, kamen an Fachwerkhäusern vorbei und erreichten bald das kleine Hotel, in dem die Sekretärin zwei Zimmer gebucht hatte. Frowein verlangte von einem mürrischen Portier die beiden Schlüssel.

Obwohl die Halle dunkel war, sah Regina, daß sein Gesicht brannte. Die Hand, die ihre streifte, war heiß und feucht. Sie lächelte ihn an, als er ihr Zimmer aufschloß, und hoffte sehr, daß auch er nichts sagen würde. Einen Moment blieb er noch stehen und wartete, bis sie das Licht angeknipst und ihre Jacke ausgezogen hatte. Dann sprach er doch. Seine Stimme erinnerte sie an die jungen Vögel in den verdorrten Dornakazien, die noch nicht gelernt hatten, den ersten Strahl der Sonne abzuwarten.

»Dein Zimmer ist größer«, sagte er, »ich bin in fünf Minuten wieder da.«

»Fünf Minuten«, wiederholte Regina.

»Ist das zu schnell?«

»Nein, zu langsam.«

Regina grübelte, als Frowein sich zögernd auszog, ob sie nicht zu jung war, nur Jäger sein zu wollen, oder schon zu alt, um vergessen zu dürfen, daß eine falsche Beute den Jäger für lange Zeit kraftloser als ein törichtes Kind machte. Als sein Atem schwer wurde und ihr anzeigte, daß auch er von der Unausweichlichkeit der Begierde wußte, nahm sie sich vor, Zärtlichkeit nicht mit Liebe, Erregung nicht mit Erfüllung zu verwechseln. In der Nacht wachte sie auf und wußte nicht, ob sie es nicht doch getan hatte, aber das Gesicht, das sie sah, gehörte nicht dem Mann, der neben ihr schlief. Der Tag wurde bereits hell und ließ durch das geöffnete Fenster einen Hauch von täuschendem Rosa herein, als der Schmerz des Begreifens einsetzte und ihr die Gewißheit gab, daß sie in ihre eigene Falle geraten war. Sie hatte nichts von dem, was sie hatte vergessen wollen, wirklich vergessen.

Frowein hörte ihren Seufzer und sagte: »Das darf uns nie wieder passieren.«

Regina wollte ihm gerade erklären, daß er sich keine Sorgen zu machen brauche und daß sie Erfahrungen mit Nächten habe, von denen nichts blieb als die Kraft der ungebetenen Bilder zur falschen Zeit. Es gelang ihr aber ohne die Mühe der langen Überlegung, ihre Kehle so geübt mit der Sanftheit der gnädigen Lüge einzuölen, wie sie es als Kind gelernt hatte, wenn einer drohte, ihr das Gesicht zu stehlen.

»Nie wieder«, beruhigte sie.

Als sie am Montag nach Frankfurt zurückkam, saßen alle beim Abendessen. Ihre Mutter hatte ihr bereits den Teller mit belegten Broten hingestellt und sagte, wie jeden Abend: »Einmal Quark, einmal Teewurst und einmal Tomaten. So hast du es doch am liebsten.«

Regina sah, daß Odysseus zwischen den Gläsern und zwei silbernen Schalen in den frisch geputzten Scheiben des Schranks auftauchte und lange zauderte, ehe er weiterzog. Als Kind hatte sie von ihrem Vater erfahren, daß Odysseus, der Vielgeliebte, bei der Heimkehr auch einen Teller mit belegten Broten vorgefunden und erst da gewußt hatte, daß er nie mehr auf Reisen gehen mußte. Sie unterdrückte das Bedürfnis, von ihren Händen den Schmutz des Tages und aus ihrem Kopf den bleischweren Ballast der Nacht zu waschen, setzte sich hin und sagte: »Das Tomatenbrot laß ich mir bis zum Schluß. Das eß ich am liebsten.«

»Das hast du schon als Kind getan«, sagte Jettel.

»Nur damals«, monierte Walter, »bist du nicht mit fremden Herren ins Blaue gefahren.«

»Ich war in Hersfeld, bei mir ist das Arbeit«, sagte Regina und bereitete sich auf den Kampf vor, »und der fremde Herr ist zufällig mein Chef.«

»Ein schöner Chef«, sagte Walter.

17

Jettel war besorgt und niedergeschlagen, als Walter an einem Novembernachmittag sehr viel früher und auch länger als sonst an der Haustür schellte; sie dachte, die Beschwerden, über die er vor ein paar Tagen geklagt hatte und die nach einem heißen Bad dann doch verschwunden waren, wären wiedergekommen. Ängstlich schaute sie über das Geländer ins Treppenhaus hinunter, um zu hören, ob ihr Mann mehr keuchte als gewöhnlich. Sie rief: »Was ist los?« Doch sie erhielt keine Antwort.

In jeder Etage standen Schemel; Walter setzte sich fast immer schon im ersten Stock hin und ruhte sich so lange aus, bis er wieder zu Atem kam. Oft schon im ersten Stock. Jettel sah aber, daß er bereits in der zweiten Etage angekommen war. Sie war erstaunt. Walter keuchte überhaupt nicht, war weder blaß, noch hatte sein Gesicht jene ungesunde Röte, die Anstrengung anzeigte. Er hielt einen Strauß roter Rosen in der Hand und pfiff, als er sehr mühelos von dem kleinen Sitz aufstand, besonders laut Jettels Lieblingslied »Die Liebe vom Zigeuner stammet«.

Ohne daß sie sich auch nur einige Sekunden zur Klärung der Frage nahm, weshalb sie der Anblick von roten Rosen noch mehr beunruhigte als ein Herzanfall, mit dem sie fest gerechnet hatte, wurde sie wütend. Ihr war zu spontan eingefallen, daß Walter ihr zum letztenmal in Breslau Blumen gebracht hatte. Das war drei Tage vor ihrer Verlobung, und sie war so naiv gewesen, daß sie nicht gemerkt hatte, daß er das schöne

Bouquet (es waren auch Rosen, allerdings gelbe) für einen Krankenbesuch gekauft und den Patienten nicht mehr in der Klinik angetroffen hatte. Die unromantische Pointe hatte er ihr erst Jahre später verraten – auf der Farm, und ausgerechnet bei einem der vielen überflüssigen Streits über ihre mangelnde Bereitschaft, es mit dem Einlegen von Salzgurken in einem Land zu versuchen, in dem die Gurken selbst schon kümmerlich und trocken waren. Jettel machte sich keine Illusionen.

Obwohl sie sich noch gegen die bittere Wahrheit wehrte, die ihr soeben in voller Tragweite bewußt geworden war, mußte sie doch sehr spöttisch bei dem Gedanken lächeln, wie sehr sich ihr naiver Mann diesmal getäuscht hatte. Sie war nicht mehr die junge, nur schöne, ahnungslose Braut mit den törichten Träumen der behüteten Tochter, sondern eine erfahrene, reaktionsschnelle Frau mit einer untrüglichen Witterung für die Situationen in einer langen Ehe, in denen es galt, einen kühlen Kopf und Haltung zu bewahren. Dank der vielen Beiträge in den Illustrierten, die sich neuerdings nicht mehr vor der präzisen Erörterung der intimsten Probleme zwischen Mann und Frau scheuten, wußte sie sehr wohl, was zu tun war.

Jettel zweifelte keinen Moment, daß Walter sie betrogen hatte und ihr nun seinen Fehltritt gestehen wollte, aber verblüfft, ja sprachlos war sie trotzdem. Sie hatte schon vor der Heirat begriffen, daß Walters tief religiöser Glaube und seine strenge Moral beste Garanten für seine eheliche Treue sein würden. Gerade das hatte ihr an einem Mann gefallen, dessen Charakter ja auch ihre Mutter zeit ihres Lebens als »grundanständig« bezeichnet hatte.

In den letzten Jahren hatte Jettel selbstverständlich auch angenommen, daß schon allein seine nachlassende Gesundheit ihn davon abhalten würde, sie mit irgend etwas anderem als mit den im Büro heimlich gerauchten Zigaretten und der in den Manteltaschen gehamsterten Schokolade zu betrügen. Zumindestens hatte sie die von Walter so verspottete und immerhin von den Damen der besten Gesellschaft gelesene Lektüre einen sehr engen Zusammenhang zwischen körperlichem Befinden und ehelich intakter Gemeinschaft vermuten lassen.

Andererseits war Jettel erleichtert, daß sie auf dem Höhepunkt einer so überraschend eingetretenen Krise, ebenfalls durch einen Beitrag, den sie zum Glück erst vor einer Woche gelesen hatte, sich nicht im unklaren über den Weg war, den sie nun gehen mußte. Sie durfte sich weder Betroffenheit noch Eifersucht anmerken lassen und erst recht nicht ihre immense Verwirrung, daß es Walter tatsächlich zu gelingen schien, selbst jenen Hauch von Schuldbewußtsein aus seinem Gesicht zu bannen, von dem Jettel ganz sicher wußte, daß er zum traurigen Gesamtbild gehörte. Ihr Mann sah aus, als sei er nie krank gewesen. Seine Schultern waren gestrafft, die Augen klar und fröhlich wie lange nicht mehr. Er trug den Kopf beleidigend hoch.

»Jettel«, sagte er und drückte ihr die Rosen in Hände, die nicht ganz ruhig waren, »ich muß dir was erzählen.«

Sie preßte nun doch ihre Lippen und leider auch die Augen zusammen und überlegte angestrengt, wieviel Zeit wohl die erfahrenen Lehrmeister der Ehe einer Frau zubilligten, ehe sie sich zu ihrem Temperament bekennen und ihr Herz befreien durfte. Ihr war den ganzen Tag nicht gut gewesen, und nun merkte sie, daß sie stärkere Kopfschmerzen als bisher wahrgenommen hatte und daß der Boden zu schwanken schien.

Sie sagte nur: »Ja«, und versuchte, nicht aus der Zustimmung eine Frage zu machen.

»Nicht hier im Flur.«

»Sag's schon. Ich weiß sowieso, was du mir sagen willst. Mich kannst du nicht hinters Licht führen.«

»Ich hab dich betrogen.«

»Also doch.«

»Was heißt also doch? Du hast mich ja nie genau gefragt. Ich hab dir nur mal gesagt, daß ich noch drei Jahre brauchen würde, und ich hab dich dann in dem Glauben gelassen. Aber ich hab's heute schon geschafft.«

»Was?«

»Das Haus schuldenfrei zu bekommen. Um Gottes willen, Jettel, da mußt du doch nicht gleich weinen. Heulen hättest du müssen, wenn ich dich als Witwe mit Schulden zurückgelassen hätte.«

Es war, begriff Jettel mit einer Dankbarkeit, die sie auf eine ihr sehr ungewohnte Art beschämte, einer der erfülltesten Augenblicke ihrer Ehe und einer der raren Momente, in denen es ihr gelang, sich über sich selbst lustig zu machen. Erwärmt von einem Gefühl, das sie mühelos als Glück deutete, vergaß sie, daß sie klug, lebenstüchtig und erfahren war und erzählte Walter, wohin ihre Phantasie sie getrieben hatte.

Sie schlug mit bewußt theatralischer Geste die Hände über ihrem Kopf zusammen und sprach von einem Abgrund. Walter fiel auf, wie schön ihr Haar war, und er überlegte gutgelaunt, wie sie auf das Wort gekommen war und ob Frauen in ihren vertraulichen Gesprächen einander auch die beruflichen Geheimnisse ihrer Ehemänner verrieten.

Sie saßen zusammen auf dem Sofa und lachten sich in eine Stimmung, die sie belebte und auf eine sanfte Art zur Harmonie verschütteter Zeit treiben ließ. Beiden fiel zu gleicher Zeit ein, daß sie in Leobschütz auch mal so befreit gelacht hatten, aber sie konnten sich nicht mehr an den Anlaß erinnern und wurden ein wenig wehmütig. Der Wellensittich zupfte Jettel immer wieder an den Haaren und Walter sie einmal am Ohr.

»Meine Jettel«, kicherte er, »glaubt tatsächlich noch an meine Manneskräfte. Das ist das schönste Kompliment, das du mir seit Jahren gemacht hast.«

»Warum?« fragte Jettel und wurde auf eine Art rot, die Walter noch wehmütiger machte.

Er trank den Schweizer Birnenschnaps, den er eigentlich im

Bücherschrank für die Tage versteckt hatte, an denen die Schmerzen seine Brust zerrissen, und aß, obwohl es erst fünf Uhr nachmittags war, ein Brot mit kalter Bratensauce. Danach küßte er Jettel noch einmal und wischte, ohne daß sie auch nur ein Wort sagte, seine fettigen Hände an der hellgelben Decke vom Wohnzimmertisch ab, die sie nur mit der Klage aufzulegen pflegte, sie hätte sie nie gekauft, hätte sie nur geahnt, wie empfindlich sie wäre.

Walter erzählte mit dem Behagen eines Bergsteigers, der den Gipfel vor der Zeit erreicht, wie weit und mühsam der Weg gewesen sei, die Rothschildallee so schnell schuldenfrei zu bekommen, und wie glücklich das Bewußtsein ihn mache, daß er seine Pflicht habe tun dürfen. Als er noch einmal zur Flasche mit dem Birnenschnaps griff, wurde er übermütig, und wünschte sich zum Abendessen zwei weiche Eier im Glas.

Weil Jettel nickte, als sei wirklich Sonntag, wie er behauptete, ließ auch die letzte Widerstandskraft aus der Zeit der großen Sparsamkeit nach. Er versprach, sich endlich neue Schuhe und Jettel den Persianer zu kaufen, nach dem sie seit den harten Wintern von Leobschütz gejammert hatte.

»Zur Silberhochzeit«, plante er, »wird meine Jettel nicht mehr herumlaufen und jedem erzählen, daß ihr Alter sie frieren läßt.«

Jettel, schon wieder imstande, auf ihre Erfahrenheit im Umgang mit heiklen Situationen und auf ihre gute Witterung für den richtigen Moment zu vertrauen, verriet Walter noch einen Herzenswunsch. »Ich möchte«, sagte sie und streichelte Walters Stirn, »so schrecklich gern zu unserer Silberhochzeit verreisen. Eine richtige Winterreise, wie sie jetzt schon so viele Leute wieder machen.«

»Du allein? Willst du dir einen Jungen suchen, der nachts mehr kann als nur keuchen?«

»Du wirst immer gleich so unanständig. Wir alle natürlich. Wir sind noch nie zusammen fortgewesen. Wir haben noch keinen

Tag Ferien gemacht. Wir wissen überhaupt nicht, was Urlaub ist. Manche Leute fahren sogar schon bis Mallorca.«

»Sag es doch lieber gleich, Jettel«, lachte Walter, »du willst dir nicht die Arbeit mit einer großen Feier machen. Vielleicht hast du gar nicht so unrecht. Die wenigsten Leute, die wir einladen würden, sind wirkliche Freunde. Ach, Jettel, ich hab mir in unserem ersten Leben immer vorgestellt, wir würden unsere Silberhochzeit in Breslau feiern. Weißt du auch warum?«

»Weil meine Mutter so gut kochte?«

»Auch. Aber ich wollte dich ganz feierlich in die Arme nehmen und sagen: Siehst du, meine geliebte Ina, nun hab ich es doch ein ganzes Leben mit deiner verwöhnten Tochter ausgehalten. Das hättest du bei unserer Hochzeit nie gedacht, nicht wahr?«

»Doch«, weinte Jettel, »sie hat es gewußt. Es war das letzte, was sie mir gesagt hat, als ich in Hamburg aufs Schiff bin. Sei gut zu Walter, er liebt dich so, hat sie gesagt.«

»Deine Mutter war eine kluge Frau. Du weißt gar nicht, wie oft ich an sie denke.«

»Ich auch. Ach, Walter, das Leben ist nie mehr so geworden wie vor den Nazis.«

»Es wäre eine Sünde an den Toten, wenn es nicht so wäre.«

»Ich wußte nicht, daß du so denkst.«

»Du weißt vieles nicht.«

Eine Stunde später, als Max nach Hause gekommen war und von dem schuldenfreien Haus erfahren und wieder mal zum Stolz des Vaters bewiesen hatte, daß er im Gegensatz zu seiner Mutter die Prozentrechnung beherrschte, zog Walter seinen Mantel an und erklärte, er wolle Regina von der Straßenbahn abholen.

»Ich kann«, sagte er ein wenig verlegen, »gar nicht abwarten, ihr von unserem Glück zu erzählen.«

»Was, noch einmal die Treppen gehen?« fragte Jettel, schon in der Schürze, um das Abendessen zu machen, »du weißt doch gar nicht genau, wann sie kommt. Du bist wohl verrückt geworden.«

»Bin ich. Heute gibt es keine Treppen für mich. Heute kann ich fliegen.«

»Darf ich mitfliegen?« fragte Max.

»Laß deinen Vater allein gehen«, verstand Jettel, »nicht alles in unserer Familie ist reine Männersache. Hilf mir lieber beim Tischdecken.«

»Nur heute, mein Sohn, ein Mann gehört nicht in die Küche. Glaubst du, die Rothschildallee wäre schon schuldenfrei, wenn ich deiner Mutter beim Kartoffelschälen geholfen hätte?«

Regina stieg gerade aus der Straßenbahn, als ihr Vater die Haltestelle erreichte. Sie brauchte nur den Bruchteil einer Sekunde, um die alte Angst vor plötzlicher Not in die Schranken zu weisen und sein Gesicht zu deuten.

»Ich muß dir was sagen, Regina.«

»Brauchst du nicht, ich seh's dir an. Die Rothschildallee ist schuldenfrei.«

Er umarmte sie vor einem Getränkekiosk, erzählte, noch einmal erheitert, obwohl er Jettel versprochen hatte, das Geheimnis nie zu verraten, von den Zweifeln an seiner ehelichen Treue und holte ein Päckchen aus der Manteltasche.

»Eine Uhr«, staunte Regina, »und so eine wunderschöne. Du bist ja verrückt. Wie kommst du drauf? Ich hab doch nicht Geburtstag.«

»Aber ich. Ich bin heute noch einmal geboren worden. Du sollst wissen, daß ich weiß, wem ich meinen Mut zu verdanken hab.«

»Das geht doch nicht. Was wird Mama sagen? Sie wird gekränkt sein, wenn sie sieht, daß du mir so was Teures kaufst und ihr nicht. Du weißt doch, wie eifersüchtig sie ist. Ich will nicht, daß sie sich aufregt.«

»Dein Vater hat nur ein krankes Herz, aber einen gesunden Kopf. Laß mich nur machen. Du wirst staunen.«

»Kein fauler Zauber, Bwana«, bat Regina, »dazu werden wir zu alt.« Sie machte die alte Uhr ab, legte die neue um und hielt ihren Arm hoch. Die Straßenlaternen durchbohrten mit gelbem Licht den feuchten Nebel. Das goldene Armband wurde hell und erinnerte sie einen Glücksmoment lang an die grüne Glasscherbe, mit der sie in der Stunde der langen Schatten von Ol' Joro Orok die letzten Strahlen der Sonne eingefangen hatte.

»Für faulen Zauber bist du zuständig, du verdorbene Memsahib des listenreichen Owuor.«

Sie liefen noch langsamer, als Walters kurze Schritte es geboten, den kurzen Weg nach Hause und wärmten sich an ihrer Liebe. Um sich noch eine Extraportion ihrer stärkenden Verbundenheit zu sichern, schellten sie auch nicht an der Haustür und machten in jeder Etage lange Pausen, weil die Treppen nun Walter doch sehr anstrengten und nur noch seine Freude Flügel hatte. Er schloß, wieder statt zu klingeln, die Wohnungstür auf und stampfte, zu Reginas Überraschung, so heftig mit dem Fuß auf, daß das Parkett dröhnte.

»Schau dir das mal an, Jettel«, brüllte er zornig, noch in Hut und Mantel, »was sich deine feine Tochter mal wieder geleistet hat. Läßt sich von fremden Herren goldene Uhren schenken.«

»Sie ist nicht aus Gold«, stotterte Regina und brauchte viel Phantasie und Kraft und fast zuviel Zeit, um ihren Augen das Staunen abzujagen, »und außerdem hab ich sie mir selbst gekauft.«

»Natürlich ist sie aus Gold«, widersprach Walter, griff nach Reginas Arm, schob Mantel und Pullover hoch und grub seine Nägel in ihre Haut, »und ich wette, sie ist von deinem feinen Herrn Reiswein.«

»Frowein«, korrigierte Regina bewundernd, »und er macht mir keine Geschenke. Das müßtest du doch spüren. Ein guter Vater würde das. Der würde auch wissen, daß seine Tochter eisern sparen kann, um sich auch mal einen Herzenswunsch zu erfüllen.«

»Bravo«, knurrte Walter, »das hast du dir fein ausgedacht.«

Sie kamen überein, in den Harz zu fahren und die Silberhochzeit, einen Tag vor Weihnachten, in Bad Grund zu feiern und bis Neujahr dazubleiben. Ein Oberschlesier hatte dort vor einigen Jahren ein kleines Hotel eröffnet. Er antwortete postwendend auf Walters Brief und schrieb, daß er »unserem Herrn Doktor und seiner werten Familie« selbstverständlich einen Sonderpreis berechnen würde und es als besondere Ehre betrachte, so liebe Gäste »in familiärer Atmosphäre mit den Speisen der Heimat« zu verwöhnen.

Jettel bekam ihren Persianer. Er war zu schwer und entsprach nicht ganz der Mode, doch er paßte wunderbar zu ihrem schwarzen Haar und verjüngte ihr Gesicht mit Zufriedenheit. Walter sagte, sie sehe aus wie die Fürstin von Pless, und weil Jettel so oft vom Reichtum des Fürsten gehört hatte, faßte sie das als Kompliment auf und kaufte vom Geld in ihrer Privatschatulle noch einen schwarzen Hut.

Regina wurde für die ersten Winterferien ihres Lebens mit einem neuen Pullover in jenem Norwegermuster ausstaffiert, das nun auch in den preiswerten Bekleidungsgeschäften zu haben war. Für Max gab es gebrauchte Skischuhe; sie paßten ihm so schlecht, daß er zum Trost noch einen Schlitten und die Zusicherung bekam, Regina würde mit ihm zum Rodeln gehen. Walter ließ sich zu einer Wollmütze, Fausthandschuhen und einem blauen Schal überreden und beschimpfte Frau und Tochter als Verschwenderinnen.

Morgens um fünf war es am Tag der Abreise schon in Frankfurt feucht und kalt. Auf der Fahrt mußte mehrmals die vereiste Windschutzscheibe freigekratzt und die Familie mit heißem Kaffee aus der Thermosflasche aufgewärmt werden. Als es am Rand des Harz' heftig zu schneien begann, fiel ein Scheibenwischer aus. Walter fluchte sehr, weil er ihn nicht hatte reparieren lassen, doch er ließ sich seine gute Laune nicht verderben und setzte trotz Jettels mißgestimmtem Protest, die

Reise würde ihn zu sehr anstrengen und sie habe auch schon Frostbeulen, den Umweg über Marke durch, um Greschek und Grete zur Silberhochzeit einzuladen.

»Nee, Herr Doktor«, wehrte Greschek nach dem Mittagessen ab, »das können Sie von mir nicht verlangen. In einem Hotel zu hocken und nichts zu tun haben. Das ist nichts für unsereinen. Da werd ich verrückt. Und Grete muß doch bei unserer Ziege bleiben.«

»Und zu meiner Beerdigung werden Sie auch nicht kommen?«

»Das ist doch ganz was anderes. Kommen Sie auf dem Rückweg lieber nach Marke und bleiben Sie noch ein paar Tage. Dann hab ich auch genug Zeit, schöne Pilze für Sie zu holen.«

»Was, im Dezember, Greschek?«

»Der hat doch keine Ahnung«, sagte Grete, »er hat sich noch nie nach einem Pilz gebückt.«

»Römers Hotel« in Bad Grund, ein Fachwerkhaus mit verblichenem Glanz, zerbrochenen Fensterläden und seit zwei Jahren nur noch im Sommer geöffnet, empfing seine einzigen Gäste mit einem großen Weihnachtsbaum in der auffallend zugigen Halle und der warmen Zusicherung des Besitzers, es würde keiner die Familienfeier stören. Er hätte auch zwei Hasen bestellt und den Ofen im Speisesaal nachsehen lassen.

»Sie haben doch Zentralheizung«, sagte Walter.

»Ach, die funktioniert nicht richtig, Herr Doktor. Sie wissen ja, wie das mit den Handwerkern im verfluchten Westen ist. Die wollen alle nur verdienen.«

»Wir können uns ja unter dem Weihnachtsbaum wärmen«, flüsterte Max auf dem Weg zu den Zimmern.

»Ein jüdisches Kind sitzt nicht unter einem Weihnachtsbaum«, brummte Walter.

»Aber wir haben ihn doch nicht aufgestellt. Da gilt das doch nicht.«

»Den lieben Gott kann man nicht betrügen.«

Die Zimmer waren geräumig und mit Möbeln vollgestellt, die der vergilbte Hotelprospekt, der auf einem runden Glastisch mit einer ebenso vergilbten Häkeldecke lag, als »bürgerlich, gemütlich« und Jettel als »alten Plunder« bezeichnete. Die Schränke klemmten, die Betten quietschten, wenn sich einer nur auf sie setzte, und die Waschschüsseln auf den eisernen Ständern waren alle rostig, das Wasser in den Krügen eiskalt.

In dem Zimmer, das sich Walter und Jettel nach der entmutigenden Besichtigung aller Räume aussuchten, wurde der von einem mürrischen Hausmädchen entzündete Ofen glutrot, ohne zu wärmen. In dem Raum, in dem Regina und Max schlafen sollten, rauchte der Ofen so, daß schon zu Beginn der ersten Nacht alle vier im elterlichen Doppelbett lagen – Jettel im neuen Persianer und die übrigen drei auch im Mantel, Walter dazu noch in Mütze und Handschuhen.

»Das hab ich mir in Afrika immer gewünscht«, sagte Walter.

Max kicherte sich in den Schlaf, sein Vater hustete so, daß er in der Nacht aufstehen mußte. Er setzte sich an den kleinen Glastisch, zündete eine Kerze an und kratzte mit seinem Füllfederhalter in das Heft, das Max zur Übung von schwer lernbaren lateinischen Vokabeln hatte mitnehmen müssen.

»Was machst du da?« murmelte Jettel.

»Ich dichte.«

»Du wirst immer meschuggener. Du kannst ja gar nichts sehen.«

»Wenn ich dich sehe, reimt sich alles.«

Das Frühstück mit belebend heißem Kaffee, Mohnkuchen und Brötchen, die Walter zum ersten Mal seit Jahren wieder als Semmeln bezeichnete und von denen er behauptete, sie würden genauso wie in der Sohrauer Backstube schmecken, fand aber allgemeine Zustimmung. Ebenso der Vorschlag des Hoteliers mit der wohltuend klaren oberschlesischen Stimme, zum Fest am Abend den für Jettel gedachten Ehrenstuhl mit einer silbernen Girlande zu umkränzen.

»Meine Frau«, schniefte Walter, »hat leider noch einen sehr unbescheidenen Wunsch. Sie möchte an ihrem Ehrentag nicht frieren.«

»Es gibt als Vorspeise Hühnersuppe«, fiel dem Wirt ein. »Schon meine Muttel hat immer gesagt, nichts wärmt so gut wie Hühnersuppe. Und wir wußten zu Hause noch, was ein anständiger Winter ist.«

»Ich finde den hier anständig genug«, bemerkte Walter, »schneller hätt ich mich in Leobschütz auch nicht erkälten können.«

Er konnte die rauhe Kälte nicht vertragen und hustete so sehr, daß er nach fünf Minuten den Spaziergang abbrechen mußte, zu dem Jettel ihn ohnehin nur mit dem Hinweis auf die bekannte Heilkraft der Winterluft hatte überreden können. Obwohl gerade sie, wenn auch im Sommer, stöhnend klagte, daß sich der Mensch nicht vor Hitze, aber sehr gut vor Kälte schützen konnte, war sie erleichtert, daß sie Walter zurück ins Hotel begleiten mußte.

Regina lief mit Max im peitschenden Wind unter den verschneiten Tannen weiter. Ihr ging auf, daß sie noch nie eine winterliche Landschaft erlebt hatte und daß sie ihr nicht gefiel. Sie erzählte Max, wie sie sich als Kind bei Gluthitze immer eingebildet habe, sie sei Captain Scott und auf dem Weg zum Südpol.

»Hast du auch lebendige Freunde gehabt«, fragte Max, »oder kamen sie alle aus Büchern?«

»Ich hatte«, erinnerte sich Regina, »immer nur eine Freundin. Ich war ein sehr schüchternes Kind.«

»Ich bin nicht schüchtern, aber ich hab auch nur einen Freund.«

»Gefällt dir's denn nicht auf dem Gymnasium?«

»Doch. Ich glaube. Die Lehrer gefallen mir ganz gut, aber die Jungs sagen oft Dinge, die ich zu Hause nicht erzählen will, um Vati nicht aufzuregen.«

»Das kenn ich«, seufzte Regina, »mir haben aber auch die Lehrer nicht gefallen.«

Als sie ihren Bruder an sich drückte und er einen Moment ganz bewegungslos in ihren Armen lag, sie seine Herzschläge hörte und seine Augen sah, dachte sie an den Tag seiner Geburt. Sie genoß es, daß der Glücksrausch, den sie damals empfunden hatte, noch immer in ihr war, und lächelte.

»Warum lachst du?« fragte Max.

»Weil ich mir als Kind immer gewünscht habe, daß aus meinem Reh ein Bruder wird.«

»Und jetzt willst du, daß aus mir ein Reh wird?«

»Nein, aber wenn ich später an den Harz denke, werde ich immer an diesen Augenblick denken.«

»Das versteh ich nicht«, sagte Max, »du sagst immer so komische Sachen.«

Am Abend der Silberhochzeit wurde es noch kälter als zuvor, aber das Speisezimmer, von zwanzig Kerzen in vier Bronzeleuchtern verwandelt, hatte doch einen Hauch von Festlichkeit. Die Rotweinflasche stand in einem silbernen Kelch. Die Papierservietten waren zu kleinen Schiffen gefaltet, eine Grapefruit auf einem Glasteller mit Käsehappen gespickt.

Jettel trug eine von Walter und Regina mit steifen Fingern geflochtene Krone aus einem silbernen Band und ertrug, gesättigt vom Hasenbraten, die Neckereien ihres Mannes mit einem Humor, von dem sie fand, daß er ihr ebensogut stand wie der Haarschmuck. Die Stimmung war gut genug, um den ersten Krach in der Ehe ganz ernsthaft, aber doch ohne Bösartigkeit auszugraben und endlich einwandfrei zu klären, weshalb Walter keinen Hummer hatte essen dürfen. Vor dem Vanilleeis mit heißer Schokoladensauce kam auch die Hochzeitsnacht zur Sprache, in der Walter ein neu geschenktes Radio auseinandergenommen hatte.

»Immerhin hab ich Zeit gefunden, deine Schwester zu machen«, belehrte Walter seinen Sohn.

»Und wo«, fragte Max, »hast du mich gemacht?«

»In einem winzigen Zimmer. Wir mußten den Hund vor die Tür schicken, damit wir Platz hatten.«

»Du warst schon immer verrückt«, sagte Jettel.

»So verrückt, daß ich nachts dichte.«

»Was hast du gestern wirklich mitten in der Nacht gemacht?«

»Gedichtet«, sagte Walter, knöpfte seine Jacke zu und stand auf. Er kletterte auf seinen Stuhl, holte ein zusammengefaltetes Stück Papier aus der Tasche, räusperte sich und begann zu lesen:

Liebe Jettel!

Jetzt ist es schon das zehnte Jahr,
daß Du fern von Afrika,
den Hochzeitstage feiern tust,
seit Du von dort fort gemußt,
weil der liebe Ehegatte,
genug von diesem Lande hatte.

Ach, was tatst Du damals klagen,
jedem Menschen tatst Du's sagen,
wie schön es doch gewesen war,
in dem geliebten Afrika.

In Deutschland herrschte damals Not.
Viel Trümmer gab's und wenig Brot!
Das ist nun Gott sei Dank vorbei.
Vorüber ist die Hungerei.
Man kann jetzt alles wieder kaufen,
und, wenn man Lust hat, sich besaufen.

Jetzt bist Du aus dem Gröbsten raus,
besitzest heut' ein eignes Haus,
der Ehegatte ist sogar
in Frankfurt Anwalt und Notar.

Die Tochter, die ist noch viel mehr.
Sie ist ein richt'ger Redakteur,
und auch der Sohn ist (gar nicht dumm!)
Sextaner am Gymnasium.

Du hast's zu allerhand gebracht,
seit Du von Kenia weggemacht.
Drum wünschet Dir Zufriedenheit,
für jetzt und auch für spät're Zeit,
Gesundheit bis ins hohe Alter
Dein immer Dir getreuer

                              Walter

Max half seinem Vater vom Stuhl, setzte sich selbst wieder hin
und wollte gerade klatschen, doch erst fiel ihm die große Stille
auf und dann, daß seine Eltern und Regina weinten. Verlegen
drückte er sein Gesicht in die Serviette. Er war ein wenig stolz,
als er merkte, daß auch ihm Tränen kamen. Ihm wurde bewußt, daß es das erstemal in seinem Leben war, daß er mit den
Erwachsenen weinte.

18

Im Spätsommer 1957 fand das Rätsel um den untersetzten Mann mit Glatze und hochrotem Gesicht, der bisher nur als Silhouette hinter der Haustür aufgetaucht war, eine überraschende Lösung. Als Walter und Jettel von einem Arztbesuch aus Rodheim sehr viel früher als gewöhnlich zurückkehrten, stand der mysteriöse Zweizentnermann, den Max für einen Spion und Regina für eine jener dubiosen Gestalten gehalten hatte, die neuerdings verstärkt in der Redaktionskonferenz die Berichte der Lokalredakteure belebten, im Hof und rauchte eine Zigarette. Da die solange hinausgezögerte Konfrontation somit unvermeidlich geworden war, stellte sich der Verursacher der zahlreichen Spekulationen, widerstrebend, aber längst nicht so unhöflich wie erwartet, als Heini Kowalski aus Neiße vor. Nur Jettel hatte wieder einmal den richtigen Instinkt mit ihrer Mutmaßung bewiesen, daß der schweigsame Mensch, von dem sich bald herausstellte, daß er seit Jahren einen Hausschlüssel besaß und auch benutzte, ihr Leben eines Tages aus dem Lot bringen würde.

Heini Kowalski war nicht der Mann, der in der Stunde der Entscheidung Zeit verschwendete. Drei Tage nach der Begegnung mit deren Arbeitgebern brachte er Else endlich dazu, ihnen zu gestehen, daß sie zu jeder Beichte die Last einer Lüge hatte tragen müssen. Sie war, wie Walter schon immer geargwöhnt hatte, ohne seinen Verdacht laut werden zu lassen, nicht im Juli zur Maiandacht und überhaupt nicht mehr unbeschwert in die Kirche gegangen.

Ihre freien Nachmittage, Abende und mit der Zeit auch ihren Urlaub hatte sie nicht ausschließlich, wie angenommen und auch vielfach behauptet, mit ihrer jüngst verstorbenen Mutter und ihrer Schwester verbracht, sondern mit einem geschiedenen Mann, der sie sowohl in immense religiöse als auch in weltliche Gewissenskonflikte gestürzt hatte. Durch die zufällige Begegnung, die er trotz seines tatkräftigen Naturells ja wahrlich nicht erzwungen hatte, war Heini nun entschlossen, die Zeit der Rücksicht umgehend zu beenden. Er nahm sich vor, noch vor dem Herbst Else für immer in seine kräftigen Arme zu schließen, und er machte ihr in jener deutlichen Art klar, die sie an ihm am meisten schätzte, daß er selbst das klärende Wort finden würde, wenn ihr der Mut dazu fehlte.

Nach dem Abendessen gestand Else, blutrot im hübschen, ebenmäßigen Gesicht und weinend: »Ich hätte ihn nie geheiratet, solange meine Muttel noch lebte. Aber jetzt ist das anders. Die Zeit ist anders geworden, Frau Doktor, das müssen Sie verstehen.«

»Sie haben es doch so gut bei uns, Else. Sie sind doch wie Kind im Hause.«

»Ja, das werde ich auch nie vergessen, aber ich will auch noch ein Kind haben.«

»Langt denn sein Verdienst für Sie beide, Else?« fragte Walter.

»Noch nicht. Heini mußte ja auch von zu Hause wegmachen, und er fängt jetzt erst an, mehr zu verdienen. Aber ich hab ja schon eine neue Stelle. Bei den Amis.«

»Donnerwetter. Als was?«

»Bei einem Konsul. Für die Kinder. Er hat zwei Zimmer frei. Da können wir beide wohnen.«

»Else, Else, was ist aus Ihnen geworden? Erst mißbrauchen Sie die Maiandacht und dann wollen Sie vor der Ehe mit einem geschiedenen Mann zusammenleben. Das wäre Ihnen in Hochkretscham nicht in den Sinn gekommen.«

»Wir wollen ja bald heiraten, Herr Doktor, und der Konsul hat gesagt, wenn er zurück muß nach Amerika, nimmt er uns beide mit.«

»Da kannst du mal sehen, wie knapp Hauspersonal geworden ist«, sagte Walter, als er Jettel so weit beruhigt hatte, daß sie ihm wenigstens wieder in Ruhe zuhören konnte, »wenn man unsere Else schon mit ihrem Galan nach Amerika importieren muß.«

»Und was«, klagte Jettel, »wird aus mir? Du hast mir immer ein Dienstmädchen versprochen, als du mich zurück nach Deutschland verfrachtet hast. Owuor hätte uns nie sitzenlassen.«

»Owuor hatte es leichter. Bei dem haben wir gar nicht gemerkt, wenn er geheiratet hat. Schön war das. Er holte sich eine neue Bibi, schickte sie nach Hause zu seinen anderen Frauen und blieb bei uns. Einer wie Owuor kommt nicht wieder, aber du bekommst dein Dienstmädchen, Jettel«, seufzte Walter. »Es macht mich fast glücklich, daß wenigstens du dich in all den Jahren nicht verändert hast.«

Else blieb bis zur Gewißheit, daß Jettel nicht ohne Hilfe im Haushalt sein würde. Es wurde ein Abschied mit der Schwere der Wehmut und dem Kummer von Menschen, die Trennung tragen gelernt hatten und sie dennoch nicht ertrugen. Nur Max weinte nicht, und doch bat er Else, »Auf der Lüneburger Heide« zu singen, das Lied seiner Kindertage, und abends hatte er keinen Hunger.

»Vergessen Sie uns nicht, Else. Und machen Sie uns keine Schande beim Herrn Konsul«, neckte Walter, »denken Sie daran, daß man beim Roquefort den Schimmel ißt.«

»Ich hab noch mehr gelernt«, schluchzte Else in Heinis kariertes Taschentuch.

»Was? Daß bei uns die Frau Doktor die Hosen anhat?«

»Nein. Daß unser Pastor in Hochkretscham nicht recht hatte. Die Juden sind gute Menschen.«

»Erzählen Sie das bloß nicht weiter, Else. Man wird Ihnen nicht glauben.«

Auf Else folgte Anna, die es störte, daß die grünen Bohnen süß-sauer und mit Rosinen angemacht wurden. Jettel kam mit ihr ebensowenig aus wie mit Emmy, die weder Kinder mochte noch Männer in großer Eile, die nach dem Essen sofort in ihre Kanzlei wollten und die unwirsch wurden, wenn der Kaffee nach dem Mittagessen zu heiß war, um ihn in einem Zug hinunterzustürzen. Hanna war so fleißig, daß sie am ersten Tag das Parkett in sämtlichen Zimmern schrubbte und am zweiten Tag die Schlangenhaut im Wintergarten mit Seifenlauge ab-wusch.

Am dritten Tag sagte sie erst: »Ich darf nicht mehr herkom-men.« Und dann, ehe sie auch nur nach der Plötzlichkeit ihres Entschlusses befragt werden konnte: »Mein Vater will nicht, daß ich bei den Juden schaffe.« Regina borgte sich Mutters Courage und Vaters Stimme und brüllte so laut: »Raus«, daß es die Nachbarn im Nebenhaus hörten. Am Abend erzählte Jettel die Geschichte immer wieder und sagte bewundernd: »Regina ist ein tüchtiges Mädel.«

Für Maria schwärmte Max. Sie wohnte bei ihren Eltern, er-schien jeden Morgen pünktlich und in weißen Shorts, sang die Schlager von Caterina Valente, die auch er so verehrte, und ließ trotz ihrer hausfraulichen Begabung keinen Zweifel über den Umstand, daß sie mit der baldigen Entdeckung ihres wahren Talents rechnete. Walter nahm Anstoß an der freien Sicht auf Marias nackte braungebrannte Beine und noch mehr an den Illusionen, die er als unpassend für eine anständige Frau empfand. Er bestand trotz Jettels Protest auf Kündigung.

Mit der blonden, blauäugigen Ziri aber kam wieder die Wärme eines Menschen ins Haus, der nichts begehrte, außer Teil einer Gemeinschaft zu werden, die sich bewußt war, wie eng sie die schützenden Grenzen um sich selbst zog und wie sehr sie Vertrauen und Vertrautheit brauchte. Ziri hatte die letzten

Jahre mit der Mutter auf einem bäuerlichen Anwesen in der Nähe von Würzburg gelebt, stammte aber aus dem Sudetenland, und das fanden Walter und Jettel so beruhigend heimatnah, als sei sie aus Oberschlesien. Sie war überaus kräftig, lachte ohne Grund und mit Ausdauer und verwechselte Walters Derbheit nie mit einer kränkenden Absicht. Sie erkannte auch sehr schnell, daß Jettel zwar launisch und anspruchsvoll, aber überaus fähig zu einer mütterlichen Freundlichkeit und Güte war, von der flüchtige Betrachter nichts ahnten.

»Wir sind ein bißchen schwierig«, deutete Jettel bei dem Anstellungsgespräch vage an, zu dem Ziri gleich einen vollgepackten Koffer und einen Korb Äpfel mitgebracht hatte.

»Schlimmer noch«, warnte Walter. »Wir sind jüdisch, vielleicht wird das Ihrer Mutter nicht recht sein.«

»Warum«, wunderte sich Ziri, »soll das meiner Mutter nicht recht sein? Die sagt immer, Gottes Garten ist groß. Meine Schwester geht mit einem Neger.«

»Da kann uns ja nichts mehr passieren.«

Nach einer Woche zog Ziri unter dem Hinweis, sie habe noch nie in ihrem Leben allein an einem Tisch gesessen, zu den Mahlzeiten aus der Küche ins Eßzimmer um, und beschämte Walter sehr, daß er in all den Jahren der engen Gemeinschaft nie daran gedacht hatte, Else das gleiche vorzuschlagen. Ziri spielte mit Max Fußball im Flur, schlüpfte beim Versteckspiel in die Schränke und boxte mit ihm. Sie fand Regina zu mager, schmuggelte immer eine Portion Butter in ihr Essen, benutzte ihren Lippenstift und lieh sich den afrikanischen Zaubergürtel mit den winzigen bunten Perlen aus, wenn sie nach Hause fuhr.

Jettel eroberte Ziris Herz im Sturm, weil sie erkannte, wie gut Jettel kochen konnte, und sich keinen Schritt aus der Küche entfernte, wenn es an die Vorbereitungen ging. Sie war begierig, von ihr feine großstädtische Lebensart zu lernen, und außerdem entzückt von den sentimentalen Liedern, die Jettel einst von einem Dienstmädchen ihrer Mutter in Breslau mit auf den Lebensweg bekommen hatte und immer noch mit trauriger Stimme beim Kochen sang.

Ziri war entschlossen, keinen Bauern zu heiraten, sondern einen Städter, doch wenn sie sonntags aus Würzburg nach Frankfurt zurückkehrte, brachte sie Walter Kräuter aus dem mütterlichen Garten für sein krankes Herz, frischen Speck und Geschichten aus dem bäuerlichen Leben, die ihn an Leobschütz erinnerten.

»Ziri ist wie Owuor«, sagte Walter, »nur weiß und schön.«

»Owuor war auch schön«, widersprach Regina und schloß die Augen, bis der Kopf Nahrung gefunden hatte, »Owuor fing die Sonne mit den Zähnen ein.«

»Morgen«, lachte Jettel, »back ich mit Ziri Mohnkuchen. Sie will das unbedingt lernen. Du mußt also mit Regina zum Arzt. Ich hab mir das genau ausgerechnet mit ihrem freien Tag.«

Regina war noch nie mit zu Doktor Schmitt nach Rodheim gefahren; anfangs war sie auch sehr mißtrauisch gewesen, als ihr Vater, ausgerechnet in einem winzigen Dorf, mit den regelmäßigen Arztbesuchen begonnen hatte und dies nur, weil er auf einem Schlesiertreffen gehört hatte, daß der Arzt den Ruf einer Kapazität innehatte. Es hieß, er habe ein modernes medizinisches Gerät aus Amerika, um die Erkrankungen des Herzens genau festzustellen, und er könne seine Patienten gezielter und wirksamer behandeln als die Fachleute in der Großstadt.

Da in Rodheim sehr viele ehemalige Sohrauer lebten, war Regina sofort klargewesen, daß auch Doktor Schmitt Oberschlesier war. Sie glaubte nicht an sein vielgepriesenes Gerät und hatte sogar die Frage gewagt, ob er allein schon deshalb besser sei als die Fachärzte in der Großstadt. Walter hatte sie eine blasierte Gans genannt. Auf jeden Fall hielt Regina die plötzliche Einsicht ihres Vaters für die Notwendigkeit regelmäßiger Untersuchungen, die er so lange abgelehnt hatte, nur für die übliche Sehnsucht nach heimatlichen Lauten und Erinnerungen.

Es war ein nasser, düsterer Dezembertag, der an die Harzer Reise erinnerte. Walter und Regina, angenehm durch die Heizung im Wagen und einen Schluck aus der kleinen Schnapsflasche im Handschuhfach erwärmt, redeten erst von einem juristisch komplizierten Fall, der Walter seit langem beschäftigte, kamen aber durch die Straßenverhältnisse bald auf ihre Erlebnisse in »Römers Hotel« und gerieten sehr rasch in die Hochstimmung von Menschen, die sich in großer Gefahr bewährt haben und im Rückblick ein Vergrößerungsglas benutzen.

Bei dem Gedanken, wie sie zu viert mit Mantel im Bett gelegen hatten, lachten sie so sehr, daß ihnen heiß wurde und ihre Schultern bebten. Sie konnten ihre Euphorie auch nicht mehr zügeln, als das Bild schon zu verblassen anfing. Walter lenkte den Wagen an den Straßenrand, kurbelte das Fenster herunter und atmete so tief ein, daß er hustete. Er starrte einige Minuten schweigend in den grauen Nebel hinaus.

»Manchmal«, sagte er mit einer Stimme, die zu abrupt ihre Heiterkeit verschluckt hatte, um Reginas Ohren nicht mit Sturm zu bedrohen, »glaub ich, das war das letztemal, daß wir alle zusammen glücklich gewesen sind.«

»Wie kannst du so was denken? Dir geht es doch in letzter Zeit gar nicht schlecht.«

»Ich bin so abergläubisch geworden wie du und deine Mutter.«

»Und was sagt dir dein Aberglauben?« fragte Regina, während sie hastig den eigenen beschwor und in der Manteltasche ihre Finger kreuzte.

»Ich hab jahrelang den lieben Gott Tag für Tag gebeten, mir die Zeit zu lassen, um die Rothschildallee abzuzahlen, und zu warten, bis du soweit bist, für deine Mutter und deinen Bruder zu sorgen. Ich hab vergessen, mit ihm eine Fristverlängerung auszumachen.«

»Bist du Faust? Hast du einen Pakt mit dem Teufel geschlossen? Gott gibt sich nicht nur mit dem zufrieden, was wir ihm mitteilen. Er hat eine eigene Meinung und läßt uns nicht büßen, wenn unsere Gebete nicht vollständig sind. Das hast du mir als Kind immer gesagt. Erinnerst du dich nicht?«

»Doch. Schön, daß du noch daran denkst. Ich mache mir oft Vorwürfe, daß ich dir nicht mehr geben konnte. Ich habe dich nicht gerade religiös erzogen. Dabei wußte ich doch, worauf es ankommt, aber alles, was ich glaubte, starb in mir, als sie unsere Familie ermordet haben.«

»Nicht alles«, sagte Regina. »Sonst hättest du nicht mehr gebetet, und ich könnte heute nicht an Gott glauben. Ich glaube noch immer, daß er es gut mit mir meint.«

»Um was bittest du ihn denn?«

»Das weißt du genau«, sagte Regina. Sie lächelte, als ihr die Gebete ihrer Kindheit einfielen und sie hinzufügte, »daß du deine Stellung behältst, Bwana.«

Doktor Friedrich Schmitt, weißhaarig, korpulent und mit einem groben und doch freundlichen Gesicht, der überdeutlichen Aussprache und dem Witz, den Regina kannte und vor allem als den einzigen Balsam erkannte, der ihrem Vater wohlzutun vermochte, stammte aus Gleiwitz. Er gefiel Regina, weil er Anteilnahme vor Kompetenz stellte und sich Zeit nahm, den Patienten von seinem körperlichen Zustand und Ängsten abzulenken. Ihr fiel auch als ungewöhnlich auf, daß der Arzt über seine Jugend ohne den klagenden Ton von Menschen redete, die sich beim Blick in die Vergangenheit frei von Belastung wähnen.

»Dann wollen wir mal«, sagte Doktor Schmitt.

»Wieso wollen?« fragte Walter.

Regina saß, als die Untersuchung begann, auf einem niedrigen Stuhl vor dem Schreibtisch, spürte zu unvermittelt die Kälte der Angst in ihren Gliedern und starrte auf das angespannte Gesicht des Arztes und beklommen auf das Gerät, von dem beim letzten Schlesiertreffen so viel die Rede gewesen war; ihre Haut brannte bei dem Gedanken, daß sie nichts von dem wußte, was sie hatte wissen müssen, und angenommen hatte, die Kunde vom medizinischen Fortschritt sei nur das Hirngespinst einiger törichter Phantasten gewesen, und die Ärzte könnten sich kein Bild vom menschlichen Herz machen.

Die Vorstellung, daß der weißhaarige, väterliche Mann, der keinen Meter von ihr entfernt stand, genau den Zustand von Walters Herz feststellen, mit ihm über den Befund sprechen und am Ende gar erkennen würde, was die Zukunft mit ihm vorhatte, lähmte Reginas Vernunft und Überlegung. Ihre Angst ließ keinen der wirren Tagträume aus, die sich ihre Phantasie je ausgemalt hatte. Ihr fielen sogar Owuors Geschichten von den überlebensgroßen Kriegern ein, die nachts kamen, um die Herzen der guten Menschen zu stehlen. Die Bedrohten konnten sich nur wehren, wenn sie den höhnisch lachenden Angreifern den Daumen ins rechte Auge bohrten.

Regina zwang ihren Kopf zum Krieg. Sie kämpfte gegen die Gespenster ihrer Kindheit, gegen die Ohnmacht, gegen Aberglaube und Rebellion, und sie war fast schon so weit, die Augen zu schließen und einen stärkenden Schluck aus dem Becher der Zuversicht zu trinken. Es war ihr aber unmöglich, den Blick von der nackten Brust ihres Vaters abzuwenden. In Panik machte sie sich zur Flucht und raschen Wiederkehr bereit: Die Flucht war leicht und sanft, doch sie konnte nicht mehr schnell genug die Rückreise in die Realität des kleinen Raums mit den kahlen Wänden und dem schmalen Untersuchungsbett antreten. Die Schleier vor den Augen wurden dicht.

Als Kind hatte Regina sich oft vorgestellt, ihr Vater sei Achill und stark und mutig genug, um seine Brust den Pfeilen der Feinde hinzuhalten, ohne daß er verwundet werde. Die Zeit erschien ihr so lang her und doch so kurz. Sie hatte geglaubt, sie könnte ihrem Vater ins Herz sehen. Sie wußte auch genau, daß es so gewesen sein mußte, und daß dieser Blick ihr die Kraft gegeben hatte, ihn zu lieben, ohne die scharfen Zähne des Zweifels in den Kopf zu lassen.

Als Regina ihren Vater auf dem weißen Laken liegen sah und er ihr so viel kleiner vorkam als in den erschlagenen Tagen von Ol' Joro Orok, bedauerte sie zum erstenmal seit dem Aufbruch aus ihrer Kindheit, daß sie ihm nie davon erzählt hatte. Sie hatte aber nie gewagt, die Zweifel zu erwähnen, die ihre Liebe zwangen, nicht den breiten, bequemen Weg zum Ziel, sondern den grasbewachsenen, kleinen Pfad zu nehmen. Es war, erkannte Regina mit einer Verzweiflung, die ihren Körper steif machte, zu spät für die Wahrheit.

»Das sieht doch gar nicht so übel aus«, hörte sie Doktor Schmitt murmeln, »wir müssen zufrieden sein.«

»Freut mich, wenn wenigstens Sie zufrieden sind«, sagte Walter.

Es war die Ironie in der Stimme ihres Vaters, diese vertraute Mischung von Bitterkeit und Belustigung, die Regina den scharfen Klauen der Angst entriß. Sie schloß einen kurzen Augenblick die Augen und machte ihre Kehle feucht, hörte sich atmen und fühlte, daß ihr Herz wieder langsamer schlug. Ruhig versuchte sie, sich vorzustellen, was der Arzt gesehen hatte. Erleichtert und getröstet begriff sie, daß sie noch immer die Waffe zu schmieden wußte, um die Verzweiflung zurück in ihre Höhle zu treiben. Sie brauchte nicht zu wissen, sie durfte glauben. Die Krieger hatten nicht zugeschlagen. Sie waren blind und stumm.

Die grauen Zeichen auf dem weißen Papier, das der Arzt in Händen hielt, erzählten nichts von der Güte ihres Vaters, seiner Liebe für die Familie, von seinem fanatischen Gerechtigkeitssinn, von seiner Fähigkeit zu verzeihen. Ein solches Herz, das fühlte sie mit der wiedergewonnenen Kraft des alten Vertrauens, wurde von Gott nicht vor der Zeit zum Tod verurteilt. Doktor Schmitt tat ihr fast ein wenig leid, weil er nur sehen durfte, was ihn sein Gerät sehen ließ. Sie aber brauchte nur den

Seufzer in ihrem Hals hinunterzuwürgen und mit der Übung der Jahre das Salz zurück in ihre brennenden Augenhöhlen zu drücken.

»Na, Regina«, fragte Walter, als er sich die Krawatte umband und dabei ihr Gesicht in dem kleinen Spiegel über dem Waschbecken erblickte, »woran denkst du?«

»Entschuldigung, ich hab geträumt.«

»Meine Tochter, müssen Sie wissen, ist eine Meisterträumerin. Sie wird noch auf meiner Beerdigung träumen.«

»So weit ist es noch nicht«, sagte Doktor Schmitt, »wenn Sie vernünftig leben.«

»Das heißt doch bei den Herren Ärzten, auf alles verzichten, was das Leben lebenswert macht. Wozu soll ich da überhaupt noch leben?«

»Für die träumende Tochter.«

»Ich hab noch einen anderen Grund«, sagte Walter mit einer Stimme, die nur den Arzt glauben machen konnte, der Gedanke sei ihm zum erstenmal gekommen. »Ich muß die Barmitzwa meines Sohnes erleben.«

»Was heißt das?«

»Nennen wir es die jüdische Konfirmation. Bei uns wird ein Junge mit dreizehn Jahren zum Mann. Es ist der stolzeste Augenblick im Leben des Vaters. Mein Vater konnte nicht dabei sein. Er kämpfte für Kaiser und Reich. Mich hat das damals sehr getroffen. Für meinen Sohn muß ich noch ein Jahr und drei Monate durchhalten.«

»Sie können noch auf der Hochzeit Ihres Sohnes tanzen«, sagte Doktor Schmitt, »wenn Sie die Zigaretten und die Schokolade weglassen und etwas seltener auf die Barrikaden gehen.«

»Es war schön, daß du mit warst«, sagte Walter nach zehn Minuten schweigender Fahrt, »das hab ich mir schon lange gewünscht. Ich wollte nur deine Mutter nicht kränken. Auf meine alten Tage werde ich nämlich sentimental. Ich hab mir vorgestellt, du könntest mir ins Herz schauen.«

»Konnte ich. Genau. Vorsicht, fahr bloß langsamer. Unter dem großen Baum steht ein Mann. Und nimm ihn bloß nicht mit. Das ist zu gefährlich im Dunkeln.«

»Seit wann läßt man Menschen im Regen stehen? Hast du vergessen, wie wir in Nairobi am Straßenrand gehockt und darauf gelauert haben, daß uns einer mitnimmt? Ich hab keine Angst. Nur vor Menschen, die zu schnell vergessen.«

Der Anhalter war ein alter Mann mit langem weißen Bart und schwarzer Baskenmütze, einem großen Rucksack, wie er in der Hungerzeit zum Hamstern benutzt wurde, und einem weiten Mantel, dem selbst der starke Regen nicht den stechenden Geruch von Zwiebeln und kaltem Rauch hatte nehmen können. Erst wurde der prallgefüllte Rucksack nach hinten geschoben, und dann kletterte der Mann flink auf den Rücksitz, setzte sich auffallend gerade hin und seufzte erleichtert. Er war sehr klein und ein wenig bucklig, sein Stock so groß, daß er ihn vor den Körper halten mußte.

»Sind Sie Rübezahl?« fragte Walter und gab zu viel Gas, »den hab ich gut gekannt.«

»Ich weiß nicht«, überlegte der Mann. Seine Stimme war tief. »Es gibt niemanden mehr, der mich kennt. Also mach ich mir auch keine Gedanken, wer ich bin.«

»Also doch Rübezahl. Wo wollen Sie eigentlich hin?«

»Ist egal.«

»Ganz egal?«

»Hauptsache, der Ort hat ein Gefängnis.«

Als Kleidung und Bart des Erschöpften nicht mehr tropften, wurde seine Zunge beweglich. Wenn er nickte, und das tat er oft, schlug sein Kopf leicht auf den Fahrersitz, und der Bart kitzelte Walters Nacken. Er nannte nicht seinen Namen, sprach nicht von Zukunft und lachte oft, aber stets ohne Heiterkeit. Im Sommer zog er von Dorf zu Dorf und lebte im Freien, im Winter versuchte er, wenigstens eine Nacht im Gefängnis unterzukommen.

»Bei dem Sauwetter«, erzählte er, »geht nichts über eine gute warme Zelle, und wenn ich Glück hab, geben sie mir am nächsten Tag noch Frühstück. Aber das kommt in letzter Zeit immer seltener vor.«

Er hatte, als er mit seiner Wanderschaft anfing, davon geträumt, mal bis nach Paris zu kommen, denn er hatte von den Brücken gehört, unter denen sich die Nächte angenehm mit gleichgesinnten Menschen verbringen ließen. Es reizte ihn, daß er ihre Fragen nicht verstehen würde, doch er war nie weiter als bis nach Kehl gelangt.

»Ich war gern in Frankreich«, sagte er.

»Wann?«

»Im Krieg.«

»Im Krieg?« fragte Walter. »Da waren Sie doch viel zu alt?«

»Im ersten nicht. Da durfte ich. Im zweiten haben die mich ins KZ gesteckt.«

Er ließ sich nicht bewegen, viel über eine Zeit zu erzählen, für die er, wie er sagte, eine Spur leiser als zuvor, schon lange nicht mehr die richtigen Worte finden könne. Sein Gedächtnis sei auch nicht mehr gut und er auch zu alt, um sich mit Erinnerungen voller Blut zu quälen. Regina drehte sich um und suchte seinen Blick, aber in der Dunkelheit konnte sie nur den Umriß seines Kopfes erkennen.

»Es tut mir leid«, entschuldigte sich der Mann, »ich weiß nicht, wie ich drauf gekommen bin, das mit dem KZ zu erzählen. Das tu ich nur noch ganz selten. Die meisten wollen das auch nicht hören.«

»Ich schon«, sagte Walter, »und meine Tochter hier auch.«

Nach dem Krieg hatte er nicht mehr die Suche nach den verwehten Spuren aufgenommen. Er lebte von dem, was man ihm gab, und beschränkte seine Sorgen auf die Auswahl der Gefängnisse, die ihm ihre Tore öffneten. »Ist nicht immer leicht«, klagte er, »die werden immer komischer, die Leute, die das Sagen haben. Wollen nur noch die Verbrecher.«

»Machen Sie sich keine Sorgen«, riet Walter. »Heute abend bekommen Sie ein Bett in Preungesheim.«

»In Preungesheim ist schon lange nichts mehr zu machen. Die Frankfurter sind besonders eigen.«

»Ich kenne mich gut in Preungesheim aus.«

Sie tranken Korn und aßen Spiegeleier in einer weihnachtlich geschmückten Wirtschaft kurz vor Bad Homburg und waren die einzigen Gäste. Regina wollte ihre Mutter anrufen, damit sie sich nicht ängstige, aber das Telefon war ständig besetzt, und sie gab es auf. Der Mann gestand endlich, daß er Rübezahl hieß, und Regina leistete ihrem Vater nach langen Jahren doch noch Abbitte. Als Kind hatte sie ihn immer im Verdacht gehabt, daß er Rübezahl genauso erfunden hatte wie sie ihre Fee.

»Du trinkst schon den dritten Schnaps«, hielt sie Walter vor und nahm ihm das Glas aus der Hand.

»Ein Mann wird doch noch mit einem Freund was trinken dürfen«, sagte Walter streng. »Was mich interessiert«, fragte er und sah den Namenlosen mit einer Müdigkeit an, die zuvor nicht in seinen Augen gewesen war, »haben Sie nie erfahren, daß Ihnen Wiedergutmachung zusteht für die Zeit im KZ?«

»Doch«, erwiderte der Mann, »aber ich wollte nicht. Oder glauben Sie, daß man gestohlenes Leben mit Geld bezahlen kann?«

»Nein«, erwiderte Walter, »das glaube ich nicht, aber ich hätte Ihnen gern geholfen. Ich helfe vielen.«

»Hab ich mir gleich gedacht, daß Sie Jude sind.«

»Warum?«

»Sie sind nicht schneller gefahren, als ich das mit dem KZ gesagt habe, sondern langsamer.«

»Manchmal möchte man überhaupt nicht mehr weiterfahren.«

Eine Viertelstunde später hielt Walter den Wagen mit quietschenden Bremsen vor einer schäbigen kleinen Pension im Stadtteil Preungesheim an. Er drückte mehrmals auf die Hupe und sagte dann mit einer Wut, die Regina keinen Augenblick täuschte: »Da sehen Sie, wie weit das heute mit den Gefängnissen gekommen ist. Die haben nicht einmal mehr Wärter.«

»Aber das ist nicht das Gefängnis.«

»Doch, das ist es. Glauben Sie mir. Ich bin Anwalt und kenn mich aus. Kommen Sie, wir gehen einfach rein und sorgen zusammmen für Ordnung.«

Der Alte stieg zögernd aus und folgte Walter, der die Tür zu einer dunklen Gaststube aufstieß, in der einige Gäste an einem runden Tisch lärmten. Der Wirt rieb ein Bierglas mit einem schmuddeligen Handtuch ab und hob träge den Kopf, doch als er Walter sah, legte er Glas und Tuch aus der Hand und sagte erfreut: »Daß ich Sie mal wieder sehe, Herr Doktor Redlich. Und noch so spät am Abend. Was führt Sie bloß in unsere Gegend?«

»Geschäfte. Mein Freund hier braucht ein Zimmer und morgen ein ordentliches Frühstück«, sagte Walter und hielt dem Wirt einen Geldschein hin. »Eigentlich wollte er im Gefängnis übernachten, aber ich hab ihm gesagt, bei Ihnen sei es auch schmutzig genug.«

Der Wirt nahm den Schein und zwinkerte Regina zu. »Immer ein Späßchen in der Hinterhand, Ihr Herr Vater. Das gefällt mir so gut an ihm.«

»Er meint es ernst«, erklärte Regina. »Er will seinem Freund helfen. Der weiß nicht wohin bei dem Regen.«

Der Wirt sah erst den alten Mann und dann Walter an. »Für Sie tu ich alles, Herr Doktor. Sie haben auch nicht viel gefragt, als Sie mir geholfen haben. Kommen Sie«, sagte er zu dem Mann, »ich zeig Ihnen die Stube. Wenn der Herr Doktor Redlich das so will, wird es schon seine Richtigkeit haben.« Er legte die Hand kurz auf die Schulter des Alten und schob ihn zur Tür hinaus. Einen Moment standen beide im trüben Licht eines muffigen Korridors. Der Freund der einen Nacht winkte, ehe er sich umdrehte, und Walter und Regina hoben auch die Hand.

Sie saßen noch kurz im Wagen vor dem baufälligen Haus und starrten in die Dunkelheit.

»Woher kennst du solche Kaschemmen?« fragte Regina.

»Ach, der Wirt war mal Mandant bei mir, und ich hab ihm ein bißchen geholfen, als er in großer Not war. Das hat er mir nie vergessen.«

»Wird nicht nur ein bißchen gewesen sein, wie ich dich kenne«, lachte Regina.

»Du redest schon wie deine Mutter«, wies sie Walter zurecht. »Ein komischer Tag«, überlegte er, »ich weiß gar nicht mehr, wie er angefangen hat. Aber er hat mir irgendwie gutgetan. Rübezahl hat mich an die Menschen in Afrika erinnert, die ich immer so beneidet hab. Kein Anfang und kein Ende. Was erzählen wir bloß deiner Mutter? Wo in aller Welt können wir so lange gewesen sein?«

»Für Lügen bist du zuständig«, erinnerte ihn Regina und hielt den Arm mit der Uhr hoch, »ich bin nur Mitläuferin.«

Sie kamen nicht mehr zum geübten Spiel der großen Verwirrung. Jettel stand blaß und mit roten Augen in der Wohnungstür: »Ich hab immer gewußt, daß der Dreizehnte ein Unglückstag ist«, weinte sie. »Schlachanska hat einen Herzanfall gehabt. Er ist tot.«

19

Der Streit währte zwei Tage: Er war dem Anlaß und erst recht dem Schock angemessen, bis auf beklagenswert eruptive Ausbrüche gedämpft im Ton, aber von Anbeginn ohne Aussicht auf Einigung durch einen Kompromiß. Jettel war dagegen, Max zu Schlachanskas Beerdigung mitzunehmen. Sie argumentierte mit Leidenschaft, aber auch mit ungewöhnlich nachvollziehbarer Logik, die den Widerspruch ihres Mannes noch über das übliche Maß hinaus stimulierte, Max sei noch ein Kind, und es würde ihn zu sehr aufregen, Jeanne-Louise am Grab ihres Vaters weinen zu sehen.

Max hatte seiner Schwester – sie beschwörend, niemandem etwas von seiner Angst zu erzählen – gestanden, wie sehr ihn der Gedanke an Jeanne-Louise bedrückte: Weil Walter das nicht ahnte, kränkte es ihn besonders, daß Regina ihrer Mutter recht gab. Er beklagte die Hysterie der Frauen als größte Feindin der Vernunft und ließ keine Gelegenheit aus, um zu klären, daß auf alle Fälle sein Sohn mit fast zwölf Jahren kein Kind sei und dank eines weitblickenden Vaters schon gar nicht ein verzärteltes; im übrigen sei es nie zu früh für einen Mann, sich an Aufregungen zu gewöhnen und beizeiten zu lernen, die Zähne zusammenzubeißen.

»Man sieht's ja an euch«, klagte Walter, »was daraus wird, wenn Mütter ihre Kinder dazu erziehen, ihre Augen vor dem Leben zu verschließen.«

Er kam am Tag vor der Beerdigung nicht zum Mittagessen nach Hause, sondern kaufte Max die dunkle Hose, die dieser ohnehin schon lange gebraucht hatte. Um aber zu beweisen, daß er doch nicht der verständnislose Diktator war, für den ihn Frau und Tochter hielten, brachte er Jettel aus der Stadt die schwarzen Lederhandschuhe mit, gegen die er sich seit dem Kauf des Persianers gewehrt hatte.

»Eines Tages«, sagte er zufrieden, »werdet ihr mir alle noch dankbar sein.«

Sie trafen, weil der Wagen trotz der Kälte und entgegen aller Erfahrungen mit der Batterie sofort angesprungen war, eine halbe Stunde zu früh am Friedhof ein. Im Hof vor der Trauerhalle standen indes schon so viele Menschen, daß Walter einen Moment dachte, er hätte sich in der Zeit geirrt. Nervös lief er mit Max voraus, grüßte zerstreut eine Gruppe von Frauen und danach überrascht einige Anwälte, mit deren Kommen er in Anbetracht der Umstände seit dem Urteil gegen Schlachanska nicht gerechnet hatte.

Belustigt stellte er sich vor, wie witzig Schlachanska den Anblick von Menschen kommentiert hätte, deren Verbundenheit erst wieder zutage trat, wenn der Betroffene es nicht mehr registrieren konnte. Die Überlegung machte Walter jene grimmige Freude, die seine Gedanken immer zu weit schweifen ließ – er erinnerte sich erst an die Pralinen in einer silbernen Schale in Schlachanskas elegantem Wohnzimmer und dann, wie er sie in den sabbernden Setter gestopft hatte. So sah er den kleinen bärtigen Mann im abgeschabten Mantel und mit dem großen schwarzen Hut, der mit aufgeregten Bewegungen auf ihn zueilte, erst, als er unmittelbar vor ihm stand und sehr energisch sagte: »Das geht nicht. Der Junge muß raus.«

»Warum?« fragte Walter verblüfft. Einen Augenblick dachte er, Max habe vielleicht seine Kopfbedeckung vergessen, und er machte sich nicht schnell genug klar, daß dies seit Jahren nicht mehr vorgekommen war. Er wurde verlegen, als er merkte, daß er seinem Sohn über den Kopf gestrichen hatte, um zu fühlen, ob er ein Käppchen trug.

»Kinder dürfen nicht auf den Friedhof.«

»Wir sind seit Jahren mit der Familie befreundet«, klärte Walter den Mann auf, »unsere Kinder sind zusammen aufgewachsen. Joseph Schlachanska würde sich sehr wundern, wenn mein Sohn heute nicht dabei ist.«

Der Mann lehnte sich auf seinen Stock, machte seinen Mund weit genug auf, um ein Lachen anzudeuten, und schüttelte den Kopf. »Bestimmt nicht. Der Herr Schlachanska war ein frommer Mensch. Der wußte Bescheid. Kinder, die noch Vater und Mutter haben, dürfen nicht auf den Friedhof.«

»Seit wann?«

»Seit es Juden gibt, Herr Doktor Redlich«, sagte der Mann mit dem Mitleid der Wissenden für die, die verlernt haben, in den Zeiträumen zu rechnen, auf die es ankommt. »Nur in Frankfurt hat man sich nicht mehr an die Gesetze gehalten, bis unser Rabbiner zu uns kam. Selbst unsere Leute sind mit Kränzen zu den Toten gekommen.«

»Schon gut«, murmelte Walter.

Er fühlte sich beschämt, als er den eifrigen Mahner anschaute. Der schwächliche kleine Kerl mit den überwachen Augen und großen Gesten ließ ihn an die Männer denken, die er als Kind in der Betstube in Sohrau gesehen hatte; sie waren alle so fromm wie arm gewesen, und seine Mutter hatte sie oft am Freitag abend eingeladen. Er sah das weiße Tischtuch mit dem Mohnzopf und dem silbernen Weinbecher, den einer dem nächsten reichte, und er konnte die Hühnerbrühe riechen.

Der Gedanke, daß der Haushalt seiner Mutter noch koscher gewesen war und sie den Frömmsten der Frommen an ihren Tisch bitten konnte, machte Walter melancholisch. Einen Augenblick, der ihm sehr lang erschien, neidete er dem Alten die Festigkeit eines Glaubens, der von Gott nicht forderte, sich den Veränderungen der Zeit anzupassen.

Wehmütig erinnerte sich Walter, daß er das letztemal ebenfalls auf einer Beerdigung so gedacht hatte – in Nairobi beim Tod des alten Gottschalk. Es war ein Freitag gewesen, und der Rabbiner hatte wegen des anbrechenden Sabbats nicht mit dem Begräbnis warten wollen, bis die Tochter des Toten eintraf. Gerade Walter hatte damals die Botschaft verstanden. »Ohne die Frommen unter uns würde es längst keine Juden mehr geben«, hatte er den Rabbiner verteidigt, und fast alle Leute, die das hörten, hatten ihn einen Narren genannt.

»Schon gut«, wiederholte Walter und streckte dem alten Mann die Hand entgegen. »Ich bin kein frommer Mensch, aber ich achte die Gesetze.«

Er lief mit Max zum Tor zurück und wünschte sich so sehr, sein Sohn würde das später auch einmal sagen können, daß der Gedanke, es könne vielleicht anders sein, zum körperlichen Schmerz wurde. Laut sagte er aber: »Siehst du, deine Mutter ist doch eine kluge Frau. Sie hat wieder einmal bewiesen, daß sie selbst die Dinge weiß, die sie nicht wissen kann.«

Er lachte, doch ohne Laut zu geben, während er sprach, und dann grübelte er, immer noch in einer Stimmung, deren Entrücktheit und Verlangen er sich nicht erklären konnte, weshalb ihn mit einemmal die Blumensträuße störten, die er nun überall sah und zuvor gar nicht bemerkt hatte. Offenbar hatten es sich viele von Schlachanskas nichtjüdischen Mandanten nicht nehmen lassen, ihm ein letztesmal zu beweisen, daß sie anders dachten als seine Richter.

Walter nahm sich vor, seine Klienten beizeiten über den schlichten Ritus einer jüdischen Beerdigung und den Verzicht auf Blumenschmuck aufzuklären. Er sah sich ironisch lächeln, während er mit seinen Oberschlesiern redete, und hörte sie sagen, sie hätten schon immer seinen Witz geliebt, aber diesmal gehe er wirklich zu weit mit seinen Scherzen. Ihm war es, als hätte er sich zu unpassender Zeit ein verbotenes Stück Heiterkeit gegönnt, und er löste sich mit einem kleinen Seufzer von seiner Phantasie.

»Am besten«, sagte er, »du gehst mit Regina nach Hause. Ich

möchte nicht gerade an Schlachanskas Beerdigung klären, ob bei uns auch die Erwachsenen Halbwaisen sein müssen, ehe sie auf den Friedhof dürfen. Tut mir leid, Maxele, jetzt wirst du doch bis zu meiner Beerdigung warten müssen, um zu begreifen, was ich dir heute erklären wollte.«

Sie liefen zunächst schweigend und später, noch einmal einen besonders gelungenen Scherz von Ziri am Abend zuvor genießend, an einer efeubewachsenen Mauer entlang. Regina fiel auf, daß Max seit dem Spaziergang im Harz nicht mehr wie ein Kind neben ihr trippelte und auch nicht mit jedem großen Stein Fußball spielte. Sie war gerührt und sehr empfänglich für den Gedanken, daß es ein sehr passender Tag sei, um über die kleinen Beweise der Vergänglichkeit zu grübeln.

Am festen Schritt ihres Bruders erkannte Regina, daß ihm der Weg vertraut war. Trotzdem war sie erstaunt, als er vor dem Tor zum Hauptfriedhof stehenblieb und in dem verschwörerischen Ton, den er nur bei ihr gebrauchte und in letzter Zeit immer häufiger, sagte: »Auf den christlichen Friedhof dürfen auch wir hin. Ich kenne eine Bank ganz nah am Eingang.«

»Woher?«

»Ich hab mit Else hier gesessen«, erzählte Max, »als ich noch klein war.«

»Ich denk, du bist mit Else immer im Günthersburgpark gewesen.«

»Nicht an Allerheiligen, Allerseelen und Weihnachten«, zählte Max auf. »Weihnachten war ich auch immer in der Kirche. Zur Krippe. Else«, kicherte er, »ließ mich, als ich noch ganz klein war, auch das Jesuskind halten.«

»Das mußt du mal deinem Vater erzählen«, sagte Regina verblüfft.

»Else hat immer gesagt, wenn ich zu Hause erzähle, daß ich mit ihr in der Kirche war, fall ich tot um.«

»Das kenn ich«, erinnerte sich Regina, »nur meine Else hieß Owuor.«

»Hast du denn auch nicht alles erzählt, als du ein Kind warst?«

»Nein, nicht alles. Ich lebte damals in zwei Welten und hatte schreckliche Mühe, meine schwarze und die weiße Welt auseinanderzuhalten. Ich hatte immer Angst, die Eltern könnten sich aufregen. Ich wollte sie nie beunruhigen.«

»Ich auch nicht«, nickte Max. »Nur bei dir hab ich nie Angst, daß du dich aufregst. Dir kann ich alles sagen.« Er malte mit einem Stock Kreise in den nassen Boden und grub energisch in jeden drei kleine Löcher. »Weißt du eigentlich«, fragte er, ohne hochzuschauen, »daß Schlachanska eineinhalb Jahre bekommen hat? Warum mußte er denn nie ins Gefängnis?«

»Das hättest du allerdings deinen Vater ruhig fragen dürfen. Er hätte es dir besser erklären können als ich. Das Urteil ist noch nicht rechtskräftig gewesen. Papa fand die Strafe viel zu hoch. Woher weißt du's?«

»Von Jeanne-Louise«, sagte Max.

»Du lieber Himmel! Ich denke, sie hat das alles nie erfahren. Du hast ihr doch nicht etwa was gesagt?«

»Quatsch. Ein Mädchen in ihrer Klasse hat es ihr erzählt. Ich finde es gut, daß Jeanne-Louise ihrem Vater nie gesagt hat, was sie wußte. Man darf doch lügen, wenn man jemanden liebt?«

»Man muß, nur ich wußte nicht, daß du schon soweit bist.«

»Komisch, dich will ich nie anlügen, und dabei liebe ich dich doch auch.«

»Manchen Leuten muß man nichts verschweigen. Das ist dann das ganz seltene Glück im Leben«, erinnerte sich Regina und sah Owuors Kopf mit regenfeuchten Locken hinter einer tropfenden Tanne auftauchen.

Sie zielte mit ihren Augen auf die Pupille ihres Bruders. Es war ein altes Zauberspiel – aus einem früheren Leben, noch nicht für Kinder und nie für Menschen, die nur begriffen, was sie mit dem Kopf verstanden. Wer zuerst die Augen senkte, hatte verloren. Wenn vier Augen aber mit einem gemeinsamen Wimpernschlag den Kampf aufgaben, wurde es ein Tag, der für keinen der beiden Herausforderer je verdorrte. Regina erfuhr diese schweigende Magie der Verbundenheit zwischen Gleichgesinnten zum erstenmal so intensiv mit ihrem Bruder. Sie sah Max länger an, als es die Spielregeln zuließen.

Ihre Haut wurde warm, als sie erkannte, daß die alte Geschichte einer Liebe, von der es kein Entkommen mehr gab, soeben wieder neu angefangen hatte. Wenn Amor ansetzte, ihr Herz für alle Zeiten zu durchbohren, verkleidete er sich immer noch als der listige Krieger aus dem Stamm der Massai, und sie vermochte sich ebensowenig zu wehren wie unter dem Guavenbaum in Nairobi, als ihr Vater sie endgültig besiegt hatte. Der Bruder, dessen Geburt sie einst von dem großen Gott Mungo erfleht hatte, war kein Kind mehr. Noch wußte er es nicht, aber er verstand sich schon auf das Knoten von Fesseln, die keiner von beiden je würde lösen können.

»Komm«, seufzte Regina, »wir müssen gehen. Wie sollen wir erklären, wo wir so lange gewesen sind? Das glaubt uns keiner, daß wir die ganze Zeit vor fremden Gräbern und auf dem falschen Friedhof gehockt haben.«

Sie rannten das letzte Stück des Weges, aber das Auto stand bereits im Hof. Ein außergewöhnlich großer Pappkarton lag zwischen den beiden Mülltonnen. Max sagte: »O weh, das gibt Krach, der Vati hat wieder eine neue Küchenmaschine gekauft, die die Mutti nicht haben will«, aber sie nahmen sich nicht mehr die Zeit, ihrer Neugierde nachzugeben. Schon im Hausflur hörten sie, daß die Eltern sich stritten.

»Das Ding«, schrie Jettel, »kommt mir nicht ins Haus. Jeder sagt, daß die Sendungen erst ganz spät abends anfangen. Der Junge wird nicht mehr pünktlich ins Bett wollen und morgens zu müde sein, um in der Schule richtig aufzupassen.«

»Seit wann interessierst du dich für lateinische Vokabeln, Jettel? Und wozu muß ein zwölfjähriger Junge um acht Uhr im Bett liegen?«

»Er ist erst elf. Du machst ihn immer älter, wenn es dir in den

Kram paßt. Mir liegt nur das Wohl meines Kindes am Herzen. Ich hab neulich erst wieder gelesen, daß ein Fernseher ein Teufelsgerät ist, wenn man Kinder hat.«

»Schlachanskas haben das Teufelsgerät seit Jahren. Du hast sehr gern davor gesessen. Und Jeanne-Louise ist immer noch die Beste in der Klasse. Fernsehen ist nicht anders als Kino. Nur du brauchst dir vorher nicht den Hals zu waschen, wenn du was sehen willst. Und im übrigen steht unser Fernseher ja schon da, und er bleibt auch hier.«

Das Fernsehgerät war das Honorar von einem immer noch auf der Naturalienbasis kalkulierenden Mandanten für Walters Erfolg in einem ursprünglich aussichtslos erscheinenden Fall. Der Mann war einer der ältesten Klienten der Praxis, besaß ein Hotel in der Innenstadt, Anteile an einer Firma in Tel Aviv und bezahlte meistens seine Gebühren mit sehr beliebten Einladungen zum Sonntagsessen im eigenen Restaurant oder mit Grapefruit und Avocados, die er kistenweise aus Israel kommen ließ.

Mit den Grapefruits, die es nur in einigen wenigen Luxusgeschäften gab und die Jettel Pampelmusen nannte, hatte sie sich erst abgefunden, nachdem sie erfahren hatte, daß sie bei Faffloks, die ja ebenfalls regelmäßig mit den als unzumutbar bitter empfundenen Früchten bedacht wurden, täglich auf den Frühstückstisch kamen und dort für einen auffallenden Rückgang der Erkältungskrankheiten gesorgt hatten. Gegen Avocados war die Abneigung geblieben, doch hatte Jettel in letzter Zeit wenigstens damit aufgehört, sie als giftige grüne Birnen zu verschmähen und sofort in den Mülleimer zu werfen. Einmal hatte sie die mißliebigen Gaben sogar, wie das Rezept in einer als fortschrittlich bekannten Frauenzeitschrift empfohlen hatte, mit Salz, Pfeffer und Zitrone serviert. Auch mit dem Fernsehgerät zeigte sie sich nach dem ersten Abend feuriger Auseinandersetzungen unerwartet flexibel.

Es stellte sich nämlich sehr bald und ebenso deutlich heraus, daß der dunkelbraune Kasten mit dem hellen Schirm, der auf einer dafür leer geräumten kleinen Kommode im Wohnzimmer stand, über seinen eigentlichen Verwendungszweck hinaus unvermutete Kräfte besaß. Das unscheinbare Gerät, auf dem eine kleine Lampe und ein Pfeife rauchender Gartenzwerg standen, wurde Friedensstifter in einer Ehe, in der bisher der Streit über Belanglosigkeiten auch jenem temperamentgeladenen Kämpfer die Kraft nahm, der ihn begonnen hatte.

Gerade in den Tagen, als der Schmerz des Begreifens einsetzte und deutlich machte, daß die gesamte Familie mit Joseph Schlachanska einen ebenso loyalen wie ungewöhnlichen Freund, den heiter-weisen Vermittler jüdischen Lebens und einen sehr unkonventionellen Berater verloren hatte, lenkte das Fernsehgerät wenigstens für einige Stunden von dem bedrückenden Gefühl ab, das Leben sei abermals und für immer durch einen Abschied gezeichnet.

Es war nur Zufall, daß das Fernsehen gerade zu dem Zeitpunkt die Abende zu erhellen begann, als die quälende Niedergeschlagenheit nach Schlachanskas Tod den Rhythmus der Tage aus dem Gleichmaß brachte. Es war aber kein Zufall, daß gerade Walter, Jettel und Regina besonders intensiv auf einen Reiz reagierten, von dessen Existenz sie selbstverständlich gewußt hatten, nach dem es ihnen aber nie verlangt hatte.

Die Faszination der grauen Bilder auf schwarzweißem Grund belebte nicht nur ihre Phantasie auf sehr ungewöhnliche Art; sie bot die immerwährende Möglichkeit zur Wiederholung von Erlebnissen, an die sie lange nicht mehr gedacht hatten und die sie im Rückblick so heiter wie Menschen stimmten, die auf dem Speicher ein altes Bilderbuch finden und beseligt in die Vergangenheit eintauchen. Walter und Jettel waren sich einig, daß es ihnen mit dem Fernsehen so erging wie zu Zeiten des Stummfilms, an den sie sich nun mit einer Freude und zu ihrem Erstaunen so klar erinnerten, als kämen sie gerade aus einem Breslauer Kino.

Die Nachrichten wurden zu einem allabendlichen Höhepunkt, den sich schon deswegen niemand entgehen lassen wollte, weil es ein so neuartiges, geradezu komisches Erlebnis war, Adenauer und all die anderen bedeutenden Politiker aus Bonn, die man nur aus den schlechten Abbildungen in Zeitungen und allenfalls aus den Wochenschauen im Kino kannte, nun aus so knapper Entfernung betrachten zu dürfen, als seien sie geladene und besonders willkommene Gäste.

»Nur, daß es Besucher sind, denen man nichts anbieten muß und die nicht erwarten, daß man sich mit ihnen unterhält«, freute sich Walter.

»Da hast du endlich mal einen guten Einfall gehabt«, bestätigte Jettel zufrieden. Sie, die sich mit Ausnahme der Fragen, die jüdisches Leben im neuen Deutschland betrafen, nie mit Politik beschäftigt hatte, interessierte sich nun mit gleicher Aufmerksamkeit für die Debatten und Parteien im Bundestag und schwer verständliche wirtschaftliche Zusammenhänge wie für die Gesten, Mimik und Anzüge der Abgeordneten.

Die Bilder aus dem Ausland wurden zu einem Erlebnis von besonderem Reiz. Sie machten die Welt groß und reduzierten die eigene auf überraschend kleines Format. Eine Straße in New York, eine Modenschau in Paris, Bilder aus Bombay, Tokio oder Tel Aviv, selbst ein Hund im Londoner Hyde Park oder gar die englische Königin in ihrer Kutsche wurden zu einem großartigen Panorama fremden Lebens, für das man nur einen Knopf zu drücken brauchte, um Teil davon zu werden.

Eines Abends erschien der Suezkanal auf dem Bildschirm. Jettel, Walter und Regina sprangen so erregt auf, als seien sie wieder auf dem Deck der »Almanzora«, mit der sie zurück nach Deutschland gefahren waren.

»Keine Kamele«, meldete Walter.

»Sie sind alle an Bord, Sir«, schrie Regina, und alle drei kosteten so animiert den alten Scherz aus, als hätten sie seit Jahren nur darauf gelauert, ihn aus den Tiefen einer zu hastig verschütteten Grube zu fördern.

Sie genierten sich noch nicht einmal vor Ziri und Max ihrer Naivität, wenn sie sich, für einige Augenblicke nur, den alten, so plötzlich wiederentdeckten Genuß gestatteten, den Konturen der Realität die Schärfe zu nehmen. Sobald die Bilder flimmerten, fühlten sich Walter, Jettel und Regina in die Zeiten zurückversetzt, als das Radio die einzige Verbindung zur Welt gewesen war. Sie erinnerten sich, selbst Walter nicht ohne Behagen und Melancholie, wie sie auf der Farm alle Fenster und die Tür aufgerissen hatten und die Menschen von den Hütten mit ihren schlafenden Säuglingen, den Ziegen und Hunden herbeigeströmt waren, um jubelnd Töne, die sie nicht deuten konnten, aus dem kleinen Kasten zu empfangen.

Max hatte seine eigenen Freuden. Er schwärmte für die Familiengeschichten, bei denen es fast immer einen Jungen in seinem Alter gab, der so dachte wie er. Für die Familie Schölermann mit dem prächtigen Vater, der tüchtigen, verständnisvollen Mutter und den liebenswerten Kindern schlich er mittwochs im Schlafanzug bis an die Tür des Wohnzimmers und legte sich auf den Boden – die ermunternden Geschichten von der Haltbarkeit der Liebe und Harmonie wurden zu spät gesendet, und seine Mutter bestand immer noch darauf, daß er abends um acht im Bett lag. Die Furcht vor Entdeckung wog indes leicht gegen die überraschende Erkenntnis, daß es bei anderen Familien auch nicht sehr viel anders zuging als bei ihm zu Hause.

»Eines Tages«, mutmaßte Regina hoffnungsfroh nach einer Sendung über das Leben in Kairo, »werden wir auch noch Nairobi zu sehen bekommen, und Owuor wird uns zuwinken.«

»Wieso Nairobi?« fragte Walter, und seine Augen verrieten, daß auch er Verlangen nach ganz bestimmten Bildern hatte.

»Du glaubst doch nicht im Ernst, daß Owuor ohne uns in Nairobi geblieben ist?«

»Wünschen kostet nichts. Hast du mir immer als Kind gesagt.«

Ein paar Tage später gab es für Regina keinen Zweifel mehr, daß sie und ihr Vater das Schicksal auf die alte, zuverlässige Art beschworen hatten. Zu spät erkannte sie die Provokation. Sie waren zu unbekümmert gewesen und hatten vergessen, daß es nicht gut war, Wünschen die schützende Hülle der klugen Beschränkung zu entreißen. So verwandelte die Stunde der Wahrheit den gedankenlosen Übermut in ein todbringendes Monster mit frisch geschliffenen Zähnen.

Zum Ende der Abendnachrichten wurde von einem Mord an einem Farmer berichtet. Walter war gerade dabei zu monieren, daß Jettel die Fleischwurst nicht beim schlesischen Metzger gekauft hatte; die Diskussion über den fehlenden Knoblauch lenkte zu lange von dem Bildschirm ab, und so merkte zunächst niemand, daß von Kenia die Rede war. Erst als die Zunge des Sprechers stolperte, weil er Naivasha zu sagen versuchte, bekam das Wort erste Kontur. Alle drei riefen es, noch immer ahnungslos, dem Mann im Kasten so ernsthaft zu, als sei gerade die richtige Betonung der gut genährten Silben von Wichtigkeit.

Das erste Bild war noch ein Schatten in einem Raum voll Gelächter. Dann tauchten aber aus dem Grau des Bildschirms die verkohlten Mauern eines niedergebrannten Hauses auf. Die eingeschlagene Tür lag quer über einem runden Beet niedergetrampelter Nelken; das Gelächter verstummte und ertrank im Entsetzen fassungslosen Schweigens. Auf dem kurzgeschnittenen Rasen vor dem Haus lag eine tote Kuh mit aufgeschlitztem Bauch. Blutgetränkte Haare klebten an einem weißen Zaun. Schwarze in Polizeiuniform und zwei weiße Männer in Khakishorts standen vor einem Jeep. Ein Hund, den man nicht sehen konnte, bellte. Dann wurden kleine Fotos von drei blonden Kindern und einer Frau eingeblendet. Walter stand auf und stellte das Gerät ab.

»Naivasha«, flüsterte Jettel, »das kann doch gar nicht sein. Da war es doch so schön.«

»Auf dem See sind wir mit Martin Boot gefahren«, sagte Walter, »ich wußte gar nicht, daß sich die Sache bis nach Naivasha hinzieht.«

»Mau-Mau«, schluckte Regina.

Sie hatten alle seit Jahren von dem Krieg der Schwarzen gegen die Farmer im Hochland gewußt, doch ohne Bilder war dieser ferne Blitz nicht zum Donner der Wirklichkeit geworden. Er blieb stets nur Ahnen von gewaltgetränkten Veränderungen in einer Welt, die sie als sanft und hell kannten. Sie hatten oft und zu einem sehr frühen Zeitpunkt vom Kampf Jomo Kenyattas gegen die britischen Kolonialbehörden gehört, sein Foto in den Zeitungen gesehen, und – jeder für sich – hatte versucht, die Züge des alten, entschlossenen Kriegers zu deuten, der von Freiheit sprach und Mord befahl. Schon lange kannten sie das Wort Mau-Mau als das blutige Motto für Aufstand und Unabhängigkeit. Sie wußten von Anbeginn, daß es Tod bedeutete, doch auch als sie erfuhren, daß die Ruhe wieder in Kenia einzukehren begann, wagten sie nicht, dieses fremde Wort auszusprechen.

Walter konnte sich sein Schweigen am wenigsten erklären. Der Mau-Mau-Aufstand, in dem selbst Kinder ermordet worden waren, und zwar von Menschen, die sie geliebt hatten wie die eigenen, war schließlich eine späte Bestätigung für die Weitsicht seines Entschlusses zum Aufbruch aus Kenia. Es war in den vergangenen Jahren viel Post in Frankfurt von alten Bekannten eingetroffen, die ihre Farmen hatten verlassen müssen und wieder in eine ungewisse Zukunft nach Amerika, England und Israel weitergewandert waren. Selbst Jettel sprach nur noch selten von Kenia als dem Paradies, das sie hatte aufgeben müssen.

Es ging Walter aber nicht darum, daß er recht getan hatte, als einer der ersten vor dem Sturm aufzubrechen. Ihm widerstrebte die späte Bestätigung einer Weitsicht, die er nicht gehabt hatte. Zu gut wußte er, daß er in Kenia überhaupt nie an einen blutigen Krieg zwischen Schwarzen und Weißen gedacht hatte. Im Rückblick fühlte er nur Dankbarkeit und in letzter Zeit auch Sehnsucht nach dem Land, das ihn und seine Familie vor dem Tod errettet hatte. Er litt mehr an der Vorstellung, als er sich eingestehen wollte, daß diese alte Welt nicht mehr existierte, in der Sonne, Wind, Regen und friedliche Menschen so lange sein Leben bestimmt hatten.

Regina indes hatte immer gewußt, weshalb sie das Wort Mau-Mau nicht aussprechen durfte. Nur mit geschlossenen Lippen konnte sie die Wälder und Felder, die Berge, Hütten, die geliebten Menschen, Tiere und den weisen Gott Mungo für ihren Kopf und ihr Herz retten. Nun hatte sie die Wirklichkeit mit einer blutbeschmierten Fratze eingeholt, vor der ihr schauderte. Regina bohrte, als sie das dunkle Fernsehgerät anstarrte, die Finger in ihre Schläfen, doch sie bekam keine Antwort auf ihre Fragen, und sie ahnte, daß sie künftig nicht mehr wissen würde, wohin sie an den Tagen ohne Licht aufbrechen sollte.

»Ob unser Haus in Ol' Joro Orok noch steht«, flüsterte Jettel, »und das Klo mit den drei Herzen und die schöne Küche unter dem großen Baum?«

»Kommt es darauf an?« erwiderte Walter. »Wir haben uns von so vielem im Leben getrennt. Da werden wir es doch noch verschmerzen können, wenn wieder ein Teil unserer Erinnerungen kein Zuhause mehr hat.«

Als Regina im Bett lag, knipste sie sofort die kleine Nachttischlampe aus. Es gelang ihr auch mit der Übung langer Jahre, den Brand der Bilder zu löschen, aber ihre Gedanken waren wie die gefährlichsten Buschfeuer, die sich immer wieder aufs neue an der eigenen Glut sättigen – zu brennend spürte sie, daß ihre Ohren ein Wort aufgefangen und noch nicht an ihren Kopf weitergegeben hatten. Sie setzte sich im Bett auf und befahl, wie der Jäger, der die Spur verloren hat, noch einmal die Bilder und vor allem die Laute zurück. Erst nach langer Wanderung in einem von Schlingpflanzen erstickten Wald tauchte sie an jenem hellen Fleck auf, der den Verirrten wieder sehend macht. Dort erreichte Regina endlich das so lang erwartete Echo. Ihr Vater hatte von Ol' Joro Orok gesprochen und zu Hause gesagt.

Sie wiederholte voller Staunen die beiden Worte, und doch brauchte sie noch mehr Zeit als zuvor, um die Botschaft zu begreifen. Verwirrt und doch auf eine Art befreit, die ihren aufgepeitschten Sinnen Ruhe gab, erkannte sie schließlich, daß Walter ebenso auf Safari gegangen war wie sie. Im Augenblick dieser beseligenden Bestätigung war es ihr zunächst nur, als sei es ihr gelungen, den Felsen fortzustoßen, der ihr so lange die Sicht verwehrt hatte. Das Glück währte nur kurz. Dann begriff sie bestürzt und mit einer Trauer, die erst ihren Kopf und dann ihr Herz spaltete, weshalb Walter zurückgereist war in die Welt, die er hatte verlassen wollen, um wieder eine Heimat zu finden. Er hatte beim Abschied jenen scharfen Schmerz zugelassen, der nie verheilte. Der Bwana war nie zu Hause angekommen.

20

Zu ihrem fünfzigsten Geburtstag im Juni 1958 wünschte sich Jettel von ihrem Mann für den Spätsommer eine Reise ins Ausland und von Regina, daß sie sie begleite. Sie war selbst erstaunt, daß sie den Mut aufgebracht hatte, ihren Wunsch zu äußern, und war überzeugt, Walter würde sich noch nicht einmal die Mühe machen, mit ihr ernsthaft über ihre Idee zu reden. Allein den Gedanken an die weite Reise, die sie im Sinn hatte, empfand Jettel als so außergewöhnlich und in Anbetracht der konservativen Ansichten ihres Mannes auch provokativ, daß sie den Wunsch überhaupt erst zu äußern wagte, als sie zufällig mitbekam, daß Walter ihr einen neuen Teppich für das Wohnzimmer schenken wollte.

Wann immer Jettel über Ferien zu sprechen versuchte, wurde Walter übellaunig und beleidigend. Er pflegte sie bei den unangenehmen Auseinandersetzungen als größenwahnsinnig und verschwenderisch zu bezeichnen und aufgebracht darauf hinzuweisen, daß er in seinem Leben doch wahrlich genug und gewiß nicht nur freiwillig herumgekommen sei und ohnehin nur den einen Wunsch hätte, noch einmal das Riesengebirge zu sehen. Die moderne Sehnsucht nach Luxus, Ferien und Ferne, die zu Walters Mißbilligung auch die Menschen erfaßte, die früher nicht weiter als zum Onkel aufs Land gefahren waren, erschien ihm eine beklagenswerte Zeiterscheinung, borniert, vermessen und in seinem eigenen Fall eine Undankbarkeit gegenüber einem Schicksal, in dem das Wort Aufbruch eine besonders unheilvolle Bedeutung hatte.

»Herrgott«, warf Jettel ihm in der Woche vor ihrem Geburtstag vor, »ich will doch nicht auswandern. Ich will nur zwei Wochen mal was anderes sehen und keine Deutschen.«

»Und wo, bitte, soll das sein?«

»Ich habe an Österreich gedacht«, sagte Jettel und schlug wütend ihr Schlüsselbund auf den Tisch.

Sie hatte mit Spott, beleidigenden Vorwürfen, auch mit einem großen Streit gerechnet, aber nicht mit einer so frappierenden Reaktion. Walter lächelte erst erniedrigend ironisch und schlug sich dabei an den Kopf, daß Jettel sich auf der Stelle vornahm, umgehend die Gäste zur Feier auszuladen und ihm das vorher noch nicht einmal zu sagen. Er genierte sich dann nicht einmal, so albern und laut zu wiehern, daß Ziri mit dem Fleischmesser in der Hand aus der Küche hetzte, um ja kein Detail der unvermuteten Heiterkeit zu verpassen.

Zu Jettels Verblüffung stand Walter betont langsam vom Ohrensessel auf, salutierte schwungvoll, legte seine Hand auf ihre Schulter und sagte fast zärtlich: »Fahr du nur, mein geliebter ahnungsloser Engel. Wenn du weg bist, werde ich die ganze Zeit hier im Lehnstuhl sitzen und daran denken, was du in der Emigration über die Österreicher gesagt hast. Und wenn du wiederkommst, hat sich dein Alter totgelacht.«

Reginas Reaktion am nächsten Morgen erstaunte Jettel noch mehr. Sie hatte den Vorschlag, mit Regina zu fahren, zunächst nur gemacht, weil sie wußte, daß es Walter immer leichter fiel, dann Geld auszugeben, wenn er glaubte, seiner Tochter eine Freude zu machen. Bei allen taktischen Erwägungen, auf die sie sehr stolz war, hatte Jettel aber doch der Gedanke nicht behagt, daß sie Regina in einen Konflikt bringen würde, über den sie nicht sprechen konnte.

Im Gegensatz zu Walter ahnte Jettel nämlich schon seit Jahren, daß Regina ihre Urlaube nicht, wie sie behauptete, mit einer Kollegin im Bayerischen Wald verbrachte. So zweifelte sie, nicht ohne Verständnis, ob ihre Tochter den mit solcher Sorgsamkeit gehüteten und offenbar sie auch befriedigenden Teil ihres Privatlebens für eine Reise mit der Mutter aufgeben würde. Regina stimmte aber so spontan und auch unverkennbar gerührt der gemeinsamen Reise zu, daß sich Jettel im nachhinein sehr einer List schämte, deren Egoismus ihr die ganze Zeit nicht entgangen war.

In den Wochen nach ihrem Geburtstag fragte sie sich dennoch häufig und ebensooft auch besorgt um ihr Selbstbewußtsein, ob es nicht allein Reginas Gutmütigkeit war, die sie zu dem unerwarteten Ja bewogen hatte. Je näher aber die Reise nach Mayerhofen im Zillertal rückte (Jettel war sehr stolz, daß sie das Ziel allein ausgesucht und mit dem Reisebüro ohne Walters Hilfe alle Verhandlungen geführt hatte), desto mehr spürte sie, daß Regina sich nicht nur auf den Urlaub, sondern zweifelsfrei auch auf das Zusammensein mit ihr freute.

Zufrieden holte Jettel aus dem Schatz ihrer Küchenlieder »Die Tiroler sind lustig, die Tiroler sind froh« heraus und erzählte in beiden ihrer Kaffeekränzchen den neidischen Damen, die gerade peinliche Erfahrungen mit ihren erwachsenen Kindern machten, daß es für eine Mutter kein größeres Glück gebe, als mit einer so umsichtigen und liebevollen Tochter zu verreisen. Bald vermochte Jettel auch nicht mehr zu glauben, daß sie je hatte eifersüchtig auf Regina sein können.

Ebensowenig konnte sich Regina erklären, weshalb sie ihrer Mutter in der Vergangenheit so sehr viel weniger Geduld und Toleranz entgegengebracht hatte als ihrem Vater. Es war, als fiele mit jedem Tag der früh einsetzenden Reisevorbereitungen ein Stück Reserviertheit zwischen zwei Menschen ab, die sich einst sehr gut gekannt und einander durch Umstände, die sie sich nicht erklären konnten, aus den Augen verloren hatten.

Beide merkten die Veränderungen zum erstenmal an dem Tag, als Jettel sich die silbergrau leuchtende Abendbluse und Regina den engen schwarzen Pullover kauften, Walter — wie üblich — stirnrunzelnd zu den Herrlichkeiten »schrecklich

schön« sagte und sie sich beide anschauten und geradezu
verschwörerisch mitleidig lachten. Sie debattierten tagelang
über Schuhe und Sandalen, Kniestrümpfe und dicke Socken,
ob sie vielleicht Lodenmäntel oder gar ein Dirndl brauchten,
und allen Ernstes, als hätten sie nie auf einer Farm gelebt, was
sie machen würden, wenn sie eine Kuh über eine Wiese jagte.

Einmal äußerte Jettel, sie komme sich vor wie zu den Zeiten, da
sie mit ihrer Mutter und Schwester Ferien gemacht habe. Sie
gebrauchte nun öfters das Wort »Badereise«, sprach von den
feschen jungen Männern, die sich in Norderney um ihre früh
verwitwete, schöne Mutter bemüht hatten, und ähnelte sehr,
während sie lächelnd in eine Vergangenheit eintauchte, die sie
seit Jahren nicht mehr erwähnt hatte, dem koketten, großäugi-
gen kleinen Mädchen im Matrosenanzug auf dem verbliche-
nen Foto in der alten Teedose.

Unter den Reiseunterlagen waren zwei blauleuchtende
Schmetterlinge aus Pappe. Regina und Jettel steckten sie am
Tag der Abreise an die neuen weißen Strickjacken und kicher-
ten wie junge Mädchen vor dem ersten Rendezvous. Der Son-
derzug mit Liegewagen der Touropa fuhr nachts um elf: Walter
bestand darauf, zum Hauptbahnhof mitzukommen. Er spen-
dierte einen Gepäckträger, Jettels geliebte Ingwerstäbchen für
die Fahrt und sorgte in dem Abteil, das sie erst nach aufgeregtem Suchen fanden, mit der verlegen vorgetragenen Bitte um
Verwirrung, man möge seine Frau und Tochter besonders
rücksichtsvoll behandeln – sie seien soeben erst aus der Ner-
venklinik entlassen.

»Gib acht auf dich«, mahnte Jettel, als sie sich zum Fenster
hinausbeugte. »Und iß richtig. Ziri weiß genau Bescheid, was
sie euch kochen soll. Ich hab ihr extra für jeden Tag eine Liste
gemacht.«

»Da siehst du, wie weit es mit mir gekommen ist. Hast noch
nicht einmal mehr Angst, mich mit einem jungen hübschen
Mädchen allein zu lassen.«

»Du weißt doch ganz genau, daß ich mein ganzes Leben nicht eifersüchtig gewesen bin. Geh auch mal mit Max zu Frau Schlachanska. Sie hat mir versprochen, euch einzuladen.«

»Ausgerechnet«, beklagte sich Walter. »Sie schaut mich immer so vorwurfsvoll an, als nimmt sie mir übel, daß ich nicht statt ihrem Mann gestorben bin.«

»Geh trotzdem. Sie ist eine gute Frau. Der Kuchen auch.«

»Zank dich nicht mit deiner Mutter, Regina. Und mach ihr unterwegs klar, daß Tirol in den Bergen liegt und nicht am Meer«, rief Walter in den Abfahrtspfiff hinein, »und erklär ihr, daß die Leute dort verkleidete Deutsche sind.«

Mayerhofen im Zillertal, von Innsbruck ab nur mit dem Omnibus erreichbar, empfing seine von der langen Fahrt strapazierten Gäste mit Marillenschnaps in kleinen bemalten Glaskrügen, voll erblühten roten Geranien auf den dunklen Holzbalkons der frischgestrichenen Häuser, zwei blumengeschmückten Kühen und einer Kapelle auf dem Marktplatz, mit Sonne auf den Wiesen und Neuschnee auf den Berggipfeln. Regina machte ihrer Mutter ein so begeistertes Kompliment, daß Jettel im Nu ihre Müdigkeit überwand und eine selbst für sie erstaunliche Energie mobilisierte, um dem verblüfften Reiseleiter zu klären, daß sie in dem entzückenden Haus mit dem hübschen Schild »Kramerwirt« wohnen wolle oder auf der Stelle abreisen würde.

Regina genierte der temperamentvolle Beweis mütterlichen Behauptungswillens enorm, und sie scheute sich, während der Verhandlungen den Mann im Trachtenanzug überhaupt nur anzuschauen. Er aber nannte Jettel mehrmals »Gnädige Frau«, bewunderte ihre Bluse, tauschte, nach anfänglichem Zögern, ohne Widerrede das vorgesehene Quartier mit dem verlangten und sorgte dann auch dafür, sogar mit einem Lächeln, daß Jettels Zusatzwunsch erfüllt wurde und sie das Zimmer mit Blick auf den Marktplatz und nicht die kleinere Stube mit Aussicht zum Hof bekam.

»Nur nichts gefallen lassen«, lachte Jettel und ließ sich gutgelaunt auf das Bett mit der rot-weiß karierten Wäsche fallen, »da können dein Vater und du sich eine Scheibe von mir abschneiden.«

Am ersten Abend gab es Kaiserschmarrn, den Jettel nach der ersten Portion als Rührei mit Rosinen bezeichnete und nach der zweiten als jene echte Wiener Küche lobte, die sie als junges Mädchen schon schätzen gelernt hatte. Die neuangekommenen Gäste erhielten ein Glas Wein als Aufmerksamkeit des Hauses und wurden anschließend zu einem kleinen Empfang in der großen Gaststube gebeten; ein bärtiges Trio in Lederhosen und grünen Hüten mit langer Feder spielte Volkslieder und auf Jettels besonderen Wunsch zweimal »Die Tiroler sind lustig«.

Grauhaarige Frauen in durchsichtigen weißen Nylonblusen schauten neidisch auf Jettels frischgefärbte Locken und spitzäugig auf ihr tiefausgeschnittenes Kleid mit üppigen roten Rosen auf schwarzem Grund. Die Männer mit Hosenträgern, die sich über ihren zu engen Hemden wölbten, studierten begehrlich Reginas Beine. Sie genossen beide die Blicke, bestellten ein Glas Wein, aus dem sie abwechselnd tranken, spotteten flüsternd über die übrigen Gäste, später bequem laut in Suaheli und fanden sogar Worte, um so schwierige Begriffe wie »typisch deutsch« und »spießig« auszudrücken.

Am Schluß des Abends freundeten sie sich mit dem Dackel der Wirtin an und kamen überein, daß Walter wirklich ein großer Narr sei, weil er stets behaupte, Dackel seien immer noch Nazis. Beim Einschlafen waren sie sich einig, daß sie in Jahren nicht mehr so gelacht und sich nicht so wohl gefühlt hatten: Sie wurden wach, als ein Hahn krähte, und stellten fest, daß sie seit Ol' Joro Orok keinen mehr gehört hatten.

Auf der ersten Karte an Walter schrieb Jettel: »Natürlich ist Tirol Ausland. Wir schränken uns sehr ein und bekommen dafür so viel zu sehen, daß uns der Kopf schwirrt.« Sie sparten das Geld, das sie für das Mittagessen eingeplant hatten, indem sie zwei Brötchen vom Frühstück mitnahmen, zwei Bananen und Milch kauften, und gaben es aus für eine Fahrt mit einer altmodisch-kleinen Eisenbahn nach Jenbach und für Omnibustouren nach Innsbruck, Salzburg, zum Tuxer Joch und zum Großglockner.

Jettel, die zu Hause jede Anstrengung mit dem Hinweis auf ihr Alter und ihre Migräne vermied, wurde auf keiner Fahrt je müde, war zu Reginas Erstaunen mit allem zufrieden und enorm beliebt bei den Mitreisenden; sie flirtete mit den Männern, die sich darum rissen, ihre Tasche zu tragen und ihr aus dem Bus zu helfen, und kümmerte sich mütterlich um alte Frauen ohne Begleitung. Die erzählten ihr alle schicksalsschwere Lebensgeschichten, interessierten sich noch mehr für Jettels afrikanische Erlebnisse und erinnerten sich ausnahmslos wehmütig an jüdische Freunde, denen sie in der Zeit der Not geholfen hatten.

Mit der neuen Box fotografierte Regina ihre strahlende Mutter vor dem Goldenen Dachl in Innsbruck, im Garten von Schloß Mirabell in Salzburg und in der Getreidegasse mit einer Packung Mozartkugeln. Im Hinblick auf den geplanten Höhepunkt der Ferien kauften sie aber dann doch nur an einem Kiosk eine kleine Flasche Rum, die ihnen besonders preiswert erschien.

Sie schwankten lange, ob Bressone, das zu ihrer Verwunderung ja auch Brixen hieß, nicht schon »genug Italien« wäre, um ihr Verlangen zu stillen, buchten aber dann doch die große, teure Brennerreise mit einer Stunde Aufenthalt in Bozen und drei Stunden in Meran. Weil der Omnibus unterwegs eine Panne hatte, durften sie in Bozen nur einen hastigen Blick auf den Obstmarkt werfen und konnten gerade noch ein Pfund Trauben kaufen, aber in Meran spürten sie sofort, daß sie endlich das Land ihrer Sehnsucht erreicht hatten.

»Wir haben es mit der Seele gesucht«, rezitierte Regina.

»Das hast du schön gesagt«, bewunderte Jettel.

»War ein bißchen Goethe dabei.«

Sie spazierten auf der prächtigen Promenade vor dem vornehmen Kurhaus, lauschten, in Gluthitze auf einer weißen Bank sitzend, ergriffen den Walzermelodien der Kurkapelle, saßen in einem Café an der plappernden Passer mit einer eigenen Palme und Papagei, streichelten mit der Zunge das schöne, fremde Wort Espresso und mit der Hand die winzigen, silbernen Tassen und wunderten sich sehr über den fließend Deutsch sprechenden Kellner. Dennoch waren sie sich einig, daß sie in das Herz Italiens vorgestoßen waren.

In den Geschäften unter den kühlen, dunklen Lauben fanden sie ein winziges, gläsernes Pferd mit blauer Mähne für Ziri, durften Wein kosten und brauchten nichts für den berauschenden Schluck Seligkeit zu bezahlen. Beide hatten sie rote Flecken im Gesicht und Töne im Ohr, die Regina als Lockruf der Sirenen erkannte, probierten Strohhüte und Sonnenbrillen und starrten verlangend auf die gewiß billigen, aber für sie leider immer noch zu teuren Schuhe, Gürtel und Handtaschen. Nach dem zweiten Espresso – diesmal wagten sie, den Zucker in den hübschen Beuteln mitzunehmen – entschieden sie sich für den gemeinsamen Erwerb einer Kette aus weißen Porzellankugeln mit aufgemalten rosa und blauen Rosen. Jettel bezahlte fünfzig Lire mehr als Regina und sicherte sich für alle Zeiten das Recht, das Prachtstück immer sonntags ausführen zu dürfen und die Kette sofort anzuziehen. Ein Soldat in italienischer Uniform, der nachweislich kein Deutsch konnte, weil er Jettel »Signora« nannte, schnalzte mit der Zunge, und ihre Wangen färbten sich rosa.

Für die letzten Lire kauften sie Max einen kleinen, echt italienischen Schutzmann aus »wirklich gutem« Plastik, der einen blauen Helm hatte und bei Wind mit den Armen ruderte, und für Walter zwei Liter Chianti in einer moosgrünen Flasche im hellgelben Bastkorb. Sie loderten in erregter Freude bei dem

Gedanken, daß er eine solche Herrlichkeit in seinem ganzen Leben noch nicht gesehen habe und es bestimmt nicht wagen würde, die Flasche zu entkorken, obwohl der Händler glaubhaft versichert hatte, man könne später eine Kerze in den Hals stecken und sie würde genauso schön sein wie zuvor.

Vor der Abfahrt kauften sie von den nun wirklich letzten Münzen eine große Tüte Eis und lutschten sie abwechselnd. Regina durfte die Kugeln auswählen; sie deutete die Blicke ihrer Mutter richtig und ließ sich nur Schokolade, Nougat und Mokka geben, obwohl sie am liebsten Vanille- und Erdbeereis aß.

»Ich komme mir vor, als ob ich in Italien um Jahre jünger geworden bin«, sagte Jettel.

»Das bist du«, bestätigte Regina, »aber nicht erst in Italien.«

Auf dem Rückweg hatte der Omnibus in Brennerbad abermals eine Panne. Die murrenden Ausflügler wurden vom Fahrer mit Rotwein aus eigenem Bestand getröstet. Nur die überkritischen älteren Herren monierten, daß ein Omnibusunternehmen so viele Gläser, aber keinen Ersatzreifen dabei hatte. Auf einer Wiese unter einem Apfelbaum, dessen Äste kaum die Last der rotglänzenden Früchte halten konnte, sprach Jettel den Gedanken aus, der Regina seit dem zweiten Tag der Reise nicht mehr losgelassen hatte.

»Es ist«, erinnerte sie sich, »eigentlich das erstemal, daß wir beide so ganz allein zusammen sind, seitdem ich in Nakuru schwanger war und so verzweifelt war, weil ich spürte, daß das Baby tot zur Welt kommen würde.«

»Und wir reden miteinander wie damals«, schluckte Regina mit der gleichen Schwere in der Stimme, »ich hab gedacht, du hättest das längst vergessen.«

»Nein. Ich denke oft daran. So klein wie du warst, du hast mich damals sehr getröstet. Ich hatte das Gefühl, du verstehst mich so gut, wie ich meine Mutter verstanden habe.«

»Und heute denkst du das nicht mehr?«

»Ich weiß nicht so recht. Du bist immer auf der Seite deines Vaters.«

»Nein«, erwiderte Regina, »das bin ich nicht. Ich verstehe dich oft sehr viel besser als du denkst, aber ich will Papa schützen. Ich hab immer Angst um ihn, wenn er sich aufregt. Glaub nur nicht, daß ich nicht längst begriffen hab, wie schwierig es ist, mit ihm verheiratet zu sein. Ich weiß auch, daß er oft den Streit anfängt.«

»Meistens«, seufzte Jettel, »streiten wir über dich. Du hörst uns immer nur zanken, aber du weißt ja nie, wie die Sache angefangen hat. Papa ist von der Idee besessen, daß du ein Verhältnis mit deinem Chef hast. Oder daß du von Martin nicht loskommst und deswegen nicht heiraten willst. Und dann nimmt er mir schrecklich übel, wenn ich ihm sage, daß du alt genug bist, um zu wissen, was du tust.«

Es drängte Regina, Jettel zu umarmen, aber der alte Streit ihrer Eltern um ihr Herz machte sie so unsicher wie in ihren Kindertagen. Ihre Haut glühte, und sie ließ ihre Arme sinken.

»Danke«, sagte sie leise und streichelte Jettels Hand.

»Wofür?«

»Daß du mich so viel besser verstehst als ich dich, müßte ich sagen. Aber ich meinte eigentlich danke für die ganze Reise. Ich werde diese Tage nie vergessen.«

»Ich auch nicht. Das wollte ich dir die ganze Zeit schon sagen. Aber neugierig bin ich auch. Was stimmt denn nun? Das mit Martin oder das mit deinem Chef?«

»Beides. Und beides nicht ganz so, wie ihr denkt. Du bist eine kluge Frau.«

»Das sag ich doch immer«, lachte Jettel, nahm einen kleinen Apfel aus dem Gras und warf ihn in die Luft, »nur dein Vater wird das nie begreifen. Er hat eben keine Menschenkenntnis. Trotzdem freue ich mich auf ihn, obwohl ich mich jetzt schon über ihn ärgere. Ich wette, er schickt Max keinen Tag pünktlich ins Bett.«

Sie hatte selten so recht gehabt. Walter hätte es als sündhafte Verschwendung seiner Freiheit empfunden, Max ins Bett zu schicken, ehe er selbst schlafen ging. Er, der sich oft seiner tiefen Bindung zu Regina schämte, weil er sie als ungerecht gegenüber Max empfand, war dabei, seinen Sohn aus neuer Perspektive kennenzulernen. In den zwei Wochen, in denen er mit ihm allein lebte, begriff er nicht nur, daß Max kein Kind mehr war. Er erkannte auch, daß er den gleichen Humor hatte wie er selbst, die gleiche Freude an provozierenden Scherzen und derber Sprache und auch die gleiche Art, Emotionen mit einer Nüchternheit zu kaschieren, die andere Menschen nicht nachempfinden konnten. Dieser Gleichklang beglückte ihn sehr. Er wurde, wenn er mit Max zusammen war, weder so schnell müde wie gewöhnlich, noch hatte er trübe Gedanken. Es machte ihm eine große Freude, daß dieser fröhliche, intelligente Sohn mit einem ausgeprägten Sinn für Sprache und Ironie so spürbar die gemeinsamen Unterhaltungen genoß.

Walter ließ sich an keinem Tag der zwei Wochen die Gelegenheit entgehen, Max zu beweisen, wie erquickend, unkompliziert und harmonisch das Leben war, wenn Männer keine Rücksicht auf Frauen und deren Hang zu nehmen brauchten, sich im unpassenden Moment mit Dingen zu beschäftigen, die einem Mann das Leben vergällten. Zum erstenmal entwickelte sich mit dem Sohn das gleiche innige Verhältnis augenzwinkernder Einverständlichkeit wie einst auf der Farm mit der Tochter.

Wenn Walter in Ol' Joro Orok allein mit Regina gewesen war, hatte er stets versucht, das Leben anders zu gestalten als sonst. Er hatte ihr erlaubt, sich eine Woche lang nicht zu waschen und so lange aufzubleiben, bis sie vor dem Kamin einschlief und von Owuor ins Bett getragen wurde. Nun animierte er Max zum Ausbruch aus der Konvention, all das zu tun, was Jettel nicht schätzte, und über Dinge zu sprechen, die sonst in seiner Gegenwart nicht erwähnt wurden.

Während Walter in der Badewanne saß, hörte er Max die lateinischen Vokabeln für den nächsten Tag ab, erklärte ihm mit Seife, Bürste und Waschlappen als Demonstrationsmaterial den Satz des Pythagoras, danach politische Probleme, das Wesen des Antisemitismus und was er zu tun hätte, wenn er seinen Vater vor der Zeit zum Großvater mache. Max durfte im Ehebett schlafen, mit ins Gefängnis und nach der Schule ins Büro. Dort stärkte er seinen Appetit auf das Leben, indem er die Akten von Scheidungsprozessen studierte.

Mittags aßen sie im Stehen bei einem Metzger, für den Walter gerade die Scheidung eingereicht hatte und dessen Ansichten er nicht nur über eheliche Untreue teilte, sondern auch über die Qualität guter Rippchen. Sie kauften Currywurst an der Bude, holten zum Nachtisch Negerküsse und aßen sie auf einer Bank in der Grünanlage vor dem Büro. Einmal fragte Walter seinen Sohn, ob er denn nicht lieber mit den Jungen aus seiner Klasse zusammensein wollte.

»Nein«, sagte Max, »ich mach Ferien von den Jungs aus meiner Klasse.«

Zweimal aßen sie an einem glutheißen Tag unter Bäumen im vornehmen »Kaiserkeller« und brachten den Kellner erst in große Verlegenheit, weil sie Schuhe und Strümpfe auszogen und dann in noch größere, als Walter vorgab, er habe seine Geldbörse verloren. Er kaufte Max eine Klingel für sein Fahrrad, die wie eine Autohupe klang, und sich selbst eine Kette, damit seine Brille direkt von der Nase auf die Brust rutschen konnte. Der Optiker erzählte ihnen, daß es solche Ketten bisher nur in Amerika gegeben hätte: Sie merkten sofort, daß das stimmte, denn die Menschen, die Walters baumelnde Brille sahen, blieben stehen und lachten verstohlen.

Im übrigen war Fußballweltmeisterschaft und Walter nach zwei Wochen der flimmernden Bilder, kreischenden Reporterstimmen, Aufregung und ständigen Bangens um Wohl und Sieg der famosen eigenen Elf gründlich genug geschult, um

Schiedsrichter und Spieler, die den deutschen Sieg und die deutsche Ehre gefährdeten, in der gleichen empörten Lautstärke wie sein Sohn zu verteufeln. Ohne es zu ahnen, stand er auch unmittelbar vor einer Erkenntnis, die ihn tief berühren sollte. Es war am Tag des mit fiebernder Anspannung erwarteten Spiels um den Einzug ins Finale zwischen Schweden und Deutschland. Walter genoß am Anfang das Duell in Göteborg, als hätte er sich zeit seines Lebens für nichts anderes als für Freistöße, Ecken und Elfmeter interessiert. Er jubelte genauso wie Max und zu dessen Zufriedenheit, als der deutschen Elf, deren Kämpfer Walter längst mit Namen nennen konnte, eine überraschende Attacke gelang. Dennoch ließ seine Konzentration früher nach als bei den bisherigen Spielen – es war ein entmutigender Tag mit einem verlorenen Prozeß und einem als kränkend empfundenen Streit mit dem Richter gewesen.

Obwohl er sich anfangs noch sträubte, Max durch seine Unaufmerksamkeit zu enttäuschen, verloren die Bilder zuerst ihre Deutlichkeit und dann ihre Bedeutung. Schließlich waren es nur noch die Ohren, die Nahrung fanden. Es zog ihn mit einer Kraft, deren Verlockung er sich bald nicht mehr zu entziehen vermochte, zum nie vergessenen Klang vertrauter Geräusche hin. Je länger das Spiel dauerte, desto mehr erinnerten ihn die antreibenden, regelmäßig gebrüllten und monotonen Rufe von »Heia, Heia« der schwedischen Zuschauer an die Trommeln im Wald von Ol' Joro Orok.

Walter sah sich, als er, einen Moment nur, seinen Augen die Reise gestattete, am Rande des großen Flachsfeldes stehen. Er sah auch, wie Regina ihren Hut in die Luft warf und sich auf die rotglänzende Erde legte, um die Botschaft der Töne aufzufangen, hörte die schwarzen Affen mit der weißen Mähne kreischen und danach Owuor lachen. Das Echo prallte als dumpfer Donner vom Berg zurück. Sie standen zu dritt im hellen Blitz, schrien mit einer einzigen Stimme in den Wald hinein und gaben so das Zeichen, daß sie die Trommeln erreicht hatten.

»Heia, Heia«, rief Walter den Bildern zu und machte seine Stimme dunkel.

»Heia darfst du nicht sagen«, beschwerte sich Max. »Das ist Verrat.«

»Hochverrat«, verbesserte Walter. »Ich will doch nur durch den Lärm die Feinde vertreiben. Im Krieg macht man das so. Das weiß ich noch von den Heuschrecken.«

Es gelang ihm indes nicht rasch genug, aus einer Welt aufzutauchen, die im Rückblick schon deshalb das kurze Einverständnis mit dem Leben vorgaukelte, weil er damals jung und gesund gewesen war. Zeitgleich mit der Erinnerung an seine noch ungebrochene Kraft empfand er aber auch wieder die starke Bedrückung Afrikas und litt, als habe er Deutschland soeben erst verlassen müssen, mit frisch blutenden Wunden an der Sehnsucht nach der Heimat, die ihn verstoßen hatte.

Der Kampf mit Erinnerungen, von denen jede einzelne in eine andere Richtung drängte, versengte Walters Sinne. Er seufzte, um das Feuer zu löschen und mit ihm die Beunruhigung, daß er die Heimat, die er in Afrika betrauert, in Deutschland wohl doch nicht mehr gefunden hatte. Erschrocken hielt er sich die Hand vor den Mund, damit sich der quälende Laut der Resignation nicht wiederholte, doch mit einemmal wurde ihm bewußt, daß es sein Sohn war, der gestöhnt hatte. Erleichtert riß er die Augen auf und sah Max an.

»Die Sau hat den Juskowiak vom Platz gestellt«, schrie Max.

»Ist das einer von uns?«

»Mensch, Vati, du kennst doch den Juskowiak. Wie sollen wir jetzt noch gewinnen?«

Weil der Klang der harten Silben ihn auf so eigentümliche Weise faszinierte, grübelte Walter, nur einen Herzschlag lang, über den Namen Juskowiak; die Zeit reichte für eine neue Bilderflut. Er dachte an Sohrau, an sein Vaterhaus mit den Linden, sah Straßen, Plätze, Menschen und Szenen, dachte schließlich an den oberschlesischen Abstimmungskampf nach dem Ersten Weltkrieg und wie fanatisch er sich als junger Mann dafür eingesetzt hatte, daß seine Heimat deutsch bleiben sollte. Er hörte sich fordernd und besessen von deutscher Kultur und deutschem Vaterland reden, von Treue, Ehre und Opfermut, und er versuchte, sich zu erinnern, was er empfunden hatte, als er die Worte gesagt, wollte sich die jungen Männer vorstellen, die sich mit ihm der verlorenen Sache hingegeben hatten, aber ihm fiel kein einziger Name mehr ein, nur noch der Eifer und Haß in grob-entschlossenen Gesichtern. Mit einemmal neidete er den Freunden von einst, neidete auch dem jungen Mann, der er gewesen war, die Sicherheit der Überzeugung, nur die eigene Sache sei die gerechte gewesen.

»Der Fritz Walter ist verletzt. Mann, der kann nicht mehr. Der humpelt vom Platz. Die schwedische Drecksau hat ihn gefoult. Das ist unfair«, brüllte Max. »Schau dir doch diese Schweinerei an, Vati.«

Auch Walters Augen fingen zu brennen an, als er im roten, verquollenen Gesicht seines Sohns die sich verzeichnenden Spuren von dem Eifer und Haß entdeckte, an die er soeben gedacht hatte. Das Spiegelbild seiner eigenen Jugend gefiel ihm nicht. Er hatte das Bedürfnis, sich endlich vor dem Mißverständnis zu schützen, das er nun als die lebenslange Illusion empfand, die den Menschen blind machte. Es drängte ihn, dem jungen Mann von damals zu sagen, daß Heimat nur ein Traum sei, doch er wußte nicht mehr, ob er sich selbst oder seinen Sohn warnen wollte.

»Wir sind nur noch neun«, rief Max, »jetzt sind wir verloren.«

Es war die Verzweiflung in der kindlichen Stimme, die die Gespenster vertrieb. Befreit sah Walter, wie Max sich auf die Lippen biß und die Hände zur Faust ballte. Er erkannte sofort die Zeichen, die ihn noch mehr aufwühlten als der Blick in seine Vergangenheit. Es war der Moment der großen Erlösung, als Walter begriff, daß der Sohn die Heimat gefunden hatte, die es für den Vater nie wieder geben würde.

»Fußball«, sagte er, »ist wirklich schön.«

»Du schläfst doch die ganze Zeit«, beschwerte sich Max.

»Ein Vater schläft nie. Der denkt nach. Merk dir das, mein Lieblingssohn.«

Das Spiel endete drei zu eins für die Schweden. Noch im Bett wiederholte Max, daß das Ende der deutschen Hoffnungen eine Tragödie sei und er nie wieder in seinem Leben lachen wolle. Er tat es aber doch, als Walter im Schlafanzug einen Regenschirm schwenkte, dabei »Heia, Heia« rief und vorschlug, sich das Gesicht mit Schuhwichse zu schwärzen.

Am nächsten Morgen, zwei Stunden vor Eintreffen des Sonderzugs aus Tirol, gingen Walter und Max in den Kaufhof, um Jettel mit einem neuen Kochtopf zu empfangen. Er war noch höher und sehr viel größer als der alte Suppentopf, der bei der Auswanderung in Leobschütz zurückgeblieben war, hatte funkelnde Griffe und glänzte wie ein silberner Pokal. Walter hielt ihn über den Kopf, und die junge Verkäuferin leckte sich die Lippen und sagte anerkennend: »Sie haben eine gute Wahl getroffen. Echt schwedischer Stahl.«

»Schwedischer Stahl«, ahmte Walter die hohe Stimme nach. Er schlug den Deckel auf den Topf und fragte laut: »Wissen Sie denn nicht, was passiert ist? Sie glauben doch nicht, daß ein anständiger Deutscher noch seine Suppe in einem Topf aus Schweden kochen kann. Ich bin doch kein Vaterlandsverräter.«

Mit einer Stimme, die abermals anschwoll, schrie er: »Heia, Heia.« Die Kunden strömten herbei und sahen Walter amüsiert, neugierig, manche auch bewundernd an. Er rief noch einmal »Heia, Heia« in den Raum; diesmal skandierten die Menschen, die um ihn standen, die Rufe mit und klatschten heftig Beifall.

»Das hast du fein gemacht«, bewunderte ihn Max, als er mit seinem Vater auf dem Bahnsteig ankam, »ich hab nicht den Mut, vor so vielen Menschen so laut zu schreien.«

»Wir Deutsche lassen uns nichts gefallen«, kicherte Walter.
»Wir tragen den Kopf wieder oben.«
Der Zug aus Innsbruck fuhr zwei Minuten zu früh in Frankfurt
ein. So kam er weder dazu, seinem Sohn den Unterschied
zwischen Mut und Übermut klarzumachen, noch konnte er
ihm das sagen, was er ihm am Abend zuvor nach dem letzten
schwedischen Tor hatte erklären wollen.

21

Erst Mitte November beendete ein ungewöhnlich kalter
Tag die außergewöhnliche Periode von milder Sonne und
Wärme, die den frühen Herbst so lange vergoldet hatte. Mit
einem schneidenden Wind, Regen, Hagelstürmen und uner-
wartetem Temperatursturz raubte dieser Tag der Kontraste
Walter jede Hoffnung, daß er sich nur an den Wetterwechsel zu
gewöhnen brauche, um kraft seines Willens gut durch den
Winter zu kommen. Er hatte, kaum daß er das Haus verließ,
die ziehenden Schmerzen im Arm, die er seit seinem ersten
Herzanfall zu deuten gelernt hatte, hustete in der Nacht so
heftig, daß er nicht im Bett bleiben konnte und sich bis zum
Morgengrauen im Ohrensessel im Wohnzimmer quälte und
keuchte beim Laufen schon nach den ersten Schritten. Weil er
noch nicht einmal genug Energie hatte, Jettel rechtzeitig zu
widersprechen, saß er drei Tage später, obwohl er sich gerade
an diesem Nachmittag deutlich besser fühlte, im Sprechzim-
mer von Professor Heupke.

Dort starrte er so erbost die Astern in einer hellgrünen Mar-
morvase an, die ihn ausgerechnet in einem so unpassenden
Moment an eine Graburne denken ließ, als seien die Blumen
und nicht der Mann hinter dem Schreibtisch für die ungebetene Botschaft verantwortlich, die er soeben vernommen hatte.
Schon die Untersuchung hatte Walter als viel zu gründlich für
einen Zustand empfunden, den er nun wieder und, wie er fand,
auch sehr anschaulich, als eine nur kleine und vorübergehende
Unpäßlichkeit bezeichnete.

Noch mehr als die Untersuchung verdrossen ihn der Vorschlag, den Professor Heupke soeben gemacht hatte, dessen ernster Ton und sein verschlossenes Gesicht. Ergrimmt definierte Walter die Miene als jenes probate Mittel einer von ihm mißachteten Berufszunft, um einen Kranken aus dem Zustand momentaner Niedergeschlagenheit in jene demütige Haltung zu manövrieren, die seiner Meinung nach jeder Mediziner seit Hippokrates zur glaubwürdigen Ausübung seiner Heilkunst mißbrauchte.

Angewidert wandte Walter sich ab und konzentrierte sich einige Zeit nur auf die großen Regentropfen an der Fensterscheibe. Als er sich endlich umdrehte, schlug er leicht mit der Faust auf den Tisch und ballte die Hand in der Jackentasche zur Faust. Er nickte und straffte die Schultern, um anzudeuten, daß ihm doch noch eine Antwort auf die vor einigen Minuten gestellte Frage eingefallen war. Befreit und sehr plötzlich mit seinem Schicksal versöhnt, wurde ihm klar, daß er absolut noch genug Widerstandskraft hatte, sich mit seiner gewohnten Beherztheit zu wehren. Das Wortspiel gefiel ihm. Er lachte mit einer Andeutung von Vergnügen, als ihm aufging, daß es für ihn in diesem Augenblick wohl besonders zutreffend war.

»Diesmal nicht«, sagte er überdeutlich. »Mich bekommt keiner mehr in Ihr Krankenhaus.«

»Aber Sie wissen doch, wie das geht. Das Ganze ist reine Routinesache«, widersprach Professor Heupke geduldig, »damit wir Sie mal wieder auf Vordermann bringen.« Er mobilisierte die große Portion Zuversicht, die er brauchte, um unbefangen zu lächeln, und wunderte sich gleichzeitig, daß es ihm immer noch gelang, jene Sympathie für Walter zu empfinden, die er ihm seit der ersten Konsultation vor einigen Jahren entgegenbrachte. »Ein paar Tage Krankenhaus«, stellte er fest, »werden Ihnen guttun.«

»Das haben Sie beim letztenmal auch gesagt«, monierte Walter. »Merken die Ärzte denn nie, wenn sie am Ende ihres

Lateins sind? Einen neuen Motor können Sie mir nicht einsetzen.«

»Aber Ihre Zuckerwerte wieder in Ordnung bringen«, zählte Professor Heupke auf, »und Ihr Herz stärken. Und dafür sorgen, daß Sie sich ein bißchen Ruhe gönnen. Mehr will ich ja gar nicht. Geben Sie«, schlug er vor, »doch einem Arzt auch mal die Chance, einem Patienten zu helfen, der ihm ans Herz gewachsen ist.«

»Keine Schmeicheleien«, verbat sich Walter streng. Mehr noch als die Beharrlichkeit des Arztes, von der er fand, daß sie auf eine geradezu irritierende Art seiner eigenen entsprach, ärgerte ihn, daß Jettel nicht nur seine Leiden mit einer Akribie aufgezählt hatte, die er bei besseren Anlässen sehr viel mehr geschätzt hätte, sondern auch noch jeden Satz, den Professor Heupke sagte, mit dem von ihm verhaßten Satz »Das sage ich ja immer« kommentierte.

»Nach Weihnachten«, sagte Walter triumphierend, »habe ich alle Zeit der Welt. Aber da verreisen ja neuerdings die Herren Ärzte und scheren sich keinen Deut um ihre Kranken.«

»Ich nicht.«

»Sie feiern selbstverständlich Silvester am Krankenbett Ihres Lieblingspatienten.«

»Wegen Silvester«, versprach der Professor, »machen Sie sich keine Sorgen. Da nehmen Sie Urlaub vom Krankenhaus und feiern mit Ihrer liebenswerten Gattin. Dann naschen Sie, was das Zeug hält, und ich fange im neuen Jahr gleich von vorn an und sage kein einziges Wort.«

»Ich werd's mir überlegen«, erwiderte Walter. »Und nur deshalb, weil Sie soeben den ersten Witz gemacht haben, seitdem wir uns kennen. Aber machen Sie sich keine allzu großen Hoffnungen, daß ich mich hier auf die faule Haut lege.«

»Und Sie bitte auch nicht, wenn Sie sich nicht helfen lassen. Und das ist jetzt kein Witz.«

»Zwei am Tag wären ja auch zuviel.«

In den schlaflosen Nächten nach dem Arztbesuch und an den Tagen, die ihm ohne Anfang und Ende erschienen, gestand Walter, zumindestens sich selbst, jedoch bald ein, daß die Besserung nur von kurzer Dauer gewesen war. Sein Starrsinn nährte jedoch die Hoffnung weiter, sein Körper würde sich auch diesmal selbst helfen. Er hatte weder vor, ins Krankenhaus zu gehen, noch sich länger mit dem Vorschlag des Arztes zu beschäftigen, doch weder Jettel noch Regina ließen ihm seinen Frieden.

Vier Wochen lang drohten beide, flehten, weinten und stritten mit Walter. Sie beschimpften ihn und ließen sich beschimpfen, versöhnten sich mit ihm, versprachen, ihn zweimal täglich im Krankenhaus zu besuchen und allen Bekannten Bescheid zu sagen, daß sie es auch taten. Sie schworen, Zigaretten und Schokolade mitzubringen und nicht zu protestieren, wenn er sich Akten aus dem Büro kommen ließ. Jettel appellierte ebenso erfolglos an Walters Verstand wie Regina an sein Verantwortungsbewußtsein. Als letzte Hoffnung, ihn zur Behandlung in der Klinik zu überreden, schaltete sie Fafflok ein, doch auch er resignierte. Am Ende war es Ziri, der das Wunder zu einem Zeitpunkt gelang, als keiner noch damit rechnete. Mit einem einzigen Satz stimmte sie Walter um.

»Ich hab immer gedacht«, sagte sie eine Woche vor Weihnachten, »Sie wollen die große Feier Ihres Sohnes miterleben.«

»Ziri ist die einzige von Euch Weibern mit Grips«, erklärte Walter am gleichen Abend. »Immerhin wird eine Barmitzwa nur noch im engsten Kreis gefeiert, wenn der Vater gerade gestorben ist. Bis März muß ich noch aushalten. Das bin ich meinem einzigen Sohn schuldig. Wie seid ihr bloß darauf gekommen, daß ich nicht ins Krankenhaus gehe?«

Sein Nachgeben, das er nun feixend als ein Spiel deklarierte, das jeder Mensch mit einem Quentchen Humor sofort durchschaut hätte, veränderte auf einen Schlag das Leben für alle. Der Streit mit Jettel galt nun wieder den Banalitäten des Alltags und verlor seine Stacheln. Walter neckte Max und Ziri mit alter Lust; vor allem fand er mit Regina zu der Einvernehmlichkeit zurück, die beide so sehr vermißt hatten.

Nach dem Anruf bei Professor Heupke, dessen teilnehmende Freundlichkeit er genoß, als käme sie ihm tatsächlich zu, besserten sich Walters Husten und Stimmung in einem verblüffenden Tempo. Die cholerischen Ausbrüche wurden seltener, die verletzende Aggressivität wich den skurrilen Scherzen, die ihm so große Freude machten. Regina erwartete gar, er würde bald mit dem Vorschlag herausrücken, nun doch nicht ins Krankenhaus zu gehen, aber sie irrte sich.

An guten Tagen pfiff Walter nach der Verschnaufpause auf der Treppe in der zweiten Etage »Ich hab mein Herz in Heidelberg verloren« und nannte Ziri, die den Namen noch immer nicht aussprechen konnte, Owuor. Immer häufiger, erwartungsfroh und mit sich immer mehr konkretisierenden Plänen, die im frappierenden Widerspruch zu seiner Sparsamkeit und Bescheidenheit standen, redete er von der Barmitzwa im März des kommenden Jahres.

Er versprach seinem Sohn eine Feier, von der in Frankfurt noch nach Jahren die Rede sein würde, und seiner Frau ein neues Kleid aus einem jener kleinen Geschäfte, die neuerdings bei den Damen gesellschaftsfähig wurden. Abends entwarf er die lange Gästeliste, die er am nächsten Morgen fröhlich erweiterte. Sie umfaßte den größten Teil der Jüdischen Gemeinde, dazu Kollegen, Richter, Staatsanwälte und gute Mandanten. Es fehlten weder die Oberschlesier noch die Bundesbrüder aus der alten Studentenverbindung, von denen in den letzten Jahren mehrere nach Deutschland zurückgekehrt waren. Greschek sollte im Wohnzimmer und Grete im Wintergarten schlafen. Eines Abends schlug er vor, Martin einzuladen. Regina war dagegen und ihr Vater schon zu eingenommen von der Idee, um ihr Spiel zu durchschauen. Er stolperte in die Falle und schrieb nach Südafrika.

Zum Hochzeitstag schenkte er seiner Frau die Perlenkette, die sie sich seit Jahren gewünscht hatte. Einen Tag danach, am Weihnachtsabend, zankte er sich so heftig mit ihr, weil sie den Karpfen und den Gänsebraten auf zwei Mahlzeiten verteilen wollte, daß sie mit theatralischer Geste die Kette auf den Küchentisch warf und drohte, sie nie wieder anzuziehen und die Gans, die Greschek aus dem Harz geschickt hatte, ungerupft in den Herd zu stopfen. Aber auch Jettels Aufstand, der ebenso eine Feiertagstradition war wie der Honigkuchen, den sie selbst auf der Farm gebacken hatte, als es keinen Honig gab, vermochte die Stimmung nicht auf Dauer zu trüben.

»Weihnachten«, pflegte Walter seit den Zeiten des überwundenen Hungers zu sagen, »dürfen sich auch die Juden sattessen.«

Er behauptete, das habe er schon als Junge im Barmitzwa-Unterricht gelernt, und freute sich stets besonders auf die Feiertage. Obwohl er seine Kinder früh gelehrt hatte, sich nur mit den eigenen religiösen Festen zu identifizieren, keinen Tannenzweig in der Wohnung duldete und Jettel seit der Verlobungszeit den Weihnachtsbaum ihrer Mutter im Wohnzimmer vorwarf, fand er nichts dabei, die Weihnachtslieder aus dem Radio mitzusingen und am zweiten Feiertag bei Faffloks unter dem prächtig geschmückten Baum zu sitzen und soviel Stollen zu essen, bis ihm übel wurde.

Es wäre ihm nie in den Sinn gekommen, auf Heringshäckerle, gestopften Gänsehals, die Biersauce zum Karpfen und Mohnklöße zu verzichten, die ihn an Weihnachten in Oberschlesien erinnerten. Er nahm über Weihnachten drei Pfund zu und war gut gestimmt, sogar übermütig, als Jettel nach den Feiertagen seinen Koffer für das Krankenhaus packte.

Walter kannte das Hospital zum Heiligen Geist noch von früheren Aufenthalten. Vor allem, und das war wesentlich wichtiger für ihn, kannten die meisten Schwestern ihn und begrüßten ihn auch diesesmal mit einer Herzlichkeit, die ihm wohl tat. Sie hatten früher schon begriffen, daß Walters oft rüde Art nur die Tarnung seiner Güte war, gingen bereitwillig auf seine Neckereien, derben Witze und Scherze ein, hatten Verständnis für sein ungeduldiges, oft ungerechtes Naturell, und sie ließen sich nie durch seine Schroffheit täuschen, wenn ihm Kleinigkeiten mißfielen.

Sowohl die Schwestern mit den grauen Haaren als auch die mit den festen Hüften und schlanken Taillen schätzten seine ungenierten Komplimente und großzügigen Trinkgelder. Sie fanden Walter originell und waren sehr gerührt von der Liebe, die er seiner Familie entgegenbrachte und die Familie ihm. Vor allem hatten sie den allergrößten Respekt vor einem Patienten, den die Oberschwester so gut kannte, daß sie ihn jeden Abend besuchte und sich lange mit ihm unterhielt. Am letzten Tag des Jahres ließ sich kaum eine der Schwestern die Gelegenheit entgehen, ihm persönlich alles Gute zu wünschen.

Walter versprach allen, auf seine Gesundheit zu achten, mit niedrigen Zuckerwerten und Mohnklößen für die ganze Station zurückzukommen, und er verpflichtete bärbeißig alle zum Schweigen, die von seiner Großherzigkeit hätten erzählen können. Er hatte die Oberschwester gebeten, in einem Sechsbettzimmer auf seine Kosten Sekt und belegte Brote zu spendieren, und einer Lehrschwester, deren Eltern aus Ratibor stammten und in Göttingen wohnten, das Geld für die Fahrkarte nach Hause zugesteckt.

Feierlich sicherte Walter zwei Ärzten und der Oberschwester zu, sich für den Weg zu seiner Wohnung ein Taxi zu nehmen, schlich aber schon nach dem Mittagessen aus der Klinik, holte sein Auto aus einer Seitenstraße ab und fuhr singend nach Hause. Weil er erst nachmittags erwartet wurde, konnte er der Versuchung nicht widerstehen, seine Familie noch mehr zu erschrecken, als er es mit seinem vorzeitigen Schellen an der Haustür getan hätte. Er schloß die Wohnungstür mit einem Gebrüll auf, das in Ol' Joro Orok nur Owuor gelungen war, wenn er dem Berg ein dreifaches Echo abverlangte, warf seinen Hut an Jettels Kopf vorbei auf den Küchentisch, boxte Regina von hinten in den Rücken und schickte Max in die Drogerie an der Ecke, um Wunderkerzen, Luftschlangen, Knallbonbons, Blei und einen Zuckerhut zu kaufen.

»Du wirst immer meschuggener«, schimpfte Jettel und ließ trotzdem spüren, daß sie sich freute. Sie hatte sich nach einer hitzigen Diskussion von dreitägiger Dauer doch noch überreden lassen, dieses Mal den Kartoffelsalat endlich wieder genauso zu machen wie in Leobschütz und nicht auf den Hering zu verzichten, den weder Regina noch Walter vertrugen.

Er kostete ihn im Stehen, wischte seinen Mund schmatzend an der frischgewaschenen Küchengardine ab, nannte Jettel zärtlich »Alte« und gab ihr einen Kuß. »Schade, daß Ziri heute nicht mit uns feiern kann«, sagte er und tat so, als würde er das Kichern aus dem Besenschrank nicht hören. Er zog sie heraus, drückte sie an sich und seufzte: »Sie wissen gar nicht, welche Freude Sie einem alten Mann machen.«

»Deshalb bin ich ja schon heute gekommen.«

»Haben Sie Ihrer Mutter denn verraten, daß Sie ein Verhältnis mit Ihrem Chef haben?«

»Ja«, lachte Ziri, »aber sie hat's mir nicht geglaubt.«

»Da bin ich ein ganz anderer Vater«, betonte Walter und schaute Regina an, »ich würde meiner Tochter sofort glauben, wenn sie mir so etwas erzählt.«

Nach dem Abendessen bestand Walter, obwohl es ein besonders milder Tag war, erst auf der Feuerzangenbowle und dann darauf, die ersten fünf Wunderkerzen auszuprobieren. Zum Glück für den weiteren Verlauf der Nacht war Jettel nach nur einem halben Glas des viel zu starken alkoholischen Getränks nicht mehr in der Lage zu entscheiden, wer das Loch in den neuen Store am Wohnzimmerfenster gebrannt hatte, und begnügte sich mit einer nur kleinen Serie von Klagen. Walter beschuldigte drohend seinen Sohn und Max ebenso erregt ihn.

Regina merkte, mit einem Anflug von Wehmut, der pfeilschnell ihr Herz rasen ließ, daß ihr Bruder bereits ihr altes Spiel, falsche Spuren zu legen und sich dabei selbst nicht zu schonen, perfekt beherrschte.

Nach alter englischer Sitte hatte sie eine Münze in einem Berliner Pfannkuchen versteckt. Sie verhieß dem Finder Gesundheit und Glück für die Zukunft, doch auf ganz unenglische Art hatte Regina bereits beim Backen gegen das Gebot englischer Fairness verstoßen und nicht für Chancengleichheit gesorgt. Sie hatte den Pfannkuchen des Schicksals mit einer großen Rosine markiert, legte schnell allen einen Berliner auf den Teller und schob ihrem Vater den Glücksbringer zu.

»Typisch für die Engländer«, schimpfte Walter, als er das Fünfzigpfennigstück ausspuckte, »daß sie es als gutes Omen empfinden, wenn sich einer in der Neujahrsnacht die Zähne ausbeißt«, aber es war ihm anzumerken, daß er zwar gegen Sentimentalität, nicht jedoch gegen Aberglauben gefeit war.

Beim Bleigießen holte Ziri aus der Schüssel einen Klumpen, den Walter galant als Hochzeitskutsche deutete, doch als Regina ein sehr ähnliches Gebilde goß, war er nicht zu der gleichen Großzügigkeit bereit.

»Das«, sagte er, »sieht doch jeder, daß das Ding ein riesengroßer Koffer ist. Wahrscheinlich willst du im neuen Jahr deinen alten Vater für immer verlassen. Wie Hamlets Tochter.«

»Lears Tochter«, verbesserte Regina, »Hamlet starb als Junggeselle.«

»War der denn unglücklich verliebt?«

»Ja, in ein Mädchen aus Südafrika.«

Jettels Bleiklumpen wurde einstimmig zu einem glückbringenden Schornsteinfeger deklariert, der von Max nach langer Überlegung nur zu einem Löffel.

»Ein silberner Löffel«, schwärmte Regina und gab sich Mühe, so auszusehen wie die Fee ihrer Kindertage, »ist das höchste Glück beim Bleigießen.«

»Quatsch nicht so blöd«, widersprach Walter, »ein Löffel bedeutet, daß du, mein Sohn, im kommenden Jahr alle Suppen
selbst auslöffeln mußt, die du dir einbrockst.«

Er wärmte sein Blei als letzter, beugte sich tief über die Schüssel mit Wasser und holte eine kleine, rechteckige Platte heraus.
Ehe sie jemand gründlich betrachten konnte, nahm Walter sie
in die Hand und sagte: »Nebbich, was soll ich schon gießen?
Das ist ein Sarg.«

Ziri bekreuzigte sich und wurde blaß, Jettel und Regina rot und
wütend; Walter fragte seinen Sohn, ob wenigstens er wisse,
weshalb Frauen keinen Humor hätten. Max schüttelte seinen
Kopf, rollte mit den Augen, murmelte »lange Haare, kurzer
Verstand«, stand auf und legte von hinten seine Arme um
seinen Vater.

Eine halbe Stunde vor Mitternacht ging Ziri zu den Mietern im
vierten Stock, um ihnen ihre Neujahrswünsche und eine Kost-
probe von Jettels Mohnklößen zu überbringen. Sie war kaum
zehn Minuten fort, als Walter, ohne daß es einer merkte, dort
anrief, mit verstellter Stimme nach Ziri verlangte und ins
Telefon flüsterte: »Kommen Sie sofort herunter, der Herr
Doktor ist soeben gestorben.«

Walter, mit einer bunten Papiermütze aus einem Knallbonbon
auf dem Kopf, empfing kichernd die schluchzende Ziri und das
verstörte junge Ehepaar vom vierten Stock im Hausflur und
hatte mehr Mühe als geplant, Jettel, Regina und Max die
Zusammenhänge zu erklären und alle soweit zu beruhigen,
daß sie bereit waren, ihm zu verzeihen und das neue Jahr mit
trockenen Augen zu empfangen. Trotzdem blieb er bei der
Behauptung, daß ihm in seinem ganzen Leben noch kein
Silvesterscherz so gut gelungen sei. Fünf Minuten vor zwölf
sang er die ersten Töne von »Auld Lang Syne«. Seine Stimme
war kräftig und klar.

Regina starrte ihren Vater erschrocken an und konnte es nicht
fassen, daß sie die vertrauten, so lange vergessenen Laute

hörte. Sie sah winzige Sterne, die zu einem kreisenden Ball um ihre verwirrten Sinne zerschmolzen und dann in einem Feuerregen zerfielen. Ihr Körper bebte, die Augen brannten, und es gelang ihr nur kurz, aus ihnen die salzigen Körner zu verbannen, ehe sich die Bilder mit der Gewalt eines zu schnell genährten Buschfeuers entzündeten und zu einem brennenden Wald wurden. Die alte sehnsuchtsgetränkte schottische Weise mit der zerreißenden Melodie, die sie seit ihrer Schulzeit im englischen Internat kannte, hatte sie immer gerührt. Gnadenlos wüteten nun die Erinnerungen, die Szenen einer Tropennacht, der Klang der Stimmen unter den Zitronen- und Guavenbäumen, gepeitscht von einem schwülen Wind, in ihrem Kopf. Sie hatte das Lied zum letzten Mal Silvester 1946 in Nairobi gehört.

Damals hatten die Emigranten aus Deutschland um Mitternacht unbeholfen und verlegen »Auld Lang Syne« gesungen, um wenigstens sich selbst zu beweisen, daß sie nach verzweifelten Jahren der Suche nach neuen Wurzeln in Kenia endlich ihre Heimat gefunden hatten und keine Ausgestoßenen mehr waren. Mit beängstigender Deutlichkeit sah Regina wieder die Menschen, an die sie seit Jahren nicht mehr gedacht hatte, im Kreis stehen und sich die Hände reichen.

Sie hörte sie wieder singen und spürte aufs neue in ihrer Brust den Druck von hastig ersticktem Gelächter, als die harte, kehlige deutsche Aussprache ihre Ohren erreichte. Nur Walter, der das Lied beim britischen Militär gelernt hatte, hatte die Silben, die alten gälischen Worte, die verwehende Sehnsucht und die mystische Romantik zum Schwingen gebracht. Sie war stolz auf den strahlenden Ritter gewesen, dessen Zunge in einem herrlichen Augenblick der kurzen Erfüllung nicht wie die der Fremden stolperte, wenn sie Englisch sprach.

Regina sah ihren Vater in der Uniform eines Sergeants unter Afrikas duftenden Bäumen stehen. Hell glänzten die drei weißen Streifen auf dem Ärmel seines Khakihemdes. Walter war schlank, größer als die meisten Menschen, die um ihn standen, und sehr jung. Die Augen waren ungetrübt, das Haar voll und schwarz. Er hielt Reginas Hand und spaltete mit der Wärme seiner Berührung ihr Herz in zwei Teile, denn sie wußte, daß er von nichts anderem träumen konnte als von der Rückkehr nach dem Deutschland, das sie fürchtete. Als sie ihren Vater so kraftvoll in der Sprache singen hörte, die nicht die seine war, hatte sie zum erstenmal geahnt, daß er es versäumen würde, sich für den Aufbruch vor jenen Erinnerungen zu schützen, die dem Menschen für immer seine Ruhe stahlen. Es war einer der vielen Momente in ihrem Leben gewesen, und auch einer der frühesten, in denen aus dem Band der Liebe zum Vater die fordernde Kette der Unzertrennlichkeit wurde.

Der Frankfurter Nachthimmel wurde taghell, gleißend grün und brennend rot. Durch die offenen Fenster rauschte der Klang von Kirchenglocken und dumpfen Böllerschüssen. Auf der Straße rasten und hupten die Autos. Ein Hund jaulte, Tauben flogen hoch. Die Kinder lärmten und warfen kreischend Knallfrösche von den Balkonen. In die Vorgärten fiel vergoldeter Regen und verglühte. Regina machte sich mit einer klatschenden Bewegung daran, ihre Ohren vor den Rufen der alten Welt zu schützen, und riß ihre Augen auf. Die Flamme unter der Feuerzangenbowle brannte blau, sanft gelb das Licht aus den Pergamentschirmen der sechsarmigen Lampe an der Decke. Jettels neue Perlenkette glänzte auf weißer Haut.

Die Wunderkerze, die Walter jubelnd schwenkte, während er »Prost Neujahr« rief, tauchte aber mit der Bösartigkeit eines lauernden Ungeheuers sein Gesicht in die vergifteten Farben der Vergänglichkeit. Regina sah graue Haut, dunkle Schwermut in den Augen, tiefe Furchen auf der Stirn, gebeugte Schultern, die zu lange eine Last getragen hatten, für die ihre Kräfte nicht reichten, den leicht gewölbten Bauch, dünn gewordene Arme, weiße Finger mit blauen Knöcheln. Der Schmerz der Erkenntnis war vernichtend. Ihr Vater war ein von

Alter und Krankheit gezeichneter Mann. Sie wußte, daß sie nicht mehr lange die Wahrheit würde ertragen können, ohne daß ihr Blick sie zur Verräterin an der Hoffnung machte, die sie ihm seit der Stunde schuldete, da er selbst die Hoffnung verloren gegeben hatte. Dann aber griff Walter wieder nach ihrer Hand – mit der gleichen Wärme wie in den gestorbenen Tagen, mit dem gleichen magischen Beben in seinen Fingern und so, als sei nichts geschehen seit der Nacht, da er in Nairobi ihr Ritter geworden war. Die Kette der Liebe um Reginas Körper wurde schwer und heiß. Walter beugte sich schwerfällig zu ihr herab, seine Lippen streiften ihre Haare und berührten ihr Ohr; ihr war nur noch wichtig, daß keiner außer ihr ihn »Danke« sagen hörte.

»Was habt ihr beide bloß immer zu flüstern«, beschwerte sich Jettel.

»Wir haben nicht geflüstert«, behauptete Walter gekränkt, »Regina, bitte verrate deiner eifersüchtigen Mutter auf der Stelle, was ich dir eben gesagt habe.«

»Er will eine Schnitte mit Bratensoße haben und hat sich nicht getraut, dir das zu sagen«, vermittelte Regina.

Am späten Nachmittag des Neujahrstages, fröhlich aus dem Taxi winkend und den Hut zum Fenster herausschwenkend, fuhr Walter zurück in das Hospital zum Heiligen Geist, körperlich gestärkt von Jettels saftigem Hasenbraten und seelisch von einer Nacht, die er als unbeschwert, anregend und außergewöhnlich gelungen empfand. Er erzählte dem Taxifahrer, daß er grundsätzlich Urlaub im Krankenhaus mache, und merkte ein wenig betroffen, immer noch gutgelaunt, daß er tatsächlich die Zeit so zu empfinden begann. Der Duft von Bohnerwachs in den langen Fluren erreichte seine Nase. Er roch ihn gern. Die Wärme tat ihm wohl, danach die Schwestern, deren von der langen Nacht noch ermüdete Mienen sich aufhellten, als sie ihn willkommen hießen. Die Oberschwester hatte ihm eine Christrose in einem blauen Glas ins Zimmer stellen lassen. Er berührte zart eine Blüte, öffnete einen Wimpernschlag lang der Schönheit sein Herz, setzte sich auf das frischbezogene Bett und stellte fest, daß es ihm keine Mühe mehr machte, die Schuhe aufzubinden. Als er seinen Schlafanzug anzog, pfiff er noch einmal »Auld Lang Syne«; die Lust des Lebens pochte in seinen Schläfen.

Mit der Müdigkeit, die er bald darauf doch spürte, umhüllte ihn eine Zufriedenheit, die ihm sein stets gegen den geschwächten Körper aufbegehrendes Naturell nur selten gönnte. Die Dämmerung stimmte ihn milde und zuversichtlich, obwohl er seit Afrika die Zeit zwischen Tag und Nacht als zu lang und bedrohlich empfand; er schloß seine Augen und schlief einige Minuten sehr fest. Als er erfrischt aufwachte, sah er Reginas Gesicht, erwiderte ihren Blick der Liebe, dachte an die Barmitzwa von Max und nahm sich vor, dem Arzt und auch sich selbst die Zeit leicht zu machen, die er noch im Krankenhaus bleiben mußte. Er hörte Schritte auf dem Flur und das Klappern von Geschirr vor den Zimmern und hatte die gleiche Freude an den vertrauten Geräuschen wie in den Nächten auf der Farm, wenn er die Klänge deuten konnte, ehe sie anfingen, ihn zu beunruhigen.

Die junge Lernschwester mit dem Frankfurter Zungenschlag und den Ratiborer Eltern, der er das Geld für die Fahrkarte gegeben hatte, war zurück von zu Hause und dankte ihm mit Mohnklößen nach dem Rezept ihrer Großmutter aus Hindenburg. Er erzählte ihr mit Einzelheiten, die ihm viel Freude machten, von einem kleinen Betrüger, den er einmal dort vor dem Amtsgericht verteidigt und vor einer Gefängnisstrafe bewahrt hatte. Das junge Mädchen im gestärkten Kleid hatte beim Lachen sehr schöne Zähne, doch ihr Blick und erst recht ihre Sprache ließen Walter wissen, daß Oberschlesien ein sehr fernes Land geworden war. Er seufzte, die dralle Blonde fragte ihn, ob er Schmerzen habe.

»Nicht da, wo Sie denken«, diagnostizierte er.

Am späten Abend besuchte ihn die Oberschwester mit einem blankpolierten roten Apfel auf einem feingemaserten Holzteller. Ihre Stimme erinnerte ihn an die seiner Mutter, der schwarze Rock in dem weißen Zimmer an Ängste, die er vergessen wollte, doch er berichtete, noch einmal erheitert, von seinem Silvesterscherz und wie er alle erschreckt hatte. »Sie wissen doch, Totgesagte leben länger«, fiel ihm ein.

»Ihre arme Frau tut mir leid«, sagte sie.

»Mir auch. Manchmal wenigstens. Doch habe ich mir vorgenommen, im neuen Jahr ein neuer Mensch zu werden. Der alte Packesel wird noch gebraucht.«

Die Vorstellung vom neuen Menschen, dem es kraft seines Willens und Verantwortungsbewußtseins gelingen könnte, sich zum Wohl derer, die er liebte, selbst zu bezwingen, gefiel ihm so gut, daß er am nächsten Tag Professor Heupke davon erzählte. Der Arzt erkannte seine Chance und sagte: »Dann bleiben Sie doch noch zehn Tage bei uns. Sie werden sehen, wie gut Ihnen das tut.«

»Acht«, handelte ihn Walter entschieden herunter, »am 9. Januar will ich zu Hause sein. Dafür lasse ich in der Zeit, die ich hier bin, alles mit mir machen.«

Er hielt Wort, fast klaglos die Diätvorschriften ein, lange Mittagsruhe, leidlichen Frieden mit Jettel und sich fern genug von beruflichen Forderungen, um sich nicht mehr als einmal am Tag aufzuregen. Am Ende der Woche fühlte er sich stark und sicher. Nachmittags ging er mit Jettel eine halbe Stunde in der schneeverwehten Parkanlage am Krankenhaus spazieren. Obwohl er beim erstenmal behauptet hatte, er könne überhaupt nicht mehr laufen, und sie wolle ihn nur möglichst schnell umbringen, um das von ihm mühsam Ersparte auf Reisen zu verprassen, litt er trotz der Kälte weder an Atemnot noch an Schmerzen in der Brust. Er nahm drei Pfund ab, sein Gesicht hatte wieder Kontur und Farbe. Die hohen Zuckerwerte besserten sich und erst recht die Laune des Arztes, der so enthusiastisch wurde, daß er von Nacherholung und einer kurzen Kur in Bad Nauheim sprach.

»Nur über meine Leiche«, sagte Walter.

Regina besuchte Walter immer am späten Abend nach der Arbeit. Sie brachte ihm Zeitungen und Bücher und erhärtete seine lang gehegte Vermutung, daß seine grüblerische Tochter in der Redaktion sehr viel heiterer sei als zu Hause. Sie erzählte von Kollegen, Diskussionen, Begegnungen und vom Theater. Walter interessierte sich zum erstenmal richtig und ohne seine sonstigen Vorbehalte und ironischen Bemerkungen für ihre Arbeit; einmal ging er so weit, sie als tüchtig zu bezeichnen und sich zu dem Geständnis hinreißen zu lassen, daß er ihren Beruf doch nicht so unpassend für sie einschätze, wie er immer behaupte. Er gab auch endlich zu, was sie schon lange wußte, daß er im Anwaltszimmer die »Abendpost« las und daß ihm ihre Artikel gefielen.

»Ein Schwiegersohn hätte mir allerdings besser gefallen«, schränkte er schnell ein.

»Schwindle nicht so, Bwana. Über das Thema sind wir uns doch schon vor langem einig geworden. Du hättest mich nie einem Nebenbuhler gegönnt.«

»Ich hab dir aber deine Freiheit genommen.«

»Du hast sie mir gegeben.«

Sie sprachen viel von Ol' Joro Orok und Owuor, verdrängten, belustigt von ihrer Fähigkeit dazu, die Not der Vergangenheit und tränkten die Gegenwart mit einer Wehmut, deren sie sich in einer anderen Atmosphäre als der des Krankenhauses geschämt hätten. Sie genossen die langen Gespräche, die Intimität und am meisten das Wissen, das sie einander genug waren. In den langen Stunden der Einvernehmlichkeit gelang es keinem von beiden, sich je so zu verstellen, daß der andere nicht merkte, wie zielsicher ihre Erinnerungen zu den geliebten Menschen Afrikas strebten, die Krankheiten als Gottes Wille hinnahmen und Zukunftsangst nicht kannten.

»Zeit, daß ich nach Hause komme«, erkannte Walter, »es macht schwach zurückzuschauen.«

In der Nacht vor seiner Entlassung schlief er schlecht und wachte morgens um fünf auf. Ungeduld und Unruhe, die Gier nach Arbeit, Pflicht und Tat, nach Bewährung und eigenen Entschlüssen hatten ihn eingeholt. Es drängte ihn nach Familie, Heim und Aktivität. Er verlangte sein Frühstück, kaum daß der Geschirrwagen auf dem Flur klapperte, aß es hastig und ärgerte sich über den dünnen Kaffee und das zu lang gekochte Ei, zog sich an und packte seinen kleinen Koffer, obwohl er mit Jettel verabredet hatte, daß sie ihn um zehn Uhr abholen sollte. Er stellte sich kurz an das Fenster, zählte die Autos auf der Straße, grämte sich, daß das eigene zu Hause stand, und klingelte dann nach der Schwester.

»Wann kann ich endlich gehen?«

»Donnerwetter, Sie haben ja schon zusammengepackt. Der Herr Professor will doch noch einmal nach Ihnen sehen.«

»Braucht er nicht, ich schick ihm ein Bild von mir.«

»Spätestens um acht wird er hier sein. Er hat's Ihnen gestern doch extra versprochen.«

»Und was glaubt er, soll ich bis dahin hier machen?«

»Nun sind Sie mal an Ihrem letzten Tag nicht so ungeduldig, Herr Doktor Redlich. Das bekommt Ihnen nicht.«

»Die Warterei erst recht nicht.«

»Ist doch nicht mehr lange. Machen Sie doch noch ein Rätsel«, schlug Schwester Martha vor, »das tun Sie doch sonst so gern.«

»Weil Sie's sind«, brummte Walter, »aber unter Protest.«

Er brauchte einige Zeit, ehe er den Füllfederhalter fand, und suchte ebenso lange nach der Brille, setzte sich in den Lehnstuhl am Fenster und schlug, durch die Routine der Bewegung, die ihm bereits wie ein gutes Stück Alltäglichkeit erschien, mit der erzwungenen Tatenlosigkeit versöhnt, die Zeitschrift auf. Eine kleine Weile beschäftigte ihn der Gedanke, daß eine Krankenschwester einen unzufriedenen Mann sehr viel besser zu besänftigen verstand als eine Ehefrau, und er lächelte. Walter hatte sein Leben lang Befriedigung an der Logik von Kreuzworträtseln gefunden. Sie entsprachen seiner Neigung, nur mit Ausdauer und unter Ausschaltung des Gefühls an das gesetzte Ziel zu gelangen: Es faszinierte ihn, daß der Sieg bei Kreuzworträtseln nicht von Zufällen abhängig war. In der Emigration war es ihm als symbolträchtig erschienen, daß er nicht genug Englisch konnte, um auch nur ein einziges Rätsel zu lösen.

Er merkte, daß er zu rasch dabei war, die leeren Kästchen zu füllen, machte Pause, um das Vergnügen noch einige Zeit zu verlängern, und schaute zum Fenster hinaus. Das klare Licht der Straßenlaternen entsprach seiner Stimmung. Die Bäume waren in der kalten Nacht erstarrt, die erste Eisblume auf der Scheibe aber schon geschmolzen. Als die zweite zu tropfen begann, beugte er sich wieder über das Blatt und schrieb weiter. Es war so still im Raum, daß das Kratzen der Feder laut wurde.

Der Wecker, auf sieben Uhr gestellt, läutete schrill. Schwester Martha kam herein. Das harte Linoleum dämpfte keinen ihrer festen Schritte. »Sehen Sie«, sagte sie, »nun sind Sie ja doch wieder eingeschlafen und auch noch mit der Brille auf der Nase.« Sie ging, so leise wie ihre groben Schuhe es zuließen, zum Nachttisch, um das Tablett mit dem Frühstücksgeschirr zu holen, aber sie blieb mit ihrem Ärmel an der kleinen Lampe hängen und konnte das Tablett nur mit Mühe festhalten. Der kleine Milchkrug schlug gegen die Kanne, polternd fiel die Tasse zu Boden, die Scherben gegen das eiserne Bettgestell.

»Entschuldigen Sie, das wollte ich wirklich nicht«, sagte die Schwester und drehte sich erschrocken nach Walter um. Als er sich nicht rührte, fing sie zu lachen an. »Bis zum Schluß müssen Sie Ihre Späßchen mit uns machen. Nun, lassen Sie's gut sein, Herr Doktor Redlich, ich weiß ganz genau, daß ich Sie mit meinem Lärm geweckt habe.«

Sie stellte das Tablett ab, und ging, immer noch lachend, die wenigen Schritte zum Sessel. Weil sie den Kopf gesenkt hielt, richtete sie ihren Blick zunächst nur auf den kleinen Tisch mit der aufgeschlagenen Zeitschrift. Das Kreuzworträtsel hatte nur noch einige leere Kästchen.

Walter war vor seinem Tod nicht mehr zu den letzten Lösungen gekommen. Er hielt den Füller noch in der Hand.

22

Regina hatte in einer mit dem Donner des schwarzen Gottes
wütenden Nacht von Ol' Joro Orok lange vor der Zeit, die
ein Mensch braucht, um für immer sehend zu werden, von den
Tagen des letzten Blitzes erfahren. Diese Tage bewaffneten
sich mit einer todbringenden Axt und schlugen Wunden, die
nie mehr verheilten. Wer einmal ihre Schmerzen erlitten hatte,
konnte allzeit die Narben zählen und sie zum Sprechen bringen. Keinem der Kämpfer der Finsternis war es aber je gelungen, Regina auf Dauer die Hoffnung des Kindes zu entreißen,
das noch die Hand des Vaters auf der Schulter fühlt. Nun war
dieser Tag gekommen.

Der 11. Januar 1959 war ein Zerstörer des Lebens. Ihm ge-
nügte ein einziger Hieb für den entscheidenden Schlag. Regina
machte sich bereit, den so lange gefürchteten Feind zu empfangen. Als sie das Geräusch ihrer Zähne auffing, die wie
Keulen mit einem eisernen Kopf aufeinanderschlugen, preßte
sie die Lippen zusammen. Sie wußte, daß sie sich gegen die
schnellen Tränen der Trauer mit der gleichen Entschlossenheit wehren mußte wie ein junger Massai gegen das Brennen
seiner ersten Wunde, wollte sie sich der Hinterlassenschaft
ihres Vaters würdig erweisen. Die Disziplin, mit der er seine
Last getragen hatte, war der Dank, den sie ihm schuldete.

In der Ferne läuteten Kirchenglocken aus der Welt des Lebens.
Der zweite Tag der neuen Zeitrechnung war ein Sonntag. Er
brachte nach einer eisigen Nacht so niedrige Temperaturen,
wie sie in der verwöhnenden Milde der Frankfurter Winter

kaum je vorkamen, und war schon morgens um zehn in seiner Unerbittlichkeit erstarrt. Dennoch wurde bereits eine halbe Stunde vor der angesetzten Zeit klar, daß weder die abnorme Kälte noch ein beißender, immer kräftiger werdender Wind und schon gar nicht ein für viele Menschen weiter Anfahrtsweg nur einen Freund, Bekannten, Kollegen oder Gleichgesinnten, der die Verpflichtung des Dabeiseins empfand, davon abgehalten hatte, sich zu Walters Beerdigung aufzumachen.

Die frierenden Menschen standen in kleinen Gruppen vor den weißen Mauern des Friedhofs, versammelten sich im Hof vor der Trauerhalle und stellten sich unter die Bäume, die über die erste Reihe der zugeschneiten Gräber wachten. Diejenigen, die sich mit den Gepflogenheiten auskannten und nicht argwöhnen mußten, durch eine Bewegung, deren Konsequenz sie nicht übersehen konnten, ihnen fremde religiöse Gebote zu verletzen, kamen kurz in die kleine, längliche Wartehalle, in der aus jedem Atemzug ein Dunst von grauem, feuchtem Nebel wurde. Dort verharrten Jettel leise weinend und Regina stumm neben Fafflok auf einer schmalen weißen Holzbank. Auf der gegenüberliegenden Seite saßen einige alte Frauen in abgetragener Kleidung und bärtige Männer mit wachem Blick.

Regina hatte sie noch nie und Jettel nur bei Begräbnissen gesehen. Die Fremden, deren Mienen ohne Scheu und deren viele ausdrucksvolle Gesten wissen ließen, daß sie mit dem Tod besser vertraut waren als mit dem Leben, unterhielten sich mit einer Munterkeit, die weder zu ihren grauen, zerfurchten Gesichtern noch zum Ort des Geschehens paßte. Sie machten sehr abrupte Pausen in ihren Gesprächen, schauten dann gedankenvoll auf Mutter und Tochter und fingen so unvermittelt wieder zu reden an, wie sie aufgehört hatten; wenn sie nickten, was sie häufig taten, war es, als hätten sie die Gleichheit ihrer Bewegungen lange eingeübt.

Wann immer das gute Schweigen einsetzte, hörte Regina die Stimme ihres Bruders, beruhigend fest und sehr deutlich.

Fühlte sie sich einen Moment lang von den forschenden Blikken befreit, die sie peinigten, drehte sie sich um und konnte, wenn sie es wagte, ihren Körper zu strecken und den Kopf hoch genug zu heben, auch Max sehen. Er stand mit seinem Religionslehrer in einem kleinen Nebenraum und übte zum letztenmal das Totengebet für seinen Vater. Es war Regina, obwohl sie nicht Hebräisch konnte, in den zwei Tagen, die seit dem Anruf aus dem Heilig Geist Hospital vergangen waren, so vertraut geworden, als hätte sie es ein Leben lang gehört.

Sie versuchte, während sie die kalte Hand ihrer Mutter hielt, die Fähigkeit des Fühlens zurück in die eigenen, krampfenden Glieder zu holen, um Leid und Mitleiden weitergeben zu können, wie es das Gebot der töchterlichen Liebe forderte. Sie konnte aber ihren Gedanken, die sich in einem Augenblick des Gewährenlassens aus der Gegenwart in die Tage ohne Angst und Tod gestohlen hatten, nicht mehr die Richtung befehlen. Die Flucht nahm ihrem Kopf die Stärke und ihrem Körper zu viel Kraft.

Entschlossen kniff Regina ihre Augen zusammen, um das Wasser in ihnen wieder zum Salz zu machen, das nicht sichtbar wurde, und schaute in den Hof hinaus. Sie sah den Turm der hohen schwarzen Hüte, die Mauer der dunklen Mäntel und eine nicht endende Fläche weißer Gesichter, und wieder flohen ihre Sinne. Sie ertappte sich bei der Vorstellung, daß die vielen Menschen ihren Vater sehr gefreut hätten und wie lustvoll und belustigt er immer gesagt hatte, es würde sich schon deswegen keiner seine Beerdigung entgehen lassen, weil man zu jüdischen Begräbnissen die Kosten für den Kranz sparte.

In einem Augenblick, der Besinnung, Respekt und Demut befahl, einen Scherz zu genießen, empfand sie als Sünde; sie war zur Sühne bereit. Max kam aus dem Hinterzimmer. Sein Schritt war laut in der plötzlichen Stille. Er setzte sich neben Regina, lehnte sich an ihre Schulter, und endlich spürte sie die Wärme, die sie zuvor nicht an Jettel hatte weitergeben können.

Von Reue in die Scham gezerrt, weil sie so zufrieden an das Leben ihres Vaters und nicht an dessen Tod gedacht hatte und das mit einer Ruhe, die sie als befremdend und provozierend empfand, ließ Regina die Hand ihrer Mutter los. Verwirrt wandte sie sich ihrem Bruder zu, um den Trost des schweigenden Teilens, der sie soeben glückhaft durchströmte, in Besitz zu nehmen. Ihr wurde bewußt, daß Max noch die gleichen sanften und wimpernschweren Augen hatte, die in seinen Kindertagen die Menschen bezaubert hatten. Nun aber, da zu frühes Wissen diese Augen verdunkelte, war noch eine Färbung hinzugekommen – die Güte, die seinen Vater zu dem Mann gemacht hatte, der er gewesen war.

»Hast du denn eine Ahnung, wann wir hier endlich raus dürfen und in die Halle gehen können?«

»Als allerletzte«, erwiderte Max, »das kannst du dir doch denken. Wir sitzen doch drüben in der ersten Reihe. Das weiß ich genau. Vati hat es mir fest versprochen.«

Er hatte sich bei seinem letzten Satz Mühe gegeben, seine Stimme mit der Trauer zu durchziehen, die die Ohren der Freunde und erst recht die der Fremden von ihm erwarteten, aber Regina hörte doch die vertrauten, verräterischen Schwingungen zu rasch unterdrückter Leichtigkeit heraus und wußte Bescheid. Sie biß sich abermals auf die Lippen, um das Lächeln, das in ihr war, zurückzudrängen, ehe es sichtbar wurde. Auch Max bekam die Scherze seines Vaters nicht aus dem Ohr.

»Weißt du noch, wann er dir das zum erstenmal versprochen hat?«

»Bei seinem ersten Herzanfall«, erinnerte sich Max. »Muß ich mich heute schämen, daß ich damals so gelacht habe?«

»Nein, er hat gewollt, daß du lachen kannst, wenn du an ihn

denkst. Auch heute. Mir hat er als Kind immer versprochen, ich brauchte mir bei seiner Beerdigung nicht den Hals zu waschen.«

»Finde ich genauso schön.«

Auf dem Weg zur Trauerhalle, den Arm um Jettel gelegt und ihre Hand in die ihres Bruders, fiel Regina eine große Gruppe älterer Menschen auf, die befangen und abwartend vor der Tür standen. Die schwarzen Hüte der Männer waren auffällig neu, die Mäntel sahen aus, als hätten sie so viel wie ihre Träger erlebt. Die Frauen, klein von Statur und rundlich, hatten verhärtete Züge. Die Gesichter mit den roten Augen und den Mienen bedrückter Verlegenheit ähnelten einander; obwohl Regina diese Mitleidenden, deren Aufrichtigkeit sie spürte, durch eine Bewegung ihres Kopfes wissen ließ, daß sie ihnen im Gedenken an ihren Vater dankte, konnte sie sich an keinen einzigen Namen erinnern. Sie wußte aber, ohne daß sie nur einen Moment zu überlegen brauchte, wie alle die kleinen Städte und Dörfer hießen, aus denen sie stammten.

Es bewegte sie sehr, die schweigende Gruppe zu sehen. Sie waren alle gekommen, die Schlesier und Oberschlesier, diese entwurzelten Menschen, mit denen Walter die Erinnerungen an die Naivität der Jugend und die unstillbare Sehnsucht nach Breslau, Leobschütz und Sohrau geteilt hatte – nur diese Menschen mit dem verklärenden Blick in die Vergangenheit hatten seinen lebenslangen Traum von Heimat noch einmal Wirklichkeit werden lassen, ohne daß er den Tod seiner Illusionen zugeben mußte.

Regina bemerkte, daß viele von Walters geliebten Landsleuten die Hände vor dem Bauch gefaltet hielten, als wollten sie sie zurückhalten von der Tat, nach der es sie drängte. Es gelang ihr aber nicht, sich die Zusammenhänge zu erklären, bis eine Frau an sie herantrat und ihr zuraunte: »Der Herr Doktor hat immer gesagt, wir dürfen ihn nicht blamieren und mit Blumen auf einen jüdischen Friedhof kommen.«

»Er hätte sich gefreut, daß Sie daran gedacht haben«, flüsterte Regina zurück. Wieder verwehrte ihr ein heiterer Gedanke die Hingabe an ihren Schmerz. Ihr fiel ein, wie Walter ihr erzählt hatte, daß er seine Oberschlesier, wann immer sie in sein Büro kamen oder er sie besuchte, über den Ritus einer jüdischen Beerdigung aufgeklärt hatte und wie sie alle gesagt hätten: »Einen so feinen Mann wie den Herrn Doktor kann man doch nicht mit leeren Händen auf seinem letzten Weg begleiten.«

Regina konnte sich so genau den harten Klang der schlesischen Stimmen vorstellen, die Überraschungsrufe mit den langgezogenen Vokalen, die groben, bildhaften Redewendungen, daß sie auch ihren Vater sprechen hörte. Seine Stimme war präsent genug, um ihre Sinne zu schärfen. Als sich zu den vertrauten Klängen erst der Witz und die Ironie und schließlich auch die vor so langer Zeit fertiggemalten Bilder zuzuordnen begannen, erkannte Regina, was ihr Vater für sie getan hatte.

Er war ein Weiser im traditionellen Gewand des Narren gewesen. Er hatte mit den Seinen nicht aus skurriler Lust am Makabren, sondern immer nur deshalb die Zukunft geprobt, damit sie die Gegenwart ertragen konnten, ohne zu verzweifeln. Es war nur noch Reginas Körper, der zitterte, und nur die Kälte, die ihn beben ließ.

Längst nicht alle Menschen fanden einen Platz in der großen Trauerhalle. Sie standen an den Wänden und im Mittelgang. Die Tür konnte nicht geschlossen werden; der eisige Wind drängte bis zu dem Sarg aus einfachem Holz. Regina versuchte, sich ihren Vater in diesem Sarg vorzustellen, aber ihr Kopf sperrte sich gegen die Wirklichkeit. Sie sagte sich auch immer wieder, der Gedanke müsse sie trösten, daß der Tod so schnell und ohne Schmerz und Wissen zu ihm gekommen war, doch sie konnte nur an das Bleigießen von Silvester und an die seltsamen Scherze der Nacht denken. Verlegen drückte sie Jettels Hand, als der Rabbiner an das Pult trat.

Er war ein weißhaariger Mann von imponierender Größe mit

einem jederzeit zum Zorn bereiten roten Gesicht, bezwingenden Augen und einer Stimme, wie sie den Aufrechtesten und Eifrigsten der biblischen Propheten nachgerühmt wurde: Er sprach donnernd von der Pflicht zur Glaubenstreue und Tradition und sagte, er habe diese in den Gesprächen mit Walter bei aller Liberalität stets gespürt. Er nannte den Verstorbenen einen Mann der Widersprüche, der mutig die Emigration auf eine Kaffeefarm in Südamerika auf sich genommen, der seine Familie geliebt habe und dem es nicht mehr vergönnt worden wäre, seine Kinder aufwachsen und in seine Fußstapfen treten zu sehen. Regina starrte auf ihren Schoß und hob dann doch den Kopf. Hinter dem Rücken ihrer Mutter suchte sie den Blick ihres Bruders. Auch seine Schultern bebten, auch er hielt sich die Hand vor den Mund.

»Lacht bloß nicht, wenn der Rabbiner mich mit jemand anders verwechselt«, hatte Walter oft gesagt, »das tut er grundsätzlich bei Beerdigungen. Hauptsache, er sagt, ich sei ein guter Mensch gewesen.«

Die gemessene Rede vom Vertreter der Anwaltskammer, der von selten gewordenem Berufsethos eines Redlichen sprach, ohne daß ihm das Wortspiel auffiel, auch die Worte vom Vertreter des Vorstands der Jüdischen Gemeinde, der Walter einen Mann der ersten Stunde nannte und sein cholerisches Temperament feinsinnig als Zivilcourage umschrieb, und erst recht die mit lateinischen Ausdrücken gespickte Ansprache eines greisen Bundesbruders aus der Breslauer Studentenzeit glichen, sehr oft wortgenau, so frappierend Walters ironischen Entwürfen, daß selbst Jettel einmal lächelte. Auf der Farm, wenn sie unvermittelt an ihre Jugend gedacht und von ihren Erfolgen als junges Mädchen geschwärmt hatte und Walters alte Eifersucht erwacht war, hatte sie manchmal so ausgesehen. Später selten.

Regina erinnerte sich an die Tage ihres ersten Lebens und wurde wehmütig. Obwohl sie sich sagte, es sei nicht die Zeit dazu, begann sie, über die Ehe ihrer Eltern zu grübeln. Sie fragte sich, ob ihr Vater wenigstens in dem kurzen Augenblick von Jettels befreiendem Lächeln erkannt hätte, daß seine Frau mehr Humor hatte, als er ihr zugestehen wollte. Der Seufzer, den Regina unterdrückte, und auch die Tränen, die ihr kamen, erschienen ihr illoyal. Trotzdem bohrte die Frage weiter in ihr, weshalb sich ihr Vater nie von einem Vorurteil hatte abbringen lassen. Es befriedigte sie, daß ihre Liebe stets stark genug zur Nachsicht gewesen war.

Das Bedürfnis nach Luft und Flucht wurde fordernd, als der virile Bundesbruder den lateinischen Zitaten griechische folgen ließ. Reginas Augen, zu lange schon beherrscht von einem Willen, der die Bekundung der tatsächlichen Empfindungen nicht gestattete, konnten kein Gesicht vom anderen unterscheiden. Mit einemmal sah sie unter den Gesichtslosen Emil Frowein stehen. Sie konnte es nicht fassen.

Er überragte die meisten Anwesenden, und es war ihm anzumerken, daß er als einer der wenigen dem Redner zu folgen vermochte. Regina hatte ihn noch nie mit einem steifen, schwarzen Hut gesehen und brauchte einen Moment, um ihn zu erkennen. Sie fragte sich, wie er auf die Idee gekommen war, diesen Abschied, der ihm nichts bedeuten konnte, mit ihr zu teilen, doch sie fand keine Antwort. Nur die Sekretärin war dagewesen, als Regina sich für den Redaktionsdienst abgemeldet hatte. Mehr noch als Froweins unerwartetes Erscheinen rührte sie der Umstand, daß er sich einen neuen Hut gekauft hatte. Sie nahm sich vor, wenn sie wieder denken, fühlen und reden konnte, ihm das zu sagen.

Es war nun Regina, die lächelte, als ihr einfiel, daß ihr Vater grundsätzlich Reiswein gesagt hatte, wenn er von ihrem Chef gesprochen hatte. Das hatte sie oft gegrämt. Sie verstand schon nicht mehr weshalb, fand die Verballhornung mit einemmal witzig und erkannte, daß nur der plumpe Scherz es wohl ihrem Vater ermöglicht hatte, Distanz zu wahren und trotzdem über einen Abschnitt im Leben seiner Tochter zu sprechen, der ihm wichtig war.

Regina war nie auf die Idee gekommen, die beiden Männer miteinander bekannt zu machen. Frowein, das glaubte sie nun, hätte auf alle Fälle zugestimmt, Walter wahrscheinlich nicht. Trotzdem war es Regina, als hätte sie wenigstens versuchen sollen, den beiden Kapiteln ihres Lebens eine Nahtstelle zu verschaffen. Die versäumte Gelegenheit tat ihr leid; es erschien ihr als eine zu boshafte Pointe des Schicksals, daß der Tod einen Epilog schrieb, der ihr selbst hätte einfallen müssen.

Frowein und ihr Vater ähnelten einander sehr in ihrer Bescheidenheit, Aufrichtigkeit und Anständigkeit. Nur so, das hatte Regina von Anbeginn gespürt, war zu verstehen, was in den letzten Jahren immer wieder geschehen war, wenn sie Aussprache, Bestätigung und Zuwendung gesucht hatte. Es machte sie traurig, daß sie ihrem Vater nie etwas von der Gleichheit der Männer, die ihr Leben prägten, hatte sagen können. Walter hatte so sehr nach Erklärungen verlangt und Regina immer nur geschwiegen.

Erst in diesem Moment der schweifenden Gedanken, die nichts mit ihrer Trauer, ihrer Angst vor Trennung, nichts mit dem Wissen vom Tod aller Liebe zu tun hatten, begriff Regina, was ihr widerfahren war. Sie war nicht mehr zu dem entscheidenden Wort gekommen, nicht mehr dazu, den Kopf noch einmal zu wenden. Ihr war es, als der Anruf vom Krankenhaus kam, nicht anders gegangen als in Ol' Joro Orok, da sie ahnungslos, ohne Abschied, ohne einen Blick auf Haus, Wald und Feld, auf Menschen und Tiere die Farm verlassen hatte und nie wieder zurückgekehrt war. Sie hatte auch dieses Mal keinen Abschied nehmen dürfen.

Sie versuchte mit einer Verzweiflung, die sie mit jeder Attacke herabzog in die Hoffnungslosigkeit, die Gespräche des letzten Abends zurückzuholen, doch sie hörte nur Wortfetzen, an denen sie sich nicht wärmen konnte und die ohne Bedeutung blieben. Regina wußte nur eins: Sie hatte ihren Vater nicht ein letztesmal mehr Bwana genannt, er sie nicht zärtlich Memsahib, und keiner würde fortan mit ihr zusammen die Worte der Verschwörung aussprechen. Die Lieder waren verklungen, der Zauber tot, das Spiel beendet.

Owuor hatte das Feuer im Ofen gelöscht. So wie an dem vergifteten Tag in Nairobi, als er im Morgengrauen, mit dem alten Hund an der Leine und seine Habe im Küchenhandtuch geschnürt, losgezogen war. Regina und Walter hatten in der Küche gesessen. Damals war es ein langer Abschied geworden, einer, der die Bilder, die im Kopf zu bleiben hatten, für immer in Form und Farbe, mit Laut und Duft fixierte. Ob ihr Vater noch einmal nach dem Freund seiner langen Wanderung gerufen hatte, wie er es oft tat, wenn er eine Handreichung brauchte und keiner zur Stelle war? Hatte er noch einmal Owuor lachen, das Echo zurückprallen gehört?

Die Erinnerung an Owuor ließ Regina nicht mehr los. Sie wußte, daß sie nur die Augen zu schließen brauchte, um sein Gesicht zu sehen, aber sie traute sich nicht, ihrem Verlangen nachzugeben. Es war nicht gut, mit dem Kopf auf Safari zu gehen, solange der Körper noch gebraucht wurde.

In der Halle wurde es einen Moment still. Langsam ging ein älterer Mann zum Rednerpult. Dort suchte er lange nach dem Manuskript in seiner Manteltasche und faßte sich an seinen Hut, als wolle er ihn absetzen, doch ihm fiel noch rechtzeitig ein, daß das jüdische Religionsgebot einen bedeckten Kopf verlangte. Er lächelte befangen und blinzelte, als er den Arm sinken ließ. Der Mann sprach für die Oberschlesier. Noch konnte Regina nur Worte hören, ohne daß aus ihnen Sätze wurden, aber sie zwang sich zur Aufmerksamkeit und erkannte bald, daß sie die Rede schon einmal gehört hatte.

Sie merkte es an der emphatischen Betonung des Wortes Heimat und an der Art, wie der kleine, untersetzte Mann mit den stahlblauen Augen »Herr Doktor« sagte. Walter hatte die

Rede der Oberschlesier besonders ausführlich, und, wie sich nun herausstellte, fast wortgetreu entworfen. Die Mischung von Nüchternheit und unerwarteter Sentimentalität lag ihm. Regina hörte ihren Vater lachen. Oder war es Owuor? Er hatte ihr beigebracht, daß Worte nur dann gut und richtig waren, wenn man sie zweimal sagte. Das Echo von Owuors Gelächter hatte sie Lachen gelehrt.

Die Trauer wurde fern und sanft. Regina fühlte sich auf vertraute Art getröstet. Es war doch nicht so, daß der Mensch den langen Abschied brauchte, um sich nicht von der Liebe seines Lebens trennen zu müssen. Es würde ihr mit ihrem Vater nicht anders ergehen als mit Owuor. Auch er konnte sie nicht verlassen, wenn sie es nicht zuließ. Wie Owuor hatte er ihr die Gnade des Gelächters geschenkt. In einer anderen Sprache, aber mit dem gleichen, unzerstörbaren Zauber. Regina beugte sich leicht nach vorn und sah ihren Bruder an, der mit der Sicherheit eines gut präparierten Schülers manches Wort leise mitsprach, ehe es der Mann aus Oberschlesien sagte. Sie erkannte, daß auch Max der Witz und Sarkasmus, aber auch die Fähigkeit zur Liebe prägen würden, die sein Vater vorgelebt hatte. Nur wußte er es noch nicht.

Der Kantor stand auf und begann, mit voller, weittragender Stimme die ersten Töne des Totengebets zu singen. Regina hatte es oft bei Gedenkfeiern für die Ermordeten der Konzentrationslager gehört und jedesmal erlebt, wie diese alte Klage die Tränen eines jeden löste, dessen Herz es erreichte. Nun galt die erschütternde Melodie, die zu Wort und Musik in Inbrunst, Frömmigkeit und Ewigkeit erstarrte Trauer, ihrem Vater. Die Augen der Tochter blieben trocken. Der Abschied lag schon hinter ihr. Und vor ihr die Tage, an denen sie nur eine einzige Szene in ihren Kopf zu lassen brauchte. Ihr Vater stand in Nairobi unter dem Guavenbaum, spannte den Bogen und traf ihr Herz mit Amors Pfeil. Mehr brauchte Regina nicht für ein Leben der Liebe.

Als sie aufstand, um mit Jettel und Max dem Sarg zu folgen, spürte sie, daß ihr viele neugierig-kritische Blicke galten; sie hob den Kopf, obwohl sie wußte, daß es nicht Sitte war für diejenigen, denen der Tod Leiden befahl. So konnte sie auch deutlich hören, wie zwei Frauen ausführlich debattierten, weshalb sie nicht geheiratet und Max nicht geweint hätte.

»Nebbich«, sagte die eine Frau, »sind zu stolz für beides. Das Mädel zum Heiraten und der Junge zum Weinen. Dabei steht der Kleine kurz vor der Barmitzwa. Das ist das Schlimmste, was einem Jungen passieren kann. Ohne Vater am wichtigsten Tag in seinem Leben.«

»Die Mutter«, erwiderte die zweite Frau, »tut mir leid. Das hat sie nicht verdient. Eine so gute, vornehme Frau.«

Als Max, so fremd in seinem Ernst, am Grab das Totengebet des Sohnes für den Vater sprach, konnte Regina kaum die Tränen zurückhalten. Sie galten nicht dem Vater, sondern dem Bruder, dem noch viel früher als ihr selbst Schutz und Zuversicht der Kindheit genommen wurden. Voller Aufbegehren und Melancholie dachte sie an die Barmitzwa, die nun im Trauerjahr nur noch im allerkleinsten Kreise stattfinden würde, und sie nahm Max an der Hand, um ihn zu trösten, doch der Druck seiner Finger war stark und warm. Er hatte bereits begonnen, die Pflicht zu übernehmen, die ihm aufgebürdet wurde. Er war noch keine dreizehn Jahre.

Erst als Fafflok, der bedächtige, schweigsame Wegbegleiter des letzten Lebensabschnitts, stockend vor Kummer, am Grab die aufrichtigsten und wärmsten Worte des Tages sprach, ging Regina auf, daß ihr Vater weder in scherzender Laune noch in seinen depressiven Stimmungen je Faffloks Rede entworfen hatte. Regina ahnte den Grund. Fafflok war ihm in Frankfurt der einzige Freund geworden. Nur ihn, dessen Gläubigkeit er wie den eigenen Glauben achtete, hatte Walter von seinem makabren Spiel ausgenommen.

Reginas Erinnerungen gingen an die Anfänge in der fremden

Stadt zurück, an Hunger, Not und Hoffnung, an die erste Begegnung mit Faffloks, an den Kauf der Rothschildallee und an Walters Besessenheit, seiner Familie ein schuldenfreies Haus zu hinterlassen. So viele Szenen, Gespräche und Empfindungen strömten auf sie ein, daß sie die Frau mit dem Kopftuch nicht auf sich zukommen sah. Regina bemerkte sie erst, als die Fremde ein kleines Messer aus der Tasche holte und einen Schnitt in ihren Mantel ritzte. Erschrocken schaute sie ihren Bruder an. Sein neuer dunkler Anzug, schon für die Barmitzwa gekauft, war ebenso zerschnitten wie Jettels Mantel.

»Das macht man so bei den Ehepartnern und Kindern«, flüsterte Max. »Das ist zum Zeichen der Trauer.«

»Das wußte ich nicht.«

»Ich schon. Aber ich hab nicht dran gedacht. Vati hat immer gesagt, ich soll zu seiner Beerdigung eine alte Jacke anziehen. Er wird sich mächtig ärgern, daß ich's vergessen hab.«

»Und wie«, bestätigte Regina.

»Beim nächsten Mal wissen wir's«, flüsterte Max.

»Fängst du auch schon so an wie dein Vater?«

»Ja.«

»Das ist gut. So muß es sein.«

Zwei Stunden nach dem Begräbnis kamen die ersten Kondolenzbesucher in die Rothschildallee. Es wurde, schon weil der Sonntag es ermöglichte, Tradition sofort in die Tat umzusetzen, ein Orkan der Teilnahme. So viele Menschen waren noch nie in der Wohnung gewesen – Freunde, Bekannte und auch Fremde kamen, um die Hinterbliebenen zu umarmen und zu küssen, um zu seufzen, zu klagen und zu weinen, die Einrichtung und die Zukunft zu taxieren, Rat zu erteilen und sich an eigenes Leid zu erinnern. Sie drückten Jettel an sich, schauten verstohlen-kritisch auf Regina und Max, registrierten ausnahmslos, daß deren Augen nicht rotgeweint waren, und versicherten der schluchzenden Witwe, daß der Tod des Mannes für die Frau so sehr viel schlimmer sei als der des Vaters für die Kinder.

Jettel nickte wissend und weise, sagte aber, sie habe gute Kinder, die sie nie verlassen und ihr, wie ihr seliger Mann es getan hätte, jede Schwierigkeit aus dem Weg räumen würden. Das hätten sie dem Vater in die Hand versprechen müssen. Die Menschen, die längst nicht mehr betroffen flüsterten, sondern ungeniert ihre Fähigkeit demonstrierten, fremdes Leid auf zupackende Art zu bewältigen, schauten abermals auf Regina und Max und nickten zurück. Die Frömmsten senkten ihre Augen und schwiegen. Sie brachten nach alter Sitte Suppe, Fleischspeisen, Fisch, Obst und Kuchen ins Haus. Wer den Tod eines Menschen zu beweinen hatte, sollte nicht durch alltägliche Bedürfnisse wie die Sorge um die Nahrung von seiner Trauer abgelenkt werden.

»Die Frommen sind mir am liebsten«, sagte Max in der Küche, legte sich ein Stück gefilte Fisch auf den Teller und begutachtete einen Kuchen.

»Das hat dein Vater auch immer gesagt.«

»Weil er auch so gern gegessen hat wie ich?«

»Nein. Er hat die Frommen immer beneidet, weil sie wissen, wohin sie gehören. Ich übrigens auch.«

Jettel, trotz ihrer Tränen gefaßt und in einem grauen Flanellkleid mit weißen Rüschen – sie hatte erst auf dem Friedhof erfahren, daß es bei den Juden nicht üblich ist, schwarz zum Zeichen der Trauer zu tragen – erzählte immer wieder von Walters letzten Tagen, vom Kreuzworträtsel, das nicht fertig geworden war, und vom Glück ihrer Ehe. Ihre Wangen waren gerötet. Sie war bereits dabei, einen neuen Abschnitt in die Geschichte ihres Lebens zu weben.

»Mein Mann«, berichtete sie, »hat mich auf Händen getragen und mir jeden Wunsch von den Augen abgelesen. Das hat er auch seinen Kindern beigebracht.«

Regina beneidete Jettel sehr und nicht nur, weil sie zu den

wenigen Frauen gehörte, die Tränen nicht häßlich machten. Sie versuchte, sich die Zukunft mit ihrer Mutter auszumalen. Noch konnte sie es nicht, aber sie war bereit, die Pflicht, die sie ihrem Vater schuldete, zu übernehmen; sie konnte fast schon in Gedanken an die geschönte Vergangenheit lächeln, die nun Jettel zu einer Wahrheit machen würde, an die sie selbst glaubte. Regina fragte sich auch, ob Jettel nicht die täglichen Streitereien ihrer temperamentvollen Ehe fehlen würde; diesmal mußte sie sich zusammenreißen, um nicht tatsächlich zu lächeln. Sie war überzeugt, daß ihre Mutter in ihr und später, wenn er alt genug war, auch in Max neue Partner finden würde, um sich weiter im Kampf gegen Logik, Einsicht und Kompromißbereitschaft zu bewähren.

Erst am frühen Abend verließen die letzten Besucher das Haus. Jettel bat Ziri, den Tisch zu decken. »Wir wollen so leben wie bisher«, sagte sie feierlich, »das bin ich meinem Mann schuldig. Aber ich werde keinen Bissen hinunterbekommen.« Sie aß mit Appetit und seufzte viel. »Er hätte es so gewollt«, sagte sie, »daß gerade ich die Krakauer vom schlesischen Fleischer esse. Ich hab sie extra für ihn gekauft.«

Nach dem Essen sah sie sich um und sagte, vorwurfsvoll zwar, aber ohne Bosheit: »Es wundert mich doch, daß ihr beide kein einzigesmal geweint habt. Mich haben viele Leute angesprochen, ob euch Papas Tod nicht nahegeht.«

»Man kann auch weinen, ohne zu weinen«, erwiderte Regina, doch ihre Mutter hatte nie die regelmäßige Wiederkehr von Worten erkannt, wenn es nicht die eigenen waren.

Als Max im Bett lag, ging sie, wie in den Tagen, als er ein Kind gewesen war, noch einmal in sein Zimmer. Er hatte sich oft eine neue Tapete gewünscht, doch Walter war zu sparsam gewesen. Es war ein alter, heftig geführter Streit zwischen Vater und Sohn, der jetzt bei einer Mutter, die sich bereits am Tag des Begräbnisses als verarmte Witwe fühlte, kein rasches Ende finden würde.

Regina starrte die Bilder von bäuerlichen Wagen und fleißigen Pferden an der Wand an, von Burgen, Bäumen und Babys in der Wiege, von Jungen mit Ball, Mädchen mit Puppen, Clowns mit Trompete, von Männern mit Ziegen und Dörfern mit Kirchtürmen, von denen ein Hahn krähte. Sie sah ihren Bruder im blau-weiß gestreiften Schlafanzug auf dem weißen Kissen liegen. Seine Augen ähnelten denen der Puppen auf der Tapete. Sein Gesicht war blaß, die Haare dunkel, die Hand, die nach ihrer griff, zu klein für das, was sie geben wollte.

»Weißt du noch«, fragte Max mit Verlangen in der Stimme, »wie du mir früher immer Gedichte aufgesagt hast?«

»Das war, weil ich nicht singen konnte. Ich hätte nicht gedacht, daß du dich dran erinnerst.«

»Ich erinnere mich noch an alles«, sagte Max, und nach einer Pause fragte er, »hast du nicht ein Gedicht für heute?«

»Doch«, sagte Regina, »willst du wirklich?«

»Wirklich.«

Sie holte ein zerlesenes Taschenbuch aus ihrem Zimmer, obwohl sie den Text von Kurt Tucholskys Gedicht, das sie seit zwei Tagen nicht aus ihrer Not verbannen konnte, auswendig kannte und das Buch nur zum Schutz für ihr Gesicht brauchte, rückte den kleinen Stuhl vor das Bett und begann, ohne Max noch einmal anzusehen, sofort laut zu lesen:

»Die Welt sieht anders aus. Noch glaub ich's nicht.
    Es kann nicht sein.
Und eine leise, tiefe Stimme spricht:
    ›Wir sind allein.‹

Tag ohne Kampf – das war kein guter Tag.
    Du hast's gewagt.
Was jeder fühlt, was keiner sagen mag:
    du hast's gesagt.«

Zeitgleich mit der eigenen Stimme hörte Regina die ihres Vaters. Es war ein durstender Tag in Nairobi, sie saß auf dem von der Sonne ausgebrannten Rasen, schaukelte den Kinderwagen und rezitierte Verse aus Shakespeares »Sommernachtstraum«. Max, sechs Monate alt, strampelte mit nackten Beinen und gurgelte Fröhlichkeit. Hinter einem Baum trat Walter in seiner Khakiuniform hervor und fragte: »Na, Regina, stopfst du deinen Bruder schon wieder voll mit deinen Gedichten?« Die Mißbilligung in Walters Stimme hatte sie verlegen gemacht, doch sie hatte mit Shakespeares Zunge weitergesprochen, und ihr Vater hatte zugehört.

Regina schüttelte den Kopf wie an dem so lange vergangenen, nie verstorbenen Tag und las weiter:

> »Ein jeder von uns war dein lieber Gast,
>   der Freude macht.
> Wir trugen alles zu dir hin. Du hast
>   so gern gelacht.
>
> Und nie pathetisch. Davon stand nichts drin
>   in all der Zeit.
> Du warst Berliner, und du hattest wenig Sinn
>   für Feierlichkeit.«

Als Regina merkte, daß ihre Stimme den Halt verlor, weil sie das Gesicht ihres Vaters zu deutlich sah und sein Leben und seine Liebe zu einer Sturzflut von Schmerz wurden, zögerte sie einen Moment, ob sie die letzten beiden Verse, die sie so fürchtete, vorlesen oder Max sagen sollte, das Gedicht sei schon zu Ende. Sein Empfinden für Sprache und Schönheit ließ es nicht zu.

»Weiter«, drängte er.

»Wir gehen, weil wir müssen, deine Bahn.
   Du ruhst im Schlaf.
Nun hast du mir den ersten Schmerz getan.
   Der aber traf.

Du hast ermutigt. Still gepflegt. Gelacht.
   Wenn ich was kann:
Es ist ja alles nur für dich gemacht.
   So nimm es an.«

Regina hatte den Zauber von Owuor in Ol' Joro Orok am Rande des Flachsfeldes im blauen Rausch des großen Regens gelernt: Tränen, ob die des Gelächters oder die der Trauer, machten aus zwei Herzen ein einziges. Menschen, denen dies geschah, konnten sich ein Leben lang nicht mehr voneinander trennen, ohne daß ihr Herz für immer zersprang. Sie aber hatte schon einmal das Gewicht der Kette gespürt, die aus Liebe geschweißt worden war, und sie hielt ihre Tränen zurück. Doch nur so lange, bis sie Max weinen hörte.

*Der bewegende
Kenia-Roman von
Stefanie Zweig*

STEFANIE ZWEIG

*...doch die Träume
blieben in Afrika*

ROMAN · LANGEN MÜLLER

Afrika, Wiege der Menschheit, Kontinent der starken Farben und intensiven Gerüche - für den Rechtsanwalt Paul Merkel bedeutet es Lebenstraum und Ziel seiner Sehnsucht. Nur dort, wo er aufgewachsen ist, in Kenia, wird er wieder an Geist und Seele gesunden. Und so gehen eines Tages nicht nur seine Träume auf Safari, sondern er läßt Familie und Beruf zurück und begibt sich auf große Fahrt: Das Abenteuer beginnt...

LANGEN MÜLLER